LES FLEURS DU MAL

Du même auteur
dans la même collection

L'ART ROMANTIQUE
AU-DELÀ DU ROMANTISME (Écrits sur l'art)
BAUDELAIRE JOURNALISTE (Articles et chroniques)
LES FLEURS DU MAL
LES PARADIS ARTIFICIELS
LE SPLEEN DE PARIS. LA FANFARLO

BAUDELAIRE

LES FLEURS DU MAL

Édition établie
par
Jacques DUPONT

GF Flammarion

Édition mise à jour en 2012.
ISBN : 978-2-0812-7903-2

INTERVIEW

« Jean-Michel Maulpoix,
pourquoi aimez-vous *Les Fleurs du Mal* ? »

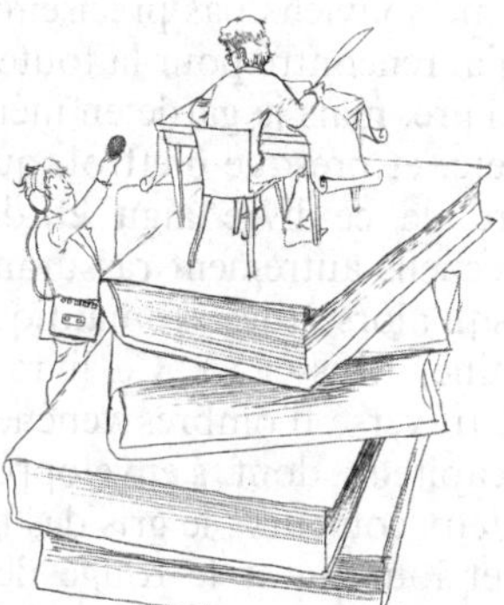

Parce que la littérature d'aujourd'hui se nourrit de celle d'hier, la GF a interrogé des écrivains contemporains sur leur « classique » préféré. À travers l'évocation intime de leurs souvenirs et de leur expérience de lecture, ils nous font partager leur amour des lettres, et nous laissent entrevoir ce que la littérature leur a apporté. Ce qu'elle peut apporter à chacun de nous, au quotidien.

Né en 1952, Jean-Michel Maulpoix est poète. Il est notamment l'auteur de divers recueils et ouvrages poétiques en prose parus au Mercure de France – parmi lesquels Une histoire de bleu *et* Domaine public *(1992),* L'Écrivain imaginaire *(1994),* Pas sur la neige *(2004),* Boulevard des Capucines *(2006) et* Journal d'un enfant sage *(2010) –, ainsi que de monographies sur différents poètes. Il a accepté de nous parler des* Fleurs du Mal*, et nous l'en remercions.*

Quand avez-vous lu un poème des *Fleurs du Mal* pour la première fois ? De quel poème s'agissait-il ? Racontez-nous les circonstances de cette lecture.

Je devais avoir quatorze ans lorsque j'ai ouvert pour la première fois *Les Fleurs du Mal.* Autant dire que ce livre est tombé comme un aérolithe dans « le vert paradis des amours enfantines »... C'est à peu près l'âge auquel je me suis mis à écrire avec une certaine régularité, et donc à lire de plus en plus de poèmes. Je ne me souviens pas précisément du texte à travers lequel j'ai rencontré pour la toute première fois Charles Baudelaire, mais je garde en mémoire le sentiment d'étrangeté, et presque d'effroi, qui a accompagné l'ouverture de ce livre aigu et douloureux, si différent des recueils autrement rassurants que j'avais parcourus jusqu'alors (des romantiques, surtout : Hugo, Lamartine, Musset...). Ce livre-là brûlait les doigts ; il était traversé d'ombres vénéneuses. En plus des parfums capiteux dont s'enveloppait la beauté, j'en ai retenu deux couleurs : le gris des toits de zinc et du « ciel bas et lourd », et le rouge des soleils couchants. Je vivais dans une petite ville de province, presque à la campagne ; je ne connaissais pas Paris : c'est Baudelaire qui pour la première fois m'a donné à respirer l'atmosphère trouble de la capitale. Cette lecture fut étourdissante.

Vous êtes-vous aussitôt plongé dans l'ensemble du recueil ?

Oui, sans tout comprendre, bien sûr, et en m'arrêtant sur certains textes, apparemment plus faciles ou plus saisissants – *L'Invitation au voyage*, *L'Albatros*, *Parfum exotique*, *Harmonie du soir* –, ou en étant fasciné par la violence et le caractère funèbre de certains autres : *Causerie*, *Spleen*, *Danse macabre*... Je découvrais de page en page, sans pour autant être capable de le formuler, que la poésie est d'abord une intensité particulière de l'imagination et de la langue. Qu'elle peut proposer tout autre chose qu'une collection de pièces émouvantes : une traversée lyrique et critique à la fois de la réalité, une espèce de circulation égarée dans les labyrinthes de l'intériorité.

Relisez-vous certains de ces poèmes parfois ? À quelle occasion ?

Je lis et relis souvent Baudelaire, qui reste un maître. Une figure chère et tutélaire. D'une proximité à maints égards imaginaire. Une reproduction de son portrait par Nadar est épinglée au mur au-dessus de mon ordinateur. Je relis notamment *Les Fleurs du Mal* pour travailler sur la poésie moderne, pour en questionner les enjeux, en renouer les fils, ou pour y ressaisir un point de pivotement. Par ailleurs, Baudelaire m'aide encore souvent à situer ma propre démarche ou ma propre expérience d'écrivain. Mais j'ouvre aussi *Les Fleurs du Mal* de temps à autre pour le simple plaisir de la relecture qui réveille d'anciennes émotions, tout en me donnant à redécouvrir et à interroger autrement des textes que je croyais bien connaître. Nos livres préférés ont cette vertu : ils assurent notre existence intellectuelle d'une forme de continuité affective.

Dans ce recueil, y a-t-il des poèmes qui vous habitent plus particulièrement ? Pourquoi ?

Cet amoureux des « estampes » que fut Baudelaire est un grand pourvoyeur d'images. Les poèmes qui se sont le plus vivement inscrits dans ma mémoire sont ceux qui présentent des scènes allégoriques. Il me semble parfois qu'ils sont accrochés en moi comme des tableaux. C'est le cas des *Aveugles*, que Baudelaire évoque marchant les yeux levés vers le ciel dont ils ne peuvent évidemment voir les étoiles, belle allégorie du rapport douloureux de l'être humain avec un idéal qu'il désire si vivement…. C'est aussi celui d'*À une passante*, troublante évocation d'une femme en grand deuil qui traverse avec majesté la rue en « balançant le feston et l'ourlet » de sa robe… Si lointaine et si « inconnue » soit-elle, je vois cette femme et suis son pas.

Les récitez-vous parfois à voix haute ? Dans quelles circonstances ?

Ce sont surtout des vers qui me reviennent en tête au gré des hasards de la vie. Par rapport aux autres genres littéraires, la poésie présente l'évidente particularité de s'inscrire en nous si vivement que le souvenir d'un vers peut venir spontanément se superposer à une chose vue ou entendue dans la vie de tous les jours. Mais s'il arrive que je me récite des vers à voix haute, c'est avant tout pour en réentendre la musique. C'est ainsi ma langue natale que j'écoute, passant au ralenti, scandée et césurée, présente à l'oreille dans sa beauté même.

Y a-t-il, selon vous, des poèmes moins réussis que d'autres ?

Même si Baudelaire a lui-même traité de « bagatelles » certaines pièces réunies dans *Les Épaves*, je ne dirais pas cela. Il me semble plutôt que les poèmes les plus célèbres en occultent d'autres : lire *Les Fleurs du Mal* conduit à s'arrêter presque toujours aux mêmes pages et à délaisser nombre de textes jugés secondaires. En définitive, on ne lit que très sommairement Baudelaire, et c'est dommage. Par ailleurs, si Baudelaire a donné le coup d'envoi de la modernité, d'autres sont venus après lui, qui ont approfondi et recreusé le sillon qu'il avait ouvert, en osant des formes plus audacieuses, à commencer par Verlaine, Rimbaud et Mallarmé. La forme de ses vers peut donc nous paraître parfois un peu compassée, ou son écriture encore trop proche du discours. Mais rien de cela ne retire sa force à cette œuvre dont l'apport critique autant que lyrique est considérable.

Cette œuvre reste-t-elle pour vous, par certains aspects, obscure ou mystérieuse ?

Par-delà les poèmes, et les multiples figures du poète qu'ils dessinent, c'est surtout la personnalité réelle de Baudelaire qui me reste mystérieuse. Qui était donc vraiment ce dandy qui tendait si fort à la mystique et regardait vers l'absence de Dieu avec tant d'insistance ? Comment démêler en lui ce qui relève de la pose ou de la provocation et ce qui révèle une vraie douleur morale ?

Ses textes établissent une troublante alliance entre une ironie mordante, une forme de volupté dans le mal, et une contrition souvent sévère, comme entre orgueil et désespoir, « vaporisation et concentration ». Son œuvre reste mystérieuse par la nuit mentale qu'elle transporte. Elle prend souvent des allures sataniques et donne la condition humaine à visiter comme un Enfer, le lieu de la fatalité du Mal. Elle évoque tout ensemble l'existence et la création comme un drame, une sombre histoire de vices et de souffrances, traversée ici et là de soudaines lueurs.

Quels sont pour vous les vers ou les images « cultes » de cette œuvre ?

Je garde tout spécialement en tête des adresses de Baudelaire à la femme aimée, au lecteur, à lui-même : « Entends, ma chère, entends, la douce Nuit qui marche », « Vous êtes un beau ciel d'automne clair et rose », « L'air est plein du frisson des choses qui s'enfuient », « J'ai plus de souvenirs que si j'avais mille ans », « Sois sage, ô ma douleur, et tiens-toi plus tranquille »… Bien d'autres vers, encore, qui parfois semblent tout près de s'agglutiner pour former un poème idéal.

Ce sont aussi de nombreux titres qui composent une sorte de sommaire ou de carte d'identité de l'existence moderne : *Le Goût du néant*, *Alchimie de la douleur*, *Le serpent qui danse*, *La Cloche fêlée*, *Les Aveugles*, *Les Petites Vieilles*... Il y a foule dans *Les Fleurs du Mal* : comme la capitale qu'il explore, ce livre est une grande ville dont les boulevards et les faubourgs sont coupés de ruelles sombres. Sa bande-son est criarde et ses odeurs souvent épouvantables. On grelotte chez Baudelaire, on y prend froid, mais la langue *tient* : elle est solide, elle résiste et se cabre contre le Mal auquel elle semblait devoir céder.

Ce recueil a-t-il marqué vos livres ou votre vie ?

Profondément, au point que l'un de mes propres livres, publié chez P.O.L. en 1986, emprunte son titre au premier hémistiche d'un vers de *Causerie* : *Ne cherchez plus mon cœur*, ou que dans un autre livre, *Boulevard des Capucines* (Mercure de France, 2006), je suis pas à pas Baudelaire et Nadar dans le Paris du milieu du XIXe siècle... Le dialogue avec l'auteur des *Fleurs du Mal* se poursuit aujourd'hui comme hier, de page en page. Je crois que je n'ai pas écrit un seul ouvrage de poésie ou de critique où il ne soit présent.

Si vous deviez présenter ce livre à un adolescent d'aujourd'hui, que lui diriez-vous ?

Qu'il l'adopte ! Sans se laisser intimider par ses « rimes hautaines », qu'il se laisse porter par les images, et entre progressivement dans l'imaginaire et la pensée de l'auteur. Qu'il éprouve de l'effroi, peut-être même de l'horreur, en croisant *Une charogne*, mais qu'il sache aussi prendre ses distances avec ce livre, qu'il en perçoive la part « de singerie, de jonglerie » (ainsi que l'écrivait Baudelaire à maître Ancelle), qu'il se garde de réduire le poète à son rire sardonique, mais regarde où vont se loger sa « religion » et sa

« tendresse »… Comme son ami Édouard Manet, Baudelaire a beaucoup cerné de noir ses créatures, mais n'a jamais cessé de chercher la lumière. S'il durcit le trait, ce n'est pas pour nous proposer une vision de la condition humaine réduite à sa caricature la plus désespérante, mais pour l'éclairer violemment et ainsi nous forcer à voir ce à quoi d'ordinaire nous ne prêtons guère attention. C'est aussi pour crisper et pour analyser cette humeur mélancolique à laquelle ne s'était que trop complu le romantisme.

*

* *

Si vous deviez offrir l'un de ces poèmes à quelqu'un, de quel poème s'agirait-il et à qui l'offririez-vous ?

J'offrirais *Le Voyage* à quiconque, et *L'Invitation au voyage* à une femme aimée… *Les Fleurs du Mal* sont bel et bien cela : une traversée de la condition humaine pareille à celle d'un océan… Où mène-t-elle ? Nulle part ailleurs ! *L'Invitation au voyage* n'est après tout qu'une invitation à l'amour dans une espèce de voluptueuse alcôve aussi raffinée et paisible qu'un tableau hollandais. Et *Le Voyage* ne prend son élan vers les lointains que pour s'en revenir à son point de départ, lourd d'un « amer savoir ». Arthur Rimbaud, qui aima tellement « la grand'route », l'a répété après Baudelaire : « on ne part pas » ! C'est là tout le savoir du poème qui sans cesse nous renvoie aux limites de notre existence et à la vérité de notre finitude, mais en faisant de prodigieux détours par la chimère. Un tel savoir est essentiel : c'est pour cela que j'offrirais volontiers ces deux textes.

Vous êtes-vous intéressé à la vie de Baudelaire, et au reste de son œuvre ?

Je me suis notamment intéressé aux *Petits Poèmes en prose* et aux fragments de *Mon cœur mis à nu*, c'est-à-dire à l'évolution de la poétique de Baudelaire, aussi bien qu'à la manière dont il s'est débattu avec l'angoisse de la finitude et s'est efforcé d'opposer « le goût de la concentration productive » au « goût de la déperdition ».

En ce qui concerne les *Petits Poèmes en prose*, je suis avant tout sensible à la variété et à la liberté toute nouvelle des formes dans ce recueil où le poème, en quelque sorte, ne se reconnaît plus, ne s'identifie plus. Il est comme « débordé » par la prose (on dit cela d'un lit défait) : on ne sait plus quels sont ses bords. Par exemple, le premier poème, *L'Étranger*, est une très brève scène dialoguée que l'on ose à peine appeler « poème »… Il s'agit alors, semble-t-il, pour Baudelaire, de révéler le mystère de la vie prosaïque, et donc d'aller chercher de la profondeur dans la pauvreté de l'ordinaire, tout comme *Les Fleurs du Mal* cherchaient à extraire la beauté du mal.

*
* *

Quelle question auriez-vous aimé que l'on vous pose ?

« Lisez-vous seulement Baudelaire comme un poète ? » Cette question subsidiaire m'importe, car il est aussi à mes yeux un penseur. Il fait partie des poètes qui donnent beaucoup à méditer. On pourrait même voir en lui un philosophe, à ceci près que celui-ci manie des concepts, tend à construire des systèmes, et garde plutôt la tête froide là où le poète se met dans le trente-sixième dessous… C'est dire que le poète pense à vif, au plus vif de la vie, de l'histoire et de la langue. Plus ou moins déguisés, il nous transmet ses désirs et ses repentirs, ses élans et ses angoisses ; il semble qu'il livre en vrac la matière première de son existence, mais les opérations formelles qui sont les siennes n'ont pas grand-chose à envier à la rigueur de la pensée philosophique.

*
* *

Le mot de la fin ?

Parce qu'il se fait tard, juste deux vers du poème *Le Coucher du soleil romantique* :
« — Courons vers l'horizon, il est tard, courons vite,
Pour attraper au moins un oblique rayon ! »

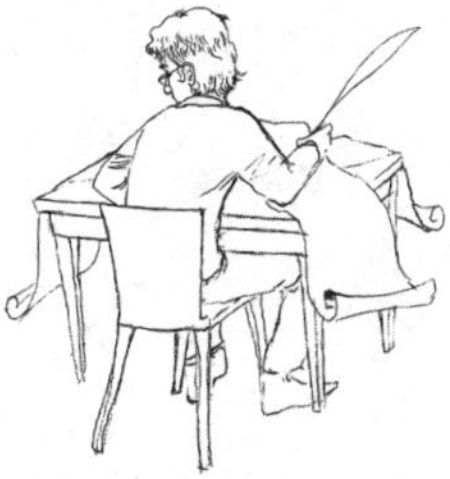

INTRODUCTION

Baudelaire meurt en 1867, sans avoir pu réaliser le projet d'une édition « définitive » des *Fleurs du Mal*. Celle qui paraîtra en 1868, et qui se prévaudra de ce qualificatif, n'aura pas été contrôlée par l'auteur, et sera due à ses amis Asselineau et Banville. Ainsi, jusqu'au bout, et par un effet singulier de ce « guignon » sur lequel il s'est tant interrogé, Baudelaire se sera vu refuser la possibilité de mettre un point final aux avatars d'une œuvre dont le souci a accompagné, d'une manière ou d'une autre, une bonne partie de sa vie créatrice. *Work in progress*, tel doit nous apparaître un recueil dont la constitution, en 1857, fut aussitôt remise en cause par une décision de justice, et dont l'état, apparemment stabilisé pour la seconde édition de 1861, devait encore être modifié, dans la troisième édition que préparait Baudelaire, par l'adjonction tardive, peut-être dans un exemplaire des *Fleurs* présentement disparu, de onze pièces intercalaires [1].

De ce fait, cette œuvre, qui accompagne l'essentiel de la vie du poète, ne peut que porter la trace, ou les marques, du temps qui a passé, ne peut guère se comprendre sans qu'on s'interroge d'abord sur ce qui l'a fait naître, puis en a affecté le caractère, voire infléchi la trajectoire, sur ce qui peut s'y lire — ou s'y deviner — de ces « retentissements » dont parle Roland Barthes : « Les rencontres, les amitiés, les amours, les voyages, les lectures, les plaisirs, les peurs, les croyances, les jouissances, les bonheurs, les indignations, les détresses [2]. »

Selon le témoignage d'Asselineau, vers 1843-1844, « la plupart des pièces imprimées dans le volume des *Fleurs du Mal* étaient faites [3] ». Le premier de ces poèmes pour lequel nous disposions d'une date sûre est *A une dame créole* (20 octobre 1841). Qui est Baudelaire, à ce moment de sa vie ? C'est un jeune homme, dont le père, « déprêtrisé » grâce à un décret de 1793, amateur d'art, mort quand Charles Baudelaire était un enfant de six ans, a été bientôt remplacé par un beau-père, le futur général Aupick. D'avoir été enfant avant que d'être homme, Baudelaire s'en souviendra, idéalisant sans doute après coup le bonheur, passablement œdipien, de cette courte période de veuvage où sa mère lui appartint entièrement, avant qu'elle ne trahît en permettant qu'un intrus vînt se placer en *terzo incommodo :* on s'en apercevra en lisant par exemple deux pièces des *Fleurs* : « Je n'ai pas oublié, voisine de la ville... », et « La servante au grand cœur... ». Ce jeune homme, qui a connu une enfance pieuse — « Dès mon enfance, tendance à la mysticité. Mes conversations avec Dieu[4] » —, a d'abord été un lycéen « solitaire[5] » à Lyon et à Paris, en proie à de « lourdes mélancolies[6] », qui compose des vers français, et latins — il s'en souviendra en écrivant les *Franciscae meae laudes,* et ses qualités de latiniste seront encore perceptibles dans certains de ses tours syntaxiques ou de ses choix lexicaux —, se signale par un travail inégal et irrégulier. S'il lit Chateaubriand (sans doute *Les Natchez,* peut-être *Le Génie du christianisme,* et au moins le *René* qu'on en détache souvent), s'il en retient probablement le goût du « grand style » et des références antiques, il ne s'intéresse guère, en littérature moderne, qu'à Hugo[7], au Gautier[8] d'*Albertus* (1832), puis de *La Comédie de la mort* (1838), et au Sainte-Beuve de *Volupté* (1834), ce roman « crépusculaire » et « saturnien[9] » qui relaie le mélange de « volupté » et de « mélancolie » propre à René, et qui véhicule, *via* Port-Royal et Saint-Martin, un catholicisme mystique, réactif, introspectif et volontiers pénitentiel dont Baudelaire, de son propre aveu, sera marqué, puisqu'il y trouvera de quoi « perfectionn[er] / L'art cruel qu'un Démon en naissant m'a donné, / — De la Douleur pour faire une volupté vraie, — / D'ensanglanter son mal et de gratter sa plaie[10] ». Si Sainte-Beuve est bien, selon la formule de Nietzsche, une « ébauche de Baudelaire[11] », il était naturel que Baudelaire reconnût dans le roman de son aîné (nous évoquerons plus loin l'influence, non moins importante, des *Poésies et pensées de Joseph Delorme,* que Sainte-Beuve publiait dès 1829, et dans lesquelles Baudelaire verra, écrivant à Sainte-Beuve le 15 mars 1865, « les *Fleurs du Mal* de la veille ») des thèmes voisins de ceux qu'il devait bientôt traiter, comme l'ennui, ou les « correspondances » entre le monde intérieur et le monde extérieur [12].

Plus tard, étudiant parisien, il sent s'affermir sa vocation littéraire, vers 1839-1840, et se lie avec un groupe de jeunes gens qui taquinent la Muse, souvent avec un goût pour la virtuosité qu'on retrouve aussi chez Banville. Le Baudelaire d'alors, qui rencontre peut-être déjà Balzac et Nerval, est ainsi décrit par un de ses amis : « maigre comme un ascète, [...] propre comme une hermine, [...] mis comme un secrétaire d'ambassade, [...] réservé, [...] libertin par curiosité, [...] païen par révolte, [...] caustique, [...] se tourmentant l'esprit pour se moquer de son cœur [13] ». C'est alors que divers « écarts », qui ne sont point seulement financiers, « la perte des rues de Paris », comme disait dignement son beau-père, de « mauvaises fréquentations » comme disait plus simplement sa mère, notamment celle d'une prostituée, Sarah dite « Louchette » — dont on entrevoit le souvenir dans deux pièces des *Fleurs* (XXV, XXXII) —, conduisent la famille de Baudelaire, pour l'éloigner de Paris, à le faire embarquer en 1841 sur un bateau en partance pour l'Inde. Baudelaire, qui a emporté les dix volumes alors publiés de la future *Comédie humaine*, lus sans doute en détail pendant la traversée [14], refusera d'aller plus loin que La Réunion, d'où il enverra *A une dame créole* à Mme Autard de Bragard, qui lui avait fait bon accueil à l'île Maurice. Expérience capitale que ce voyage, qui devait marquer durablement la sensibilité baudelairienne [15], et explique la touche exotique ou le thème maritime présents dans bien des poèmes des *Fleurs* (II, XII, XIV, XXII, XXIII, LXII, etc.), et un goût de la Vénus noire, fût-elle plus ou moins vénale (voir *A une Malabaraise*, *Bien loin d'ici*), qui se traduira, nous le verrons, à son retour à Paris, par une liaison avec une mulâtresse, Jeanne Duval.

En effet, dans les années qui suivent ce voyage forcé, et pavé des bonnes intentions prophylactiques d'une famille inquiète, le conflit ne semble guère s'apaiser (et la rancœur du Baudelaire d'alors a pu transparaître dans *Bénédiction*) : bientôt majeur en 1842, il entre en possession de l'héritage de son père, et mène la vie « libre », à tous égards, à laquelle il aspire. Il rencontre Sainte-Beuve, Hugo, Gautier, Esquiros, croise Pétrus Borel, Banville — dont *Les Cariatides*, recueil de vers publié en 1842, le frappent —, Champfleury, Pierre Dupont — dont les chansons laisseront une trace dans la structure et le rythme de certaines des *Fleurs* comme *Le*

Jet d'eau, et sans doute *L'Invitation au voyage* —, ou un peintre comme Courbet. Renouant avec ses amis écrivains, de l'école dite « Normande », il s'intéresse comme eux à ces poètes de la Renaissance et de l'époque baroque dont l'influence, qui reparaîtra dans un poème tardif comme *Le Monstre ou le paranymphe d'une nymphe macabre*, est nettement perceptible dans des poèmes de cette époque : Ronsard pour *A une Dame créole*, Tristan et quelques autres pour ce poème sans doute datant de 1842, *A une mendiante rousse*, qui s'inspire du thème de la « Belle gueuse », et multiplie les archaïsmes (ces archaïsmes qui ne disparaîtront jamais tout à fait de la poésie baudelairienne), en même temps qu'il reprend certains traits de la versification du XVIe siècle (notamment l'emploi par Ronsard de l'heptasyllabe ou du tétrasyllabe).

Ajoutons que Baudelaire subit, ces années-là, l'influence de divers *minores* romantiques, qu'il s'agisse du représentant de la tendance « frénétique » que fut Maturin, l'auteur de ce *Melmoth* satanique auquel Baudelaire se réfère souvent[16], qu'il s'agisse de ce Pétrus Borel que nous citions plus haut — ses *Contes immoraux* ont donné le sujet du *Vin de l'assassin* —, ou qu'il s'agisse d'auteurs encore plus oubliés aujourd'hui, comme Philothée O'Neddy — auquel la poésie du *spleen* doit quelques accents —, Lassailly, Ourliac[17]. La virulence de poèmes comme *Au Lecteur* ou *Bénédiction*, mais aussi l'existence même de la section « Révolte » dans les *Fleurs*, celle de poèmes comme *Don Juan aux Enfers* ou *Les Deux Bonnes Sœurs* ne s'expliquent pas totalement si l'on oublie cette frange volontiers outrée, « paroxyste », dissidente, rebelle, transgressive, de la jeune littérature d'alors. Il faudrait y ajouter cette tendance funèbre, voire macabre, qui s'était manifestée dès les débuts du romantisme anglais, avant de se déployer en France entre 1830 et 1840. On pourrait, à cet égard, citer encore Gautier qui précède Baudelaire dans cette voie, et rappeler le succès de scandale d'un poème comme *Une charogne*, par exemple — poème par ailleurs rattachable à la tradition baroque du *memento mori*, et donc aux curiosités archaïsantes de Baudelaire que nous évoquions plus haut.

Dans ce rapide examen de la formation de Baudelaire, il convient également de mentionner, à côté de l'influence durable du Sainte-Beuve poète[18] — les prosaïsmes volontaires de *Joseph Delorme* trouveront un écho dans certaines pièces des *Fleurs* comme « Je n'ai pas oublié... », « La servante au grand cœur... », *Le Soleil*, *Le Crépuscule du matin* —, celle, plus éphémère, de cette « école païenne » que Baudelaire, plus tard, en 1852, condamnera dans un article[19], et plus généralement de ces amateurs d'une Antiquité largement mythique qu'étaient Gautier ou Banville (et peut-être le Nerval auquel répondra, plus tard, *Un voyage à Cythère*) : il suffit de lire « J'aime le souvenir... », ou *La Muse malade*, pour s'en apercevoir. Ils sont dans le recueil le vestige d'un état, vite dépassé, de la pensée et de la sensibilité baudelairiennes.

Mais c'est peu de choses à côté d'un épisode qui laissera des marques capitales dans l'œuvre : la liaison avec Jeanne Duval, commencée à la fin de 1842, et qui durera suffisamment longtemps, avec des soubresauts parfois dramatiques, pour avoir sans doute été la grande affaire amoureuse de la vie du poète. S'il est vrai qu'une syphilis, contractée sans doute au moment du voyage, peu avant, ou peu après — et qui se rappellera de façon inquiétante au souvenir de Baudelaire en 1849-1850, et en 1861 — a dû faire peser sur sa vie amoureuse « une hypothèque qui était d'autant plus ténébreuse qu'elle était moins consciemment formulable[20] », la relation avec cette femme de haute taille, théâtreuse à ses heures, et dont, semble-t-il, émanait une troublante animalité, devait permettre à Baudelaire d'expérimenter un large empan affectif, fortement teinté de sadomasochisme, allant du désespoir abîmé dans l'abjection la plus misérable à la jouissance la plus extatique, de l'infernal au divin, — en attendant que plus tard, après les séparations de 1852, et surtout de 1856, et Jeanne malade, fussent possibles cette « grande récitation liée du souvenir[21] » que sera *Le Balcon*, ou l'émouvante suite de sonnets intitulée *Un fantôme*. Au total, c'est au moins dix-huit poèmes des *Fleurs* (de *Parfum exotique* à « Je te donne ces vers... ») que Jeanne aura certainement inspirés.

Ces années 1842-1843 sont aussi celles où Baudelaire, soucieux d'esthétisme et de dandysme, sacrifiant donc au « loisir » et au « dilettantisme », à ce que Georges Blin nomme « la superstition de la différence », et au goût — voire au culte — de l'artificiel et au refus du « naturel[22] », entreprend de se ruiner, et dilapide l'héritage de son père, ce qui conduit sa famille à lui imposer en 1844 un conseil judiciaire qui fera de lui un éternel mineur pour les questions financières. On a spéculé sur la logique peut-être inconsciente qui l'a conduit à cette situation de marginalité sociale, et de dépendance envers une mère qu'il accablera ensuite de demandes d'argent, voiles transparents d'une demande plus essentielle, et inextinguible. Il importe davantage, pour comprendre certaines caractéristiques des *Fleurs*, ou certains détails de leur genèse, d'observer que Baudelaire s'endette notamment pour acheter des œuvres d'art, et que la précarité matérielle dans laquelle il s'installe le contraindra vite à tenter de gagner — mal — sa vie de sa plume, à faire du journalisme, notamment dans le groupe passablement famélique d'un journal satirique, le *Corsaire-Satan*, où il côtoie Champfleury, le futur théoricien du « réalisme », Murger, auquel nous devons les *Scènes de la vie de bohème*, Pierre Dupont, Courbet, — et surtout à tâter de la critique d'art.

En effet, le jeune amateur d'art (et collectionneur) qu'est alors Baudelaire s'intéresse à la peinture ancienne : les Italiens (il subit sans doute en cela l'influence d'un Stendhal encore méconnu), mais aussi les Espagnols, alors bien représentés au Louvre[23]. Ainsi, les « images » dont il eut le « culte », « [s]a grande, [s]on unique, [s]a primitive passion[24] », nourrissent-elles sa vie, mais aussi son œuvre. Sa vie, puisqu'il complète son éducation artistique dans divers ateliers, et auprès de peintres comme son ami Deroy, qui l'aide sans doute à comprendre la modernité d'alors, en attendant la rencontre, probablement en 1846, du contemporain capital que sera pour lui Delacroix ; son œuvre, puisque Baudelaire ne se contentera pas de publier les *Salons* de 1845 et 1846, qui préludent à une remarquable série de textes ultérieurs de critique d'art, comme le *Salon de 1859*, ou *Le Peintre de la vie moderne* : les *Fleurs* elles-mêmes (et le *Baudelaire* de Jean Prévost eut le grand mérite de le souligner) sont souvent inintelligibles si l'on ne s'interroge pas sur les références plastiques qui y sont présentes, et abondantes. Il suffit de penser à *Sur « Le Tasse en prison » d'Eugène Delacroix*, à *Don Juan aux Enfers*, inspiré au moins en partie de Delacroix, mais aussi aux *Phares*, au *Mauvais Moine*, aux *Bohémiens en voyage*, à *Une gravure fantastique*, à *L'Amour et le crâne*, etc. Observons en tout cas, dès maintenant, que les *Salons* de 1845 et 1846 permettent de préciser obliquement, surtout à propos de Delacroix, certains aspects de l'esthétique baudelairienne du moment : éloge de la suggestion — notamment musicale, et l'on songera à *Correspondances* — que permet la couleur, préférence accordée au « surnaturalisme[25] », c'est-à-dire à un type de peinture qui s'oppose à l'art « naturaliste » — au sens, attesté alors dans la critique d'art, de couleur riche et extérieure, d'art réaliste, descriptif et volontiers pittoresque —, mais aussi, et surtout, une peinture qui « ouvre de profondes avenues à l'imagination la plus voyageuse », une peinture « poème », qui procède du romantisme, à condition de définir ce dernier non seulement comme la forme la plus actuelle du beau moderne, mais surtout comme « intimité, spiritualité, couleur, aspiration vers l'infini », une peinture enfin d'une « haute et sérieuse mélancolie[26] ».

En publiant en mai ce *Salon de 1846*, Baudelaire faisait annoncer, sur le second plat de la couverture : « Pour paraître prochainement : *Les Lesbiennes*, poésies [...] ». Cette annonce, déjà présente sur la couverture d'un livre de Pierre Dupont, en octobre 1845, se lira encore au début de 1847. Ce recueil projeté contenait, très probablement, au moins en partie, la substance des futures *Fleurs*. Selon le témoignage de son ami Prarond, Baudelaire, vers 1843, avait déjà composé seize pièces, qui seront, plus ou moins remaniées, ces poèmes des *Fleurs : L'Albatros*, *Don Juan aux Enfers*, *La Géante*, « Je t'adore à l'égal de la voûte nocturne... », *Une charogne*, « Une nuit que j'étais... », *A une Malabaraise*, *Le Rebelle*, *Les Yeux de Berthe*, « Je n'ai pas oublié... », « La servante au grand cœur... », *Le Crépuscule du matin*, *L'Ame du vin*, *Le Vin du chiffonnier*, *Le Vin de l'assassin*, *Allégorie*. Et Prarond donnait une autre liste de poèmes, dont il n'était pas sûr qu'ils fussent antérieurs à la période 1843-1846. Un autre ami de Baudelaire, Le Vavasseur, se souvient qu'au début de 1843, Baudelaire lui avait remis des manuscrits, destinés à un recueil collectif : « [...] c'était *l'ébauche* de quelques pièces insérées depuis dans les *Fleurs du Mal (Spleen et Idéal)*[27] ». On songera par ailleurs que dans *La Fanfarlo*, cette nouvelle nettement autobiographique que Baudelaire ébauche peut-être dès 1843-1844, rédige probablement en 1846, et publie au début de 1847, le héros, Samuel Cramer, a composé un recueil de sonnets intitulé *Les Orfraies*. L'ironie qu'exerce le narrateur sur ce recueil où sont présentés les « tristesses » et les « amours » de Cramer porte peut-être aussi, comme l'a suggéré Felix Leakey[28], sur certains des poèmes que Baudelaire avait écrits aux alentours de 1843. Divers passages sur le goût de Cramer pour les « sujets funèbres et les descriptions d'anatomie », pour l'« anathème », sur sa « haine de tous et de nous-mêmes », sa façon de cultiver les « mensonges », de « sophistiquer [son] cœur, [...] pour étudier les hideuses excroissances et les honteuses verrues dont il est couvert », sa façon de « psychologiser comme les fous, qui augmentent leur folie en s'efforçant de la comprendre », justifient la tentative de Felix Leakey de reconnaître au moins un premier visage des *Fleurs* derrière les *Orfraies*, et ses hypothèses sur l'ancienneté probable de poèmes comme *Le Mort joyeux, La Cloche fêlée, De profundis clamavi*, le premier *Spleen, La Destruction, La Mort des artistes*, entre autres. Il en irait de même pour cet « encens mystique », ces « pâm[oisons] platonique[s] devant des sultanes de bas lieu », qui évoquent le mélange des registres sensuel et spirituel si caractéristique de bien des *Fleurs*. Ainsi, au total, c'est au moins vingt-six poèmes que l'étude de F. Leakey propose d'identifier comme antérieurs à 1846.

Reste à s'interroger sur le titre que Baudelaire voulait donner à ce recueil. Claude Pichois a rappelé que le mot « Lesbiennes » n'a pas encore tout à fait le sens moderne [29]. Invoquer les habitantes de Lesbos, ce n'était pas seulement manier une référence antique, c'était invoquer une sorte de « contre-religion » de l'amour, et une propension à l'excès dans la débauche qui débordait largement le goût de la provocation, l'exploitation scandaleuse ou anecdotique de singularités saphiques connues, ou encore une mode littéraire d'où émergent aujourd'hui le *Mademoiselle de Maupin* de Gautier ou *La Fille aux yeux d'or* de Balzac (sans même parler de la probable influence de Diderot, dont Baudelaire alors ne lit pas seulement les *Salons*, mais aussi *La Religieuse*). Choisir un tel titre, c'était probablement lui donner une valeur de *pars pro toto*, et faire de ces femmes, qu'il appelait peut-être déjà des « chercheuses d'infini », comme l'emblème ou le symbole démonstratifs de tous les impénitents, des rebelles dressés contre les limites de la nature ou les limitations de la morale, en même temps que hantés par cette « mélancolie », cette « spiritualité », cette « aspiration vers l'infini » qui, on s'en souvient, définissaient, dans le *Salon de 1846*, l'esthétique que Baudelaire s'employait à dégager à partir de Delacroix et d'une réflexion sur le romantisme, son sens et ses pouvoirs. Dès lors, on ne s'étonnera pas que dans les *Fleurs* il n'y ait guère plus de trois ou quatre pièces qui renvoient explicitement à un tel titre : les deux *Femmes damnées, Lesbos*, et peut-être *Sed non satiata*. Même en imaginant qu'aient été perdues ou détruites d'autres pièces traitant du même thème, il est peu probable que le recueil annoncé en 1845-1847 ait développé beaucoup plus l'aspect strictement — et étroitement — saphique[30]. Il est surtout vraisemblable que, dans ces années-là, Baudelaire infléchit et approfondit la portée d'une œuvre qui ne se contentera pas de « psychologiser » les affres — volontiers empreintes de quelque *morbidezza* — d'un pauvre « moi », et dont la signification lyrique, comme nous le verrons, excédera le plan de la simple — ou complexe — confession personnelle.

Les années qui précèdent 1848 sont mal connues, et sont marquées par un probable état dépressif, et de sérieuses difficultés matérielles — auxquels on serait tenté de rattacher l'usage, avoué dans une lettre du 4 décembre 1847, du vin, et surtout de l'opium médicinal qu'était le laudanum — un « analgésique contre les douleurs et les troubles intestinaux [...] en relation avec la syphilis[31] » —, de cet opium auquel, plus que le hachisch, simple curiosité de l'année 1845 (mais dont le souvenir est peut-être perceptible dans un poème comme *La Vie antérieure*, par exemple), il sacrifiera pendant plus de dix ans et qu'il évoquera notamment dans *Le Poison*, dans *Le Voyage*, sans parler, bien sûr, des *Paradis artificiels* —, années marquées encore par l'entrée dans sa vie, au moins jusqu'à la fin de 1859, de Marie Daubrun, cette actrice aux yeux verts qui traversera, à partir de 1854-1855, une série de poèmes des *Fleurs*, du *Poison* à *A une Madone*, et marquées surtout par la lecture, en 1847, de Poe : « [...] j'éprouvai une commotion singulière », écrira plus tard Baudelaire[32]. Plus que le poète « surnaturaliste » et « réflexif » qui l'intéressera par la suite — il cite Poe dans la liste de ses « plagiats », et les projets de préfaces pour les *Fleurs* sont à certains égards une paraphrase de la *Philosophy of composition* et du *Poetic Principle*, — c'est l'art du conteur, dont la maîtrise a pu contribuer à cette curieuse paralysie de Baudelaire dans le domaine narratif, et l'aspect idéaliste, voire « mystique » de Poe qui semblent avoir retenu son attention. En effet, Baudelaire est alors sensible — et il le restera longtemps, au moins jusqu'en 1857 — à certains aspects de la tradition « illuministe », voire « hermétique[33] », mais aussi attentif aux spéculations unitaires d'un certain romantisme — le Balzac lecteur de Swedenborg, comme il appert du chapitre III de *Séraphîta*, Esquiros, l'abbé Constant, entre autres —, voire d'un certain socialisme utopique, comme celui de Fourier. Et spéculer sur l'harmonie du monde, cela peut conduire à déplorer l'absence d'harmonie sociale de la fin du règne de Louis-Philippe. Ainsi la révolte romantique du jeune déclassé qu'est devenu Baudelaire, confronté à l'expérience de la misère, la sienne comme celle des autres, et qui fréquente des gens subversifs comme Courbet, pouvait-elle n'être pas étrangère à certains des courants socialistes d'alors, et en tout cas le rendait certainement hostile à « un monde où l'action n'est pas la sœur du rêve », comme il écrit dans *Le Reniement de saint Pierre*.

Son activité lors de la révolution de 1848 importe peu à l'intelligence des *Fleurs*. Il suffira de rappeler ces notes rétrospectives de *Mon cœur mis à nu* : « Mon ivresse en 1848. [...] Goût de la vengeance. Plaisir *naturel* de la démolition. Ivresse littéraire ; souvenir des lectures. [...] Les horreurs de Juin. Folie du peuple et folie de la bourgeoisie. Amour naturel du crime. [...] 1848 ne fut amusant que parce que chacun y faisait des utopies comme des châteaux en Espagne[34] ». Malgré des grâces à Proudhon, Baudelaire ne fut pas un insurgé « socialiste », ni même un « militant ». Mais il y a peut-être des traces d'idéologie socialisante dans le nouveau titre projeté pour son recueil de poèmes. Le 30 novembre 1848, Jean Wallon, dans *L'Echo des marchands de vin*, annonce « *Les Limbes*, poésies socialistes », et récidive dans le *Bulletin de censure* de décembre 1848 : « [...] aujourd'hui nous voyons annoncé [...] : *Les Limbes*, pour paraître le 24 février à Paris et à Leipsick. Ce sont sans doute des vers socialistes et par conséquent de mauvais vers. Encore un devenu disciple de Proudhon par *trop* ou *trop peu* d'ignorance[35] ». Cette date n'était sans doute pas donnée au hasard, et l'allusion à la révolution de 1848 était nette. On a donc parfois, à la suite de Jean Pommier[36], songé aux « périodes limbiques », qui sont, dans le langage fouriériste, l' « âge de début social et de malheur industriel » qui précède l'avènement espéré de la société « harmonienne ». Des pièces comme *Abel et Caïn* peut-être, *La Rançon* sûrement, au moins dans son premier état (pour cette pièce, Baudelaire lui-même parlait de « socialisme mitigé »), ont pu correspondre à cette interprétation du titre.

Il n'est pas impossible non plus que Baudelaire ait voulu jouer de l'ambiguïté, en y superposant une allusion à l'acception théologique du mot, à ce lieu marginal d'incertitude, de suspens privatif, de relatif exil, et d'attente indéfinie, où sont placés les païens justes et les enfants morts sans baptême, lieu que décrit Dante dans le livre IV de son *Enfer* : Baudelaire en a cité un long passage dans le *Salon de 1846*. Surtout, on songera à une idée de lieu crépusculaire, intermédiaire, et à ces « limbes insondés de la tristesse » dont parle Baudelaire, à propos d'une toile de Delacroix, également dans le *Salon de 1846*[37]. On a aussi cité un passage de Sainte-Beuve, au chapitre XVIII de *Volupté*, évoquant « de vrais limbes dans une lumière blafarde et bizarre ; une inertie mêlée d'angoisse » ; des vers de Philothée O'Neddy, associant, dès 1841, à « une vaine et vague anxiété », à la « névrose », à « l'hallucination » et au « spleen » ces « limbes noirs qui circonscrivent l'âme,/ Quand l'atmosphère est grise et le soleil sans flamme ! » ; Balzac, dans un passage de *Louis Lambert* où les « limbes » sont le lieu de la fatigue et de la tristesse, après le voyage dans « les vastes campagnes de l'intelligence[38] ».

Quoi qu'il en soit, nous savons qu'en 1849 Baudelaire donne à copier un volume de ses poésies, cependant que son ami Asselineau se souviendra avoir vu en 1850 « le manuscrit de ses poésies magnifiquement copié par un calligraphe, et qui formait deux volumes in-4° cartonnés et dorés[39] ». En juin 1850, ce titre est encore annoncé dans *Le Magasin des familles*, comme celui d'un livre « destiné à représenter les agitations et les mélancolies de la jeunesse moderne ». Baudelaire songeait-il alors à présenter une sorte de réécriture poétique de la *Confession d'un enfant du siècle* de Musset — ce Musset qu'il qualifiera en 1859 de « paresseux à effusions gracieuses[40] » —, à exposer, un peu comme Balzac, un nouveau mal du siècle, en mêlant un pessimisme foncier à des préoccupations qui relevaient d'un humanitarisme plus ou moins vague ? Quand paraissent, le 9 avril 1851, le jour des trente ans de Baudelaire, dans *Le Messager de l'Assemblée*, journal républicain, onze sonnets extraits des *Limbes*, avec une note précisant que ce livre « est destiné à retracer l'histoire des agitations spirituelles de la jeunesse moderne », il semble que les « mélancolies » l'emportent sur les « agitations », ces dernières étant explicitement récusées par le dernier texte de cette publication : *Les Hiboux*, dont la leçon pascalienne anticipe les déclarations désabusées d'un Baudelaire qui se dira « dépolitiqué » après le coup d'Etat du 2 décembre 1851[41]. Les autres sont, dans l'ordre : le premier *Spleen*, *Le Mauvais Moine*, *L'Idéal*, *Le Mort joyeux*,

Les Chats, La Mort des artistes, La Mort des amants, Le Tonneau de la haine, De profundis clamavi, La Cloche fêlée. A cet ensemble, qui porte déjà la marque d'une volonté d'organisation et de distribution significatives, il convient d'ajouter les douze poèmes que Baudelaire tente de faire paraître à la fin de 1851 ou au début de 1852 dans la toute jeune et nouvelle *Revue de Paris* dont Gautier est alors un des directeurs. Cette série comporte les deux *Crépuscules, A une Mendiante rousse, La Rançon, Le Vin des chiffonniers, Le Reniement de saint Pierre, Bohémiens en voyage, La Mort des pauvres, Les Métamorphoses du vampire, La Fontaine de sang, Le Guignon, Un voyage à Cythère.* La revue ne publiera que *Le Reniement de saint Pierre,* et *L'Homme et la mer,* que Baudelaire avait envoyé par la suite.

A ce stade (Baudelaire mentionne pour la dernière fois les *Limbes* dans une lettre à Watripon de mai 1852), on sent se dessiner quelques-unes des lignes de force thématiques du futur recueil. Dans la publication du *Messager de l'Assemblée,* où le « Spleen » et l' « Idéal » sont déjà présents au moins par des titres, l'inspiration chrétienne tombe en déshérence chez ce « mauvais moine », le poète « fainéant », qui se voudrait capable de tirer une œuvre de « sa triste misère » ; anticipant sur l'axiome dostoïewskien (si Dieu n'existe pas, tout est permis), *L'Idéal* dit alors la tentation nocturne et criminelle qui s'empare d'un « cœur profond comme un abîme » ; puis, dans *Le Mort joyeux,* la tentation de cette mort-sommeil, où « dormir [...] comme un requin dans l'onde », prend place avant l'apparente diversion animalière, empreinte de spiritualité et de sensualité, qu'apportent *Les Chats,* ces figures identificatoires idéales du poète ; artistes et amants (ce qu'étaient aussi, à leur manière, les chats) se tournent ensuite vers une mort devenue espoir, qui s'oppose au destin insatiable et comme insomniaque d'un moi hanté, parasité tout entier et comme tétanisé[42] par une « haine » inexpiable autant qu'était inépuisable le « tonneau » des Danaïdes, ou encore à la version plate, misérable, spleenétique, de la vie — « univers morne à l'horizon plombé », « voix affaiblie » d'une âme « fêlée » — dont témoignent *De profundis clamavi* ou *La Cloche fêlée.* Et la série s'immobilise sur ces « hiboux » méditatifs et emblématiques dont nous avons déjà parlé.

De façon plus confuse, la série de la *Revue de Paris* fait apparaître, dans les deux *Crépuscules,* une poésie urbaine non exempte d'harmoniques sociaux ou humanitaires, cependant que *La Rançon* et *Le Vin des chiffonniers* (au moins dans leur version d'alors) explicitent davantage un optimisme de type « quarante-huitard ». La mort comme évasion (y compris celle des « pauvres », ce qui relie le poème aux thèmes précédents) apparaît comme une solution après la révolte du *Reniement de saint Pierre* ou « le morne regret des chimères absentes » qui est prêté aux *Bohémiens en voyage*. On revient ensuite à une vie où l'amour charnel est d'origine satanique, comme le suggère *Les Métamorphoses du vampire*, et à la présentation dramatique d'une hémorragie de l'être dans *La Fontaine de sang*. L'art n'est guère qu'un palliatif, puisque les « artistes inconnus » vivent dans la tristesse et la solitude (*Le Guignon*, première version), et *Un voyage à Cythère*, bilan de la quête désespérée d'un amour désormais introuvable, conclut ce second ensemble, de façon aussi dramatiquement maléfique que l'apparition du « pendu » dans un jeu de tarot, sur le « gibet symbolique » et punitif où « pend » l' « image » du poète, — tout en laissant entrouverte, *in extremis*, la possibilité d'une relation humiliée au « Seigneur » qu'invoquent pathétiquement les deux derniers vers.

Pendant les trois années qui vont suivre, Baudelaire publie fort peu de poèmes. C'est une période particulièrement sombre, puisque les troubles physiques, les difficultés matérielles et affectives (première séparation d'avec Jeanne Duval) viennent renforcer un sentiment d'échec, d'impuissance, de culpabilité. Il semble se replier sur son travail de traducteur (Poe). Il rédige un essai, sans doute esquissé dès avant la révolution de 1848 (*De l'essence du rire*), qui affirme le caractère satanique du rire et du comique, et associe donc nettement art et péché. Il publie un compte rendu de l'exposition universelle de 1855, dont nous retiendrons, pour apprécier l'esthétique des futures *Fleurs*, outre la condamnation de l'idée de progrès [43] qui reparaîtra dans *Le Voyage*, et l'affirmation des « correspondances », ou de l'existence de « l'immense analogie universelle [44] », l'éloge de la surprise et de « cette dose de bizarrerie qui constitue et définit l'individualité, sans laquelle il n'y a pas de beau [45] ».

Il faut surtout, dans cette période, noter deux événements, l'un intellectuel, l'autre affectif. Il lit Joseph de Maistre, dont l'œuvre énonce avec un éclat sanguinaire autant que doctrinaire l'universalité du Mal et de la violence, thèmes bien propres à frapper un Baudelaire qui reconnaîtra en Maistre, autant qu'en Poe, quelqu'un qui lui a « appris à raisonner[46] ». Et il s'intéresse à Mme Sabatier, *alias* la « Présidente » — celle des dîners où elle reçoit écrivains et artistes comme Gautier, Clésinger ou Meissonier —, en laquelle les témoignages contemporains s'accordent à noter « une rare intelligence » et « une beauté exceptionnelle » — qualités au demeurant reconnues dès 1846 par le riche Alfred Mosselman, qui l'entretient, mais aussi par Flaubert, qui lui empruntera certains traits de Rosanette, la « Maréchale » de *L'Education sentimentale*[47]. Avant de se donner tardivement à Baudelaire, en 1857, et de façon décevante pour le poète dont l'idole descendait de son piédestal, elle recevra, entre 1852 et 1854, une série de lettres, accompagnées de poèmes : *A celle qui est trop gaie, Réversibilité* (qui se souvient d'un terme théologique employé, et gauchi, par Maistre), *L'Aube spirituelle, Confession, Le Flambeau vivant,* « *Que diras-tu ce soir...* », *Hymne.* Plus tard, après la première publication des *Fleurs,* Baudelaire écrira à Mme Sabatier : « Tous les vers compris entre la page 84 et la page 105 vous appartiennent », ce qui correspond, dans l'édition de 1861 aux pièces XL à XLVIII (*A celle qui est trop gaie*, pièce condamnée, est remplacée par *Semper eadem*). Il ne s'ensuit pas que tous ces poèmes des *Fleurs* aient été composés pour Mme Sabatier[48], cependant qu'un poème comme *Hymne* n'apparaîtra ni dans l'édition de 1857, ni dans celle de 1861. Et, comme tant d'autres poètes, Baudelaire a pu, au moins partiellement, reprendre ou remanier des poèmes antérieurement composés pour une autre femme. Retenons de cet épisode la tonalité, tantôt agressivement sadique, tantôt idéaliste et pétrarquisante, des poèmes adressés à Mme Sabatier : autant de nouvelles nuances qui enrichiront la thématique amoureuse des *Fleurs,* et n'oublions pas que parallèlement — ou alternativement — Marie Daubrun continue à retenir son attention, sans parler de Jeanne Duval, avec laquelle il reprendra pour quelques mois la vie commune, à partir de décembre 1855, jusqu'à la rupture de 1856. Il évoque alors, dans une lettre à sa mère du 11 septembre 1856, les « secousses intérieures d'une liaison tempétueuse », en des termes — « [...] je me suis amusé à martyriser, et j'ai été martyrisé à mon tour » — qui peuvent rappeler certains vers d'un poème de 1855, *L'Héautontimorouménos*.

Le 1er juin 1855, la prestigieuse *Revue des Deux Mondes* publie dix-huit poèmes, sous le titre : *Les Fleurs du Mal*. La rédaction de la revue les accompagne d'une note précautionneuse, assignant à ces poèmes une signification générale de symptôme, puisqu'elle évoquait l' « intérêt » que présentait « l'expression vive et curieuse même dans sa violence de quelques défaillances, de quelques douleurs morales que, sans les partager ni les discuter, on doit tenir à connaître comme un des signes de notre temps ». Quant au titre, il était tout récemment trouvé (Baudelaire l'emploie dans une lettre du 7 avril 1855 à Victor de Mars, secrétaire de la *Revue* ; mais le 4 octobre 1855, dans une lettre à sa mère, Baudelaire parle seulement de son « livre de Poésies »), — et par un ami de Baudelaire, Hippolyte Babou. On notera toutefois que Baudelaire emploie encore (ou déjà) le mot « fleurs » au sens d' « œuvres » dans *La Mort des artistes* de 1851, et dans *L'Ennemi* de 1855. Ce titre « pétard », comme écrira Baudelaire le 7 mars 1857, dans une lettre à son éditeur Poulet-Malassis, remplace ainsi cet autre titre « pétard » qu'était *Les Lesbiennes*, comme ce titre « mystérieux » qu'était *Les Limbes*. Ce titre pouvait surprendre par sa densité oxymorique, et Baudelaire le glosera dans un projet de Préface[49], en parlant d'« extraire la *beauté* du Mal ». Réaction révélatrice : un journaliste trouvera, en 1857, que ce titre « n'est pas français », et « défie[ra] qui que ce soit de le comprendre[50] ». Mais dans le choix d'un tel titre, un souvenir de Balzac n'est pas à exclure, car on lit dans *Béatrix* : « il y a les fleurs du Diable et les fleurs de Dieu », et dans *Splendeurs et misères des courtisanes* : « C'est la plante vénéneuse aux riches couleurs qui fascine les enfants dans les bois. C'est la poésie du mal[51] ». A ces possibles — et discrètes, voire secrètes — références balzaciennes s'ajoutait le patronage explicite d'Agrippa d'Aubigné, en l'espèce d'une épigraphe (qui ne disparaîtra que dans l'édition de 1861). Tirés des *Tragiques*, œuvre alors fort peu fréquentée (mais nous avons déjà mentionné l'intérêt de Baudelaire pour la poésie de cette époque), ces vers expriment une idée à laquelle tenait le poète[52], et plaçaient la publication dans une perspective morale qui n'était point étrangère à la tradition catholique : connaître le mal, et le faire connaître, vaut mieux que le cacher ou l'ignorer.

Cette série de dix-huit poèmes peut être considérée à la fois comme un échantillon significatif du futur recueil, et comme une approximation encore hésitante de l'ordre qui sera adopté en 1857. En écrivant à Victor de Mars, dans la lettre précitée d'avril 1855, qu'il souhaitait que les poèmes « se fassent pour ainsi dire suite », Baudelaire marquait nettement ses intentions. On notera surtout, de ce point de vue, la symétrie entre le premier poème, l'adresse *Au Lecteur,* qui expose l'empire du Mal et de Satan sur l'humanité, et — à défaut de l' « épilogue », pendant au « prologue » et « réelle Conclusion », dont Baudelaire annonçait imprudemment la composition à Victor de Mars[53] — le dernier poème de la livraison, *L'Amour et le crâne,* où l'on voit l'Amour « assis sur le crâne / De l'Humanité », qui « éparpille en l'air » la substance du poète, « cervelle », « sang » et « chair », comme Satan Trismégiste « vapori-s[ait] » la « volonté » humaine. Malgré le rétrécissement final de la perspective, limitée au seul poète, les deux textes se font donc écho (sans même parler du relais intermédiaire que constituait un poème comme *La Destruction*) dans l'affirmation, d'une portée tantôt universelle, tantôt singulière, d'un pessimisme appuyé aussi bien sur l'existence de Satan que sur les effets de l'Amour et les exactions de l'Ennui. Cette tonalité sombre ainsi posée, et réaffirmée *in fine,* de brèves modulations vers des tonalités plus claires sont alors possibles, et quelques pièces comme *L'Aube spirituelle, L'Invitation au voyage, Moesta et errabunda, La Vie antérieure* se détachent et comme s'évadent de l'ensemble, leur place attestant un art déjà consommé du contraste ou de la variation.

Deux ans plus tard, en juin 1857, Baudelaire, qui entretemps a publié peu de poèmes, fait paraître, tirée à mille cent exemplaires, la première édition des *Fleurs,* après diverses péripéties et bien des remaniements sur épreuves, dont l'élimination, affirmée dans une lettre du 9 juillet à sa mère, d'un tiers [?] des poèmes, à cause de l' « horreur » qu'ils allaient inspirer. Le souci d'ordonnancement des pièces, tel qu'il se manifestait en 1855, n'a point disparu dans le recueil de 1857, qui se démarque nettement d'une certaine tradition romantique, celle de l' « album » assemblant sans grande rigueur des pièces hétéroclites. Aussi bien, Baudelaire qualifiait-il, le 9 décembre 1856, dans une lettre à Poulet-Malassis, son éditeur, d' « importante » la question de « l'ordre des matières ». Que cet ordre ait été conçu *a posteriori,* qu'il ait englobé des pièces de dates très différentes, et fort diverses — voire contradictoires — d'inspiration, cela n'entraîne pas que Barbey d'Aurevilly ait eu tort, quand il observait que les *Fleurs* sont « moins des poésies qu'une œuvre poétique *de la plus forte unité.* Au point de vue de l'Art et de la sensation esthétique, elles perdraient donc beaucoup à ne pas être lues *dans l'ordre* où le poète [...] les a rangées[54] ». Insistant, dans le même article, sur l' « *architecture secrète* », et sur le « plan calculé » par l'auteur, il protestait contre une lecture anthologique, isolant telle pièce de son contexte, et venait à la rescousse d'un Baudelaire en butte aux poursuites d'une justice sensible à ce « défi jeté aux lois qui protègent la religion et la morale », hostile au « tissu de blasphèmes » de pièces comme *Le Reniement de saint Pierre, Abel et Caïn, Les Litanies de Satan, Le Vin de l'assassin,* et scandalisée par la « lubricité la plus révoltante », celle de poèmes comme *Femmes damnées,* mais aussi par les images « licencieuses » des *Métamorphoses du vampire* ou des *Bijoux*[55]. C'est donc ce même argument — « Le livre doit être jugé *dans son ensemble* » — que Baudelaire reprendra dans des notes destinées à son avocat[56]. Sa valeur circonstancielle, évidente autant qu'est tactique la subite insistance de Baudelaire sur la « terrible moralité » du livre, n'interdit pas qu'on s'interroge tout de même sur cet ordre, modifié par un jugement ordonnant la suppression des poèmes suivants : *Les Bijoux, Le Léthé, A celle qui est trop gaie,* celui des *Femmes damnées* qui commence par « A la pâle clarté... », *Lesbos, Les Métamorphoses du Vampire,* jugement dont le principal attendu, tout en reconnaissant avec condescendance un « effort de style », stigmatisait « un réalisme grossier et offensant pour la pudeur[57] ». A peine né, cet ordre était donc appelé à changer, et c'est donc celui de l'édition de 1861 qu'il nous faudra bientôt examiner, et, si nécessaire, comparer à celui de 1857.

Passons sur le scandale, sur la légende naissante[58], comme sur les réactions élogieuses de bons esprits comme Custine, d'écrivains comme Flaubert ou Hugo, sur l'appréciation mitigée d'un grand critique comme Sainte-Beuve. Retenons simplement que la condamnation incitera Baudelaire, déjà engagé, depuis 1855, dans la voie parallèle des poèmes en prose (il en publie six, quelques jours après le procès, et envisage d'en composer cent, par une symétrie appuyée avec le nombre des *Fleurs* de 1857), à revenir sur l'œuvre mutilée judiciairement. Après avoir envisagé de simplement remplacer les six pièces condamnées, il veut dès novembre 1858 y introduire vingt pièces nouvelles. C'est finalement trente-cinq poèmes nouveaux — « dans le caractère général de l'œuvre primitive », annonçait *L'Artiste* du 1er février 1861, « tous [?] faits pour le cadre » affirmera une lettre de Baudelaire à sa mère du 1er avril 1861 — que contiendra la nouvelle édition (à mille cinq cents exemplaires) qui était prévue dès le début de 1860, édition ainsi augmentée d'une moisson due surtout à l'exceptionnelle année 1859[59], et au repos que prend Baudelaire à Honfleur auprès de sa mère, enfin veuve depuis 1857. Au moment de faire paraître l'édition de 1861, Baudelaire écrit à sa mère, le 1er janvier : « Pour la première fois de ma vie, je suis presque content. Le livre est *presque bien*, et il restera, ce livre, comme témoignage de mon dégoût et de ma haine de toutes choses. » En décembre 1861, il écrit à Vigny : « Le seul éloge que je sollicite pour ce livre est qu'on reconnaisse [...] qu'il a un commencement et une fin. » C'est donc ce visage des *Fleurs* que Baudelaire souhaitait alors que l'on considérât, dans le sentiment qu'un point optimal d'équilibre était enfin atteint. Et il faut reconnaître que les poèmes nouveaux apportés par *Les Epaves* de 1866 — un titre initial était *Bribes* —, ou par l'édition posthume de 1868 sont souvent mineurs, voire anecdotiques, et, à part quelques éclatantes exceptions comme *Recueillement*, de qualité moins évidente, ce qu'on rattacherait volontiers à la dégradation croissante, à partir de janvier 1860, de l'état du poète qui, le 23 janvier 1862, a « senti passer sur [lui] *le vent de l'aile de l'imbécillité*[60] », et témoignent d'une régression, quant au souci de cohérence — pour le moins problématique — de l'ensemble, ou des ensembles, qu'ils pourraient constituer[61].

Pourtant, si nous revenons aux *Fleurs* de 1861, on peut dire qu'elles aussi portent en filigrane la marque d'intentions inabouties, tels ces projets de Préface évoqués dans la correspondance entre décembre 1859 et octobre 1860[62]. Et si *Le Voyage* termine magnifiquement le recueil, il masque aussi la place vacante d'un « Epilogue » qui eût été le digne pendant du prologue qu'est l'adresse *Au Lecteur*, cette « ode à Paris vu du haut de Montmartre » projetée en juillet 1860, et dont nous n'avons que des fragments, « en tercets ronflants[63] ». Telle quelle, et même privée de ce grand geste rhétorique qui eût renforcé l'importance croissante — et attestée, nous le verrons, par l'introduction en 1861 de la section intitulée « Tableaux parisiens » — du thème urbain dans la poésie de Baudelaire, l'édition de 1861 modifie le trajet, et donc le point d'arrivée (ou de départ) où est conduit le lecteur. En 1857, les trois pièces de la dernière section, *La Mort des amants, La Mort des pauvres, La Mort des artistes*, présentaient trois versions de la mort, ouvrant sur la perspective d'une résurrection, sur la possibilité d'un

« inconnu », celui des « Cieux », et sur l' « espoir » du « soleil nouveau » pour l'œuvre de l'artiste. La leçon du *Voyage*, moraliste à sa manière comme l'était le prologue *Au Lecteur*, apparaît, dans son ample récapitulation de bien des thèmes essentiels de la poésie baudelairienne, tels le désir d'évasion, l'exotisme, l'amour, l'alcool et l'opium, l'ennui, le péché, comme d'une couleur plus sombre, même si l'on y retrouve ces mots-fétiches que sont l' « Inconnu » et le « *nouveau* », et en dépit de ce désir paradoxalement désabusé d'embarquer « sur la mer des Ténèbres/Avec le cœur joyeux d'un jeune passager ». D'ailleurs, entre les trois poèmes précités et *Le Voyage* viennent s'intercaler deux poèmes nouveaux, empreints de lassitude et de nihilisme, qui infléchissent nettement la signification de cette ultime section.

La première section, « Spleen et Idéal », est la plus importante, ne fût-ce que quantitativement (85 pièces sur 126). Le déséquilibre était plus marqué encore dans l'édition de 1857 (77 poèmes sur 100), un peu comme si Baudelaire avait voulu, refusant les facilités rhétoriques de l'amplification, jouer, à l'échelle du recueil, des ressources de la gradation décroissante, et jeter, dans la dernière section, le « trait » conclusif auquel l'avait habitué une longue pratique du sonnet. Dans cette première partie, dont Lloyd James Austin a montré, dans *L'Univers poétique de Baudelaire. Symbolisme et symbolique*, qu'elle décrit un mouvement, et comme un itinéraire spirituel, celui d'une chute (de l'Idéal dans le Spleen, contrairement à ce que laissait attendre le titre de la section), Baudelaire présente sa propre version (sa perversion ?) du vieux thème de l'*homo duplex*, écartelé entre les deux « postulations » antinomiques qu'évoque un célèbre passage de *Mon cœur mis à nu*[64], l'inépuisable « agitation[65] » qu'il en résulte pour un être plongé dans le Mal, et le jeu dramatique d'oppositions ou de « réfut[ations][66] » — « A un blasphème, j'opposerai des élancements vers le Ciel, à une obscénité, des fleurs platoniques[67] » — qui rythme la succession des poèmes, sans pour autant acheminer l'ensemble vers une conclusion qui en résolve enfin, d'une manière opportunément dialectique, les contradictions. Il faut donc renoncer à chercher un ordre trop strictement rationnel ou logique dans la succession de pièces dont la place obéit souvent à des intentions esthétiques de contraste et d'équilibrage des couleurs, voire à des enchaînements subtils et glissants de nature analogique ou métonymique, et tâcher simplement de discerner des ensembles (plus ou moins « flous »), ou des « cycles » (plus ou moins « ouverts »).

Dans cette perspective, il est clair qu'un premier groupe de poèmes s'interroge, de *Bénédiction* au *Guignon*, sur la condition ambiguë du poète, sur les pouvoirs de l'art et les difficultés de l'artiste (on observera à cet égard que le recueil de 1857 reprenait *in fine* cette interrogation, avec *La Mort des artistes*). Vient ensuite, jusqu'à *Hymne à la Beauté*, une série de poèmes où l'aspiration douloureuse vers l'Idéal se décline en évasion vers une vie « antérieure » ou en spéculation symétrique sur ces voyageurs à la fois chimériques et clairvoyants que sont les « Bohémiens », en réflexion sur la présence d'éléments sataniques dans le refus insatisfait des limites humaines que manifestent l'orgueil ou la transgression, avant que soient reconnues, dans le désir de la Beauté, et dans le type d'idéalité ainsi entrevu, des composantes infernales et comme une possible promesse de damnation. Et si la Beauté est tentatrice comme la femme, on ne s'étonne pas que l'ensemble suivant soit consacré à l'épreuve de l'amour, sous ses diverses formes, et à la preuve qui s'y fait d'une ambiguïté fondamentale.

Cet ensemble, enrichi de treize pièces en 1861, est traditionnellement découpé en « cycles », par référence aux femmes qui en furent les inspiratrices supposées — et Baudelaire lui-même, on s'en souvient, a justifié cette façon de voir, à propos de Mme Sabatier. Dans cette perspective, le cycle de Jeanne Duval précéderait celui de Mme Sabatier, celui de Marie Daubrun, et enfin un reliquat imputable à des femmes diverses, connues ou non. Dans une perspective qui ne serait plus biographique, mais esthétique, il convient de considérer qu'il n'y a en fait qu'un « cycle », exposant diverses sortes d'amour, à dominante plus charnelle ou plus spirituelle, plus torturée ou plus sereine, et progressant — un peu comme ce qu'en musique on nomme le « cycle des quintes » — à travers des « tonalités » différentes, tout en suivant trois fois, en gros, le même schème ternaire[68] : dans un premier temps, magie sensuelle et dangers de l'amour (aussi bien, implicitement, dans *Les Bijoux* — poème qui, avant d'être condamné et relégué dans *Les Epaves*, ouvrait ce cycle de l'amour et de la femme —, que plus explicitement dans *Semper eadem* — qui vient précéder, en 1861, *Tout entière*, où l'érotisme tendait déjà à se placer sous le signe de Satan, et marque d'un pessimisme rétroactif la suite des poèmes —, ou que dans *Le Poison* et *Ciel brouillé*) ; dans un deuxième temps, extases et tourments (une pièce comme *La Chevelure* s'opposant par exemple à *Duellum* ou au *Vampire*, *Le Flambeau vivant* se complétant de *A Celle qui est trop gaie*, sans même parler de l'équivoque *Réversibilité*, et *L'Invitation au voyage* étant balancée par *L'Irréparable* ou *Causerie*) ; dans un troisième temps, adieu à la femme, bilan de l'expérience, méditation sur sa valeur, ou sur le rôle de l'art, les effets du temps et la fonction de la mémoire (*Le Balcon* et *Un fantôme*, mais aussi *Harmonie du soir* et *Le Flacon*, ou encore *A une Madone*).

Ainsi se distribue et s'ordonne poétiquement, autant que faire se peut, l'extrême complexité de l'érotique baudelairienne, subtilement analysée par Pierre Emmanuel dans son *Baudelaire, la femme et Dieu*[69]. La sensualité parfois la plus hardie — sans rien de pornographique, ce que les juges de 1857 ont ridiculement méconnu — y voisine avec un vocabulaire mystique où l'on peut lire « l'envers d'un sentiment de culpabilité », plutôt que la révélation imprévue d'une « transcendance » à travers la femme[70], femme qui est « *naturelle*, c'est-à-dire abominable[71] », à moins que cet « être terrible et incommunicable comme Dieu » ne soit arbitrairement constitué en « idole » et que les ressources de l'artifice ne lui permettent de « paraître magique et surnaturelle », placée qu'elle est alors à une distance qui fait d'elle, à la lettre, un prétexte, ou « un astre, qui préside à toutes les conceptions du cerveau mâle », « *par qui* » plutôt que « pour qui » les poèmes sont écrits, et tour à tour source de la « joui[ssance] » la plus « désintéressée » et des « douleurs les plus fécondantes[72] ». Oscillant donc entre une forme très spéciale de *cortezia* (ou de pétrarquisme gauchi) et une passion de la luxure, expérimentée dans son incandescence la plus satanique, Baudelaire fait de l'amour un drame où se joue le salut de l'être[73], et des moments de précaire et berçante tendresse s'opposent à la virulence, inentamable et récurrente, de rapports de type nettement sadomasochiste[74]. On ne s'étonne pas, dès lors, que la vraie conclusion du cycle ait été en 1857 cet *Héautontimorouménos*, qui sera en 1861 déplacé en fin de section, pour en devenir l'avant-dernière pièce.

La Musique et *La Pipe*, qui concluaient la section en 1857, et disaient la possibilité d'évasions aux souffrances, au « désespoir » ou à la « douleur », changent de signification en venant se placer à la suite de deux poèmes que semble réunir leur thème animalier, mais qui, secrètement, présentent comme un idéal — sans doute considéré en vain — le « rêve sans fin » des chats ou la sage méditation des hiboux. Etape brûlée, possibilité plus envisagée qu'adoptée durablement, sagesse impossible ou écran de fumée, c'est tout cela que vont démentir les poèmes du « spleen », dans une courbe descendante, et savamment calculée, infléchie pour aboutir en 1861, *via* des pièces nouvelles comme *Obsession* — ce négatif de *Correspondances* —, *Le Goût du néant*, *Alchimie de la douleur*, *Horreur sympathique*, à la désespérance de *L'Irrémédiable* et de *L'Horloge*. Quoique parler de poèmes du « spleen » n'ait de sens rigoureux que pour la suite de quatre poèmes qui portent ce titre, auxquels on peut ajouter *La Cloche fêlée* et *Le Mort joyeux*, qui portaient ce titre en 1851, les pièces qui s'enchaînent, et dont certaines, on l'a vu, appartenaient déjà aux *Limbes*, proposent une série de variations, d'approximations, de traductions métaphoriques ou allégoriques d'un « spleen » qui ne se réduit pas au vieil « ennui » de la tradition classique ou romantique, puisqu'il affecte ce dernier d'un coefficient d'indétermination, puisque son caractère indéfini est comme la marque en creux d'un désir infini, d'un désir d'infini, inassouvi autant que dévoyé. En tant qu'il est un état de manque, de privation ou de frustration, il témoigne de l'efficace du Mal en étant d'abord un mal, nerveux ou physiologique, avec des symptômes ou des malaises, et plus généralement ce qu'on a appelé une « violence immobile[75] ». En tant qu'il est un motif poétique, il s'énonce par le biais d'une topographie ou d'une géographie imaginaires, dans une *Stimmung* angoissante parce qu'angoissée, par le jeu d'une dramaturgie intime que régit la figure emblématique et toute-puissante du temps dévorateur[76].

Au « tête-à-tête sombre et limpide » d'un « cœur devenu son miroir », et défini par « la conscience dans le Mal », la section suivante, « Tableaux parisiens » semble apporter une diversion plus « objective ». Cette section, ajoutée en 1861, reprend six poèmes de 1857, dont les deux *Crépuscules*, alors disjoints pour mieux marquer un parcours, diurne puis nocturne, qui s'achève avec *Le Crépuscule du matin*. S'ajoutent dix poèmes nouveaux, qui explorent les divers aspects, d'un « réalisme » volontiers transfiguré par l'imaginaire — voire totalement imaginaire, dans *Rêve parisien* —, que peut prendre un thème urbain auquel Baudelaire était devenu de plus en plus sensible, à mesure qu'il lisait chez Edgar Poe l'expression d'un fantastique bizarre et quotidien, à mesure qu'il s'interrogeait sur ce concept clé de son esthétique : la « modernité[77] », ce précisément au moment où les travaux d'Haussmann bouleversent « la forme d'une ville », et où certaines œuvres plastiques, comme celles de ce Méryon qu'il commente dans le *Salon de 1859*, orientent davantage son attention sur le « charme profond et compliqué d'une capitale âgée et vieillie dans les gloires et les tribulations de la vie[78] », capitale en laquelle luxe, misère, débauche, travail s'enchevêtrent comme se croisent tant de destins anonymes. Fausse issue toutefois que la contemplation d'une grande ville, puisque sortir de ce huis clos où est placé le moi baudelairien, en se plongeant dans la foule, et en « éli[sant] domicile dans le nombre, dans l'ondoyant, dans le mouvement, dans le fugitif[79] », c'est au mieux refaire une expérience proche de celle déjà décrite par Balzac au début de *Facino Cane*, celle d'un « cœur multiplié », et ressaisir synthétiquement dans ces « tableaux », par le retentissement qu'ils provoquent chez l'observateur, le sentiment d'une communauté de destin, qui rassemble cette « Douleur » qu'on tette « comme une bonne louve » dans *Le Cygne*, le « mystère » et l' « absurdité » qu'évoquent *Les Sept Vieillards*, et la perspective du « branle universel de la danse macabre ».

La section suivante, intitulée « Le Vin », et organisée de façon circulaire, puisque deux images positives du mirage encadrent des pièces plus sombres, hantées par la souffrance ou le crime, envisage un type d'évasion auquel Baudelaire a recouru : celui des paradis artificiels. Ils sont ici représentés sous leur forme la plus vénielle, et par des pièces de jeunesse, sauf peut-être la dernière. L'ivresse du vin, explicitement assimilée à celle de la poésie dans *Le Spleen de Paris*[80], est une des façons de jouer à l'Homme-Dieu que stigmatisent *Les Paradis artificiels*, une des perversions du désir d'infini et du refus corrélatif de ce qui est. Il convient donc de rattacher le recours à cet excitant aux allusions, éparses dans les *Fleurs*, à cette pharmacie noire qu'est la drogue, dont la place n'est ici marquée qu'*in absentia*.

Du « paradis de [s]es rêves », c'est dramatiquement que le poète redescend vers la « destruction », puisque c'est ainsi que se nomme le premier poème de la section suivante, intitulée « Fleurs du Mal » comme pour en souligner le caractère essentiel ou cardinal. Au lieu de « nager » avec sa « sœur » comme « deux anges », le poète retrouve un

Démon qui « nage » autour de lui. L'avertissement liminal du recueil est ainsi rappelé. La gravité du ton justifie le déplacement de la section, qui en 1857 suivait directement « Spleen et Idéal ». Pour en saisir toute la portée, il convient d'y rattacher les trois pièces condamnées qu'étaient en 1861 *Lesbos*, *Femmes damnées I*, *Les Métamorphoses du vampire*. Mais le sens de la section est le même qu'en 1857 : une réflexion sur la « volupté » dans son rapport intrinsèque avec le Mal, sur la perversion, incarnée ici par la « contre-religion[81] » de Lesbos, mais aussi par une tentation sadique *(Une martyre)* déjà croisée dans « Spleen et Idéal » comme par des rêveries sombrement masochistes. *Un voyage à Cythère*, grande parabole antipaïenne sur l'expiation de l'amour, présente au poète un « gibet symbolique » et une « image » de la castration. *L'Amour et le crâne*, déjà rencontré, garde la même signification que lors de la préoriginale de 1855.

A cette enfoncée dans le Mal par le biais de la volupté répond une autre tentation, celle de la « révolte » métaphysique à laquelle est dévolue l'avant-dernière section. Un satanisme d'époque, peu convaincant esthétiquement, et peut-être pourvu d'arrière-plans socialisants, est ici le « masque » d'un poète « spirituel » dont la « perversité » est bien le « mode de connaissance », comme disait Pierre Jean Jouve[82]. C'est moins la pose byronienne qu'il faut chercher dans le blasphème baudelairien que la marque, sous-jacente à l'énergie farouche de la revendication, d'un *ruinöses Christentum*[83], d'un christianisme délabré et lacunaire, d'une quête problématique et fluctuante du divin qui emprunte le détour paradoxal du démoniaque. Plus « catholique » peut-être que « chrétien », surtout attaché à l'idée de péché originel et soucieux de la damnation, indifférent à la possibilité de la Rédemption, il lui était sans doute « aussi difficile [...] de croire à Dieu que de ne pas croire au diable[84] ». Et c'est précisément ce qui rend possible la dernière étape de ce « voyage au bout de la nuit » que sont déjà les *Fleurs du Mal* : la référence à l' « Arbre de Science », dans *Les Litanies de Satan*, fonde la quête d'un outre-vie qui serait aussi un outre-tombe, cette ultime « poussée de Curiosité », et, avec des poèmes comme *Le Rêve d'un curieux* et *Le Voyage*, cet « appétit du *nouveau* » qui « dévore la pensée du salut[85] » : « Enfer ou Ciel, qu'importe ? »

Comme l'on voit, on méconnaîtrait la signification globale et ultime des *Fleurs du Mal* en négligeant le niveau de généralité, et la gravité des enjeux spirituels dont le recueil est le théâtre. Drame, ou, si l'on veut, *intimate epic of the progress of human desire*[86], cette œuvre n'est que partiellement, et occasionnellement, une confession. Si l'on peut, avec Georges Blin, y voir une « poésie d'intimité qui ne s'adresse à personne[87] », c'est parce qu'elle tend à être fille de personne, Baudelaire visant de plus en plus nettement une « impersonnalité » qui récuse, dépasse le « je » lyrique traditionnel, ses épanchements faciles et étriqués. L'œuvre déborde la vie, atteste d'un savoir plus vaste que les expériences d'une vie. « On m'a attribué tous les crimes que je racontais[88] » : cette protestation est l'avers d'une élision du biographique, qui ne consent parfois qu'à l'allusion, pour ne pas « prostituer les choses intimes de famille[89] ». L'essentiel du discours baudelairien procède de ce sentiment paradoxal de « fraternité » qu'il énonce dans le dernier vers de l'adresse *Au Lecteur*. Ou encore, c'est parce que « chacun est le diminutif de tout le monde[90] » que l'on peut, poète, faire semblant de parler de soi : ce n'est alors que recourir à une de ces diverses *dramatis personae* qui sont à la disposition d'un auteur éminemment *comédien*, apte à jouer les moralistes en se méfiant de la « morale[91] », à « chante[r] la chair sans l'aimer, d'une façon triste et détachée », comme le notait Flaubert[92], et dont Proust remarquait : « Dans les plus sublimes expressions qu'il a données de certains sentiments, il semble qu'il ait fait une peinture extérieure, sans sympathiser avec eux[93]. » Je « détaché », mais aussi en pièces détachées, éclaté, allégorisé, métaphorisé, comme on voit dans les poèmes du « spleen » ; je travaillé, dans tous les sens du mot, et composé, au sens où les comédiens l'entendent : cette poésie élabore son authenticité en refusant la sincérité niaise du « cœur », car c'est « une erreur d'esthétique », venue de l' « époque désordonnée du romantisme[94] ».

Dans ces mots apparaît l'ambiguïté fondamentale de ce que Valéry a nommé la « situation » de Baudelaire, héritier du romantisme — qu'il qualifie de « grâce, céleste ou infernale, à qui nous devons des stigmates éternels[95] » —, mais attentif à le « déromantiser », en insistant sur l'aspect volontaire et réflexif de l'acte poétique. Sous ce volontarisme esthétique, on peut certes discerner une véritable mythologie personnelle, propre à renverser — ou à masquer — ce que Claude Pichois a appelé la « difficulté créatrice » de Baudelaire, afin de concevoir, grâce à une méthode qui se rêve rigoureuse, des poèmes « corsetés », dont la « gaine métrique[96] » transpose l'ascèse vestimentaire du dandy tout en muant en acte de production poétique l'improductivité absolue, sociale autant qu'économique, qui définit le dandysme, afin surtout de rédimer dans un vœu de perfection et d'infaillibilité formelles ce que l'existence du poète pouvait comporter de cruellement imparfait ou faillible. Il demeure que les *Fleurs*, tout en faisant leur place aux sollicitations du rêve et aux intimations de l'inconscient, témoignent du « travail par lequel une rêverie devient un objet d'art[97] ». Travail incessant de variation et de retouche des poèmes existants, et travail volontiers second, opérant sur des données préalables, plastiques, on l'a vu, ou littéraires : l'inventaire des « sources » de Baudelaire n'est sûrement pas achevé, ni peut-être même achevable. Il suffira ici de rappeler deux exemples caractéristiques. *Une gravure fantastique* présente quatre versions, qui montrent Baudelaire expérimentant différentes possibilités métriques, mais aussi réorganisant et modifiant cette donnée plastique de départ qu'était une gravure d'après Mortimer[98]. Dans *Le Guignon*, nous observons un cas limite de la technique créative de Baudelaire, qui ne dissocie pas toujours l'écriture de la réécriture. On pourrait, superficiellement, y voir le démarquage d'un quatrain de Gray :

> *Full many a gem of purest ray serene*
> *The dark unfathomed caves of Ocean bare.*
> *Full many a flower is born to blush unseen,*
> *And waste its sweetness on the desert air.*

et celui d'un quatrain de Longfellow :

> *Art is long, and time is fleeting,*
> *And our hearts, though strong and brave,*
> *As muffled drums are beating*
> *Funeral marches to the grave.*

Ce « collage » de citations donne pourtant naissance, par des retouches subtiles, l'adjonction des deux premiers vers, ou des infléchissements du texte initial — *waste*, par exemple, devient « épanche », donnant « à cette dissipation stérile un accent de richesse spirituelle[99] » —, à un poème original ; et, de la première à la deuxième version, qui inverse l'ordre des rimes « secret/regret », Baudelaire approfondit la signification spirituelle du sonnet[100] par le jeu d'une permutation minimale.

Ces analyses, que l'on pourrait multiplier, montrent l'extrême attention que Baudelaire portait aux détails et à leur retentissement sur l'ensemble du poème. Il définit ainsi une « poésie bien faite » : « explicative par elle-même, tant toutes choses y sont bien unies, conjointes, réciproquement adaptées, et [...] prudemment *concaténées*[101] ». Demandant au poème de susciter un « *enlèvement* de l'âme », mais aussi de reposer sur une « armature[102] », Baudelaire fait du calcul l'envers de l'imagination, la « reine des facultés[103] » dont le ministère analogique permet ce voyage aventureux qui aboutit à l'allégorie, cette figure apparemment décorative et volontiers néoclassique, et si « spirituelle » dans sa façon de remonter de l'apparence matérielle, visible ou représentée plastiquement, à l'abstraction d'une signification, celle par exemple que décèle le poète dans le « pendu » du *Voyage à Cythère*, ou inversement de faire de ses « Pensers » des « Cierges », et surtout de hiératiser ou de dramatiser des états affectifs comme le « Regret souriant », le « Plaisir », la « Haine[104] », — ou cet autre voyage, ou « transport », qui recourt à la métaphore. Les « correspondances » sont, pour l'essentiel, une façon de nommer cette activité symbolisante qui remembre le réel et fait le pont entre l'intérieur et l'extérieur, entre la musique, la mer et le moi, entre un ciel « tourmenté » et un « destin », entre un cœur et le « bloc rouge et glacé » d'un soleil polaire, entre une femme et « un beau ciel d'automne, clair et rose ». Les « correspondances » sont aussi ce qui fonde la suggestion d'un univers cohérent parce que réversible, où l'on glisse d'un domaine sensoriel à l'autre, où les sensations s'enchevêtrent ou se relaient, ces « admirables heures [...] où les couleurs parlent, où les parfums racontent des mondes d'idées[105] », où, comme dans *La Chevelure*, l' « âme peut boire/A grands flots le parfum, le son et la couleur ».

Cette saturation sensuelle du vers baudelairien dans certaines de ses réussites les moins contestables — ce « poids », cette « densité » dont Julien Gracq observe qu'elle aboutit à « la matière la plus pulpeuse et la plus gorgée de toute la poésie française », à des vers « imprégnés, substantiels », à ce « bloc stabilisé de saveur compacte » qui

« transmue le sang noir d'une existence[106] » —, tout cela repose sur une stricte économie de l'ambiguïté (une « toison moutonnant » articule rêveusement les ondulations d'une chevelure et celles de la houle marine, tout en suggérant l'animalité d'une femme), sur un usage réglé de l'énumération composite (les « senteurs confondues/De l'huile de coco, du musc et du goudron », « un rêve de voiles, de rameurs, de flammes et de mâts »), sur un emploi savant de l'hypallage (le « port retentissant » dit en fait ces « fêtes du cerveau, où les sens plus attentifs perçoivent des sensations plus retentissantes » dont parle Baudelaire à la fin de l'*Exposition universelle* [*1855*]) ou de l'impertinence du qualificatif (sorte d'hyperbole sensorielle, avec ces « cheveux bleus »), sur un transfert paradoxal de qualités sensibles appuyé sur des métaphores verbales (le parfum est « chargé », on « nage » sur lui, on peut le « boire », et la sensation olfactive en est comme densifiée, matérialisée), sur un emploi de la métaphore appositive dont la concision rend superflue toute instrumentation comparative (« Cheveux bleus, pavillons de ténèbres tendues »), et plus généralement sur la mise en place d'un réseau serré d'associations jouant sur le lexique de l'espace, de la chaleur, de l'extase, et d'une trame dense et organisée d'allitérations et d'assonances.

La somptuosité de la matière verbale de tant de vers baudelairiens tient aussi à cette musicalité suggestive qui a incité tant de compositeurs, de Duparc à Berg, à transformer les poèmes en mélodies, ou, mieux, à tenter, comme l'a fait, de son propre aveu, Dutilleux dans *Tout un monde lointain...*, pour violoncelle et orchestre (1970), d' « éveiller par la musique certains de leurs harmoniques les plus secrets[107] ». Souvent, en effet, c'est moins le réseau lexical ou sémantique — parfois saturé, comme on voit dans *Le Flambeau vivant* où s'accumule tout un vocabulaire de la lumière — que la trame phonique ou le dessin rythmique qui retiennent l'attention. Il suffit de songer au début d'*Harmonie du soir*, avec cette prolifération allitérative des *r*, les jeux consonantiques en *v*, en *t*, en *s*, les reprises et modulations vocaliques autour du *a* et du *i*, pour comprendre ce que Baudelaire entendait par les « conditions harmoniques de la beauté[108] ». Le rôle des sonorités y déborde largement le souci parfois laborieux de la rime, dont le « plaisir mathématique et musical[109] » tend à s'insinuer ailleurs, comme dans le second quatrain de *La Mort des amants*, avec ses rimes à l'hémistiche. Parfois, le retour approximatif d'une sonorité se combine au subtil déhanchement rythmique qu'apporte la diérèse : « Le long fleuve de f*ie*l des douleurs anc*ie*nnes. » La symétrie qu'implique la rime, les effets divers de répétitions ou de reprises phoniques se retrouvent aussi dans la structure rythmique, à l'échelle du vers, comme on entend dans la régularité accentuelle de ce bel alexandrin quaternaire : « Infinis bercements du loisir embaumé », ou à l'échelle, souvent plus significative, de la strophe : dans *Le Serpent qui danse*, la cadence de base de l'octosyllabe encadre l'irrégularité impaire et claudicante du pentasyllabe, dans un jeu savant de la symétrie et de l'asymétrie.

Toutefois, le balancement ou le bercement, ces gestes rythmiques de la répétition, si essentiels à la sensibilité baudelairienne, comme l'a montré Jean-Pierre Richard, ne sont que des cas particuliers d'une recherche générale de la symétrie et de l' « eurythmie », qui se traduit aussi par l'usage de formes à répétition comme le *pantoum*, par des constructions circulaires comme celle de *La Chevelure*, par le recours fréquent au sonnet, forme resserrée et bien faite pour lui plaire[110], qui permet tous les balancements, les échos, les reprises, mais aussi les antithèses ou les oppositions, voire les contrastes violents. C'est que le « corps » parfois si substantiel du poème baudelairien est aussi creusé, distendu, travaillé par tout un jeu de contradictions, tout un système de tensions qui y installe l'inquiétude, en transposant par exemple au plan lexical les antinomies irrésolues que nous évoquions plus haut, auxquelles il faudrait ajouter celle qui oppose (néo-)classicisme et « modernité », et surtout, en termes plus spécifiquement baudelairiens, l'affrontement entre « surnaturalisme » et « ironie[111] ».

« Horreur » et « extase » de la vie combinent leur contradiction dans des « accouplements » paradoxaux (« aimable pestilence », « funèbre gaieté », « amer savoir »), parfois rehaussés par leur présence à la rime (« toilette »/« squelette »), cependant que la « double postulation » trouve sa traduction dans une série de formulations antithétiques qui tendent vers l'oxymore (« fangeuse grandeur », « sublime ignominie », « infernal et divin », « sombre et limpide », « clair et noir », etc.), et s'essaient donc à dire cet « échec éclatant » à concilier les contradictoires en lequel Georges Poulet voit à la fois la présence d'une tradition platonicienne quêtant une « unité initiale », maintenant perdue, et la constatation du caractère irréalisable de cette quête de l'idéal[112]. Ces tensions conflictuelles, qui donnent à sa poésie cette « énergie » que Baudelaire considérait en 1856 comme « la grâce littéraire suprême[113] », nous en trouvons encore d'autres, plus nettement esthétiques, entre le goût, voire la hantise du drapé néo-classique (qu'on songe à l' « urne » de Pluviôse), des références antiques (surabondantes dans *Sed non satiata,* par exemple), et celui du choc — bien émoussé pour le lecteur moderne — qu'apportent les termes de la modernité citadine et industrielle d'alors (« wagon », « réverbère », « omnibus ») ; opposition encore, dont Baudelaire tire perversement parti, entre un ton volontiers solennel, parfois même oratoire, soutenu en tout cas, et des poussées brutales de familiarité ou de prosaïsme, de plus en plus marquées après 1857 : le plaisir est « press[é] bien fort comme une vieille orange », les terreurs « compriment le cœur comme un papier qu'on froisse », un « brûle-gueule » surgit au milieu du sublime insistant de *L'Albatros,* les « persiennes » apparaissent au deuxième vers du *Soleil,* le « bric-à-brac » est présent dans *Le Cygne,* sans parler de cette « cloison » qui s' « épaissit » dans *Le Balcon,* et qui avait tant frappé Laforgue[114].

Et surtout, à cette fête du langage et du cerveau qu'est le « surnaturalisme », à ce « sentiment de l'existence immensément augmenté », vient se mêler l' « ironie », c'est-à-dire une « tournure d'esprit satanique[115] », un sens de la dissonance — explicitement reliée au vice, et métaphore de l'être même du poète, « faux accord / Dans la divine symphonie[116] », ironie qui prend parfois la forme de cet humour noir que l'anthologie d'André Breton repérait en Baudelaire. Ce Baudelaire provocateur, sardonique, virulent, n'est pas moins important que l'autre. Ce qui rend sa poésie inimitable, c'est précisément son art de moduler d'un registre à l'autre, du cercueil futur des *Petites Vieilles* à la tendresse inquiète de leur « père » imaginaire. Et si son drame spirituel peut nous intéresser à Baudelaire, c'est peut-être moins un « moi » qu'une « voix » qui nous retient, une voix comme celle de l'emblématique Philibert Rouvière, ce comédien, cet « artiste plein de certitude », dont le talent se caractérise par « une solennité subjugante », qu' « enveloppe » une « grandeur poétique » : « Sa diction mordante, accentuée, poussée par une emphase nécessaire ou brisée par une trivialité inévitable, enchaîne irrésistiblement l'attention[117]. » Voix modulant jusqu'au chant, voix émouvante parce que mouvante, instable, pleine ou essoufflée, sensuelle ou amère, mais inlassablement appliquée à dire une beauté blessée, hantée par la mort et par le mal : le seul Baudelaire qui nous importe vraiment, présent dans ce que Mallarmé eût sans doute appelé sa « presque disparition vibratoire ».

Jacques DUPONT.

NOTES

1. Cf. Cl. Pichois, Pl. I, p. 815. (On trouvera l'explication des sigles dans les Indications bibliographiques, p. 335.)

2. *Roland Barthes par Roland Barthes,* Le Seuil, 1975, p. 185.

3. Asselineau, *Charles Baudelaire, sa vie et son œuvre,* Lemerre, 1869, p. 5. Affirmation à rapprocher de celle de Champfleury, citée par E. Crépet : Baudelaire aurait eu, vers 1845, « déjà un volume de vers tout prêt pour l'impression ».

4. *Mon cœur mis à nu,* XLV, Pl. I, p. 706.

5. *Mon cœur mis à nu,* VII, Pl. I, p. 680.

6. [Notices bio-bibliographiques], Pl. I, p. 784.

7. Voir L. Cellier, *Baudelaire et Hugo,* Corti, 1970 ; M. Rosenfeld, « Baudelaire lecteur de Hugo (1837-1866) », *Etudes baudelairiennes,* IX, Neuchâtel, La Baconnière, 1981, p. 75 à 177.

8. Sur l'influence de Gautier, voir R. Vivier, *L'Originalité de Baudelaire,* p. 200 et suiv. ; J. Pommier, *Dans les chemins de Baudelaire,* p. 74 et suiv. ; le ch. VI du *Baudelaire* de J. Prévost. (Pour les ouvrages fréquemment cités, les références bibliographiques complètes sont p. 335 et suiv.)

9. A. Guyaux, préface à *Volupté,* « Folio », Gallimard, 1986, p. 15.

10. Lettre-poème à Sainte-Beuve, « Tous imberbes alors... », Pl. I, p. 206 à 208.

11. *Le Crépuscule des idoles,* Gallimard, 1974, p. 110.

12. Voir G. Sagnes, *L'Ennui dans la littérature française, de Flaubert à Laforgue (1848-1884),* Armand Colin, 1969, p. 124 et suiv.

13. Cité dans Cl. Pichois et J. Ziegler, *Baudelaire,* p. 132.

14. L'influence, capitale, de Balzac sur Baudelaire est évoquée dans Vivier, ouvr. cité, p. 226-227 ; voir surtout P.-G. Castex, *Horizons romantiques,* Corti, 1983, p. 251 à 265.

15. Baudelaire évoquera admirablement cette expérience dans son étude sur l'*Exposition universelle (1855),* Pl. II, p. 576-577.

16. Cf. par exemple *Le Poème du hachisch*, Pl. I, p. 438 ; *Vers pour un portrait de M. Honoré Daumier* ; un passage de la première étude sur Pierre Dupont, Pl. II, p. 168 ; *De l'essence du rire*, Pl. II, p. 531 et suiv. ; et plus généralement l'introduction de M. Ruff à son édition de *Bertram*, Corti, 1956, et R. Vivier, *L'Originalité de Baudelaire*, p. 204 à 207.

17. Voir R. Vivier, *L'Originalité de Baudelaire*, notamment p. 171, 190-191, 246, 314, etc. ; sur l'influence des Petits Romantiques d'avant 1850, voir aussi A. Fongaro, *Quelques images dans « Les Fleurs du Mal »*, Presses Universitaires du Mirail-Toulouse, 1988, p. 50, et J.-L. Steinmetz, « Baudelaire et Pétrus Borel », dans *Du Romantisme au surnaturalisme. Hommage à Claude Pichois*, Neuchâtel, La Baconnière, 1985, p. 137 à 146. Plus généralement, voir les études de J.-L. Steinmetz et de J. Bellemin-Noël sur les « petits romantiques » et les « frénétiques », dans le t. VIII de l'*Histoire littéraire de la France*, dir. P. Barbéris et Cl. Duchet, Editions sociales, 1977, p. 103 et suiv., ainsi que le t. VII de *Littérature française*, par M. Milner et Cl. Pichois, Arthaud, 1985, p. 125 et suiv., et J.-L. Steinmetz, *La France frénétique de 1830*, Phébus, 1978.

18. Cf. Vivier, ouvr. cité, p. 197 à 199. Baudelaire semble évoquer « Joseph Delorme » dans un passage de la première étude sur Pierre Dupont, Pl. II, p. 27. Cf. N. H. Barlow, *Sainte-Beuve to Baudelaire. A Poetic Legacy*, Duke University Press, Durham, 1964.

19. Pl. II, p. 44.

20. Cl. Pichois et J. Ziegler, *Baudelaire*, ouvr. cité, p. 178. Plus généralement, voir P. Wald-Lasowski, *Syphilis. Essai sur la littérature française du XIXe siècle*, Gallimard, 1982.

21. J.-P. Richard, *Pages Paysages. Microlectures II*, Le Seuil, 1984, p. 16.

22. Sur le dandysme, cf. *Mon cœur mis à nu*, Pl. I, p. 677, 678, 682, 684, 689, 697 ; un passage du *Peintre de la vie moderne*, Pl. II, p. 709 à 712 ; R. Kempf, *Dandies, Baudelaire et Cie*, Le Seuil, [1977], « Points », 1984 ; Fr. Coblence, *Le Dandysme, obligation d'incertitude*, P.U.F., 1989 ; sur les rapports — complexes — de Baudelaire et de la nature, voir l'ouvrage de F. Leakey, *Baudelaire and Nature*.

23. Suivant l'exemple des célèbres collections Soult et Aguado, formées sous l'Empire, Louis-Philippe s'était constitué une collection de peinture espagnole, qu'il prêtait au Louvre : voir J. Baticle et Chr. Marinas, *La Galerie espagnole de Louis-Philippe au Louvre, 1838-1848*, Editions de la Réunion des musées nationaux, 1981, en particulier p. 18 à 26 ; cf. aussi P. Guinard, « Baudelaire, le Musée espagnol et Goya », *Revue d'histoire littéraire de la France*, n° spécial Baudelaire, avril-juin 1967, p. 312 à 328.

24. *Mon cœur mis à nu*, Pl. I, p. 701 ; cf. *ibid.*, p. 785 ; le *Salon de 1859*, Pl. II, p. 624, 681.

25. Sur les sens complexes et fluctuants de ce mot, emprunté à

Heine, voir Cl. Pichois, « La littérature française à la lumière du surnaturalisme », dans *Le Surnaturalisme français*, actes du colloque de l'Université Vanderbilt [1978], Neuchâtel, La Baconnière, 1979, p. 19 et suiv.

26. *Salon de 1846*, Pl. II, p. 431, 421, 440. Sur Baudelaire et Delacroix, voir L. Horner, *Baudelaire critique de Delacroix*, Genève, Droz, 1956 ; A. Moss, *Baudelaire et Delacroix*, Nizet, 1973.

27. Cl. Pichois et J. Ziegler, *Baudelaire*, ouvr. cité, p. 185-186.

28. « Baudelaire-Cramer : le sens des *Orfraies* », dans *Du Romantisme au surnaturalisme*, ouvr. cité, p. 147 à 166.

29. Cf. Pl. I, p. 793, et l'annotation de *Lesbos*.

30. Dans une liste de projets de romans, on voit paraître *Les Tribades* (Pl. I, p. 589) : influence de Balzac *(La Fille aux yeux d'or)* et de Gautier *(Mademoiselle de Maupin)* ?

31. Cl. Pichois, Pl. I, p. 1361.

32. Lettre à A. Fraisse, 18 février 1860.

33. Citons, pour mémoire, les études d'A.-M. Amiot, *Baudelaire et l'illuminisme*, Nizet, 1982, et de P. Arnold, *Esotérisme de Baudelaire*, Vrin, 1972 ; voir surtout les remarques de G. Blin, Résumés de cours, *Annuaire du Collège de France*, 1967-1968, *passim*, et plus généralement P. M. Jones, *The Background of modern French Poetry*, Cambridge U.P., 1951, A. Viatte, *Les Sources occultes du romantisme. Illuminisme, théosophie, 1770-1820*, Champion, 1928, et Br. Juden, *Traditions orphiques et tendances mystiques dans le Romantisme français*, Klincksieck, 1971.

34. Pl. I, p. 679-680.

35. Voir J. Ziegler, « *Le Vin de l'assassin :* 1848 ? », dans *Du Romantisme au surnaturalisme*, ouvr. cité, p. 193-194. Ajoutons que dans la préface des *Odes funambulesques* [février 1857], Banville observait : « Dans un morceau [...] d'inspiration lyrique, M. Proudhon [...] s'est rencontré, presque idée pour idée, avec *Les Litanies de Satan* de Charles Baudelaire » (édition Crépet-Blin des *Fleurs*, p. 512-513).

36. *La Mystique de Baudelaire*, p. 56. Baudelaire lui-même parle, en 1861, dans une étude sur Hugo, des « limbes de l'avenir » (Pl. II, p. 138). H. J. Hunt, dans *Le Socialisme et le romantisme en France. Etude de la presse socialiste de 1830 à 1848* (Oxford, Clarendon Press, 1935, p. 269, n. 4) compare l'influence de Fourier sur Leconte de Lisle à celle qu'il aurait exercée sur Baudelaire, également vers 1846. Voir toutefois l'étude d'E. Lehouck, *Revue de l'université de Bruxelles*, septembre 1966, p. 466 à 473 ; et, plus généralement, Cl. Pichois, « Baudelaire, cet iceberg... », *Scritti in onore di Giovanni Macchia*, Milan, Mondadori, 1983, p. 497 à 504.

37. Respectivement, Pl. II, p. 437 et 440. Comme le rappelle A. Pézard, « Comment Dante conquit la France aux beaux jours du 5omantisme », *Studi in onore di C. Pellegrino*, t. II, Torino, S.E.I., 1963, p. 683 à 706), Delacroix a joué un rôle essentiel dans la redécouverte de Dante, à côté de traductions comme celles d'A. Deschamps (1829), Fiorentino (1840), que Baudelaire juge, en 1846, « la seule bonne pour les poètes » (Pl. II, p. 438, var. a), A.

Brizeux (1841), Lamennais (1855). Sur Baudelaire, Dante et *Les Limbes*, voir notamment J.S. Patty, « Baudelaire's knowledge and use of Dante », *Studies in Philology*, LIII, 1956, p. 599 à 611, et L. Cellier, « Baudelaire et les Limbes » [1964], *Parcours initiatiques*, Neuchâtel, La Baconnière, 1977, p. 204 et suiv. Signalons, enfin, que G. A. Brunelli a consacré aux *Limbes* une de ses *Tre studi sur Charles Baudelaire*, Catania, N. Giannotta, 1967.

38. Voir, respectivement, G. Sagnes, *L'Ennui dans la littérature française de Flaubert à Laforgue, 1848-1884*, ouvr. cité, p. 129 ; *Volupté*, éd. A. Guyaux, ouvr. cité, p. 264 ; M.-A. Ruff, *L'Esprit du Mal et l'esthétique baudelairienne*, p. 231 ; Gr. Robb, *Baudelaire lecteur de Balzac*, Corti, 1988, p. 232, 234.

39. Cl. Pichois, J. Ziegler, *Baudelaire*, p. 273.

40. Première étude sur Gautier, Pl. II, p. 110 ; sur Musset, cf. Pl. II, p. 168, 183, 232, 234, 274, et la lettre à A. Fraisse du 18 février 1860.

41. On songera au projet avorté, vers 1852, d'une revue qui se fût appelée *Le Hibou philosophe* (cf. le *Baudelaire* de Cl. Pichois et J. Ziegler, p. 289-290, et Pl. II, p. 50 à 52).

42. Dans ses *Lettres de Rodez*, Antonin Artaud déclare, fort justement, que la poésie de Baudelaire « vient d'un tétanos de l'âme » (*Œuvres complètes*, Gallimard, t. IX, p. 184).

43. Pl. II, p. 580-581.

44. *Ibid.*, p. 575 à 577 ; cf. p. 595, 596.

45 *Ibid.*, p. 578-579 ; cf. p. 616.

46. Pl. I, p. 669. Voir D. Vouga, *Baudelaire et Joseph de Maistre*, Corti, 1957.

47. Cf. le *Baudelaire* de Cl. Pichois et J. Ziegler, p. 318 et suiv.

48. Voir, dans Pl. I, les notes à *Tout entière*, *Harmonie du soir*, *Le Flacon* ; cf. l'étude précitée de F. Leakey, et le *Baudelaire* de Cl. Pichois et J. Ziegler, p. 322-323.

49. P. 253.

50. Cl. Pichois, J. Ziegler, *Baudelaire*, p. 337.

51. Voir Gr. Robb, *Baudelaire lecteur de Balzac*, ouvr. cité, p. 15, et, cité par Robb p. 270, un intéressant passage de *La Femme de trente ans*, ainsi que deux lignes d'*Honorine*, citées par Robb p. 293, n. 761, sur la « mystérieuse fleur de l'Idéal ». Ajoutons-y un passage de *Louis Lambert* (éd. P.-G. Castex, Gallimard, Bibliothèque de la Pléiade, t. XI, p. 632), où les « idées » et les « créations » sont comparées à des « fleurs ».

52. Voir les notes sur *Les Liaisons dangereuses*, Pl. II, p. 68, et, dans *Le Spleen de Paris*, la fin de *La Fausse monnaie*, Pl. I, p. 324.

53. On en lira plus loin le texte, dans la n. 1 à *L'Héautontimorouménos*, p. 297. Selon G. Blin (Résumés de cours, *Annuaire du Collège de France*, 1967-1968), la première partie du canevas a pu passer dans *Madrigal triste*.

54. Article proposé en juillet 1857 par Barbey au *Pays*, et refusé.

55. Rapport au ministère de l'Intérieur, cité dans Cl. Pichois et J. Ziegler, *Baudelaire*, p. 343-344 : le juge d'instruction devait finalement retenir treize poèmes, pour atteinte à la morale : outre ceux

précédemment nommés, *Sed non satiata, Le Léthé, A celle qui est trop gaie, Le Beau Navire, A une mendiante rousse* ; on se reportera au chapitre XVII de l'ouvrage précité, pour le détail du procès.

56. Pl. I, p. 193 et suiv.

57. « Réalisme » est à comprendre, du point de vue de juges peu informés des réticences croissantes de Baudelaire envers le réalisme — voir « Puisque réalisme il y a », Pl. II, p. 57, et le *Baudelaire* de Cl. Pichois et J. Ziegler, p. 355-356 — comme un équivalent approximatif d' « immoralité » et de la subversion sociale qu'elle semblait impliquer. Notons que les pièces condamnées le resteront jusqu'en 1949 : la Cour de cassation reprochera alors aux juges antérieurs de ne s'être « attach[és] qu'à l'interprétation réaliste de ces poèmes », et d'avoir « néglig[é] leur sens symbolique » (Cl. Pichois, J. Ziegler, *Baudelaire*, p. 358). De son côté, G. Blin, dans son cours de 1976-1977 au Collège de France, proposait de voir dans ce procès, comme pour *Madame Bovary*, celui d'un romantisme « devenu crime d'Etat », selon une formule des Goncourt en 1857, romantisme dont l' « anachronisme » n'était plus pardonnable, ce qui conduisait à poursuivre une œuvre « immorale en tant que démoralisante », l' « outrage » étant déjà dans l' « outrance ».

58. Sur cette dernière, voir W. T. Bandy et Cl. Pichois, *Baudelaire devant ses contemporains*.

59. Période étudiée par R. Burton, *Baudelaire in 1859 ; a study in the sources of poetic productivity*, Cambridge U.P., 1988.

60. Pl. I, p. 668.

61. Quand Baudelaire donne en 1866 un ensemble de poèmes au *Parnasse contemporain*, il propose de l'intituler *Sylves*, référant, en bon latiniste, au titre donné par Stace à un recueil de pièces détachées.

62. Pl. I, p. 1167.

63. Cf. Pl. I, p. 1175.

64. XI, Pl. I, p. 682-688. S'y combine d'ailleurs cette autre antinomie, non moins essentielle : « horreur » et « extase » de la vie (*ibid.*, p. 703).

65. [Notes pour mon avocat], Pl. I, p. 195.

66. *Ibid.*, p. 193.

67. *Ibid.*, p. 195.

68. Cf. A. Fairlie, *Baudelaire. Les Fleurs du Mal*, p. 39 et suiv.

69. Cf. T. Bassim, *La Femme dans l'œuvre de Baudelaire*, Neuchâtel, La Baconnière, 1974.

70. M. Milner, *Baudelaire, enfer ou ciel, qu'importe !*, Plon, 1967, p. 100.

71. *Mon cœur mis à nu*, III, Pl. I, p. 677. Sur la problématique baudelairienne du naturel, voir les analyses de J.-P. Sartre, G. Blin et F. Leakey.

72. Voir notamment les chapitres X à XII du *Peintre de la vie moderne*, Pl. II, p. 713 à 722.

73. C'est ce drame que Baudelaire reconnaît dans Wagner (Pl. II, p. 794 et suiv.).

74. Voir G. Blin, *Le Sadisme de Baudelaire*.

75. R. Vivier, *L'Originalité de Baudelaire*, p. 109. Baudelaire a aussi défini le spleen dans une lettre à sa mère du 30 décembre 1857. Sur le mot « spleen », voir plus bas la n. 1 à la pièce LXXV, p. 293.

76. Ce n'est qu'occasionnellement que le maléfice du temps s'interrompt : voir G. Poulet, *Etudes sur le temps humain*, p. 327 et suiv. ; *La Poésie éclatée*, p. 16 et suiv., 35 et suiv.

77. Sur la définition de la « modernité » baudelairienne, voir W. Benjamin, *Charles Baudelaire, un poète lyrique à l'apogée du capitalisme* ; H. Friedrich, *Structures de la poésie moderne* ; T. W. Adorno, *Théorie esthétique*, Klincksieck, 1974, p. 35-36 ; O. Paz, « Présence et présent », *Preuves*, n° 207, mai 1968, p. 7 à 15 ; G. Blin, Résumés de cours, *Annuaire du Collège de France*, 1969, p. 523 à 534.

78. Pl. II, p. 666-667.

79. *Le Peintre de la vie moderne*, Pl. II, p. 691.

80. *Enivrez-vous, Le Spleen de Paris*, XXXIII, Pl. I, p. 337.

81. Terme employé plusieurs fois par Baudelaire (Pl. I, p. 678 ; Pl. II, p. 186, 796).

82. *Tombeau de Baudelaire*, p. 28.

83. H. Friedrich, ouvr. cité, p. 53 et suiv.

84. J. Pommier, « Baudelaire devant la critique théologique », *Revue d'histoire littéraire de la France*, LVIII, 1958, p. 41. Voir aussi la mise au point d'E. Auerbach dans « The Æsthetic Dignity of the *Fleurs du Mal* », p. 218 et suiv., et les remarques de M. Milner, « Baudelaire et la théologie », dans *Romantisme et religion : théologie des théologiens et théologie des écrivains, ed.* M. Baude et M. M. Münch, P.U.F., 1980, p. 307 à 317.

85. J. Pommier, art. cité, p. 45.

86. A. Fairlie, ouvr. cité, p. 34.

87. *Baudelaire*, 1939, p. 26.

88. Projet de préface, p. 254.

89. Lettre à sa mère, 11 janvier 1858, à propos de *Je n'ai pas oublié...* et de *La Servante au grand cœur...* On songera aussi à une possible autocensure de Baudelaire, pour la dernière strophe des *Petites Vieilles*, en 1863 ; cf. le problème de *La Lune offensée* (Pl. I, p. 1111 à 1114).

90. *Richard Wagner*, Pl. II, p. 793.

91. Cf. une lettre à Swinburne, en 1863 : « Je ne suis pas si *moraliste* que vous feignez obligeamment de le croire. Je crois simplement que tout poème, tout objet d'art *bien fait* suggère naturellement et forcément une morale. C'est l'affaire du lecteur. J'ai même une haine très décidée contre toute intention morale exclusive dans un poème. »

92. Lettre du 13 juillet 1857 (*Lettres à Baudelaire*, ouvr. cité, p. 150).

93. *Contre Sainte-Beuve*, éd. B. de Fallois, Gallimard, 1954, p. 211 ; cf. *ibid.* p. 213.

94. *Théophile Gautier* [I], Pl. II, p. 115 ; cf. Pl. II, p. 14, 40, 82.

95. *Salon de 1859*, Pl. II, p. 645 ; cf. un passage sur le romantisme dans le *Salon de 1845*, *ibid.*, p. 366.

96. G. Blin, *Le Sadisme de Baudelaire*, p. 122.
97. Lettre à A. Fraisse, 18 février 1860.
98. Cf. F. Leakey, « Baudelaire and Mortimer », *French Studies*, avril 1953, p. 101 à 115 ; A. Fairlie, « Reflections on the successives versions of *Une gravure fantastique* », *Etudes baudelairiennes*, III, 1973, p. 217 à 231. Voir également le cas limite des « sept versions des *Sept Vieillards* », étudié par F. Leakey et Cl. Pichois, *Etudes baudelairiennes*, III, p. 262 à 289.
99. P. Bénichou, « A propos du *Guignon*. Note sur le travail poétique chez Baudelaire », *Etudes baudelairiennes*, III, p. 232 à 240. Pour la traduction voir *Le Guignon*, note 1 ; Pl. I, p. 859-860.
100. Voir les commentaires de J.-P. Richard, « Profondeur de Baudelaire », dans *Poésie et Profondeur*, p. 93-94, et de J.-P. Sartre, *Baudelaire*, p. 220-221.
101. *Richard Wagner*, Pl. II, p. 803.
102. *Notes nouvelles sur Edgar Poe*, Pl. II, p. 332. Cf. les images voisines du « style serré comme les mailles d'une armure » (Pl. II, p. 316), du « réseau tressé par la logique », dans lequel « toutes les idées, comme des flèches obéissantes, volent au même but » (Pl. II, p. 283).
103. *Exposition universelle (1855)*, Pl. II, p. 585 ; *Salon de 1859*, *ibid.*, p. 619 à 628.
104. *Le Poème du haschisch*, Pl. I, p. 430 ; *Un mangeur d'opium*, *ibid.*, p. 471 ; cf. P. Dufour, « Formes et fonctions de l'allégorie dans la modernité des *Fleurs du Mal* », actes du colloque *Baudelaire, « Les Fleurs du Mal ». L'intériorité de la forme*, p. 135 à 147.
105. *Exposition universelle (1855)*, Pl. II, p. 596.
106. *En lisant, en écrivant*, Corti, 1980, p. 155.
107. Entretien du compositeur avec Cl. Rostand, 25 juillet 1970.
108. *Etudes sur Poe*, Pl. II, p. 316.
109. *Etudes sur Poe*, Pl. II, p. 336.
110. Sur le sonnet baudelairien, voir la mise au point de J. Molino et J. Gardes-Tamine, *Introduction à l'analyse de la poésie*, t. II, P.U.F., p. 108 à 115.
111. *Fusées*, XI, Pl. I, p. 658.
112. Actes du colloque de Namur (1967), *Journées Baudelaire*, Bruxelles, Académie royale de langue et littérature françaises, 1968, p. 99 ; cf. L. Cellier, « Baudelaire et l'oxymoron » [1965], *Parcours initiatiques*, ouvr. cité, p. 191 à 203.
113. *Philibert Rouvière*, Pl. II, p. 61.
114. « Il a le premier trouvé après toutes les hardiesses du romantisme ces comparaisons crues, qui soudain dans l'harmonie d'une période mettent en passant le pied dans le plat » (*Mélanges posthumes* [1903]), Genève, Slatkine Reprints, 1979, p. 113. Cf. W. Benjamin, *Ch. Baudelaire. Un poète lyrique à l'apogée du capitalisme*, p. 140 et suiv. Mais, en même temps, Baudelaire observe, à propos de Balzac, qu'il faut « revêtir de lumière et de pourpre la pure trivialité » : « qui ne fait pas cela [...] ne fait pas grand chose » (Pl. II, p. 120).
115. *Fusées*, XI, Pl. I, p. 658.

116. *L'Héautontimorouménos*, v. 13-14 ; *Etudes sur Poe*, Pl. II, p. 334. Cf. S. Genovali, *Baudelaire o della dissonanza*, Firenze, La Nuova Italia, 1971.

117. Pl. II, p. 63.

NOTE SUR LE TEXTE

Est reproduite ici la seconde édition originale des *Fleurs du Mal*, celle de 1861, qui est la dernière publiée du vivant de Baudelaire et sous son contrôle. Nous indiquons les variantes les plus importantes, antérieures ou postérieures à cette date. Quelques graphies d'époque ont été modernisées. On trouvera à la suite de l'édition de 1861 le texte des *Epaves*, qui publiait en 1866, à 260 exemplaires, les pièces condamnées et divers poèmes apportés par la troisième édition, en 1866. Ces derniers — à l'exception facile à comprendre, de l'*Epigraphe pour un livre condamné* — sont présentés dans l'ordre chronologique de leur publication en revue (classement qui ne préjuge pas leur date effective de composition). On n'a pas repris ici les deux « intruses » de cette troisième édition qu'étaient le sonnet *À Théodore de Banville* et *Le Calumet de la paix*. Nous donnons également les ébauches pour un *Epilogue*, les *Bribes*, et les projets de préface.

LES FLEURS DU MAL [1]

AU POÈTE IMPECCABLE

AU PARFAIT MAGICIEN ÈS LETTRES FRANÇAISES

A MON TRÈS CHER ET TRÈS VÉNÉRÉ

MAÎTRE ET AMI

THÉOPHILE GAUTIER

AVEC LES SENTIMENTS

DE LA PLUS PROFONDE HUMILITÉ

JE DÉDIE

CES FLEURS MALADIVES

C. B[1].

AU POÈTE IMPECCABLE

AU PARFAIT MAGICIEN ÈS LETTRES FRANÇAISES

A MON TRÈS-CHER ET TRÈS-VÉNÉRÉ

MAÎTRE ET AMI

THÉOPHILE GAUTIER

AVEC LES SENTIMENTS

DE LA PLUS PROFONDE HUMILITÉ

JE DÉDIE

CES FLEURS MALADIVES

AU LECTEUR[1]

La sottise, l'erreur, le péché, la lésine[2],
Occupent nos esprits et travaillent nos corps,
Et nous alimentons nos aimables remords,
Comme les mendiants nourrissent leur vermine.

Nos péchés sont têtus, nos repentirs sont lâches ;
Nous nous faisons payer grassement nos aveux,
Et nous rentrons gaiement dans le chemin bourbeux,
Croyant par de vils pleurs laver toutes nos taches.

Sur l'oreiller du mal c'est Satan Trismégiste[3]
Qui berce longuement notre esprit enchanté,
Et le riche métal de notre volonté
Est tout vaporisé[4] par ce savant chimiste.

C'est le Diable qui tient les fils qui nous remuent !
Aux objets répugnants nous trouvons des appas[5] ;
Chaque jour vers l'Enfer nous descendons d'un pas,
Sans horreur, à travers des ténèbres qui puent.

Ainsi qu'un débauché pauvre qui baise et mange
Le sein martyrisé d'une antique catin,
Nous volons au passage un plaisir clandestin
Que nous pressons bien fort comme une vieille orange.

Serré, fourmillant, comme un million d'helminthes[6],
Dans nos cerveaux ribote[7] un peuple de Démons,
Et, quand nous respirons, la Mort dans nos poumons
Descend, fleuve invisible, avec de sourdes plaintes.

Si le viol, le poison, le poignard, l'incendie,
N'ont pas encor brodé de leurs plaisants dessins
Le canevas banal de nos piteux destins,
C'est que notre âme, hélas ! n'est pas assez hardie.

Mais parmi les chacals, les panthères, les lices[8],
Les singes, les scorpions, les vautours, les serpents,
Les monstres glapissants, hurlants, grognants, ram-
[pants,
Dans la ménagerie infâme de nos vices,

Il en est un plus laid, plus méchant, plus immonde !
Quoiqu'il ne pousse ni grands gestes ni grands cris,
Il ferait volontiers de la terre un débris
Et dans un bâillement avalerait le monde ;

C'est l'Ennui[9] ! — l'œil chargé d'un pleur involontaire,
Il rêve d'échafauds en fumant son houka[10].
Tu le connais, lecteur, ce monstre délicat,
— Hypocrite lecteur, — mon semblable, — mon frère !

SPLEEN ET IDÉAL

I. — BÉNÉDICTION

Lorsque, par un décret des puissances suprêmes[1],
Le Poète apparaît en ce monde ennuyé,
Sa mère épouvantée et pleine de blasphèmes
Crispe ses poings vers Dieu, qui la prend en pitié :

— « Ah ! que n'ai-je mis bas tout un nœud de vipères,
Plutôt que de nourrir cette dérision !
Maudite soit la nuit aux plaisirs éphémères
Où mon ventre a conçu mon expiation !

Puisque tu m'as choisie entre toutes les femmes[2]
Pour être le dégoût de mon triste mari,
Et que je ne puis pas rejeter dans les flammes,
Comme un billet d'amour, ce monstre rabougri,

Je ferai rejaillir ta haine qui m'accable
Sur l'instrument maudit de tes méchancetés,
Et je tordrai si bien cet arbre misérable,
Qu'il ne pourra pousser ses boutons empestés ! »

Elle ravale ainsi l'écume de sa haine,
Et, ne comprenant pas les desseins éternels,
Elle-même prépare au fond de la Géhenne[3]
Les bûchers consacrés aux crimes maternels.

Pourtant, sous la tutelle invisible d'un Ange,
L'Enfant[4] déshérité s'enivre de soleil,
Et dans tout ce qu'il boit et dans tout ce qu'il mange
Retrouve l'ambroisie et le nectar vermeil.

Il joue avec le vent, cause avec le nuage,
Et s'enivre en chantant du chemin de la croix ;
Et l'Esprit qui le suit dans son pèlerinage
Pleure de le voir gai comme un oiseau des bois.

Tous ceux qu'il veut aimer l'observent avec crainte,
Ou bien, s'enhardissant de sa tranquillité,
Cherchent à qui saura lui tirer une plainte,
Et font sur lui l'essai de leur férocité.

Dans le pain et le vin destinés à sa bouche
Ils mêlent de la cendre avec d'impurs crachats ;
Avec hypocrisie ils jettent ce qu'il touche,
Et s'accusent d'avoir mis leurs pieds dans ses pas.

Sa femme va criant sur les places publiques :
« Puisqu'il me trouve assez belle pour m'adorer,
Je ferai le métier des idoles antiques,
Et comme elles je veux me faire redorer ;

Et je me soûlerai de nard, d'encens, de myrrhe,
De génuflexions, de viandes et de vins,
Pour savoir si je puis dans un cœur qui m'admire
Usurper en riant les hommages divins !

Et, quand je m'ennuierai de ces farces impies,
Je poserai sur lui ma frêle et forte main ;
Et mes ongles, pareils aux ongles des harpies,
Sauront jusqu'à son cœur se frayer un chemin.

Comme un tout jeune oiseau qui tremble et qui palpite,
J'arracherai ce cœur tout rouge de son sein,
Et, pour rassasier ma bête favorite,
Je le lui jetterai par terre avec dédain ! »

Vers le Ciel, où son œil voit un trône splendide,
Le Poète serein lève ses bras pieux,
Et les vastes éclairs de son esprit lucide
Lui dérobent l'aspect des peuples furieux[5] :

— « Soyez béni, mon Dieu, qui donnez la souffrance
Comme un divin remède à nos impuretés
Et comme la meilleure et la plus pure essence
Qui prépare les forts aux saintes voluptés !

Je sais que vous gardez une place au Poète
Dans les rangs bienheureux des saintes Légions,
Et que vous l'invitez à l'éternelle fête
Des Trônes, des Vertus, des Dominations[6].

Je sais que la douleur est la noblesse unique
Où ne mordront jamais la terre et les enfers,
Et qu'il faut pour tresser ma couronne mystique
Imposer tous les temps et tous les univers.

Mais les bijoux perdus de l'antique Palmyre[7],
Les métaux inconnus, les perles de la mer,
Par votre main montés, ne pourraient pas suffire
A ce beau diadème éblouissant et clair ;

Car il ne sera fait que de pure lumière,
Puisée au foyer saint des rayons primitifs,
Et dont les yeux mortels, dans leur splendeur entière,
Ne sont que des miroirs[8] obscurcis et plaintifs ! »

II. — L'ALBATROS[1]

Souvent, pour s'amuser, les hommes d'équipage
Prennent des albatros, vastes oiseaux des mers,
Qui suivent, indolents compagnons de voyage,
Le navire glissant sur les gouffres amers.

A peine les ont-ils déposés sur les planches,
Que ces rois de l'azur, maladroits et honteux,
Laissent piteusement leurs grandes ailes blanches
Comme des avirons traîner à côté d'eux.

Ce voyageur ailé, comme il est gauche et veule !
Lui, naguère si beau, qu'il est comique et laid !
L'un agace son bec avec un brûle-gueule,
L'autre mime, en boitant, l'infirme qui volait[2] !

Le Poète est semblable au prince des nuées
Qui hante la tempête et se rit de l'archer ;

Exilé sur le sol au milieu des huées,
Ses ailes de géant l'empêchent de marcher.

III. — ÉLÉVATION

Au-dessus des étangs, au-dessus des vallées,
Des montagnes, des bois, des nuages, des mers,
Par-delà le soleil, par-delà les éthers,
Par-delà les confins des sphères étoilées,

Mon esprit, tu te meus avec agilité,
Et, comme un bon nageur qui se pâme dans l'onde,
Tu sillonnes gaiement l'immensité profonde
Avec une indicible et mâle volupté[1].

Envole-toi bien loin de ces miasmes morbides ;
Va te purifier dans l'air supérieur,
Et bois, comme une pure et divine liqueur,
Le feu clair qui remplit les espaces limpides.

Derrière les ennuis et les vastes chagrins[2]
Qui chargent de leur poids l'existence brumeuse,
Heureux celui qui peut d'une aile vigoureuse
S'élancer vers les champs lumineux et sereins[3] ;

Celui dont les pensers, comme des alouettes,
Vers les cieux le matin prennent un libre essor,
— Qui plane sur la vie, et comprend sans effort
Le langage des fleurs et des choses muettes[4] !

IV. — CORRESPONDANCES[1]

La Nature est un temple où de vivants piliers
Laissent parfois sortir de confuses paroles[2] ;
L'homme y passe à travers des forêts de symboles
Qui l'observent avec des regards familiers[3].

Comme de longs échos[4] qui de loin se confondent
Dans une ténébreuse et profonde unité,
Vaste comme la nuit et comme la clarté,
Les parfums, les couleurs et les sons se répondent.

Il est des parfums frais comme des chairs d'enfants,
Doux comme les hautbois[5], verts comme les prairies,
— Et d'autres, corrompus, riches et triomphants,

Ayant l'expansion des choses infinies[6],
Comme l'ambre, le musc[7], le benjoin et l'encens,
Qui chantent les transports de l'esprit et des sens.

V

J'aime le souvenir de ces époques nues,
Dont Phœbus[1] se plaisait à dorer les statues.
Alors l'homme et la femme en leur agilité
Jouissaient sans mensonge et sans anxiété,
Et, le ciel amoureux leur caressant l'échine,
Exerçaient la santé de leur noble machine[2].
Cybèle[3] alors, fertile en produits généreux,
Ne trouvait point ses fils un poids trop onéreux,
Mais, louve au cœur gonflé de tendresses communes,
Abreuvait l'univers à ses tétines brunes.
L'homme, élégant, robuste et fort, avait le droit
D'être fier des beautés qui le nommaient leur roi ;
Fruits purs de tout outrage et vierges de gerçures,
Dont la chair lisse et ferme appelait les morsures !

Le Poète aujourd'hui, quand il veut concevoir
Ces natives grandeurs, aux lieux où se font voir
La nudité de l'homme et celle de la femme[4],
Sent un froid ténébreux envelopper son âme
Devant ce noir tableau plein d'épouvantement.
O monstruosités pleurant leur vêtement !
O ridicules troncs ! torses dignes des masques !
O pauvres corps tordus, maigres, ventrus ou flasques,
Que le dieu de l'Utile[5], implacable et serein,
Enfants, emmaillota dans ses langes d'airain[6] !

Et vous, femmes, hélas ! pâles comme des cierges,
Que ronge et que nourrit la débauche, et vous, vierges,
Du vice maternel traînant l'hérédité
Et toutes les hideurs de la fécondité[7] !

Nous avons, il est vrai, nations corrompues,
Aux peuples anciens des beautés inconnues :
Des visages rongés par les chancres du cœur,
Et comme qui dirait des beautés de langueur ;
Mais ces inventions de nos muses tardives[8]
N'empêcheront jamais les races maladives
De rendre à la jeunesse un hommage profond,
— A la sainte jeunesse, à l'air simple, au doux front,
A l'œil limpide et clair ainsi qu'une eau courante,
Et qui va répandant sur tout, insouciante
Comme l'azur du ciel, les oiseaux et les fleurs,
Ses parfums, ses chansons et ses douces chaleurs !

VI. — LES PHARES

Rubens, fleuve d'oubli, jardin de la paresse,
Oreiller de chair fraîche où l'on ne peut aimer,
Mais où la vie afflue et s'agite sans cesse,
Comme l'air dans le ciel et la mer dans la mer ;

Léonard de Vinci, miroir profond et sombre,
Où des anges charmants, avec un doux souris[1]
Tout chargé de mystère, apparaissent à l'ombre
Des glaciers et des pins qui ferment leur pays ;

Rembrandt, triste hôpital tout rempli de murmures,
Et d'un grand crucifix décoré seulement,
Où la prière en pleurs s'exhale des ordures,
Et d'un rayon d'hiver traversé brusquement ;

Michel-Ange, lieu vague où l'on voit des Hercules
Se mêler à des Christs, et se lever tout droits
Des fantômes puissants qui dans les crépuscules
Déchirent leur suaire en étirant leurs doigts ;

Colères de boxeur, impudences de faune,
Toi qui sus ramasser la beauté des goujats[2],
Grand cœur gonflé d'orgueil, homme débile et jaune,
Puget, mélancolique empereur des forçats[3] ;

Watteau, ce carnaval où bien des cœurs illustres,
Comme des papillons, errent en flamboyant,
Décors frais et légers éclairés par des lustres
Qui versent la folie à ce bal tournoyant ;

Goya, cauchemar plein de choses inconnues,
De fœtus qu'on fait cuire au milieu des sabbats,
De vieilles au miroir et d'enfants toutes nues[4],
Pour tenter les démons ajustant bien leurs bas ;

Delacroix, lac de sang hanté des mauvais anges,
Ombragé par un bois de sapins toujours vert,
Où, sous un ciel chagrin, des fanfares étranges
Passent, comme un soupir étouffé de Weber[5] ;

Ces malédictions, ces blasphèmes, ces plaintes,
Ces extases, ces cris, ces pleurs, ces *Te Deum*[6],
Sont un écho redit par mille labyrinthes ;
C'est pour les cœurs mortels un divin opium !

C'est un cri répété par mille sentinelles[7],
Un ordre renvoyé par mille porte-voix ;
C'est un phare allumé sur mille citadelles,
Un appel de chasseurs perdus dans les grands bois !

Car c'est vraiment, Seigneur, le meilleur témoignage
Que nous puissions donner de notre dignité
Que cet ardent sanglot qui roule d'âge en âge[8]
Et vient mourir au bord de votre éternité !

VII. — LA MUSE MALADE

Ma pauvre muse, hélas ! qu'as-tu donc ce matin ?
Tes yeux creux sont peuplés de visions nocturnes,
Et je vois tour à tour réfléchis[1] sur ton teint
4 La folie et l'horreur, froides et taciturnes.

Le succube[2] verdâtre et le rose lutin
T'ont-ils versé la peur et l'amour de leurs urnes ?
Le cauchemar, d'un poing despotique et mutin,
T'a-t-il noyée au fond d'un fabuleux Minturnes[3] ?

Je voudrais qu'exhalant l'odeur de la santé
Ton sein de pensers forts fût toujours fréquenté,
Et que ton sang chrétien coulât à flots rythmiques,

Comme les sons nombreux[4] des syllabes antiques,
Où règnent tour à tour le père des chansons,
Phœbus[5], et le grand Pan, le seigneur des moissons.

VIII. — LA MUSE VÉNALE

O muse de mon cœur, amante des palais,
Auras-tu, quand Janvier lâchera ses Borées[1],
Durant les noirs ennuis des neigeuses soirées,
Un tison pour chauffer tes deux pieds violets ?

Ranimeras-tu donc tes épaules marbrées
Aux nocturnes rayons qui percent les volets ?
Sentant ta bourse à sec autant que ton palais,
Récolteras-tu l'or des voûtes azurées ?

Il te faut, pour gagner ton pain de chaque soir,
Comme un enfant de chœur, jouer de l'encensoir,
Chanter des *Te Deum*[2] auxquels tu ne crois guère,

Ou, saltimbanque[3] à jeun, étaler tes appas[4]
Et ton rire trempé de pleurs qu'on ne voit pas,
Pour faire épanouir la rate du vulgaire.

IX. — LE MAUVAIS MOINE[1]

Les cloîtres anciens sur leurs grandes murailles
Etalaient en tableaux la sainte Vérité,

Dont l'effet, réchauffant les pieuses entrailles,
Tempérait la froideur de leur austérité.

En ces temps où du Christ florissaient les semailles,
Plus d'un illustre moine, aujourd'hui peu cité[2],
Prenant pour atelier le champ des funérailles,
Glorifiait la Mort avec simplicité.

— Mon âme est un tombeau que, mauvais cénobite[3],
Depuis l'éternité je parcours et j'habite ;
Rien n'embellit les murs de ce cloître odieux.

O moine fainéant ! quand saurai-je donc faire[4]
Du spectacle vivant de ma triste misère
Le travail de mes mains et l'amour de mes yeux ?

X. — L'ENNEMI

Ma jeunesse ne fut qu'un ténébreux orage,
Traversé çà et là par de brillants soleils ;
Le tonnerre et la pluie ont fait un tel ravage,
Qu'il reste en mon jardin bien peu de fruits vermeils.

Voilà que j'ai touché l'automne des idées,
Et qu'il faut employer la pelle et les râteaux
Pour rassembler à neuf les terres inondées,
Où l'eau creuse des trous grands comme des tombeaux.

Et qui sait si les fleurs nouvelles que je rêve
Trouveront dans ce sol lavé comme une grève
Le mystique aliment qui ferait leur vigueur[1] ?

— O douleur ! ô douleur ! Le Temps mange la vie,
Et l'obscur Ennemi[2] qui nous ronge le cœur
Du sang que nous perdons[3] croît et se fortifie !

XI. — LE GUIGNON[1]

Pour soulever un poids si lourd,
Sisyphe[2], il faudrait ton courage!
Bien qu'on ait du cœur à l'ouvrage,
L'Art est long et le Temps est court[3].

Loin des sépultures célèbres,
Vers un cimetière isolé,
Mon cœur, comme un tambour voilé,
Va battant des marches funèbres.

— Maint joyau dort enseveli
Dans les ténèbres et l'oubli,
Bien loin des pioches et des sondes;

Mainte fleur épanche à regret
Son parfum doux comme un secret[4]
Dans les solitudes profondes.

XII. — LA VIE ANTÉRIEURE[1]

J'ai longtemps habité sous de vastes portiques[2]
Que les soleils marins teignaient de mille feux,
Et que leurs grands piliers, droits et majestueux,
Rendaient pareils, le soir, aux grottes basaltiques[3].

Les houles, en roulant les images des cieux,
Mêlaient d'une façon solennelle et mystique[4]
Les tout-puissants accords de leur riche musique
Aux couleurs du couchant reflété par mes yeux.

C'est là que j'ai vécu dans les voluptés calmes,
Au milieu de l'azur, des vagues, des splendeurs
Et des esclaves nus, tout imprégnés d'odeurs,

Qui me rafraîchissaient le front avec des palmes,
Et dont l'unique soin était d'approfondir
Le secret douloureux qui me faisait languir[5].

XIII. — BOHÉMIENS EN VOYAGE[1]

La tribu prophétique aux prunelles ardentes
Hier s'est mise en route, emportant ses petits
Sur son dos, ou livrant à leurs fiers appétits
Le trésor toujours prêt des mamelles pendantes.

Les hommes vont à pied sous leurs armes luisantes
Le long des chariots où les leurs sont blottis,
Promenant sur le ciel des yeux appesantis
Par le morne regret des chimères absentes.

Du fond de son réduit sablonneux, le grillon,
Les regardant passer, redouble sa chanson ;
Cybèle[2], qui les aime, augmente ses verdures,

Fait couler le rocher et fleurir le désert[3]
Devant ces voyageurs, pour lesquels est ouvert
L'empire familier des ténèbres futures.

XIV. — L'HOMME ET LA MER[1]

Homme libre, toujours tu chériras la mer !
La mer est ton miroir ; tu contemples ton âme
Dans le déroulement infini de sa lame,
Et ton esprit n'est pas un gouffre moins amer.

Tu te plais à plonger au sein de ton image ;
Tu l'embrasses des yeux et des bras, et ton cœur
Se distrait quelquefois de sa propre rumeur
Au bruit de cette plainte indomptable et sauvage.

Vous êtes tous les deux ténébreux et discrets :
Homme, nul n'a sondé le fond de tes abîmes ;
O mer, nul ne connaît tes richesses intimes,
Tant vous êtes jaloux de garder vos secrets !

Et cependant voilà des siècles innombrables
Que vous vous combattez sans pitié ni remord,
Tellement vous aimez le carnage et la mort,
O lutteurs éternels, ô frères implacables !

XV. — DON JUAN AUX ENFERS[1]

Quand Don Juan descendit vers l'onde souterraine
Et lorsqu'il eut donné son obole à Charon[2],
Un sombre mendiant, l'œil fier comme Antisthène[3],
D'un bras vengeur et fort saisit chaque aviron.

Montrant leurs seins pendants et leurs robes ouvertes,
Des femmes se tordaient sous le noir firmament,
Et, comme un grand troupeau de victimes offertes,
Derrière lui traînaient un long mugissement[4].

Sganarelle[5] en riant lui réclamait ses gages,
Tandis que Don Luis avec un doigt tremblant
Montrait à tous les morts errant sur les rivages[6]
Le fils audacieux qui railla son front blanc.

Frissonnant sous son deuil, la chaste et maigre Elvire[7],
Près de l'époux perfide et qui fut son amant,
Semblait lui réclamer un suprême sourire
Où brillât la douceur de son premier serment.

Tout droit dans son armure, un grand homme de pierre[8]
Se tenait à la barre et coupait le flot noir ;
Mais le calme héros, courbé sur sa rapière,
Regardait le sillage et ne daignait rien voir[9].

XVI. — CHÂTIMENT DE L'ORGUEIL[1]

En ces temps merveilleux où la Théologie
Fleurit avec le plus de sève et d'énergie,

On raconte qu'un jour un docteur des plus grands,
— Après avoir forcé les cœurs indifférents ;
Les avoir remués dans les profondeurs noires ;
Après avoir franchi vers les célestes gloires
Des chemins singuliers à lui-même inconnus,
Où les purs Esprits seuls peut-être étaient venus, —
Comme un homme monté trop haut, pris de panique,
S'écria, transporté d'un orgueil satanique :
« Jésus, petit Jésus ! je t'ai poussé bien haut !
Mais, si j'avais voulu t'attaquer au défaut
De l'armure, ta honte égalerait ta gloire,
Et tu ne serais plus qu'un fœtus dérisoire ! »

Immédiatement sa raison s'en alla.
L'éclat de ce soleil d'un crêpe[2] se voila ;
Tout le chaos roula dans cette intelligence,
Temple autrefois vivant, plein d'ordre et d'opulence,
Sous les plafonds duquel tant de pompe avait lui.
Le silence et la nuit s'installèrent en lui,
Comme dans un caveau dont la clef est perdue.
Dès lors il fut semblable aux bêtes de la rue,
Et, quand il s'en allait sans rien voir, à travers
Les champs, sans distinguer les étés des hivers,
Sale, inutile et laid comme une chose usée,
Il faisait des enfants la joie et la risée.

XVII. — LA BEAUTÉ

Je suis belle, ô mortels ! comme un rêve de pierre[1],
Et mon sein, où chacun s'est meurtri tour à tour,
Est fait pour inspirer au poète un amour
Eternel et muet ainsi que la matière.

Je trône dans l'azur comme un sphinx[2] incompris ;
J'unis un cœur de neige à la blancheur des cygnes ;
Je hais le mouvement qui déplace les lignes[3],
Et jamais je ne pleure et jamais je ne ris.

Les poètes, devant mes grandes attitudes,
Que j'ai l'air d'emprunter aux plus fiers[4] monuments,
Consumeront leurs jours en d'austères études ;

Car j'ai, pour fasciner ces dociles amants,
De purs miroirs qui font toutes choses plus belles[5] :
Mes yeux, mes larges yeux aux clartés éternelles !

XVIII. — L'IDÉAL

Ce ne seront jamais ces beautés de vignettes,
Produits avariés, nés d'un siècle vaurien,
Ces pieds à brodequins, ces doigts à castagnettes,
Qui sauront satisfaire un cœur comme le mien.

Je laisse à Gavarni[1], poète des chloroses[2],
Son troupeau gazouillant de beautés d'hôpital,
Car je ne puis trouver parmi ces pâles roses
Une fleur qui ressemble à mon rouge idéal[3].

Ce qu'il faut à ce cœur profond comme un abîme,
C'est vous, Lady Macbeth[4], âme puissante au crime,
Rêve d'Eschyle éclos au climat des autans[5] ;

Ou bien toi, grande Nuit[6], fille de Michel-Ange,
Qui tors paisiblement dans une pose étrange
Tes appas[7] façonnés aux bouches des Titans !

XIX. — LA GÉANTE[1]

Du temps que la Nature en sa verve puissante
Concevait chaque jour des enfants monstrueux,
J'eusse aimé vivre auprès d'une jeune géante,
Comme aux pieds d'une reine un chat voluptueux.

J'eusse aimé voir son corps fleurir avec son âme
Et grandir librement dans ses terribles jeux ;
Deviner si son cœur couve une sombre flamme
Aux humides brouillards qui nagent dans ses yeux ;

Parcourir à loisir ses magnifiques formes ;
Ramper sur le versant de ses genoux[2] énormes,
Et parfois en été, quand les soleils malsains,

Lasse, la font s'étendre à travers la campagne,
Dormir nonchalamment à l'ombre de ses seins,
Comme un hameau paisible au pied d'une montagne.

XX. — LE MASQUE

STATUE ALLÉGORIQUE DANS LE GOÛT DE LA RENAISSANCE

À Ernest Christophe[1], statuaire.

Contemplons ce trésor de grâces florentines ;
Dans l'ondulation de ce corps musculeux
L'Elégance et la Force abondent, sœurs divines.
Cette femme, morceau vraiment miraculeux,
Divinement robuste, adorablement mince,
Est faite pour trôner sur des lits somptueux,
Et charmer les loisirs d'un pontife ou d'un prince.

— Aussi, vois ce souris[2] fin et voluptueux
Où la Fatuité promène son extase ;
Ce long regard sournois, langoureux et moqueur ;
Ce visage mignard, tout encadré de gaze,
Dont chaque trait nous dit avec un air vainqueur :
« La Volupté m'appelle et l'Amour me couronne ! »
A cet être doué de tant de majesté
Vois quel charme excitant la gentillesse donne !
Approchons, et tournons autour de sa beauté.

O blasphème de l'art ! ô surprise fatale !
La femme au corps divin, promettant le bonheur,
Par le haut se termine en monstre bicéphale !

— Mais non ! ce n'est qu'un masque, un décor subor-
[neur,
Ce visage éclairé d'une exquise grimace,
Et, regarde, voici, crispée atrocement,

La véritable tête, et la sincère face
Renversée à l'abri de la face qui ment.
Pauvre grande beauté ! le magnifique fleuve
De tes pleurs[3] aboutit dans mon cœur soucieux ;
Ton mensonge m'enivre, et mon âme s'abreuve
Aux flots que la Douleur fait jaillir de tes yeux[4] !

— Mais pourquoi pleure-t-elle ? Elle, beauté parfaite
Qui mettrait à ses pieds le genre humain vaincu,
Quel mal mystérieux ronge son flanc d'athlète ?

— Elle pleure, insensé, parce qu'elle a vécu !
Et parce qu'elle vit ! Mais ce qu'elle déplore
Surtout, ce qui la fait frémir jusqu'aux genoux,
C'est que demain, hélas ! il faudra vivre encore !
Demain, après-demain et toujours ! — comme nous !

XXI. — HYMNE A LA BEAUTÉ[1]

Viens-tu du ciel profond ou sors-tu de l'abîme,
O Beauté ? ton regard, infernal et divin,
Verse confusément le bienfait et le crime,
Et l'on peut pour cela te comparer au vin[2].

Tu contiens dans ton œil le couchant et l'aurore ;
Tu répands des parfums comme un soir orageux ;
Tes baisers sont un philtre et ta bouche une amphore
Qui font le héros lâche et l'enfant courageux.

Sors-tu du gouffre noir ou descends-tu des astres ?
Le Destin charmé suit tes jupons comme un chien ;
Tu sèmes au hasard la joie et les désastres,
Et tu gouvernes tout et ne réponds de rien.

Tu marches sur des morts, Beauté, dont tu te moques ;
De tes bijoux l'Horreur n'est pas le moins charmant,
Et le Meurtre, parmi tes plus chères breloques,
Sur ton ventre orgueilleux danse amoureusement.

L'éphémère ébloui vole vers toi, chandelle,
Crépite, flambe et dit : Bénissons ce flambeau !

L'amoureux pantelant incliné sur sa belle
A l'air d'un moribond caressant [3] son tombeau.

Que tu viennes du ciel ou de l'enfer, qu'importe,
O Beauté ! monstre énorme, effrayant, ingénu !
Si ton œil, ton souris [4], ton pied, m'ouvrent la porte
D'un Infini que j'aime et n'ai jamais connu ?

De Satan ou de Dieu, qu'importe ? Ange ou Sirène,
Qu'importe, si tu rends, — fée aux yeux de velours,
Rythme, parfum, lueur, ô mon unique reine ! —
L'univers moins hideux et les instants moins lourds ?

XXII. — PARFUM EXOTIQUE [1]

Quand, les deux yeux fermés, en un soir chaud d'au-
[tomne,
Je respire l'odeur de ton sein chaleureux,
Je vois se dérouler des rivages heureux
Qu'éblouissent les feux d'un soleil monotone ;

Une île paresseuse où la nature donne
Des arbres singuliers et des fruits savoureux ;
Des hommes dont le corps est mince et vigoureux,
Et des femmes dont l'œil par sa franchise étonne.

Guidé par ton odeur vers de charmants climats,
Je vois un port rempli de voiles et de mâts
Encor tout fatigués [2] par la vague marine,

Pendant que le parfum des verts tamariniers,
Qui circule dans l'air et m'enfle la narine,
Se mêle dans mon âme au chant des mariniers [3].

XXIII. — LA CHEVELURE

O toison, moutonnant jusque sur l'encolure !
O boucles ! O parfum chargé de nonchaloir [1] !

Extase ! Pour peupler ce soir l'alcôve obscure
Des souvenirs dormant dans cette chevelure,
Je la veux agiter dans l'air comme un mouchoir !

La langoureuse Asie et la brûlante Afrique,
Tout un monde lointain, absent, presque défunt,
Vit dans tes profondeurs, forêt aromatique !
Comme d'autres esprits voguent sur la musique,
Le mien, ô mon amour ! nage sur ton parfum [2].

J'irai là-bas où l'arbre et l'homme, pleins de sève,
Se pâment longuement sous l'ardeur des climats ;
Fortes tresses, soyez la houle qui m'enlève !
Tu contiens, mer d'ébène, un éblouissant rêve
De voiles, de rameurs, de flammes et de mâts :

Un port retentissant où mon âme peut boire
A grands flots le parfum, le son et la couleur ;
Où les vaisseaux, glissant dans l'or et dans la moire,
Ouvrent leurs vastes bras pour embrasser la gloire [3]
D'un ciel pur où frémit l'éternelle chaleur.

Je plongerai ma tête amoureuse d'ivresse
Dans ce noir océan où l'autre est enfermé ;
Et mon esprit subtil que le roulis caresse
Saura vous retrouver, ô féconde paresse,
Infinis bercements du loisir embaumé [4] !

Cheveux bleus, pavillon [5] de ténèbres tendues,
Vous me rendez l'azur du ciel immense et rond ;
Sur les bords duvetés de vos mèches tordues
Je m'enivre ardemment des senteurs confondues
De l'huile de coco, du musc et du goudron.

Longtemps ! toujours ! ma main dans ta crinière lourde
Sèmera le rubis, la perle et le saphir,
Afin qu'à mon désir tu ne sois jamais sourde !
N'es-tu pas l'oasis où je rêve, et la gourde
Où je hume à longs traits le vin du souvenir ?

XXIV

Je t'adore à l'égal de la voûte nocturne,
O vase de tristesse [1], ô grande taciturne,
Et t'aime d'autant plus, belle, que tu me fuis,
Et que tu me parais, ornement de mes nuits,
Plus ironiquement accumuler les lieues
Qui séparent mes bras des immensités bleues.

Je m'avance à l'attaque, et je grimpe aux assauts,
Comme après un cadavre un chœur de vermisseaux [2],
Et je chéris, ô bête implacable et cruelle !
Jusqu'à cette froideur par où tu m'es plus belle !

XXV

Tu mettrais l'univers entier dans ta ruelle,
Femme impure ! L'ennui rend ton âme cruelle.
Pour exercer tes dents à ce jeu singulier,
Il te faut chaque jour un cœur au râtelier.
Tes yeux, illuminés ainsi que des boutiques
Et des ifs flamboyants dans les fêtes publiques,
Usent insolemment d'un pouvoir emprunté,
Sans connaître jamais la loi de leur beauté.

Machine aveugle et sourde, en cruautés féconde !
Salutaire instrument, buveur du sang du monde,
Comment n'as-tu pas honte et comment n'as-tu pas
Devant tous les miroirs vu pâlir tes appas [1] ?
La grandeur de ce mal où tu te crois savante
Ne t'a donc jamais fait reculer d'épouvante,
Quand la nature, grande en ses desseins cachés,
De toi se sert, ô femme, ô reine des péchés,
— De toi, vil animal, — pour pétrir un génie [2] ?

O fangeuse grandeur ! sublime ignominie !

XXVI. — SED NON SATIATA[1]

Bizarre déité, brune comme les nuits,
Au parfum mélangé de musc et de havane,
Œuvre de quelque obi[2], le Faust de la savane,
Sorcière au flanc d'ébène, enfant des noirs minuits[3],

Je préfère au constance[4], à l'opium, au nuits,
L'élixir de ta bouche où l'amour se pavane ;
Quand vers toi mes désirs partent en caravane,
Tes yeux sont la citerne où boivent mes ennuis.

Par ces deux grands yeux noirs, soupiraux de ton âme[5],
O démon sans pitié ! verse-moi moins de flamme ;
Je ne suis pas le Styx pour t'embrasser neuf fois[6],

Hélas ! et je ne puis, Mégère[7] libertine,
Pour briser ton courage et te mettre aux abois,
Dans l'enfer de ton lit devenir Proserpine[8] !

XXVII

Avec ses vêtements ondoyants et nacrés,
Même quand elle marche on croirait qu'elle danse,
Comme ces longs serpents[1] que les jongleurs sacrés
Au bout de leurs bâtons agitent en cadence.

Comme le sable morne et l'azur des déserts,
Insensibles tous deux à l'humaine souffrance,
Comme les longs réseaux de la houle des mers,
Elle se développe avec indifférence.

Ses yeux polis sont faits de minéraux charmants,
Et dans cette nature étrange et symbolique
Où l'ange inviolé se mêle au sphinx antique[2],

Où tout n'est qu'or, acier, lumière et diamants,
Resplendit à jamais, comme un astre inutile,
La froide majesté de la femme stérile[3].

XXVIII. — LE SERPENT QUI DANSE

Que j'aime voir, chère indolente,
De ton corps si beau,
Comme une étoffe vacillante,
Miroiter la peau !

Sur ta chevelure profonde
Aux âcres parfums,
Mer odorante et vagabonde
Aux flots bleus et bruns,

Comme un navire qui s'éveille
Au vent du matin,
Mon âme rêveuse appareille
Pour un ciel lointain[1].

Tes yeux, où rien ne se révèle
De doux ni d'amer,
Sont deux bijoux froids où se mêle
L'or avec le fer[2].

A te voir marcher en cadence,
Belle d'abandon[3],
On dirait un serpent qui danse
Au bout d'un bâton.

Sous le fardeau de ta paresse
Ta tête d'enfant
Se balance avec la mollesse
D'un jeune éléphant[4],

Et ton corps se penche et s'allonge
Comme un fin vaisseau
Qui roule bord sur bord et plonge
Ses vergues dans l'eau[5].

Comme un flot grossi par la fonte
Des glaciers grondants,
Quand l'eau de ta bouche remonte[6]
Au bord de tes dents,

Je crois boire un vin de Bohême,
Amer et vainqueur,
Un ciel liquide qui parsème
D'étoiles mon cœur !

XXIX. — UNE CHAROGNE[1]

Rappelez-vous l'objet que nous vîmes, mon âme,
Ce beau matin d'été si doux :
Au détour d'un sentier une charogne infâme
Sur un lit semé de cailloux,

Les jambes en l'air, comme une femme lubrique,
Brûlante et suant les poisons,
Ouvrait d'une façon nonchalante et cynique
Son ventre plein d'exhalaisons.

Le soleil rayonnait sur cette pourriture,
Comme afin de la cuire à point,
Et de rendre au centuple à la grande Nature
Tout ce qu'ensemble elle avait joint ;

Et le ciel regardait la carcasse superbe
Comme une fleur s'épanouir.
La puanteur était si forte, que sur l'herbe
Vous crûtes vous évanouir.

Les mouches bourdonnaient sur ce ventre putride,
D'où sortaient de noirs bataillons
De larves, qui coulaient comme un épais liquide
Le long de ces vivants haillons.

Tout cela descendait, montait comme une vague,
Ou s'élançait en pétillant ;
On eût dit que le corps, enflé d'un souffle vague,
Vivait en se multipliant.

Et ce monde rendait une étrange musique,
Comme l'eau courante et le vent,
Ou le grain qu'un vanneur d'un mouvement rythmique
Agite et tourne dans son van[2].

Les formes s'effaçaient et n'étaient plus qu'un rêve,
Une ébauche lente à venir,
Sur la toile oubliée, et que l'artiste achève
Seulement par le souvenir[3].

Derrière les rochers une chienne inquiète
Nous regardait d'un œil fâché,
Épiant le moment de reprendre au squelette
Le morceau qu'elle avait lâché.

— Et pourtant vous serez semblable à cette ordure,
A cette horrible infection,
Etoile de mes yeux, soleil de ma nature,
Vous, mon ange et ma passion !

Oui ! telle vous serez, ô la reine des grâces,
Après les derniers sacrements,
Quand vous irez, sous l'herbe et les floraisons grasses,
Moisir parmi les ossements.

Alors, ô ma beauté ! dites à la vermine
Qui vous mangera de baisers,
Que j'ai gardé la forme et l'essence divine
De mes amours décomposés[4] !

XXX. — DE PROFUNDIS CLAMAVI[1]

J'implore ta pitié, Toi, l'unique que j'aime,
Du fond du gouffre obscur où mon cœur est tombé.
C'est un univers morne à l'horizon plombé,
Où nagent dans la nuit l'horreur et le blasphème ;

Un soleil sans chaleur plane au-dessus six mois,
Et les six autres mois la nuit couvre la terre ;
C'est un pays plus nu que la terre polaire ;
— Ni bêtes, ni ruisseaux, ni verdure, ni bois !

Or il n'est pas d'horreur au monde qui surpasse
La froide cruauté de ce soleil de glace
Et cette immense nuit semblable au vieux Chaos[2] ;

Je jalouse le sort des plus vils animaux
Qui peuvent se plonger dans un sommeil stupide[3],
Tant l'écheveau du temps lentement se dévide[4] !

XXXI. — LE VAMPIRE[1]

Toi qui, comme un coup de couteau,
Dans mon cœur plaintif es entrée ;
Toi qui, forte comme un troupeau
De démons, vins, folle et parée,

De mon esprit humilié
Faire ton lit et ton domaine ;
— Infâme à qui je suis lié
Comme le forçat à la chaîne,

Comme au jeu le joueur têtu,
Comme à la bouteille l'ivrogne,
Comme aux vermines la charogne,
— Maudite, maudite sois-tu !

J'ai prié le glaive rapide
De conquérir ma liberté,
Et j'ai dit au poison perfide
De secourir ma lâcheté.

Hélas ! le poison et le glaive
M'ont pris en dédain et m'ont dit :
« Tu n'es pas digne qu'on t'enlève
A ton esclavage maudit,

Imbécile ! — de son empire
Si nos efforts te délivraient,
Tes baisers ressusciteraient
Le cadavre de ton vampire ! »

XXXII

Une nuit que j'étais près d'une affreuse Juive[1],
Comme au long d'un cadavre un cadavre étendu[2],
Je me pris à songer près de ce corps vendu
A la triste beauté dont mon désir se prive.

Je me représentai sa majesté native,
Son regard de vigueur et de grâces armé,
Ses cheveux qui lui font un casque parfumé,
Et dont le souvenir pour l'amour me ravive[3].

Car j'eusse avec ferveur baisé ton noble corps,
Et depuis tes pieds frais jusqu'à tes noires tresses
Déroulé le trésor des profondes caresses,

Si, quelque soir, d'un pleur obtenu sans effort
Tu pouvais seulement, ô reine des cruelles !
Obscurcir la splendeur de tes froides prunelles[4].

XXXIII. — REMORDS POSTHUME

Lorsque tu dormiras, ma belle ténébreuse,
Au fond d'un monument[1] construit en marbre noir,
Et lorsque tu n'auras pour alcôve et manoir
Qu'un caveau pluvieux et qu'une fosse creuse ;

Quand la pierre, opprimant ta poitrine peureuse
Et tes flancs qu'assouplit un charmant nonchaloir[2],
Empêchera ton cœur de battre et de vouloir,
Et tes pieds de courir leur course aventureuse,

Le tombeau, confident de mon rêve infini
(Car le tombeau toujours comprendra le poète),
Durant ces grandes nuits d'où le somme est banni[3],

Te dira : « Que vous sert, courtisane imparfaite,
De n'avoir pas connu ce que pleurent les morts ? »
— Et le ver rongera ta peau comme un remords[4].

XXXIV. — LE CHAT[1]

Viens, mon beau chat, sur mon cœur amoureux ;
Retiens les griffes de ta patte,
Et laisse-moi plonger dans tes beaux yeux,
Mêlés de métal et d'agate[2].

Lorsque mes doigts caressent à loisir
Ta tête et ton dos élastique,
Et que ma main s'enivre du plaisir
De palper ton corps électrique,

Je vois ma femme en esprit. Son regard,
Comme le tien, aimable bête,
Profond et froid, coupe et fend comme un dard,

Et, des pieds jusques à la tête,
Un air subtil, un dangereux parfum
Nagent autour de son corps brun.

XXXV. — DUELLUM[1]

Deux guerriers ont couru l'un sur l'autre ; leurs armes
Ont éclaboussé l'air de lueurs et de sang.
Ces jeux, ces cliquetis du fer sont les vacarmes
D'une jeunesse en proie à l'amour vagissant.

Les glaives sont brisés ! comme notre jeunesse,
Ma chère ! Mais les dents, les ongles acérés,
Vengent bientôt l'épée et la dague traîtresse.
O fureur des cœurs mûrs par l'amour ulcérés !

Dans le ravin hanté des chats-pards et des onces[2]
Nos héros, s'étreignant méchamment, ont roulé,
Et leur peau fleurira l'aridité des ronces.

— Ce gouffre, c'est l'enfer, de nos amis peuplé[3] !
Roulons-y sans remords, amazone inhumaine,
Afin d'éterniser l'ardeur de notre haine !

XXXVI. — LE BALCON[1]

Mère des souvenirs, maîtresse des maîtresses,
O toi, tous mes plaisirs ! ô toi, tous mes devoirs !
Tu te rappelleras la beauté des caresses,
La douceur du foyer et le charme des soirs,
Mère des souvenirs, maîtresse des maîtresses !

Les soirs illuminés par l'ardeur du charbon,
Et les soirs au balcon[2], voilés de vapeurs roses.
Que ton sein m'était doux ! que ton cœur m'était bon !
Nous avons dit souvent d'impérissables choses
Les soirs illuminés par l'ardeur du charbon.

Que les soleils sont beaux dans les chaudes soirées !
Que l'espace est profond[3] ! que le cœur est puissant !
En me penchant vers toi, reine des adorées,
Je croyais respirer le parfum de ton sang.
Que les soleils sont beaux dans les chaudes soirées !

La nuit s'épaississait ainsi qu'une cloison,
Et mes yeux dans le noir devinaient tes prunelles,
Et je buvais ton souffle, ô douceur ! ô poison !
Et tes pieds s'endormaient dans mes mains fraternelles.
La nuit s'épaississait ainsi qu'une cloison.

Je sais l'art d'évoquer les minutes heureuses[4],
Et revis mon passé blotti dans tes genoux.
Car à quoi bon chercher tes beautés langoureuses
Ailleurs qu'en ton cher corps et qu'en ton cœur si doux ?
Je sais l'art d'évoquer les minutes heureuses !

Ces serments, ces parfums, ces baisers infinis,
Renaîtront-ils d'un gouffre interdit à nos sondes[5],
Comme montent au ciel les soleils rajeunis
Après s'être lavés au fond des mers profondes ?
— O serments ! ô parfums ! ô baisers infinis !

XXXVII. — LE POSSÉDÉ

Le soleil s'est couvert d'un crêpe. Comme lui,
O Lune de ma vie ! emmitoufle-toi [1] d'ombre ;
Dors ou fume à ton gré ; sois muette, sois sombre,
Et plonge tout entière au gouffre de l'Ennui ;

Je t'aime ainsi ! Pourtant, si tu veux aujourd'hui,
Comme un astre éclipsé qui sort de la pénombre,
Te pavaner aux lieux que la Folie encombre,
C'est bien ! Charmant poignard, jaillis de ton étui !

Allume ta prunelle à la flamme des lustres !
Allume le désir dans les regards des rustres !
Tout de toi m'est plaisir, morbide ou pétulant ;

Sois ce que tu voudras, nuit noire, rouge aurore ;
Il n'est pas une fibre en tout mon corps tremblant
Qui ne crie : *O mon cher Belzébuth, je t'adore* [2] *!*

XXXVIII. — UN FANTÔME

I

LES TÉNÈBRES

Dans les caveaux d'insondable tristesse
Où le Destin m'a déjà relégué ;
Où jamais n'entre un rayon rose et gai ;
Où, seul avec la Nuit, maussade hôtesse,

Je suis comme un peintre qu'un Dieu moqueur
Condamne à peindre, hélas ! sur les ténèbres [1] ;
Où, cuisinier aux appétits funèbres,
Je fais bouillir et je mange mon cœur,

Par instants brille, et s'allonge, et s'étale
Un spectre fait de grâce et de splendeur.
A sa rêveuse allure [2] orientale,

Quand il atteint sa totale grandeur,
Je reconnais ma belle visiteuse :
C'est Elle ! noire et pourtant lumineuse[3].

II

LE PARFUM

Lecteur, as-tu quelquefois respiré
Avec ivresse et lente gourmandise
Ce grain d'encens qui remplit une église,
Ou d'un sachet le musc invétéré[1] ?

Charme profond, magique, dont nous grise
Dans le présent le passé restauré !
Ainsi l'amant sur un corps adoré
Du souvenir cueille la fleur exquise.

De ses cheveux élastiques et lourds,
Vivant sachet, encensoir de l'alcôve,
Une senteur montait, sauvage et fauve,

Et des habits, mousseline ou velours,
Tout imprégnés de sa jeunesse pure,
Se dégageait un parfum de fourrure[2].

III

LE CADRE

Comme un beau cadre ajoute à la peinture,
Bien qu'elle soit d'un pinceau très vanté,
Je ne sais quoi d'étrange et d'enchanté
En l'isolant de l'immense nature,

Ainsi bijoux, meubles, métaux[1], dorure,
S'adaptaient juste à sa rare beauté ;
Rien n'offusquait sa parfaite clarté,
Et tout semblait lui servir de bordure[2].

Même on eût dit parfois qu'elle croyait
Que tout voulait l'aimer ; elle noyait
Sa nudité voluptueusement

Dans les baisers du satin et du linge,
Et lente ou brusque, à chaque mouvement
42 Montrait la grâce enfantine du singe[3].

IV

LE PORTRAIT

La Maladie[1] et la Mort font des cendres
De tout le feu qui pour nous flamboya.
De ces grands yeux si fervents et si tendres,
46 De cette bouche où mon cœur se noya[2],

De ces baisers puissants comme un dictame[3],
De ces transports plus vifs que des rayons,
Que reste-t-il ? C'est affreux, ô mon âme !
50 Rien qu'un dessin fort pâle, aux trois crayons[4],

Qui, comme moi, meurt dans la solitude,
Et que le Temps, injurieux vieillard,
53 Chaque jour frotte avec son aile rude...

Noir assassin de la Vie et de l'Art,
Tu ne tueras jamais dans ma mémoire
56 Celle qui fut mon plaisir et ma gloire[5] !

XXXIX

Je te donne ces vers afin que si mon nom
Aborde heureusement aux époques lointaines,
Et fait rêver un soir les cervelles humaines,
4 Vaisseau favorisé par un grand aquilon[1],

Ta mémoire[2], pareille aux fables incertaines,
Fatigue le lecteur ainsi qu'un tympanon[3],
Et par un fraternel et mystique chaînon
8 Reste comme pendue à mes rimes hautaines[4] ;

Etre maudit à qui, de l'abîme profond
Jusqu'au plus haut du ciel, rien, hors moi, ne répond !
11 — O toi qui, comme une ombre à la trace éphémère,

Foules d'un pied léger et d'un regard serein
Les stupides mortels qui t'ont jugée amère[5],
Statue aux yeux de jais, grand ange[6] au front d'airain !

XL. — SEMPER EADEM[1]

« D'où vous vient, disiez-vous, cette tristesse étrange,
Montant comme la mer[2] sur le roc noir et nu ? »
— Quand notre cœur a fait une fois sa vendange[3],
Vivre est un mal. C'est un secret de tous connu,

Une douleur très simple et non mystérieuse,
Et, comme votre joie, éclatante pour tous.
Cessez donc de chercher, ô belle curieuse !
Et, bien que votre voix soit douce, taisez-vous !

Taisez-vous, ignorante ! âme toujours ravie !
Bouche au rire enfantin ! Plus encor que la Vie,
La Mort nous tient souvent par des liens subtils.

Laissez, laissez mon cœur s'enivrer d'un *mensonge*[4],
Plonger dans vos beaux yeux comme dans un beau songe,
Et sommeiller longtemps à l'ombre de vos cils !

XLI. — TOUT ENTIÈRE

Le Démon, dans ma chambre haute,
Ce matin est venu me voir,
Et, tâchant à me prendre en faute,
Me dit : « Je voudrais bien savoir,

Parmi toutes les belles choses
Dont est fait son enchantement,
Parmi les objets noirs ou roses[1]
Qui composent son corps charmant,

Quel est le plus doux. » — O mon âme !
Tu répondis à l'Abhorré :
« Puisqu'en Elle tout est dictame [2],
Rien ne peut être préféré.

Lorsque tout me ravit, j'ignore
Si quelque chose me séduit.
Elle éblouit comme l'Aurore
Et console comme la Nuit ;

Et l'harmonie est trop exquise,
Qui gouverne tout son beau corps,
Pour que l'impuissante analyse
En note les nombreux accords.

O métamorphose mystique
De tous mes sens fondus en un !
Son haleine fait la musique,
Comme sa voix fait le parfum ! [3] »

XLII [1]

Que diras-tu ce soir, pauvre âme solitaire,
Que diras-tu, mon cœur, cœur autrefois flétri,
A la très belle, à la très bonne, à la très chère,
Dont le regard divin t'a soudain refleuri ?

— Nous mettrons notre orgueil à chanter ses
[louanges :
Rien ne vaut la douceur de son autorité ;
Sa chair spirituelle [2] a le parfum des Anges,
Et son œil nous revêt d'un habit de clarté.

Que ce soit dans la nuit et dans la solitude,
Que ce soit dans la rue et dans la multitude,
Son fantôme dans l'air danse comme un flambeau [3].

Parfois il parle et dit : « Je suis belle, et j'ordonne
Que pour l'amour de moi vous n'aimiez que le Beau ;
Je suis l'Ange gardien, la Muse et la Madone [4]. »

XLIII. — LE FLAMBEAU VIVANT[1]

Ils marchent devant moi, ces Yeux pleins de lumières,
Qu'un Ange très savant a sans doute aimantés[2] ;
Ils marchent, ces divins frères qui sont mes frères,
Secouant dans mes yeux leurs feux diamantés.

Me sauvant de tout piège et de tout péché grave,
Ils conduisent mes pas dans la route du Beau ;
Ils sont mes serviteurs et je suis leur esclave ;
Tout mon être obéit à ce vivant flambeau.

Charmants Yeux, vous brillez de la clarté mystique
Qu'ont les cierges brûlant en plein jour ; le soleil
Rougit, mais n'éteint pas leur flamme fantastique ;

Ils célèbrent la Mort, vous chantez le Réveil ;
Vous marchez en chantant le réveil de mon âme,
Astres dont nul soleil ne peut flétrir la flamme !

XLIV. — RÉVERSIBILITÉ[1]

Ange plein de gaieté[2], connaissez-vous l'angoisse,
La honte, les remords, les sanglots, les ennuis,
Et les vagues terreurs de ces affreuses nuits
Qui compriment le cœur comme un papier qu'on [froisse ?
Ange plein de gaieté, connaissez-vous l'angoisse ?

Ange plein de bonté, connaissez-vous la haine,
Les poings crispés dans l'ombre et les larmes de fiel,
Quand la Vengeance bat son infernal rappel,
Et de nos facultés se fait le capitaine ?
Ange plein de bonté, connaissez-vous la haine ?

Ange plein de santé, connaissez-vous les Fièvres,
Qui, le long des grands murs de l'hospice blafard,
Comme des exilés, s'en vont d'un pied traînard,

Cherchant le soleil rare et remuant les lèvres ?
Ange plein de santé, connaissez-vous les Fièvres ?

Ange plein de beauté, connaissez-vous les rides,
Et la peur de vieillir, et ce hideux tourment
De lire la secrète horreur du dévouement
Dans des yeux où longtemps burent nos yeux avides ?
Ange plein de beauté, connaissez-vous les rides ?

Ange plein de bonheur, de joie et de lumières,
David mourant aurait demandé la santé[3]
Aux émanations de ton corps enchanté ;
Mais de toi je n'implore, ange, que tes prières,
Ange plein de bonheur, de joie et de lumières !

XLV. — CONFESSION[1]

Une fois, une seule, aimable et douce femme,
A mon bras votre bras poli
S'appuya (sur le fond ténébreux de mon âme
Ce souvenir n'est point pâli) ;

Il était tard ; ainsi qu'une médaille neuve
La pleine lune s'étalait,
Et la solennité de la nuit, comme un fleuve
Sur Paris dormant ruisselait.

Et le long des maisons, sous les portes cochères,
Des chats passaient furtivement,
L'oreille au guet, ou bien, comme des ombres chères,
Nous accompagnaient lentement.

Tout à coup, au milieu de l'intimité libre
Eclose à la pâle clarté,
De vous, riche et sonore instrument où ne vibre
Que la radieuse gaieté,

De vous, claire et joyeuse ainsi qu'une fanfare
Dans le matin étincelant,

Une note plaintive, une note bizarre
S'échappa[2], tout en chancelant

Comme une enfant chétive, horrible, sombre, immonde,
Dont sa famille rougirait,
Et qu'elle aurait longtemps, pour la cacher au monde,
Dans un caveau mise au secret.

Pauvre ange, elle chantait, votre note criarde :
« Que rien ici-bas n'est certain,
Et que toujours, avec quelque soin qu'il se farde,
Se trahit l'égoïsme humain ;

Que c'est un dur métier que d'être belle femme,
Et que c'est le travail banal
De la danseuse folle et froide qui se pâme
Dans un sourire machinal ;

Que bâtir sur les cœurs est une chose sotte ;
Que tout craque, amour et beauté,
Jusqu'à ce que l'Oubli les jette dans sa hotte[3]
Pour les rendre à l'Eternité ! »

J'ai souvent évoqué cette lune enchantée,
Ce silence et cette langueur,
Et cette confidence horrible chuchotée[4]
Au confessionnal du cœur.

XLVI. — L'AUBE SPIRITUELLE[1]

Quand chez les débauchés l'aube blanche et vermeille
Entre en société de l'Idéal rongeur,
Par l'opération d'un mystère vengeur
Dans la brute assoupie un ange se réveille[2].

Des Cieux Spirituels l'inaccessible azur,
Pour l'homme terrassé qui rêve encore et souffre,
S'ouvre et s'enfonce avec l'attirance du gouffre.
Ainsi, chère Déesse, Etre lucide et pur[3],

Sur les débris fumeux des stupides orgies
Ton souvenir plus clair, plus rose, plus charmant,
A mes yeux agrandis voltige incessamment.

Le soleil a noirci la flamme des bougies[4];
Ainsi, toujours vainqueur, ton fantôme[5] est pareil,
Ame resplendissante, à l'immortel soleil!

XLVII. — HARMONIE DU SOIR[1]

Voici venir les temps où vibrant sur sa tige
Chaque fleur s'évapore ainsi qu'un encensoir[2];
Les sons et les parfums tournent dans l'air du soir;
Valse mélancolique et langoureux vertige[3]!

Chaque fleur s'évapore ainsi qu'un encensoir;
Le violon[4] frémit comme un cœur qu'on afflige;
Valse mélancolique et langoureux vertige!
Le ciel est triste et beau comme un grand reposoir[5].

Le violon frémit comme un cœur qu'on afflige,
Un cœur tendre, qui hait le néant vaste et noir!
Le ciel est triste et beau comme un grand reposoir;
Le soleil s'est noyé dans son sang qui se fige[6].

Un cœur tendre, qui hait le néant vaste et noir,
Du passé lumineux recueille tout vestige!
Le soleil s'est noyé dans son sang qui se fige...
Ton souvenir en moi luit comme un ostensoir[7]!

XLVIII. — LE FLACON

Il est de forts parfums pour qui toute matière
Est poreuse. On dirait qu'ils pénètrent le verre.
En ouvrant un coffret venu de l'Orient
Dont la serrure grince et rechigne en criant,

Ou dans une maison déserte quelque armoire
Pleine de l'âcre odeur des temps, poudreuse et noire,
Parfois on trouve un vieux flacon qui se souvient[1],
D'où jaillit toute vive une âme qui revient[2].

Mille pensers dormaient, chrysalides funèbres,
Frémissant doucement dans les lourdes ténèbres,
Qui dégagent leur aile et prennent leur essor,
Teintés d'azur, glacés de rose, lamés d'or.

Voilà le souvenir enivrant qui voltige
Dans l'air troublé ; les yeux se ferment ; le Vertige
Saisit l'âme vaincue et la pousse à deux mains
Vers un gouffre obscurci de miasmes humains[3] ;

Il la terrasse au bord d'un gouffre séculaire,
Où, Lazare odorant[4] déchirant son suaire,
Se meut dans son réveil le cadavre spectral
D'un vieil amour ranci, charmant et sépulcral.

Ainsi, quand je serai perdu dans la mémoire
Des hommes[5], dans le coin d'une sinistre armoire
Quand on m'aura jeté, vieux flacon désolé,
Décrépit, poudreux, sale, abject, visqueux, fêlé,

Je serai ton cercueil, aimable[6] pestilence !
Le témoin de ta force et de ta virulence,
Cher poison[7] préparé par les anges ! liqueur
Qui me ronge, ô la vie et la mort de mon cœur !

XLIX. — LE POISON

Le vin sait revêtir le plus sordide bouge
    D'un luxe miraculeux,
Et fait surgir plus d'un portique[1] fabuleux
    Dans l'or de sa vapeur rouge,
Comme un soleil[2] couchant dans un ciel nébuleux.

L'opium[3] agrandit ce qui n'a pas de bornes,
    Allonge l'illimité,

Approfondit le temps, creuse la volupté,
Et de plaisirs noirs et mornes
Remplit l'âme au-delà de sa capacité.

Tout cela ne vaut pas le poison qui découle
De tes yeux, de tes yeux verts[4],
Lacs où mon âme tremble et se voit à l'envers...
Mes songes viennent en foule
Pour se désaltérer à ces gouffres amers.

Tout cela ne vaut pas le terrible prodige
De ta salive qui mord[5],
Qui plonge dans l'oubli mon âme sans remords,
Et, charriant le vertige,
La roule défaillante aux rives de la mort[6] !

L. — CIEL BROUILLÉ

On dirait ton regard d'une vapeur couvert ;
Ton œil mystérieux (est-il bleu, gris ou vert ?)
Alternativement tendre, rêveur, cruel,
Réfléchit l'indolence et la pâleur du ciel.

Tu rappelles ces jours blancs, tièdes et voilés,
Qui font se fondre en pleurs les cœurs ensorcelés,
Quand, agités d'un mal inconnu qui les tord,
Les nerfs trop éveillés raillent l'esprit qui dort.

Tu ressembles parfois à ces beaux horizons
Qu'allument les soleils des brumeuses saisons...
Comme tu resplendis, paysage mouillé
Qu'enflamment les rayons tombant d'un ciel brouillé[1] !

O femme dangereuse, ô séduisants climats !
Adorerai-je aussi ta neige et vos frimas,
Et saurai-je tirer de l'implacable hiver
Des plaisirs plus aigus que la glace et le fer ?

LI. — LE CHAT[1]

I

Dans ma cervelle se promène,
Ainsi qu'en son appartement,
Un beau chat, fort, doux et charmant.
Quand il miaule, on l'entend à peine,

Tant son timbre est tendre et discret ;
Mais que sa voix s'apaise ou gronde,
Elle est toujours riche et profonde.
C'est là son charme et son secret.

Cette voix, qui perle et qui filtre
Dans mon fonds le plus ténébreux,
Me remplit comme un vers nombreux[2]
Et me réjouit comme un philtre.

Elle endort les plus cruels maux
Et contient toutes les extases ;
Pour dire les plus longues phrases,
Elle n'a pas besoin de mots.

Non, il n'est pas d'archet qui morde
Sur mon cœur, parfait instrument,
Et fasse plus royalement
Chanter sa plus vibrante corde[3],

Que ta voix, chat mystérieux,
Chat séraphique, chat étrange,
En qui tout est, comme en un ange,
Aussi subtil qu'harmonieux !

II

De sa fourrure blonde et brune
Sort un parfum si doux, qu'un soir
J'en fus embaumé, pour l'avoir
Caressée une fois, rien qu'une.

C'est l'esprit familier du lieu ;
Il juge, il préside, il inspire
Toutes choses dans son empire ;
Peut-être est-il fée, est-il dieu [4] ?

Quand mes yeux, vers ce chat que j'aime
Tirés comme par un aimant [5],
Se retournent docilement
Et que je regarde en moi-même,

Je vois avec étonnement
Le feu de ses prunelles pâles,
Clairs fanaux, vivantes opales,
Qui me contemplent fixement.

LII. — LE BEAU NAVIRE

Je veux te raconter, ô molle enchanteresse [1] !
Les diverses beautés qui parent ta jeunesse ;
Je veux te peindre ta beauté,
Où l'enfance s'allie à la maturité.

Quand tu vas balayant l'air de ta jupe large,
Tu fais l'effet d'un beau vaisseau qui prend le large [2],
Chargé de toile, et va roulant
Suivant un rythme doux, et paresseux, et lent.

Sur ton cou large et rond, sur tes épaules grasses,
Ta tête se pavane avec d'étranges grâces ;
D'un air placide et triomphant
Tu passes ton chemin, majestueuse enfant.

Je veux te raconter, ô molle enchanteresse !
Les diverses beautés qui parent ta jeunesse ;
Je veux te peindre ta beauté,
Où l'enfance s'allie à la maturité.

Ta gorge qui s'avance et qui pousse la moire,
Ta gorge triomphante est une belle armoire [3]
Dont les panneaux bombés et clairs
Comme les boucliers accrochent des éclairs ;

Boucliers provocants, armés de pointes roses !
Armoire à doux secrets, pleine de bonnes choses,
De vins, de parfums, de liqueurs
Qui feraient délirer les cerveaux et les cœurs !

Quand tu vas balayant l'air de ta jupe large,
Tu fais l'effet d'un beau vaisseau qui prend le large,
Chargé de toile, et va roulant
Suivant un rythme doux, et paresseux, et lent.

Tes nobles jambes, sous les volants qu'elles chassent,
Tourmentent les désirs obscurs et les agacent,
Comme deux sorcières qui font
Tourner un philtre noir dans un vase profond.

Tes bras, qui se joueraient des précoces hercules[4],
Sont des boas luisants les solides émules,
Faits pour serrer obstinément,
Comme pour l'imprimer dans ton cœur, ton amant.

Sur ton cou large et rond, sur tes épaules grasses,
Ta tête se pavane avec d'étranges grâces ;
D'un air placide et triomphant
Tu passes ton chemin, majestueuse enfant.

LIII. — L'INVITATION AU VOYAGE[1]

Mon enfant, ma sœur,
Songe à la douceur
D'aller là-bas vivre ensemble !
Aimer à loisir,
Aimer et mourir
Au pays qui te ressemble[2] !
Les soleils mouillés
De ces ciels brouillés[3]
Pour mon esprit ont les charmes
Si mystérieux
De tes traîtres yeux,
Brillant à travers leurs larmes.

Là, tout n'est qu'ordre et beauté,
Luxe, calme et volupté.

Des meubles luisants,
Polis par les ans,
Décoreraient notre chambre ;
Les plus rares fleurs
Mêlant leurs odeurs
Aux vagues senteurs de l'ambre,
Les riches plafonds,
Les miroirs profonds,
La splendeur orientale[4],
Tout y parlerait
A l'âme en secret
Sa douce langue natale.

Là, tout n'est qu'ordre et beauté,
Luxe, calme et volupté.

Vois sur ces canaux
Dormir ces vaisseaux
Dont l'humeur est vagabonde ;
C'est pour assouvir
Ton moindre désir
Qu'ils viennent du bout du monde.
— Les soleils couchants
Revêtent les champs,
Les canaux, la ville entière,
D'hyacinthe[5] et d'or ;
Le monde s'endort
Dans une chaude lumière[6].

Là, tout n'est qu'ordre et beauté,
Luxe, calme et volupté.

LIV. — L'IRRÉPARABLE[1]

Pouvons-nous étouffer le vieux, le long Remords,
Qui vit, s'agite et se tortille,
Et se nourrit de nous comme le ver des morts[2],
Comme du chêne la chenille ?
Pouvons-nous étouffer l'implacable Remords ?

Dans quel philtre, dans quel vin, dans quelle tisane,
Noierons-nous ce vieil ennemi,
Destructeur et gourmand comme la courtisane,
Patient comme la fourmi ?
Dans quel philtre ? — dans quel vin ? — dans quelle [tisane ?

Dis-le, belle sorcière, oh ! dis, si tu le sais,
A cet esprit comblé d'angoisse
Et pareil au mourant qu'écrasent les blessés,
Que le sabot du cheval froisse,
Dis-le, belle sorcière, oh ! dis, si tu le sais,

A cet agonisant que le loup déjà flaire
Et que surveille le corbeau[3],
A ce soldat brisé ! s'il faut qu'il désespère
D'avoir sa croix et son tombeau ;
Ce pauvre agonisant que déjà le loup flaire !

Peut-on illuminer un ciel bourbeux et noir ?
Peut-on déchirer des ténèbres
Plus denses que la poix, sans matin et sans soir,
Sans astres, sans éclairs funèbres ?
Peut-on illuminer un ciel bourbeux et noir ?

L'Espérance qui brille aux carreaux de l'Auberge
Est soufflée, est morte à jamais !
Sans lune et sans rayons, trouver où l'on héberge
Les martyrs d'un chemin mauvais !
Le Diable a tout éteint aux carreaux de l'Auberge[4] !

Adorable sorcière, aimes-tu les damnés ?
Dis, connais-tu l'irrémissible ?
Connais-tu le Remords, aux traits empoisonnés,
A qui notre cœur sert de cible ?
Adorable sorcière, aimes-tu les damnés ?

L'Irréparable ronge avec sa dent[5] maudite
Notre âme, piteux monument[6],
Et souvent il attaque, ainsi que le termite,
Par la base le bâtiment.
L'Irréparable ronge avec sa dent maudite !

— J'ai vu parfois, au fond d'un théâtre banal
Qu'enflammait l'orchestre sonore,
Une fée allumer dans un ciel infernal
Une miraculeuse aurore[7] ;
J'ai vu parfois au fond d'un théâtre banal

Un être, qui n'était que lumière, or et gaze,
Terrasser l'énorme Satan ;
Mais mon cœur, que jamais ne visite l'extase,
Est un théâtre où l'on attend
Toujours, toujours en vain, l'Etre aux ailes de gaze !

LV. — CAUSERIE

Vous êtes un beau ciel d'automne, clair et rose !
Mais la tristesse en moi monte comme la mer[1],
Et laisse, en refluant, sur ma lèvre morose
Le souvenir cuisant de son limon amer.

— Ta main se glisse en vain sur mon sein qui se pâme ;
Ce qu'elle cherche, amie, est un lieu saccagé
Par la griffe et la dent féroce de la femme.
Ne cherchez plus mon cœur ; les bêtes l'ont mangé.

Mon cœur est un palais flétri par la cohue ;
On s'y soûle, on s'y tue, on s'y prend aux cheveux !
— Un parfum nage autour de votre gorge nue !...

O Beauté, dur fléau des âmes, tu le veux !
Avec tes yeux de feu, brillants comme des fêtes,
Calcine ces lambeaux qu'ont épargnés les bêtes !

LVI. — CHANT D'AUTOMNE

I

Bientôt nous plongerons dans les froides ténèbres ;
Adieu, vive clarté de nos étés trop courts !
J'entends déjà tomber avec des chocs funèbres
Le bois retentissant sur le pavé des cours.

Tout l'hiver va rentrer dans mon être : colère,
Haine, frissons, horreur, labeur dur et forcé,
Et, comme le soleil dans son enfer polaire,
Mon cœur ne sera plus qu'un bloc rouge et glacé[1].

J'écoute en frémissant chaque bûche qui tombe ;
L'échafaud qu'on bâtit n'a pas d'écho plus sourd.
Mon esprit est pareil à la tour qui succombe
Sous les coups du bélier infatigable et lourd.

Il me semble, bercé par ce choc monotone,
Qu'on cloue en grande hâte un cercueil[2] quelque part.
Pour qui ? — C'était hier l'été ; voici l'automne !
Ce bruit mystérieux sonne comme un départ.

II

J'aime de vos longs yeux la lumière verdâtre[3],
Douce beauté, mais tout aujourd'hui m'est amer,
Et rien, ni votre amour, ni le boudoir, ni l'âtre,
Ne me vaut le soleil rayonnant sur la mer[4].

Et pourtant aimez-moi, tendre cœur ! soyez mère,
Même pour un ingrat, même pour un méchant ;
Amante ou sœur, soyez la douceur éphémère
D'un glorieux automne ou d'un soleil couchant.

Courte tâche ! La tombe attend ; elle est avide !
Ah ! laissez-moi, mon front posé sur vos genoux,
Goûter, en regrettant l'été blanc et torride,
De l'arrière-saison le rayon jaune et doux !

LVII. — À UNE MADONE

EX-VOTO DANS LE GOÛT ESPAGNOL[1]

Je veux bâtir pour toi, Madone, ma maîtresse,
Un autel souterrain au fond de ma détresse,
Et creuser dans le coin le plus noir de mon cœur,

Loin du désir mondain et du regard moqueur,
Une niche, d'azur et d'or tout émaillée,
Où tu te dresseras, Statue émerveillée.
Avec mes Vers polis, treillis d'un pur métal
Savamment constellé de rimes de cristal,
Je ferai pour ta tête une énorme Couronne ;
Et dans ma Jalousie, ô mortelle Madone,
Je saurai te tailler un Manteau [2], de façon
Barbare, roide et lourd, et doublé de soupçon,
Qui, comme une guérite, enfermera tes charmes ;
Non de Perles brodé, mais de toutes mes Larmes !
Ta Robe, ce sera mon Désir, frémissant,
Onduleux, mon Désir qui monte et qui descend,
Aux pointes se balance, aux vallons se repose,
Et revêt d'un baiser tout ton corps blanc et rose.
Je te ferai de mon Respect de beaux Souliers
De satin, par tes pieds divins humiliés,
Qui, les emprisonnant dans une molle étreinte,
Comme un moule fidèle en garderont l'empreinte.
Si je ne puis, malgré tout mon art diligent,
Pour Marchepied tailler une Lune d'argent,
Je mettrai le Serpent qui me mord les entrailles
Sous tes talons, afin que tu foules et railles,
Reine victorieuse et féconde en rachats,
Ce monstre tout gonflé de haine et de crachats.
Tu verras mes Pensers, rangés comme les Cierges
Devant l'autel fleuri de la Reine des Vierges,
Etoilant de reflets le plafond peint en bleu,
Te regarder toujours avec des yeux de feu ;
Et comme tout en moi te chérit et t'admire,
Tout se fera Benjoin, Encens [3], Oliban, Myrrhe,
Et sans cesse vers toi, sommet blanc et neigeux,
En Vapeurs montera mon Esprit orageux.

Enfin, pour compléter ton rôle de Marie [4],
Et pour mêler l'amour avec la barbarie,
Volupté noire ! des sept Péchés capitaux,
Bourreau plein de remords, je ferai sept Couteaux
Bien affilés, et, comme un jongleur insensible,
Prenant le plus profond de ton amour pour cible,
Je les planterai tous dans ton Cœur pantelant,
Dans ton Cœur sanglotant, dans ton Cœur ruisselant !

LVIII. — CHANSON D'APRÈS-MIDI [1]

Quoique tes sourcils méchants
Te donnent un air étrange
Qui n'est pas celui d'un ange,
Sorcière aux yeux alléchants,

Je t'adore, ô ma frivole,
Ma terrible passion !
Avec la dévotion
Du prêtre pour son idole.

Le désert et la forêt
Embaument tes tresses rudes,
Ta tête a les attitudes
De l'énigme et du secret.

Sur ta chair le parfum rôde
Comme autour d'un encensoir ;
Tu charmes comme le soir,
Nymphe ténébreuse et chaude.

Ah ! les philtres les plus forts
Ne valent pas ta paresse,
Et tu connais la caresse
Qui fait revivre les morts !

Tes hanches sont amoureuses
De ton dos et de tes seins,
Et tu ravis les coussins
Par tes poses langoureuses.

Quelquefois, pour apaiser
Ta rage mystérieuse,
Tu prodigues, sérieuse,
La morsure et le baiser ;

Tu me déchires, ma brune,
Avec un rire moqueur,
Et puis tu mets sur mon cœur
Ton œil doux comme la lune.

Sous tes souliers de satin,
Sous tes charmants pieds de soie,
Moi, je mets ma grande joie,
Mon génie et mon destin,

Mon âme par toi guérie,
Par toi, lumière et couleur !
Explosion de chaleur
Dans ma noire Sibérie !

LIX. — SISINA

Imaginez Diane en galant équipage,
Parcourant les forêts ou battant les halliers,
Cheveux et gorge au vent, s'enivrant de tapage,
Superbe et défiant les meilleurs cavaliers !

Avez-vous vu Théroigne [1], amante du carnage,
Excitant à l'assaut un peuple sans souliers,
La joue et l'œil en feu, jouant son personnage,
Et montant, sabre au poing, les royaux escaliers ?

Telle la Sisina [2] ! Mais la douce guerrière
A l'âme charitable autant que meurtrière ;
Son courage, affolé de poudre et de tambours,

Devant les suppliants sait mettre bas les armes,
Et son cœur, ravagé par la flamme, a toujours,
Pour qui s'en montre digne, un réservoir de larmes.

LX. — FRANCISCÆ MEÆ LAUDES [1]

Novis te cantabo chordis,
O novelletum quod ludis
In solitudine cordis.

Esto sertis implicata,
O femina delicata
Per quam solvuntur peccata !

Sicut beneficum Lethe,
Hauriam oscula de te,
Quæ imbuta es magnete.

Quum vitiorum tempestas
Turbabat omnes semitas,
Apparuisti, Deitas,

Velut stella salutaris
In naufragiis amaris...
Suspendam cor tuis aris !

Piscina plena virtutis,
Fons æternæ juventutis,
Labris vocem redde mutis !

Quod erat spurcum, cremasti ;
Quod rudius, exæquasti ;
Quod debile, confirmasti.

In fame mea taberna,
In nocte mea lucerna,
Recte me semper guberna.

Adde nunc vires viribus,
Dulce balneum suavibus
Unguentatum odoribus !

Meos circa lumbos mica,
O castitatis lorica,
Aqua tincta seraphica ;

Patera gemmis corusca,
Panis salsus, mollis esca,
Divinum vinum, Francisca !

LXI. — A UNE DAME CRÉOLE[1]

Au pays parfumé que le soleil caresse,
J'ai connu, sous un dais d'arbres tout empourprés[2]
Et de palmiers d'où pleut sur les yeux la paresse,
Une dame créole aux charmes ignorés.

Son teint est pâle et chaud ; la brune enchanteresse
A dans le cou des airs noblement maniérés ;
Grande et svelte en marchant comme une chasseresse,
Son sourire est tranquille et ses yeux assurés.

Si vous alliez, Madame, au vrai pays de gloire,
Sur les bords de la Seine ou de la verte Loire,
Belle digne d'orner les antiques manoirs,

Vous feriez, à l'abri des ombreuses retraites,
Germer mille sonnets dans le cœur des poètes,
Que vos grands yeux rendraient plus soumis que vos
[noirs.

LXII. — MŒSTA ET ERRABUNDA[1]

Dis-moi, ton cœur parfois s'envole-t-il, Agathe,
Loin du noir océan de l'immonde cité,
Vers un autre océan où la splendeur éclate,
Bleu, clair, profond, ainsi que la virginité ?
Dis-moi, ton cœur parfois s'envole-t-il, Agathe ?

La mer, la vaste mer, console nos labeurs !
Quel démon a doté la mer, rauque chanteuse
Qu'accompagne l'immense orgue des vents grondeurs[2],
De cette fonction sublime de berceuse ?
La mer, la vaste mer, console nos labeurs !

Emporte-moi, wagon ! enlève-moi, frégate !
Loin ! loin ! ici la boue est faite de nos pleurs !

— Est-il vrai que parfois le triste cœur d'Agathe
Dise : Loin des remords, des crimes, des douleurs,
Emporte-moi, wagon, enlève-moi, frégate ?

Comme vous êtes loin, paradis parfumé,
Où sous un clair azur tout n'est qu'amour et joie,
Où tout ce que l'on aime est digne d'être aimé,
Où dans la volupté pure le cœur se noie !
Comme vous êtes loin, paradis parfumé !

Mais le vert paradis des amours enfantines,
Les courses, les chansons, les baisers, les bouquets,
Les violons vibrant derrière les collines[3],
Avec les brocs de vin, le soir, dans les bosquets,
— Mais le vert paradis des amours enfantines,

L'innocent paradis, plein de plaisirs furtifs,
Est-il déjà plus loin que l'Inde et que la Chine ?
Peut-on le rappeler avec des cris plaintifs,
Et l'animer encor d'une voix argentine,
L'innocent paradis plein de plaisirs furtifs ?

LXIII. — LE REVENANT

Comme les anges à l'œil fauve,
Je reviendrai dans ton alcôve
Et vers toi glisserai sans bruit
Avec les ombres de la nuit ;

Et je te donnerai, ma brune,
Des baisers froids comme la lune
Et des caresses de serpent
Autour d'une fosse rampant[1].

Quand viendra le matin livide,
Tu trouveras ma place vide,
Où jusqu'au soir il fera froid.

Comme d'autres par la tendresse,
Sur ta vie et sur ta jeunesse,
Moi, je veux régner par l'effroi.

LXIV. — SONNET D'AUTOMNE

Ils me disent, tes yeux, clairs comme le cristal :
« Pour toi, bizarre amant, quel est donc mon mérite ? »
— Sois charmante et tais-toi ! Mon cœur, que tout irrite,
Excepté la candeur de l'antique animal,

Ne veut pas te montrer son secret infernal,
Berceuse dont la main aux longs sommeils m'invite,
Ni sa noire légende avec la flamme écrite.
Je hais la passion et l'esprit me fait mal !

Aimons-nous doucement. L'Amour dans sa guérite,
Ténébreux, embusqué, bande son arc fatal.
Je connais les engins de son vieil arsenal :

Crime, horreur et folie ! — O pâle marguerite !
Comme moi n'es-tu pas un soleil automnal,
O ma si blanche, ô[1] ma si froide Marguerite[2] ?

LXV. — TRISTESSES DE LA LUNE[1]

Ce soir, la lune rêve avec plus de paresse ;
Ainsi qu'une beauté, sur de nombreux coussins,
Qui d'une main distraite et légère caresse
Avant de s'endormir le contour de ses seins[2],

Sur le dos satiné des molles avalanches,
Mourante, elle se livre aux longues pâmoisons,
Et promène ses yeux sur les visions blanches
Qui montent dans l'azur comme des floraisons.

Quand parfois sur ce globe, en sa langueur oisive,
Elle laisse filer une larme furtive,
Un poète pieux, ennemi du sommeil,

Dans le creux de sa main prend cette larme pâle,
Aux reflets irisés comme un fragment d'opale,
Et la met dans son cœur loin des yeux du soleil.

LXVI. — LES CHATS

Les amoureux fervents et les savants austères
Aiment également, dans leur mûre saison,
Les chats puissants et doux, orgueil de la maison,
Qui comme eux sont frileux et comme eux sédentaires.

Amis de la science et de la volupté,
Ils cherchent le silence et l'horreur des ténèbres ;
L'Erèbe les eût pris pour ses coursiers funèbres[1],
S'ils pouvaient au servage incliner leur fierté.

Ils prennent en songeant les nobles attitudes
Des grands sphinx[2] allongés au fond des solitudes,
Qui semblent s'endormir dans un rêve sans fin ;

Leurs reins féconds sont pleins d'étincelles magiques,
Et des parcelles d'or, ainsi qu'un sable fin,
Etoilent[3] vaguement leurs prunelles mystiques.

LXVII. — LES HIBOUX

Sous les ifs noirs qui les abritent,
Les hiboux se tiennent rangés,
Ainsi que des dieux étrangers[1],
Dardant leur œil rouge. Ils méditent.

Sans remuer ils se tiendront
Jusqu'à l'heure mélancolique
Où, poussant le soleil oblique,
Les ténèbres s'établiront.

Leur attitude au sage enseigne
Qu'il faut en ce monde qu'il craigne
Le tumulte et le mouvement ;

L'homme ivre d'une ombre qui passe
Porte toujours le châtiment
D'avoir voulu changer de place[2].

LXVIII. — LA PIPE [1]

Je suis la pipe d'un auteur ;
On voit, à contempler ma mine
D'Abyssinienne ou de Cafrine [2],
Que mon maître est un grand fumeur.

Quand il est comblé de douleur,
Je fume comme la chaumine [3]
Où se prépare la cuisine
Pour le retour du laboureur.

J'enlace et je berce son âme
Dans le réseau mobile et bleu
Qui monte de ma bouche en feu,

Et je roule un puissant dictame [4]
Qui charme son cœur et guérit
De ses fatigues son esprit.

LXIX. — LA MUSIQUE [1]

La musique souvent me prend comme une mer [2] !
Vers ma pâle étoile,
Sous un plafond de brume ou dans un vaste éther [3],
Je mets à la voile ;

La poitrine en avant et les poumons gonflés
Comme de la toile,
J'escalade le dos des flots amoncelés
Que la nuit me voile [4] ;

Je sens vibrer en moi toutes les passions
D'un vaisseau qui souffre [5] ;
Le bon vent, la tempête et ses convulsions

Sur l'immense gouffre
Me bercent. D'autres fois, calme plat, grand miroir
De mon désespoir !

LXX. — SÉPULTURE[1]

Si par une nuit lourde et sombre
Un bon chrétien, par charité,
Derrière quelque vieux décombre
Enterre votre corps vanté,

A l'heure où les chastes étoiles
Ferment leurs yeux appesantis,
L'araignée y fera ses toiles,
Et la vipère ses petits ;

Vous entendrez toute l'année
Sur votre tête condamnée
Les cris lamentables des loups

Et des sorcières faméliques,
Les ébats des vieillards lubriques
Et les complots des noirs filous.

LXXI. — UNE GRAVURE FANTASTIQUE[1]

Ce spectre singulier n'a pour toute toilette,
Grotesquement campé sur son front de squelette,
Qu'un diadème affreux sentant le carnaval.
Sans éperons, sans fouet, il essouffle un cheval,
Fantôme comme lui, rosse apocalyptique,
Qui bave des naseaux comme un épileptique.
Au travers de l'espace ils s'enfoncent tous deux,
Et foulent l'infini d'un sabot hasardeux.
Le cavalier promène un sabre qui flamboie
Sur les foules sans nom que sa monture broie,
Et parcourt, comme un prince inspectant sa maison,
Le cimetière immense et froid, sans horizon,
Où gisent, aux lueurs d'un soleil blanc et terne[2],
Les peuples de l'histoire ancienne et moderne.

LXXII. — LE MORT JOYEUX[1]

Dans une terre grasse et pleine d'escargots
Je veux creuser moi-même une fosse profonde,
Où je puisse à loisir étaler mes vieux os
Et dormir dans l'oubli comme un requin dans l'onde.

Je hais les testaments et je hais les tombeaux ;
Plutôt que d'implorer une larme du monde,
Vivant, j'aimerais mieux inviter les corbeaux
A saigner tous les bouts de ma carcasse immonde.

O vers ! noirs compagnons sans oreille et sans yeux,
Voyez venir à vous un mort libre et joyeux ;
Philosophes viveurs, fils de la pourriture,

A travers ma ruine allez donc sans remords,
Et dites-moi s'il est encor quelque torture
Pour ce vieux corps sans âme et mort parmi les morts !

LXXIII. — LE TONNEAU DE LA HAINE

La Haine est le tonneau des pâles Danaïdes[1] ;
La Vengeance éperdue aux bras rouges et forts
A beau précipiter dans ses ténèbres vides
De grands seaux pleins du sang et des larmes des morts,

Le Démon fait des trous secrets à ces abîmes,
Par où fuieraient mille ans de sueurs et d'efforts,
Quand même elle saurait ranimer ses victimes,
Et pour les pressurer ressusciter leurs corps[2].

La Haine est un ivrogne au fond d'une taverne,
Qui sent toujours la soif naître de la liqueur
Et se multiplier comme l'hydre de Lerne[3].

— Mais les buveurs heureux connaissent leur vainqueur,
Et la Haine est vouée à ce sort lamentable
De ne pouvoir jamais s'endormir sous la table.

LXXIV. — LA CLOCHE FÊLÉE[1]

Il est amer et doux, pendant les nuits d'hiver,
D'écouter, près du feu qui palpite et qui fume,
Les souvenirs lointains lentement s'élever
Au bruit des carillons qui chantent dans la brume.

Bienheureuse la cloche au gosier[2] vigoureux
Qui, malgré sa vieillesse, alerte et bien portante,
Jette fidèlement son cri religieux,
Ainsi qu'un vieux soldat qui veille sous la tente !

Moi, mon âme est fêlée, et lorsqu'en ses ennuis
Elle veut de ses chants peupler l'air froid des nuits,
Il arrive souvent que sa voix affaiblie

Semble le râle épais d'un blessé qu'on oublie
Au bord d'un lac de sang, sous un grand tas de morts,
Et qui meurt, sans bouger, dans d'immenses efforts.

LXXV. — SPLEEN[1]

Pluviôse[2], irrité contre la ville entière,
De son urne à grands flots verse un froid ténébreux
Aux pâles habitants du voisin cimetière
Et la mortalité[3] sur les faubourgs brumeux.

Mon chat sur[4] le carreau cherchant une litière
Agite sans repos son corps maigre et galeux ;
L'âme d'un vieux poète erre dans la gouttière
Avec la triste voix d'un fantôme frileux[5].

Le bourdon[6] se lamente, et la bûche enfumée
Accompagne en fausset la pendule enrhumée,
Cependant qu'en un jeu plein de sales parfums,

Héritage fatal d'une vieille hydropique[7],
Le beau valet de cœur et la dame de pique
Causent sinistrement de leurs amours défunts.

LXXVI. — SPLEEN[1]

J'ai plus de souvenirs que si j'avais mille ans.

Un gros meuble à tiroirs encombré de bilans,
De vers, de billets doux, de procès, de romances,
Avec de lourds cheveux roulés dans des quittances,
Cache moins de secrets que mon triste cerveau.
C'est une pyramide, un immense caveau[2],
Qui contient plus de morts que la fosse commune.
— Je suis un cimetière abhorré de la lune,
Où comme des remords se traînent de longs vers[3]
Qui s'acharnent toujours sur mes morts les plus chers.
Je suis un vieux boudoir plein de roses fanées,
Où gît tout un fouillis de modes surannées,
Où les pastels plaintifs et les pâles Boucher[4],
Seuls, respirent l'odeur d'un[5] flacon débouché[6].

Rien n'égale en longueur les boiteuses journées,
Quand sous les lourds flocons des neigeuses années
L'ennui, fruit de[7] la morne incuriosité,
Prend les proportions de l'immortalité.
— Désormais tu n'es plus, ô matière vivante !
Qu'un granit entouré d'une vague épouvante[8],
Assoupi dans le fond d'un Sahara brumeux ;
Un vieux sphinx ignoré du monde insoucieux[9],
Oublié sur la carte, et dont l'humeur farouche
Ne chante qu'aux rayons du soleil qui se couche[10].

LXXVII. — SPLEEN[1]

Je suis comme le roi[2] d'un pays pluvieux,
Riche, mais impuissant, jeune et pourtant très vieux,
Qui, de ses précepteurs méprisant les courbettes,
S'ennuie avec ses chiens comme avec d'autres bêtes.
Rien ne peut l'égayer, ni gibier, ni faucon,
Ni son peuple mourant en face du balcon.
Du bouffon favori la grotesque ballade

Ne distrait plus le front de ce cruel malade[3];
Son lit fleurdelisé se transforme en tombeau,
Et les dames d'atour, pour qui tout prince est beau,
Ne savent plus trouver d'impudique toilette
Pour tirer un souris[4] de ce jeune squelette.
Le savant qui lui fait de l'or n'a jamais pu
De son être extirper l'élément corrompu,
Et dans ces bains de sang qui des Romains nous
[viennent[5],
Et dont sur leurs vieux jours les puissants se souvien-
[nent,
Il n'a su réchauffer ce cadavre hébété
Où coule au lieu de sang l'eau verte du Léthé[6].

LXXVIII. — SPLEEN

Quand le ciel bas et lourd pèse comme un couvercle
Sur l'esprit gémissant en proie aux longs ennuis,
Et que de l'horizon embrassant tout le cercle
Il nous verse un jour noir plus triste que les nuits;

Quand la terre est changée en un cachot humide,
Où l'Espérance, comme une chauve-souris,
S'en va battant les murs de son aile timide
Et se cognant la tête à des plafonds pourris;

Quand la pluie étalant ses immenses traînées
D'une vaste prison imite les barreaux,
Et qu'un peuple muet d'infâmes araignées
Vient tendre ses filets au fond de nos cerveaux,

Des cloches tout à coup sautent avec furie
Et lancent vers le ciel un affreux hurlement[1],
Ainsi que des esprits errants et sans patrie
Qui se mettent à geindre opiniâtrement.

— Et de longs corbillards, sans tambours ni musique[2],
Défilent lentement dans mon âme; l'Espoir,
Vaincu, pleure, et l'Angoisse atroce, despotique[3],
Sur mon crâne incliné plante son drapeau noir.

LXXIX. — OBSESSION[1]

Grands bois, vous m'effrayez comme des cathédrales[2] ;
Vous hurlez comme l'orgue ; et dans nos cœurs maudits,
Chambres d'éternel deuil où vibrent de vieux râles,
Répondent les échos de vos *De profundis*[3].

Je te hais, Océan ! tes bonds et tes tumultes,
Mon esprit les retrouve en lui ; ce rire amer
De l'homme vaincu, plein de sanglots et d'insultes,
Je l'entends dans le rire énorme de la mer[4].

Comme tu me plairais, ô nuit ! sans ces étoiles
Dont la lumière parle un langage connu !
Car je cherche le vide, et le noir, et le nu !

Mais les ténèbres sont elles-mêmes des toiles[5]
Où vivent, jaillissant de mon œil par milliers,
Des êtres disparus aux regards familiers[6].

LXXX. — LE GOÛT DU NÉANT

Morne esprit, autrefois amoureux de la lutte,
L'Espoir, dont l'éperon attisait ton ardeur,
Ne veut plus t'enfourcher ! Couche-toi sans pudeur,
Vieux cheval dont le pied à chaque obstacle bute.

Résigne-toi, mon cœur ; dors ton sommeil de brute[1].

Esprit vaincu, fourbu ! Pour toi, vieux maraudeur,
L'amour n'a plus de goût, non plus que la dispute ;
Adieu donc, chants du cuivre et soupirs de la flûte !
Plaisirs, ne tentez plus un cœur sombre et boudeur !

Le Printemps adorable a perdu son odeur !

Et le Temps m'engloutit minute[2] par minute,
Comme la neige immense un corps pris de roideur ;

Je contemple d'en haut le globe en sa rondeur
Et je n'y cherche plus l'abri d'une cahute.

Avalanche, veux-tu m'emporter dans ta chute ?

LXXXI. — ALCHIMIE DE LA DOULEUR

L'un t'éclaire avec son ardeur,
L'autre en toi met son deuil, Nature !
Ce qui dit à l'un : Sépulture !
Dit à l'autre : Vie et splendeur !

Hermès[1] inconnu qui m'assistes
Et qui toujours m'intimidas,
Tu me rends l'égal de Midas[2],
Le plus triste des alchimistes ;

Par toi je change l'or en fer[3]
Et le paradis en enfer ;
Dans le suaire des nuages[4]

Je découvre un cadavre cher,
Et sur les célestes rivages
Je bâtis de grands sarcophages.

LXXXII. — HORREUR SYMPATHIQUE[1]

De ce ciel bizarre et livide,
Tourmenté comme ton destin[2],
Quels pensers dans ton âme vide
Descendent ? réponds, libertin[3].

— Insatiablement avide
De l'obscur et de l'incertain,
Je ne geindrai pas comme Ovide[4]
Chassé du paradis latin.

Cieux déchirés comme des grèves,
En vous se mire mon orgueil ;
Vos vastes nuages[5] en deuil

Sont les corbillards de mes rêves[6],
Et vos lueurs sont le reflet
De l'Enfer où mon cœur se plaît.

LXXXIII. — L'HÉAUTONTIMOROUMÉNOS[1]

À J. G. F.[2]

Je te frapperai sans colère
Et sans haine, comme un boucher,
Comme Moïse le rocher !
Et je ferai de ta paupière,

Pour abreuver mon Sahara,
Jaillir les eaux de la souffrance.
Mon désir gonflé d'espérance
Sur tes pleurs salés nagera

Comme un vaisseau qui prend le large,
Et dans mon cœur qu'ils soûleront
Tes chers sanglots retentiront
Comme un tambour qui bat la charge !

Ne suis-je pas un faux accord
Dans la divine symphonie[3],
Grâce à la vorace Ironie
Qui me secoue et qui me mord ?

Elle est dans ma voix, la criarde !
C'est tout mon sang, ce poison noir !
Je suis le sinistre miroir[4]
Où la mégère se regarde.

Je suis la plaie et le couteau !
Je suis le soufflet et la joue !
Je suis les membres et la roue,
Et la victime et le bourreau[5] !

Je suis de mon cœur le vampire[6],
— Un de ces grands abandonnés
Au rire éternel condamnés,
Et qui ne peuvent plus sourire[7] !

LXXXIV. — L'IRRÉMÉDIABLE[1]

I

Une Idée, une Forme, un Etre
Parti de l'azur et tombé[2]
Dans un Styx bourbeux et plombé
Où nul œil du Ciel ne pénètre ;

Un Ange[3], imprudent voyageur
Qu'a tenté l'amour du difforme,
Au fond d'un cauchemar énorme
Se débattant comme un nageur,

Et luttant, angoisses funèbres !
Contre un gigantesque remous
Qui va chantant comme les fous
Et pirouettant dans les ténèbres ;

Un malheureux ensorcelé[4]
Dans ses tâtonnements futiles,
Pour fuir d'un lieu plein de reptiles,
Cherchant la lumière et la clé ;

Un damné descendant sans lampe,
Au bord d'un gouffre dont l'odeur
Trahit l'humide profondeur,
D'éternels escaliers sans rampe,

Où veillent des monstres visqueux
Dont les larges yeux de phosphore
Font une nuit plus noire encore
Et ne rendent visibles qu'eux ;

Un navire pris dans le pôle,
Comme en un piège de cristal[5],

Cherchant par quel détroit fatal
Il est tombé dans cette geôle[4];

— Emblèmes nets, tableau parfait
D'une fortune[6] irrémédiable,
Qui donne à penser que le Diable
Fait toujours bien tout ce qu'il fait !

II

Tête-à-tête sombre et limpide
Qu'un cœur devenu son miroir !
Puits de Vérité, clair et noir,
Où tremble une étoile livide,

Un phare ironique[7], infernal,
Flambeau des grâces sataniques[8],
Soulagement et gloire uniques,
— La conscience dans le Mal[9] !

LXXXV. — L'HORLOGE[1]

Horloge ! dieu sinistre, effrayant, impassible,
Dont le doigt nous menace et nous dit : « *Souviens-toi !*
Les vibrantes Douleurs dans ton cœur plein d'effroi
Se planteront bientôt comme dans une cible ;

Le Plaisir vaporeux fuira vers l'horizon
Ainsi qu'une sylphide[2] au fond de la coulisse ;
Chaque instant te dévore un morceau du délice
A chaque homme accordé pour toute sa saison.

Trois mille six cents fois par heure, la Seconde
Chuchote : *Souviens-toi !* — Rapide, avec sa voix
D'insecte, Maintenant dit : Je suis Autrefois,
Et j'ai pompé ta vie avec ma trompe immonde !

Remember ! Souviens-toi, prodigue ! *Esto memor !*
(Mon gosier de métal[3] parle toutes les langues.)

Les minutes, mortel folâtre, sont des gangues
Qu'il ne faut pas lâcher sans en extraire l'or !

Souviens-toi que le Temps est un joueur avide
Qui gagne sans tricher, à tout coup ! c'est la loi.
Le jour décroît ; la nuit augmente, *souviens-toi !*
Le gouffre a toujours soif ; la clepsydre [4] se vide.

Tantôt sonnera l'heure où le divin Hasard,
Où l'auguste Vertu, ton épouse encor vierge,
Où le Repentir même (oh ! la dernière auberge !),
Où tout te dira : Meurs, vieux lâche ! il est trop tard ! »

TABLEAUX PARISIENS

LXXXVI. — PAYSAGE[1]

Je veux, pour composer chastement mes églogues[2],
Coucher auprès du ciel, comme les astrologues,
Et, voisin des clochers, écouter en rêvant
Leurs hymnes solennels emportés[3] par le vent.
Les deux mains au menton, du haut de ma mansarde,
Je verrai l'atelier qui chante et qui bavarde ;
Les tuyaux, les clochers, ces mâts de la cité,
Et les grands ciels qui font rêver d'éternité.

Il est doux, à travers les brumes, de voir naître
L'étoile dans l'azur, la lampe à la fenêtre,
Les fleuves de charbon monter au firmament
Et la lune verser son pâle enchantement.
Je verrai les printemps, les étés, les automnes ;
Et quand viendra l'hiver aux neiges monotones,
Je fermerai partout portières et volets
Pour bâtir dans la nuit mes féeriques palais.
Alors je rêverai des horizons bleuâtres,
Des jardins, des jets d'eau pleurant dans les albâtres,
Des baisers, des oiseaux chantant soir et matin,
Et tout ce que l'Idylle[4] a de plus enfantin.
L'Emeute, tempêtant vainement à ma vitre,
Ne fera pas lever mon front de mon pupitre ;
Car je serai plongé dans cette volupté
D'évoquer le Printemps avec ma volonté,
De tirer un soleil de mon cœur, et de faire
De mes pensers brûlants une tiède atmosphère[5].

LXXXVII. — LE SOLEIL

Le long du vieux faubourg, où pendent aux masures
Les persiennes, abri des secrètes luxures,
Quand le soleil cruel frappe à traits redoublés
Sur la ville et les champs, sur les toits et les blés,
Je vais m'exercer seul à ma fantasque escrime,
Flairant dans tous les coins les hasards de la rime [1],
Trébuchant sur les mots comme sur les pavés,
Heurtant parfois des vers depuis longtemps rêvés.

Ce père nourricier, ennemi des chloroses [2],
Eveille dans les champs les vers comme les roses;
Il fait s'évaporer les soucis vers le ciel,
Et remplit les cerveaux et les ruches de miel.
C'est lui qui rajeunit les porteurs de béquilles
Et les rend gais et doux comme des jeunes filles,
Et commande aux moissons de croître et de mûrir
Dans le cœur immortel qui toujours veut fleurir!

Quand, ainsi qu'un poète, il descend dans les villes,
Il ennoblit le sort des choses les plus viles,
Et s'introduit en roi, sans bruit et sans valets,
Dans tous les hôpitaux et dans tous les palais.

LXXXVIII. — A UNE MENDIANTE ROUSSE [1]

Blanche fille aux cheveux roux,
Dont la robe par ses trous
Laisse voir la pauvreté
Et la beauté,

Pour moi, poète chétif,
Ton jeune corps maladif,
Plein de taches de rousseur,
A sa douceur.

Tu portes plus galamment
Qu'une reine de roman
Ses cothurnes[2] de velours
Tes sabots lourds.

Au lieu d'un haillon trop court,
Qu'un superbe habit de cour
Traîne à plis bruyants et longs
Sur tes talons ;

En place de bas troués,
Que pour les yeux des roués[3]
Sur ta jambe un poignard d'or
Reluise encor ;

Que des nœuds mal attachés
Dévoilent pour nos péchés
Tes deux beaux seins, radieux
Comme des yeux ;

Que pour te déshabiller
Tes bras se fassent prier
Et chassent à coups mutins
Les doigts lutins,

Perles de la plus belle eau,
Sonnets de maître Belleau[4]
Par tes galants mis aux fers
Sans cesse offerts,

Valetaille de rimeurs
Te dédiant leurs primeurs
Et contemplant ton soulier
Sous l'escalier,

Maint page épris du hasard,
Maint seigneur et maint Ronsard
Epieraient pour le déduit[5]
Ton frais réduit !

Tu compterais dans tes lits
Plus de baisers que de lis
Et rangerais sous tes lois
Plus d'un Valois !

— Cependant tu vas gueusant[6]
Quelque vieux débris gisant
Au seuil de quelque Véfour[7]
De carrefour ;

Tu vas lorgnant en dessous
Des bijoux de vingt-neuf sous
Dont je ne puis, oh ! pardon !
Te faire don.

Va donc, sans autre ornement,
Parfum, perles, diamant,
Que ta maigre nudité,
O ma beauté !

LXXXIX. — LE CYGNE

À Victor Hugo[1].

I

Andromaque, je pense à vous ! Ce petit fleuve,
Pauvre et triste miroir où jadis resplendit
L'immense majesté de vos douleurs de veuve,
Ce Simoïs menteur[2] qui par vos pleurs grandit,

A fécondé soudain ma mémoire fertile,
Comme je traversais le nouveau Carrousel[3].
Le vieux Paris n'est plus (la forme d'une ville
Change plus vite, hélas ! que le cœur d'un mortel) ;

Je ne vois qu'en esprit tout ce camp de baraques,
Ces tas de chapiteaux ébauchés et de fûts,
Les herbes, les gros blocs verdis par l'eau des flaques,
Et, brillant aux carreaux, le bric-à-brac confus.

Là s'étalait jadis une ménagerie ;
Là je vis, un matin, à l'heure où sous les cieux
Froids et clairs le Travail s'éveille, où la voirie
Pousse un sombre ouragan dans l'air silencieux,

Un cygne qui s'était évadé de sa cage,
Et, de ses pieds palmés frottant le pavé sec,
Sur le sol raboteux traînait son blanc plumage.
Près d'un ruisseau sans eau la bête ouvrant le bec

Baignait nerveusement ses ailes dans la poudre[4],
Et disait, le cœur plein de son beau lac natal :
« Eau, quand donc pleuvras-tu ? quand tonneras-tu,
[foudre ? »
Je vois ce malheureux, mythe étrange et fatal,

Vers le ciel quelquefois, comme l'homme d'Ovide[5],
Vers le ciel ironique[6] et cruellement bleu,
Sur son cou convulsif tendant sa tête avide,
Comme s'il adressait des reproches à Dieu !

II

Paris change ! mais rien dans ma mélancolie
N'a bougé ! palais neufs, échafaudages, blocs,
Vieux faubourgs, tout pour moi devient allégorie,
Et mes chers souvenirs sont plus lourds que des rocs.

Aussi devant ce Louvre une image m'opprime :
Je pense à mon grand cygne, avec ses gestes fous,
Comme les exilés, ridicule et sublime,
Et rongé d'un désir sans trêve ! et puis à vous,

Andromaque, des bras d'un grand époux tombée,
Vil bétail, sous la main du superbe[7] Pyrrhus,
Auprès d'un tombeau vide en extase courbée ;
Veuve d'Hector, hélas ! et femme d'Hélénus[8] !

Je pense à la négresse, amaigrie et phtisique,
Piétinant dans la boue, et cherchant, l'œil hagard,
Les cocotiers absents de la superbe Afrique
Derrière la muraille immense du brouillard[9] ;

A quiconque a perdu ce qui ne se retrouve
Jamais, jamais ! à ceux qui s'abreuvent de pleurs
Et tettent la Douleur comme une bonne louve[10] !
Aux maigres orphelins séchant comme des fleurs !

Ainsi dans la forêt où mon esprit s'exile
Un vieux Souvenir sonne à plein souffle du cor !
Je pense aux matelots oubliés dans une île,
Aux captifs, aux vaincus !... à bien d'autres encor !

XC. — LES SEPT VIEILLARDS [1]

À Victor Hugo [2].

Fourmillante cité, cité pleine de rêves,
Où le spectre en plein jour raccroche le passant !
Les mystères partout coulent comme des sèves
Dans les canaux étroits du colosse puissant.

Un matin, cependant que dans la triste rue
Les maisons, dont la brume allongeait la hauteur,
Simulaient les deux quais d'une rivière accrue,
Et que, décor semblable à l'âme de l'acteur,

Un brouillard sale et jaune inondait tout l'espace,
Je suivais, roidissant mes nerfs comme un héros
Et discutant avec mon âme déjà lasse,
Le faubourg secoué par les lourds tombereaux.

Tout à coup, un vieillard dont les guenilles jaunes
Imitaient la couleur de ce ciel pluvieux,
Et dont l'aspect aurait fait pleuvoir les aumônes,
Sans la méchanceté qui luisait dans ses yeux,

M'apparut. On eût dit sa prunelle trempée
Dans le fiel ; son regard aiguisait les frimas,
Et sa barbe à longs poils, roide comme une épée,
Se projetait, pareille à celle de Judas [3].

Il n'était pas voûté, mais cassé, son échine
Faisant avec sa jambe un parfait angle droit,
Si bien que son bâton, parachevant sa mine,
Lui donnait la tournure et le pas maladroit

D'un quadrupède infirme ou d'un juif [4] à trois pattes.
Dans la neige et la boue il allait s'empêtrant,

Comme s'il écrasait des morts sous ses savates[5],
Hostile à l'univers plutôt qu'indifférent.

Son pareil le suivait : barbe, œil, dos, bâton, loques,
Nul trait ne distinguait, du même enfer venu,
Ce jumeau centenaire, et ces spectres baroques
Marchaient du même pas vers un but inconnu.

A quel complot infâme étais-je donc en butte,
Ou quel méchant hasard ainsi m'humiliait ?
Car je comptai sept fois, de minute en minute,
Ce sinistre vieillard qui se multipliait[6] !

Que celui-là qui rit de mon inquiétude,
Et qui n'est pas saisi d'un frisson fraternel,
Songe bien que malgré tant de décrépitude
Ces sept monstres hideux avaient l'air éternel !

Aurais-je, sans mourir, contemplé le huitième,
Sosie inexorable, ironique et fatal,
Dégoûtant Phénix[7], fils et père de lui-même ?
— Mais je tournai le dos au cortège infernal.

Exaspéré comme un ivrogne qui voit double,
Je rentrai, je fermai ma porte, épouvanté,
Malade et morfondu[8], l'esprit fiévreux et trouble,
Blessé par le mystère et par l'absurdité !

Vainement ma raison voulait prendre la barre ;
La tempête en jouant déroutait ses efforts,
Et mon âme dansait, dansait, vieille gabarre[9]
Sans mâts, sur une mer monstrueuse et sans bords !

XCI. — LES PETITES VIEILLES

À Victor Hugo[1].

I

Dans les plis sinueux des vieilles capitales,
Où tout, même l'horreur, tourne aux enchantements,

Je guette, obéissant à mes humeurs fatales,
Des êtres singuliers, décrépits et charmants.

Ces monstres disloqués furent jadis des femmes,
Eponine ou Laïs[2] ! Monstres brisés, bossus
Ou tordus, aimons-les ! ce sont encor des âmes.
Sous des jupons troués et sous de froids tissus

Ils rampent, flagellés par les bises iniques,
Frémissant au fracas roulant des omnibus,
Et serrant sur leur flanc, ainsi que des reliques,
Un petit sac brodé de fleurs ou de rébus[3] ;

Ils trottent, tout pareils à des marionnettes ;
Se traînent, comme font les animaux blessés,
Ou dansent, sans vouloir danser, pauvres sonnettes
Où se pend un Démon sans pitié ! Tout cassés

Qu'ils sont, ils ont des yeux perçants comme une vrille,
Luisants comme ces trous où l'eau dort dans la nuit ;
Ils ont les yeux divins de la petite fille
Qui s'étonne et qui rit à tout ce qui reluit.

— Avez-vous observé que maints cercueils de vieilles
Sont presque aussi petits que celui d'un enfant ?
La Mort savante met dans ces bières pareilles
Un symbole d'un goût bizarre et captivant,

Et lorsque j'entrevois un fantôme débile[4]
Traversant de Paris le fourmillant tableau,
Il me semble toujours que cet être fragile
S'en va tout doucement vers un nouveau berceau ;

A moins que, méditant sur la géométrie,
Je ne cherche, à l'aspect de ces membres discords[5],
Combien de fois il faut que l'ouvrier varie
La forme de la boîte où l'on met tous ces corps.

— Ces yeux sont des puits faits d'un million de larmes,
Des creusets qu'un métal refroidi pailleta…
Ces yeux mystérieux ont d'invincibles charmes
Pour celui que l'austère Infortune allaita[6] !

II

De Frascati[7] défunt Vestale[8] enamourée ;
Prêtresse de Thalie[9], hélas ! dont le souffleur
Enterré sait le nom ; célèbre évaporée
Que Tivoli[10] jadis ombragea dans sa fleur,

Toutes m'enivrent ; mais parmi ces êtres frêles
Il en est qui, faisant de la douleur un miel,
Ont dit au Dévouement qui leur prêtait ses ailes :
Hippogriffe[11] puissant, mène-moi jusqu'au ciel !

L'une, par sa patrie au malheur exercée[12],
L'autre, que son époux surchargea de douleurs,
L'autre, par son enfant Madone transpercée,
Toutes auraient pu faire un fleuve avec leurs pleurs[13] !

III

Ah ! que j'en ai suivi de ces petites vieilles !
Une, entre autres, à l'heure où le soleil tombant
Ensanglante[14] le ciel de blessures vermeilles,
Pensive, s'asseyait à l'écart sur un banc,

Pour entendre un de ces concerts, riches de cuivre,
Dont les soldats parfois inondent nos jardins,
Et qui, dans ces soirs d'or où l'on se sent revivre,
Versent quelque héroïsme au cœur des citadins.

Celle-là, droite encor, fière et sentant la règle,
Humait avidement ce chant vif et guerrier ;
Son œil parfois s'ouvrait comme l'œil d'un vieil aigle ;
Son front de marbre avait l'air fait pour le laurier !

IV

Telles vous cheminez, stoïques et sans plaintes,
A travers le chaos[15] des vivantes cités,
Mères au cœur saignant, courtisanes ou saintes,
Dont autrefois les noms par tous étaient cités.

Vous qui fûtes la grâce ou qui fûtes la gloire,
Nul ne vous reconnaît ! un ivrogne incivil
Vous insulte en passant d'un amour dérisoire ;
Sur vos talons gambade un enfant lâche et vil.

Honteuses d'exister, ombres ratatinées,
Peureuses, le dos bas, vous côtoyez les murs ;
Et nul ne vous salue, étranges destinées !
Débris d'humanité pour l'éternité mûrs !

Mais moi, moi qui de loin tendrement vous surveille,
L'œil inquiet, fixé sur vos pas incertains,
Tout comme si j'étais votre père, ô merveille !
Je goûte à votre insu des plaisirs clandestins :

Je vois s'épanouir vos passions novices ;
Sombres ou lumineux, je vis vos jours perdus ;
Mon cœur multiplié [16] jouit de tous vos vices !
Mon âme resplendit de toutes vos vertus !

Ruines ! ma famille ! ô cerveaux congénères !
Je vous fais chaque soir un solennel adieu !
Où serez-vous demain, Eves octogénaires,
Sur qui pèse la griffe effroyable de Dieu [17] ?

XCII. — LES AVEUGLES

Contemple-les, mon âme ; ils sont vraiment affreux !
Pareils aux mannequins ; vaguement ridicules ;
Terribles, singuliers comme les somnambules ;
Dardant on ne sait où leurs globes ténébreux.

Leurs yeux, d'où la divine étincelle est partie,
Comme s'ils regardaient au loin, restent levés
Au ciel [1] ; on ne les voit jamais vers les pavés
Pencher rêveusement leur tête appesantie.

Ils traversent ainsi le noir illimité,
Ce frère du silence éternel. O cité !
Pendant qu'autour de nous tu chantes, ris et
[beugles,

Eprise du plaisir jusqu'à l'atrocité,
Vois ! je me traîne aussi ! mais[2], plus qu'eux hébété,
Je dis : Que cherchent-ils au Ciel, tous ces aveugles ?

XCIII. — A UNE PASSANTE

La rue assourdissante autour de moi hurlait.
Longue, mince, en grand deuil, douleur majestueuse,
Une femme passa, d'une main fastueuse[1]
Soulevant, balançant le feston et l'ourlet ;

Agile et noble, avec sa jambe de statue.
Moi, je buvais, crispé comme un extravagant,
Dans son œil, ciel livide où germe l'ouragan,
La douceur qui fascine et le plaisir qui tue.

Un éclair... puis la nuit ! — Fugitive beauté[2]
Dont le regard m'a fait soudainement renaître[3],
Ne te verrai-je plus que dans l'éternité ?

Ailleurs, bien loin d'ici ! trop tard ! *jamais* peut-être !
Car j'ignore où tu fuis, tu ne sais où je vais,
O toi que j'eusse aimée, ô toi qui le savais !

XCIV. — LE SQUELETTE LABOUREUR[1]

I

Dans les planches d'anatomie[2]
Qui traînent sur ces quais poudreux
Où maint livre cadavéreux
Dort comme une antique momie,

Dessins auxquels la gravité
Et le savoir d'un vieil artiste,

Bien que le sujet en soit triste,
Ont communiqué la Beauté,

On voit, ce qui rend plus complètes
Ces mystérieuses horreurs,
Bêchant comme des laboureurs,
Des Ecorchés et des Squelettes.

II

De ce terrain que vous fouillez,
Manants résignés et funèbres,
De tout l'effort de vos vertèbres,
Ou de vos muscles dépouillés,

Dites, quelle moisson étrange,
Forçats arrachés au charnier,
Tirez-vous, et de quel fermier
Avez-vous à remplir la grange[3] ?

Voulez-vous (d'un destin trop dur
Epouvantable et clair emblème[4] !)
Montrer que dans la fosse même
Le sommeil promis n'est pas sûr ;

Qu'envers nous le Néant est traître ;
Que tout, même la Mort, nous ment,
Et que sempiternellement,
Hélas ! il nous faudra peut-être

Dans quelque pays inconnu
Ecorcher la terre revêche
Et pousser une lourde bêche
Sous notre pied sanglant et nu ?

XCV. — LE CRÉPUSCULE DU SOIR[1]

Voici le soir charmant, ami du criminel ;
Il vient comme un complice[2], à pas de loup ; le ciel
Se ferme[3] lentement comme une grande alcôve,
Et l'homme impatient se change en bête fauve.

O soir, aimable soir, désiré par celui
Dont les bras, sans mentir, peuvent dire : Aujourd'hui
Nous avons travaillé[4] ! — C'est le soir qui soulage
Les esprits que dévore une douleur sauvage,
Le savant obstiné dont le front s'alourdit,
Et l'ouvrier courbé qui regagne son lit.
Cependant des démons malsains dans l'atmosphère
S'éveillent lourdement, comme des gens d'affaire,
Et cognent en volant les volets et l'auvent.
A travers les lueurs que tourmente le vent
La Prostitution s'allume dans les rues ;
Comme une fourmilière elle ouvre ses issues ;
Partout elle se fraye un occulte chemin,
Ainsi que l'ennemi qui tente un coup de main ;
Elle remue au sein de la cité de fange
Comme un ver qui dérobe à l'Homme ce qu'il mange.
On entend çà et là les cuisines siffler,
Les théâtres glapir, les orchestres ronfler ;
Les tables d'hôte, dont le jeu[5] fait les délices,
S'emplissent de catins et d'escrocs, leurs complices,
Et les voleurs, qui n'ont ni trêve ni merci,
Vont bientôt commencer leur travail, eux aussi,
Et forcer doucement les portes et les caisses
Pour vivre quelques jours et vêtir leurs maîtresses.

Recueille-toi[6], mon âme, en ce grave moment,
Et ferme ton oreille à ce rugissement.
C'est l'heure où les douleurs des malades s'aigrissent !
La sombre Nuit les prend à la gorge ; ils finissent
Leur destinée et vont vers le gouffre commun ;
L'hôpital se remplit de leurs soupirs. — Plus d'un
Ne viendra plus chercher la soupe parfumée,
Au coin du feu, le soir, auprès d'une âme aimée.

Encore la plupart n'ont-ils jamais connu
La douceur du foyer et n'ont jamais vécu !

XCVI. — LE JEU[1]

Dans des fauteuils fanés des courtisanes vieilles,
Pâles, le sourcil peint, l'œil câlin et fatal,

Minaudant, et faisant de leurs maigres oreilles
Tomber un cliquetis de pierre et de métal ;

Autour des verts tapis des visages sans lèvre,
Des lèvres sans couleur, des mâchoires sans dent,
Et des doigts convulsés d'une infernale fièvre,
Fouillant la poche vide ou le sein palpitant ;

Sous de sales plafonds un rang de pâles lustres
Et d'énormes quinquets projetant leurs lueurs
Sur des fronts ténébreux de poètes illustres
Qui viennent gaspiller leurs sanglantes sueurs ;

Voilà le noir tableau qu'en un rêve nocturne
Je vis se dérouler sous mon œil clairvoyant.
Moi-même, dans un coin de l'antre taciturne,
Je me vis accoudé, froid, muet, enviant,

Enviant de ces gens la passion tenace,
De ces vieilles putains la funèbre gaieté,
Et tous gaillardement trafiquant à ma face,
L'un de son vieil honneur, l'autre de sa beauté !

Et mon cœur s'effraya d'envier maint pauvre homme
Courant avec ferveur à l'abîme béant,
Et qui, soûl de son sang, préférerait en somme
La douleur à la mort et l'enfer au néant !

XCVII. — DANSE MACABRE [1]

À Ernest Christophe [2].

Fière, autant qu'un vivant, de sa noble stature,
Avec son gros bouquet, son mouchoir et ses gants,
Elle a la nonchalance et la désinvolture
D'une coquette maigre aux airs extravagants.

Vit-on jamais au bal une taille plus mince ?
Sa robe exagérée, en sa royale ampleur,
S'écroule abondamment sur un pied sec que pince
Un soulier pomponné, joli comme une fleur.

La ruche[3] qui se joue au bord des clavicules,
Comme un ruisseau lascif qui se frotte au rocher,
Défend pudiquement des lazzi[4] ridicules
Les funèbres appas qu'elle tient à cacher.

Ses yeux profonds sont faits de vide et de ténèbres,
Et son crâne, de fleurs artistement coiffé,
Oscille mollement sur ses frêles vertèbres.
Ô charme d'un néant follement attifé[5] !

Aucuns t'appelleront une caricature,
Qui ne comprennent pas, amants ivres de chair,
L'élégance sans nom de l'humaine armature.
Tu réponds, grand squelette, à mon goût le plus cher !

Viens-tu troubler, avec ta puissante grimace,
La fête de la Vie ? ou quelque vieux désir,
Eperonnant encor ta vivante carcasse,
Te pousse-t-il, crédule, au sabbat du Plaisir ?

Au chant des violons, aux flammes des bougies,
Espères-tu chasser ton cauchemar moqueur,
Et viens-tu demander au torrent des orgies
De rafraîchir l'enfer allumé dans ton cœur ?

Inépuisable puits de sottise et de fautes !
De l'antique douleur éternel alambic !
A travers le treillis recourbé de tes côtes
Je vois, errant encor, l'insatiable aspic[6].

Pour dire vrai, je crains que ta coquetterie
Ne trouve pas un prix digne de ses efforts ;
Qui, de ces cœurs mortels, entend la raillerie ?
Les charmes de l'horreur n'enivrent que les forts !

Le gouffre de tes yeux, plein d'horribles pensées,
Exhale le vertige, et les danseurs prudents
Ne contempleront pas sans d'amères nausées
Le sourire éternel de tes trente-deux dents.

Pourtant, qui n'a serré dans ses bras un squelette,
Et qui ne s'est nourri des choses du tombeau ?
Qu'importe le parfum, l'habit ou la toilette ?
Qui fait le dégoûté montre qu'il se croit beau.

Bayadère[7] sans nez, irrésistible gouge[8],
Dis donc à ces danseurs qui font les offusqués :
« Fiers mignons[9], malgré l'art des poudres et du rouge
Vous sentez tous la mort ! O squelettes musqués,

Antinoüs[10] flétris, dandys à face glabre,
Cadavres vernissés, lovelaces[11] chenus,
Le branle[12] universel de la danse macabre
Vous entraîne en des lieux qui ne sont pas connus !

Des quais froids de la Seine aux bords brûlants du Gange,
Le troupeau mortel saute et se pâme, sans voir
Dans un trou du plafond la trompette de l'Ange[13]
Sinistrement béante ainsi qu'un tromblon noir.

En tout climat, sous tout soleil, la Mort t'admire
En tes contorsions, risible Humanité,
Et souvent, comme toi, se parfumant de myrrhe,
Mêle son ironie à ton insanité ! »

XCVIII. — L'AMOUR DU MENSONGE[1]

Quand je te vois passer, ô ma chère indolente,
Au chant des instruments qui se brise au plafond
Suspendant ton allure harmonieuse et lente,
Et promenant l'ennui de ton regard profond[2] ;

Quand je contemple, aux feux du gaz qui le colore,
Ton front pâle, embelli par un morbide attrait,
Où les torches du soir allument une aurore,
Et tes yeux attirants comme ceux d'un portrait,

Je me dis : Qu'elle est belle ! et bizarrement fraîche !
Le souvenir massif, royale et lourde tour[3],
La couronne, et son cœur, meurtri comme une pêche,
Est mûr, comme son corps, pour le savant amour[4].

Es-tu le fruit d'automne aux saveurs souveraines ?
Es-tu vase funèbre attendant quelques pleurs,
Parfum qui fait rêver aux oasis lointaines,
Oreiller caressant, ou corbeille de fleurs ?

Je sais qu'il est des yeux, des plus mélancoliques,
Qui ne recèlent point de secrets précieux[5] ;
Beaux écrins sans joyaux, médaillons sans reliques,
Plus vides, plus profonds que vous-mêmes, ô Cieux !

Mais ne suffit-il pas que tu sois l'apparence,
Pour réjouir un cœur qui fuit la vérité ?
Qu'importe ta bêtise ou ton indifférence ?
Masque ou décor, salut ! J'adore ta beauté.

XCIX[1]

Je n'ai pas oublié, voisine de la ville,
Notre blanche maison, petite mais tranquille ;
Sa Pomone de plâtre et sa vieille Vénus
Dans un bosquet chétif cachant leurs membres nus,
Et le soleil, le soir, ruisselant et superbe,
Qui, derrière la vitre où se brisait sa gerbe,
Semblait, grand œil ouvert dans le ciel curieux,
Contempler nos dîners longs et silencieux,
Répandant largement ses beaux reflets[2] de cierge
Sur la nappe frugale et les rideaux de serge.

C

La servante au grand cœur[1] dont vous étiez jalouse,
Et qui dort son sommeil sous une humble pelouse,
Nous devrions pourtant lui porter quelques fleurs.
Les morts, les pauvres morts, ont de grandes douleurs,
Et quand Octobre souffle, émondeur des vieux arbres,
Son vent mélancolique à l'entour de leurs marbres,
Certe, ils doivent trouver les vivants bien ingrats,
A dormir, comme ils font, chaudement dans leurs draps,
Tandis que, dévorés de noires songeries,

Sans compagnon de lit, sans bonnes causeries,
Vieux squelettes gelés travaillés par le ver,
Ils sentent s'égoutter les neiges de l'hiver
Et le siècle couler, sans qu'amis ni famille
Remplacent les lambeaux qui pendent à leur grille[2].

Lorsque la bûche siffle et chante, si le soir,
Calme, dans le fauteuil je la voyais s'asseoir,
Si, par une nuit bleue et froide de décembre,
Je la trouvais tapie en un coin de ma chambre,
Grave, et venant du fond de son lit éternel
Couver l'enfant grandi de son œil maternel,
Que pourrais-je répondre à cette âme pieuse,
Voyant tomber des pleurs de sa paupière creuse ?

CI. — BRUMES ET PLUIES

O fins d'automne[1], hivers, printemps trempés de boue,
Endormeuses saisons ! je vous aime et vous loue
D'envelopper ainsi mon cœur et mon cerveau
D'un linceul vaporeux et d'un vague tombeau[2].

Dans cette grande plaine où l'autan[3] froid se joue,
Où par les longues nuits la girouette s'enroue,
Mon âme mieux qu'au temps du tiède renouveau
Ouvrira largement ses ailes de corbeau[4].

Rien n'est plus doux au cœur plein de choses funèbres,
Et sur qui dès longtemps descendent les frimas,
O blafardes saisons, reines de nos climats,

Que l'aspect permanent de vos pâles ténèbres,
— Si ce n'est, par un soir sans lune, deux à deux,
D'endormir la douleur sur un lit hasardeux.

CII. — RÊVE PARISIEN[1]

À Constantin Guys[2].

I

De ce terrible paysage[3],
Tel que jamais mortel n'en vit,
Ce matin encore l'image,
Vague et lointaine, me ravit.

Le sommeil est plein de miracles !
Par un caprice singulier,
J'avais banni de ces spectacles
Le végétal irrégulier,

Et, peintre fier de[4] mon génie,
Je savourais dans mon tableau
L'enivrante monotonie
Du métal, du marbre et de l'eau.

Babel d'escaliers et d'arcades,
C'était un palais infini,
Plein de bassins et de cascades
Tombant dans l'or mat ou bruni ;

Et des cataractes pesantes,
Comme des rideaux de cristal,
Se suspendaient, éblouissantes,
A des murailles de métal.

Non d'arbres, mais de colonnades
Les étangs dormants s'entouraient,
Où de gigantesques naïades,
Comme des femmes, se miraient.

Des nappes d'eau s'épanchaient, bleues,
Entre des quais roses et verts,
Pendant des millions de lieues,
Vers les confins de l'univers ;

C'étaient des pierres inouïes
Et des flots magiques ; c'étaient
D'immenses glaces éblouies
Par tout ce qu'elles reflétaient !

Insouciants et taciturnes,
Des Ganges [5], dans le firmament,
Versaient le trésor de leurs urnes
Dans des gouffres de diamant.

Architecte de mes féeries,
Je faisais, à ma volonté,
Sous un tunnel de pierreries
Passer un océan dompté ;

Et tout, même la couleur noire,
Semblait fourbi, clair, irisé ;
Le liquide enchâssait sa gloire
Dans le rayon cristallisé.

Nul astre d'ailleurs, nuls vestiges
De soleil, même au bas du ciel,
Pour illuminer ces prodiges,
Qui brillaient d'un feu personnel !

Et sur ces mouvantes merveilles
Planait (terrible nouveauté !
Tout pour l'œil, rien pour les oreilles !)
Un silence d'éternité.

II

En rouvrant mes yeux pleins de flamme
J'ai vu l'horreur de mon taudis,
Et senti, rentrant dans mon âme,
La pointe des soucis maudits ;

La pendule aux accents funèbres
Sonnait brutalement midi,
Et le ciel versait des ténèbres
Sur le triste monde engourdi [6].

CIII — LE CRÉPUSCULE DU MATIN[1]

La diane[2] chantait dans les cours des casernes,
Et le vent du matin soufflait sur les lanternes.

C'était l'heure où l'essaim des rêves malfaisants
Tord sur leurs oreillers les bruns adolescents[3];
Où, comme un œil sanglant qui palpite et qui bouge,
La lampe sur le jour fait une tache rouge;
Où l'âme, sous le poids du corps revêche et lourd,
Imite les combats de la lampe et du jour.
Comme un visage en pleurs que les brises essuient,
L'air est plein du frisson des choses qui s'enfuient,
Et l'homme est las d'écrire et la femme d'aimer.

Les maisons çà et là commençaient à fumer.
Les femmes de plaisir, la paupière livide,
Bouche ouverte, dormaient de leur sommeil stupide;
Les pauvresses, traînant leurs seins maigres et froids,
Soufflaient sur leurs tisons et soufflaient sur leurs doigts.
C'était l'heure où parmi le froid et la lésine[4]
S'aggravent les douleurs des femmes en gésine[5];
Comme un sanglot coupé par un sang écumeux
Le chant du coq au loin déchirait l'air brumeux;
Une mer de brouillards baignait[6] les édifices,
Et les agonisants dans le fond des hospices
Poussaient leur dernier râle en hoquets inégaux.
Les débauchés rentraient, brisés par leurs travaux[7].

L'aurore grelottante en robe rose et verte
S'avançait lentement sur la Seine déserte[8],
Et le sombre Paris, en se frottant les yeux,
Empoignait ses outils, vieillard laborieux.

LE VIN

CIV. — L'ÂME DU VIN[1]

Un soir, l'âme du vin chantait dans[2] les bouteilles :
« Homme, vers toi je pousse, ô cher déshérité,
Sous ma prison de verre et mes cires vermeilles,
Un chant plein de lumière et de fraternité !

Je sais combien il faut, sur la colline en flamme,
De peine, de sueur et de soleil cuisant
Pour engendrer ma vie et pour me donner l'âme ;
Mais je ne serai point ingrat ni malfaisant,

Car j'éprouve une joie immense quand je tombe
Dans le gosier d'un homme usé par ses travaux,
Et sa chaude poitrine est une douce tombe[3]
Où je me plais bien mieux que dans mes froids caveaux.

Entends-tu retentir les refrains des dimanches
Et l'espoir qui gazouille en mon sein palpitant ?
Les coudes sur la table et retroussant tes manches,
Tu me glorifieras et tu seras content ;

J'allumerai les yeux de ta femme ravie ;
A ton fils je rendrai sa force et ses couleurs
Et serai pour ce frêle athlète de la vie
L'huile qui raffermit les muscles des lutteurs[4].

En toi je tomberai, végétale ambroisie,
Grain précieux jeté par l'éternel Semeur,

Pour que de notre amour naisse la poésie
Qui jaillira vers Dieu comme une rare fleur ![5] »

CV. — LE VIN DES CHIFFONNIERS[1]

Souvent, à la clarté rouge d'un réverbère
Dont le vent bat la flamme et tourmente le verre,
Au cœur d'un vieux faubourg, labyrinthe fangeux
Où l'humanité grouille en ferments orageux[2],

On voit un chiffonnier qui vient, hochant la tête,
Buttant, et se cognant aux murs comme un poète[3],
Et, sans prendre souci des mouchards, ses sujets,
Epanche tout son cœur en glorieux projets.

Il prête des serments, dicte des lois sublimes,
Terrasse les méchants, relève les victimes,
Et sous le firmament comme un dais suspendu
S'enivre des splendeurs de sa propre vertu.

Oui, ces gens harcelés de chagrins de ménage,
Moulus par le travail et tourmentés par l'âge,
Ereintés et pliant sous un tas de débris,
Vomissement confus de l'énorme Paris,

Reviennent, parfumés d'une odeur de futailles,
Suivis de compagnons, blanchis dans les batailles,
Dont la moustache pend comme les vieux drapeaux.
Les bannières, les fleurs et les arcs triomphaux

Se dressent devant eux, solennelle magie !
Et dans l'étourdissante et lumineuse orgie
Des clairons, du soleil, des cris et du tambour,
Ils apportent la gloire au peuple ivre d'amour !

C'est ainsi qu'à travers l'Humanité frivole
Le vin roule de l'or, éblouissant Pactole[4] ;
Par le gosier de l'homme il chante ses exploits
Et règne par ses dons ainsi que les vrais rois.

Pour noyer la rancœur et bercer l'indolence
De tous ces vieux maudits qui meurent en silence,
Dieu, touché de remords, avait fait le sommeil ;
L'Homme ajouta le Vin, fils sacré du Soleil !

CVI. — LE VIN DE L'ASSASSIN[1]

Ma femme est morte, je suis libre !
Je puis donc boire tout mon soûl.
Lorsque je rentrais sans un sou,
Ses cris me déchiraient la fibre.

Autant qu'un roi je suis heureux ;
L'air est pur, le ciel admirable...
Nous avions un été semblable
Lorsque j'en devins amoureux !

L'horrible soif qui me déchire
Aurait besoin pour s'assouvir
D'autant de vin qu'en peut tenir
Son tombeau ; — ce n'est pas peu dire :

Je l'ai jetée au fond d'un puits,
Et j'ai même poussé sur elle
Tous les pavés de la margelle.
— Je l'oublierai si je le puis !

Au nom des serments de tendresse,
Dont rien ne peut nous délier,
Et pour nous réconcilier
Comme au beau temps de notre ivresse,

J'implorai d'elle un rendez-vous,
Le soir, sur une route obscure.
Elle y vint ! — folle créature !
Nous sommes tous plus ou moins fous !

Elle était encore jolie,
Quoique bien fatiguée ! et moi,

Je l'aimais trop ! voilà pourquoi
Je lui dis : Sors de cette vie !

Nul ne peut me comprendre. Un seul
Parmi ces ivrognes stupides
Songea-t-il dans ses nuits morbides
A faire du vin un linceul[2] ?

Cette crapule invulnérable
Comme les machines de fer
Jamais, ni l'été ni l'hiver,
N'a connu l'amour véritable,

Avec ses noirs enchantements[3],
Son cortège infernal d'alarmes,
Ses fioles de poison, ses larmes,
Ses bruits de chaîne et d'ossements[4] !

— Me voilà libre et solitaire !
Je serai ce soir ivre mort ;
Alors, sans peur et sans remords,
Je me coucherai sur la terre,

Et je dormirai comme un chien !
Le chariot aux lourdes roues
Chargé de pierres et de boues,
Le wagon enragé peut bien

Ecraser ma tête coupable
Ou me couper par le milieu,
Je m'en moque comme de Dieu,
Du Diable ou de la Sainte Table !

CVII. — LE VIN DU SOLITAIRE

Le regard singulier d'une femme galante
Qui se glisse vers nous comme le rayon blanc
Que la lune onduleuse envoie au lac tremblant,
Quand elle y veut baigner sa beauté nonchalante ;

Le dernier sac d'écus dans les doigts d'un joueur ;
Un baiser libertin de la maigre Adeline [1] ;
Les sons d'une musique énervante [2] et câline,
Semblable au cri lointain de l'humaine douleur,

Tout cela ne vaut pas, ô bouteille profonde,
Les baumes pénétrants que ta panse féconde
Garde au cœur altéré du poète pieux [3] ;

Tu lui verses l'espoir, la jeunesse et la vie,
— Et l'orgueil, ce trésor de toute gueuserie,
Qui nous rend triomphants et semblables aux Dieux !

CVIII. — LE VIN DES AMANTS

Aujourd'hui l'espace est splendide !
Sans mors, sans éperons, sans bride,
Partons à cheval sur le vin
Pour un ciel féerique et divin !

Comme deux anges que torture
Une implacable calenture [1],
Dans le bleu cristal du matin
Suivons le mirage lointain !

Mollement balancés sur l'aile
Du tourbillon intelligent,
Dans un délire parallèle,

Ma sœur, côte à côte nageant [2],
Nous fuirons sans repos ni trêves
Vers le paradis de mes rêves !

Le dernier sac d'écus dans les doigts d'un joueur ;
Un baiser libertin de la maigre Adeline ;
Les sons d'une musique énervante et câline,
Semblable au cri lointain de l'humaine douleur,

Tout cela ne vaut pas, ô bouteille profonde,
Les baumes pénétrants que ta panse féconde
Garde au cœur altéré du poète pieux ;

Tu lui verses l'espoir, la jeunesse et la vie,
— Et l'orgueil, ce trésor de toute gueuserie,
Qui nous rend triomphants et semblables aux Dieux !

CVIII. — LE VIN DES AMANTS

Aujourd'hui l'espace est splendide !
Sans mors, sans éperons, sans bride,
Partons à cheval sur le vin
Pour un ciel féerique et divin !

Comme deux anges que torture
Une implacable calenture,
Dans le bleu cristal du matin
Suivons le mirage lointain !

Mollement balancés sur l'aile
Du tourbillon intelligent,
Dans un délire parallèle,

Ma sœur, côte à côte nageant,
Nous fuirons sans repos ni trêves
Vers le paradis de mes rêves !

FLEURS DU MAL

CIX. — LA DESTRUCTION[1]

Sans cesse à mes côtés s'agite le Démon[2] ;
Il nage autour de moi comme un air impalpable ;
Je l'avale et le sens qui brûle mon poumon
Et l'emplit d'un désir éternel et coupable.

Parfois il prend, sachant mon grand amour de l'Art,
La forme de la plus séduisante des femmes[3],
Et, sous de spécieux prétextes de cafard[4],
Accoutume ma lèvre à des philtres infâmes.

Il me conduit ainsi, loin du regard de Dieu,
Haletant et brisé de fatigue, au milieu
Des plaines de l'Ennui[5], profondes et désertes,

Et jette dans mes yeux pleins de confusion
Des vêtements souillés, des blessures ouvertes,
Et l'appareil[6] sanglant de la Destruction !

CX. — UNE MARTYRE

DESSIN D'UN MAÎTRE INCONNU[1]

Au milieu des flacons, des étoffes lamées
Et des meubles voluptueux,

Des marbres, des tableaux, des robes parfumées
Qui traînent à plis somptueux,

Dans[2] une chambre tiède où, comme en une serre,
L'air est dangereux et fatal[3],
Où des bouquets mourants dans leurs cercueils de verre
Exhalent leur soupir final,

Un cadavre sans tête épanche, comme un fleuve,
Sur l'oreiller désaltéré
Un sang rouge et vivant, dont la toile s'abreuve
Avec l'avidité d'un pré.

Semblable aux visions pâles qu'enfante l'ombre[4]
Et qui nous enchaînent les yeux,
La tête, avec l'amas de sa crinière sombre
Et de ses bijoux précieux,

Sur la table de nuit, comme une renoncule,
Repose ; et, vide de pensers,
Un regard vague et blanc comme le crépuscule
S'échappe des yeux révulsés.

Sur le lit, le tronc nu sans scrupules étale
Dans le plus complet abandon
La secrète splendeur et la beauté fatale
Dont la nature lui fit don ;

Un bas rosâtre, orné de coins d'or, à la jambe,
Comme un souvenir est resté ;
La jarretière, ainsi qu'un œil secret qui flambe,
Darde[5] un regard diamanté.

Le singulier aspect de cette solitude
Et d'un grand portrait langoureux,
Aux yeux provocateurs comme son attitude,
Révèle un amour ténébreux,

Une coupable joie et des fêtes étranges
Pleines de baisers infernaux,
Dont se réjouissait l'essaim des mauvais anges[6]
Nageant dans les plis des rideaux ;

Et cependant, à voir la maigreur élégante
De l'épaule au contour heurté,

La hanche un peu pointue et la taille fringante
Ainsi[7] qu'un reptile irrité,

Elle est bien jeune encor ! — Son âme exaspérée
Et ses sens par l'ennui mordus
S'étaient-ils entr'ouverts à la meute altérée
Des désirs errants et perdus[8] ?

L'homme vindicatif que tu n'as pu, vivante,
Malgré tant d'amour, assouvir,
Combla-t-il sur ta chair inerte et complaisante
L'immensité de son désir ?

Réponds, cadavre impur ! et par tes tresses roides
Te soulevant d'un bras fiévreux,
Dis-moi, tête effrayante, a-t-il sur tes dents froides
Collé les suprêmes adieux ?

— Loin du monde railleur, loin de la foule impure,
Loin des magistrats curieux,
Dors en paix, dors en paix, étrange créature,
Dans ton tombeau mystérieux ;

Ton époux court le monde, et ta forme immortelle[9]
Veille près de lui quand il dort ;
Autant que toi sans doute il te sera fidèle,
Et constant jusques à la mort.

CXI. — FEMMES DAMNÉES[1]

Comme un bétail pensif sur le sable couchées,
Elles tournent leurs yeux vers l'horizon des mers,
Et leurs pieds se cherchant et leurs mains rapprochées
Ont de douces langueurs et des frissons amers.

Les unes, cœurs épris des longues confidences,
Dans le fond des bosquets où jasent les ruisseaux,
Vont épelant l'amour des craintives enfances
Et creusent le bois vert des jeunes arbrisseaux ;

D'autres, comme des sœurs, marchent lentes et graves
A travers les rochers pleins d'apparitions,
Où saint Antoine a vu surgir comme des laves
Les seins nus et pourprés de ses tentations[2];

Il en est, aux lueurs des résines croulantes,
Qui dans le creux muet des vieux antres païens
T'appellent au secours de leurs fièvres hurlantes,
O Bacchus[3], endormeur des remords anciens !

Et d'autres, dont la gorge aime les scapulaires[4],
Qui, recélant un fouet sous leurs longs vêtements,
Mêlent, dans le bois sombre et les nuits solitaires,
L'écume du plaisir aux larmes des tourments.

O vierges, ô démons, ô monstres, ô martyres,
De la réalité grands esprits contempteurs,
Chercheuses d'infini[5], dévotes et satyres,
Tantôt pleines de cris, tantôt pleines de pleurs,

Vous que dans votre enfer mon âme a poursuivies,
Pauvres sœurs, je vous aime autant que je vous plains,
Pour vos mornes douleurs, vos soifs inassouvies,
Et les urnes[6] d'amour dont vos grands cœurs sont pleins !

CXII. — LES DEUX BONNES SŒURS

La Débauche et la Mort sont deux aimables filles,
Prodigues de baisers et riches de santé,
Dont le flanc toujours vierge et drapé de guenilles
Sous l'éternel labeur n'a jamais enfanté.

Au poète sinistre, ennemi des familles,
Favori de l'enfer, courtisan mal renté,
Tombeaux et lupanars montrent sous leurs charmilles
Un lit que le remords n'a jamais fréquenté.

Et la bière et l'alcôve en blasphèmes fécondes
Nous offrent tour à tour, comme deux bonnes sœurs,
De terribles plaisirs et d'affreuses douceurs.

Quand veux-tu m'enterrer, Débauche aux bras [immondes ?
O Mort, quand viendras-tu, sa rivale en attraits,
Sur ses myrtes infects enter[1] tes noirs cyprès[2] ?

CXIII. — LA FONTAINE DE SANG

Il me semble parfois que mon sang coule à flots[1],
Ainsi qu'une fontaine aux rythmiques sanglots[2].
Je l'entends bien qui coule avec un long murmure,
Mais je me tâte en vain pour trouver la blessure.

A travers la cité, comme dans un champ clos,
Il s'en va, transformant les pavés en îlots,
Désaltérant la soif de chaque créature,
Et partout colorant en rouge la nature[3].

J'ai demandé souvent à des vins captieux
D'endormir[4] pour un jour la terreur qui me mine ;
Le vin rend l'œil plus clair et l'oreille plus fine[5] !

J'ai cherché dans l'amour un sommeil oublieux ;
Mais l'amour n'est pour moi qu'un matelas d'aiguilles
Fait pour donner à boire à ces cruelles filles[6] !

CXIV. — ALLÉGORIE[1]

C'est une femme belle et de riche encolure,
Qui laisse dans son vin traîner sa chevelure.
Les griffes de l'amour, les poisons du tripot,
Tout glisse et tout s'émousse au granit de sa peau.
Elle rit à la Mort et nargue la Débauche,
Ces monstres dont la main, qui toujours gratte et fauche,
Dans ses jeux destructeurs a pourtant respecté
De ce corps ferme et droit la rude majesté.
Elle marche en déesse et repose en sultane ;

Elle a dans le plaisir la foi mahométane[2],
Et dans ses bras ouverts, que remplissent ses seins,
Elle appelle des yeux la race des humains.
Elle croit, elle sait, cette vierge inféconde[3]
Et pourtant nécessaire à la marche du monde,
Que la beauté du corps est un sublime don
Qui de toute infamie arrache le pardon.
Elle ignore l'Enfer comme le Purgatoire,
Et quand l'heure viendra d'entrer dans la Nuit noire,
Elle regardera la face de la Mort,
Ainsi qu'un nouveau-né, — sans haine et sans remords.

CXV. — LA BÉATRICE[1]

Dans des terrains cendreux, calcinés, sans verdure,
Comme je me plaignais un jour à la nature,
Et que de ma pensée, en vaguant au hasard,
J'aiguisais lentement sur mon cœur le poignard[2],
Je vis en plein midi descendre sur ma tête
Un nuage funèbre et gros[3] d'une tempête,
Qui portait un troupeau de démons vicieux,
Semblables à des nains cruels et curieux.
A me considérer froidement ils se mirent,
Et, comme des passants sur un fou qu'ils admirent,
Je les entendis rire et chuchoter entre eux,
En échangeant maint signe et maint clignement d'yeux :

— « Contemplons à loisir cette caricature
Et cette ombre d'Hamlet[4] imitant sa posture,
Le regard indécis et les cheveux au vent.
N'est-ce pas grand-pitié de voir ce bon vivant,
Ce gueux, cet histrion en vacances, ce drôle,
Parce qu'il sait jouer artistement son rôle,
Vouloir intéresser au chant de ses douleurs
Les aigles, les grillons, les ruisseaux et les fleurs,
Et même à nous, auteurs de ces vieilles rubriques[5],
Réciter en hurlant ses tirades publiques ? »

J'aurais pu (mon orgueil aussi haut que les monts
Domine la nuée et le cri des démons)

Détourner simplement ma tête souveraine,
Si je n'eusse pas vu parmi leur troupe obscène,
Crime qui n'a pas fait chanceler le soleil[6] !
La reine de mon cœur au regard nonpareil[7],
Qui riait avec eux de ma sombre détresse
Et leur versait parfois quelque sale caresse.

CXVI. — UN VOYAGE A CYTHÈRE[1]

Mon cœur, comme un oiseau, voltigeait tout joyeux
Et planait librement à l'entour des cordages ;
Le navire roulait sous un ciel sans nuages,
Comme un ange enivré d'un soleil radieux.

Quelle est cette île triste et noire ? — C'est Cythère,
Nous dit-on, un pays fameux dans les chansons,
Eldorado banal de tous les vieux garçons.
Regardez, après tout, c'est une pauvre terre.

— Île des doux secrets et des fêtes du cœur !
De l'antique Vénus le superbe fantôme
Au-dessus de tes mers plane comme un arôme,
Et charge les esprits d'amour et de langueur.

Belle île aux myrtes[2] verts, pleine de fleurs écloses,
Vénérée à jamais par toute nation,
Où les soupirs des cœurs en adoration
Roulent comme l'encens[3] sur un jardin de roses

Ou le roucoulement éternel d'un ramier !
— Cythère n'était plus qu'un terrain des plus maigres,
Un désert rocailleux troublé par des cris aigres.
J'entrevoyais pourtant un objet singulier !

Ce n'était pas un temple aux ombres bocagères,
Où la jeune prêtresse, amoureuse des fleurs,
Allait, le corps brûlé de secrètes chaleurs,
Entre-bâillant sa robe aux brises passagères ;

Mais voilà qu'en rasant la côte d'assez près
Pour troubler les oiseaux avec nos voiles blanches,

Nous vîmes que c'était un gibet à trois branches,
Du ciel se détachant en noir, comme un cyprès.

De féroces oiseaux perchés sur leur pâture
Détruisaient avec rage un pendu déjà mûr,
Chacun plantant, comme un outil, son bec impur
Dans tous les coins saignants de cette pourriture ;

Les yeux étaient deux trous, et du ventre effondré
Les intestins pesants lui coulaient sur les cuisses,
Et ses bourreaux, gorgés de hideuses délices,
L'avaient à coups de bec absolument châtré[4].

Sous les pieds, un troupeau de jaloux quadrupèdes,
Le museau relevé, tournoyait et rôdait ;
Une plus grande bête au milieu s'agitait
Comme un exécuteur entouré de ses aides.

Habitant de Cythère, enfant d'un ciel si beau,
Silencieusement tu souffrais ces insultes
En expiation de tes infâmes cultes[5]
Et des péchés qui t'ont interdit le tombeau.

Ridicule pendu, tes douleurs sont les miennes !
Je sentis, à l'aspect de tes membres flottants,
Comme un vomissement, remonter vers mes dents
Le long fleuve de fiel des douleurs anciennes ;

Devant toi, pauvre diable au souvenir si cher,
J'ai senti tous les becs et toutes les mâchoires
Des corbeaux lancinants et des panthères noires
Qui jadis aimaient tant à triturer ma chair.

— Le ciel était charmant, la mer était unie ;
Pour moi tout était noir et sanglant désormais,
Hélas ! et j'avais, comme en un suaire épais,
Le cœur enseveli dans cette allégorie.

Dans ton île, ô Vénus ! je n'ai trouvé debout
Qu'un gibet symbolique où[6] pendait mon image...
— Ah ! Seigneur ! donnez-moi la force et le courage
De contempler mon cœur et mon corps sans dégoût !

CXVII — L'AMOUR ET LE CRÂNE

VIEUX CUL-DE-LAMPE[1]

L'Amour est assis sur le crâne
De l'Humanité,
Et sur ce trône le profane,
Au rire effronté,

Souffle gaiement des bulles rondes
Qui montent dans l'air,
Comme pour rejoindre les mondes
Au fond de l'éther.

Le globe lumineux et frêle
Prend un grand essor,
Crève et crache son âme grêle
Comme un songe d'or.

J'entends le crâne à chaque bulle
Prier et gémir :
— « Ce jeu féroce et ridicule,
Quand doit-il finir ?

Car ce que ta bouche cruelle
Eparpille en l'air,
Monstre assassin, c'est ma cervelle,
Mon sang et ma chair ! »

RÉVOLTE

CXVIII. — LE RENIEMENT DE SAINT PIERRE [1]

Qu’est-ce que Dieu fait donc de ce flot d’anathèmes
Qui monte tous les jours vers ses chers Séraphins ?
Comme un tyran gorgé de viande et de vins [2],
Il s’endort au doux bruit de nos affreux blasphèmes.

Les sanglots des martyrs et des suppliciés
Sont une symphonie enivrante sans doute,
Puisque, malgré le sang que leur volupté coûte,
Les cieux ne s’en sont point encore rassasiés !

— Ah ! Jésus, souviens-toi du Jardin des Olives [3] !
Dans ta simplicité tu priais à genoux
Celui qui dans son ciel riait au bruit des clous
Que d’ignobles bourreaux plantaient dans tes chairs vives,

Lorsque tu vis cracher sur ta divinité
La crapule du corps de garde et des cuisines,
Et lorsque tu sentis s’enfoncer les épines
Dans ton crâne où vivait l’immense Humanité ;

Quand de ton corps brisé la pesanteur horrible
Allongeait tes deux bras distendus, que ton sang
Et ta sueur coulaient de ton front pâlissant,
Quand tu fus devant tous posé comme une cible,

Rêvais-tu de ces jours si brillants et si beaux
Où tu vins pour remplir l’éternelle promesse,

Où tu foulais, monté sur une douce ânesse,
Des chemins tout jonchés de fleurs et de rameaux[4],

Où, le cœur tout gonflé d'espoir et de vaillance,
Tu fouettais tous ces vils marchands à tour de bras,
Où tu fus maître enfin ? Le remords n'a-t-il pas
Pénétré dans ton flanc plus avant que la lance ?

— Certes, je sortirai, quant à moi, satisfait
D'un monde où l'action n'est pas la sœur du rêve[5] ;
Puissé-je user du glaive et périr par le glaive[6] !
Saint Pierre a renié Jésus... il a bien fait !

CXIX. — ABEL ET CAÏN[1]

I

Race d'Abel, dors, bois et mange ;
Dieu te sourit complaisamment[2].

Race de Caïn, dans la fange
Rampe et meurs misérablement.

Race d'Abel, ton sacrifice
Flatte le nez du Séraphin !

Race de Caïn, ton supplice
Aura-t-il jamais une fin ?

Race d'Abel, vois tes semailles
Et ton bétail venir à bien ;

Race de Caïn, tes entrailles
Hurlent la faim comme un vieux chien.

Race d'Abel, chauffe ton ventre
A ton foyer patriarcal ;

Race de Caïn, dans ton antre
Tremble de froid, pauvre chacal !

Race d'Abel, aime et pullule !
Ton or fait aussi des petits.

Race de Caïn, cœur qui brûle,
Prends garde à ces grands appétits.

Race d'Abel, tu croîs et broutes
Commes les punaises des bois !

Race de Caïn, sur les routes
Traîne ta famille aux abois.

II

Ah ! race d'Abel, ta charogne
Engraissera le sol fumant !

Race de Caïn, ta besogne
N'est pas faite suffisamment ;

Race d'Abel, voici ta honte :
Le fer [3] est vaincu par l'épieu !

Race de Caïn, au ciel monte,
Et sur la terre jette Dieu !

CXX. — LES LITANIES DE SATAN [1]

O toi, le plus savant et le plus beau des Anges,
Dieu trahi par le sort et privé de louanges,

O Satan, prends pitié de ma longue misère !

O Prince de l'exil, à qui l'on a fait tort [2],
Et qui, vaincu, toujours te redresses plus fort,

O Satan, prends pitié de ma longue misère !

Toi qui sais tout, grand roi des choses souterraines,
Guérisseur familier des angoisses humaines[3],

O Satan, prends pitié de ma longue misère!

Toi qui, même aux lépreux, aux parias maudits[4],
Enseignes par l'amour le goût du Paradis,

O Satan, prends pitié de ma longue misère!

O toi qui de la Mort, ta vieille et forte amante,
Engendras l'Espérance, — une folle charmante[5]!

O Satan, prends pitié de ma longue misère!

Toi qui fais au proscrit ce regard calme et haut
Qui damne tout un peuple autour d'un échafaud,

O Satan, prends pitié de ma longue misère!

Toi qui sais en quels coins des terres envieuses
Le Dieu jaloux cacha les pierres précieuses,

O Satan, prends pitié de ma longue misère!

Toi dont l'œil clair connaît les profonds arsenaux
Où dort enseveli le peuple des métaux,

O Satan, prends pitié de ma longue misère!

Toi dont la large main cache les précipices
Au somnambule errant au bord des édifices,

O Satan, prends pitié de ma longue misère!

Toi qui, magiquement, assouplis les vieux os
De l'ivrogne attardé foulé par les chevaux,

O Satan, prends pitié de ma longue misère!

Toi qui, pour consoler l'homme frêle qui souffre,
Nous appris à mêler le salpêtre et le soufre[6],

O Satan, prends pitié de ma longue misère!

Toi qui poses ta marque, ô complice subtil,
Sur le front du Crésus impitoyable[7] et vil,

O Satan, prends pitié de ma longue misère !

Toi qui mets dans les yeux et dans le cœur des filles
Le culte de la plaie et l'amour des guenilles[8],

O Satan, prends pitié de ma longue misère !

Bâton des exilés, lampe des inventeurs,
Confesseur des pendus et des conspirateurs,

O Satan, prends pitié de ma longue misère !

Père adoptif de ceux qu'en sa noire colère
Du paradis terrestre a chassés Dieu le Père,

O Satan, prends pitié de ma longue misère !

PRIÈRE[9]

Gloire et louange à toi, Satan, dans les hauteurs
Du Ciel, où tu régnas, et dans les profondeurs
De l'Enfer, où, vaincu, tu rêves en silence[10] !
Fais que mon âme un jour, sous l'Arbre de Science,
Près de toi se repose, à l'heure où sur ton front
Comme un Temple nouveau ses rameaux s'épandront !

LA MORT

CXXI. — LA MORT DES AMANTS

Nous aurons des lits pleins d'odeurs légères,
Des divans[1] profonds comme des tombeaux,
Et d'étranges fleurs sur des étagères,
Ecloses[2] pour nous sous des cieux plus beaux.

Usant à l'envi leurs chaleurs dernières,
Nos deux cœurs seront deux vastes flambeaux,
Qui réfléchiront leurs doubles lumières
Dans nos deux esprits, ces miroirs jumeaux[3].

Un soir fait de rose et de bleu mystique[4],
Nous échangerons un éclair unique,
Comme un long sanglot, tout chargé d'adieux[5] ;

Et plus tard un Ange, entr'ouvrant les portes,
Viendra ranimer, fidèle et joyeux,
Les miroirs[6] ternis et les flammes mortes.

CXXII. — LA MORT DES PAUVRES[1]

C'est la Mort qui console, hélas ! et qui fait vivre[2] ;
C'est le but de la vie, et c'est le seul espoir
Qui, comme un élixir, nous monte[3] et nous enivre,
Et nous donne le cœur de marcher jusqu'au soir ;

A travers la tempête, et la neige, et le givre,
C'est la clarté vibrante à[4] notre horizon noir ;
C'est l'auberge fameuse inscrite sur le livre[5],
Où l'on pourra manger, et dormir, et s'asseoir ;

C'est un Ange qui tient dans ses doigts magnétiques[6]
Le sommeil et le don des rêves extatiques,
Et qui refait le lit des gens pauvres et nus ;

C'est la gloire des dieux, c'est le grenier[7] mystique,
C'est la bourse du pauvre et sa patrie antique,
C'est le portique ouvert sur les Cieux inconnus !

CXXIII. — LA MORT DES ARTISTES[1]

Combien faut-il de fois secouer mes grelots
Et baiser ton front bas, morne caricature[2] ?
Pour piquer dans le but, de mystique nature[3],
Combien, ô mon carquois, perdre de javelots[4] ?

Nous userons notre âme en de subtils complots,
Et nous démolirons mainte lourde armature[5],
Avant de contempler la grande Créature[6]
Dont l'infernal désir nous remplit de sanglots !

Il en est qui jamais n'ont connu leur Idole,
Et ces sculpteurs damnés et marqués d'un affront,
Qui vont se martelant la poitrine et le front,

N'ont qu'un espoir, étrange et sombre Capitole[7] !
C'est que la Mort, planant comme un soleil nouveau,
Fera s'épanouir les fleurs de leur cerveau[8] !

CXXIV. — LA FIN DE LA JOURNÉE[1]

Sous une lumière blafarde
Court, danse et se tord sans raison

La Vie, impudente et criarde.
Aussi, sitôt qu'à l'horizon

La nuit voluptueuse monte,
Apaisant tout, même la faim,
Effaçant tout, même la honte,
Le Poète se dit : « Enfin !

Mon esprit, comme mes vertèbres,
Invoque ardemment le repos ;
Le cœur plein de songes funèbres,

Je vais me coucher sur le dos
Et me rouler dans vos rideaux,
O rafraîchissantes ténèbres ! »

CXXV. — LE RÊVE D'UN CURIEUX

À F. N.[1].

Connais-tu, comme moi, la douleur savoureuse,
Et de toi fais-tu dire : « Oh ! l'homme singulier ! »
— J'allais mourir. C'était dans mon âme amoureuse,
Désir mêlé d'horreur, un mal particulier ;

Angoisse et vif espoir, sans humeur factieuse.
Plus allait se vidant le fatal sablier,
Plus ma torture était âpre et délicieuse ;
Tout mon cœur s'arrachait au monde familier.

J'étais comme l'enfant avide du spectacle,
Haïssant le rideau comme on hait un obstacle...
Enfin la vérité froide se révéla :

J'étais mort sans surprise, et la terrible aurore
M'enveloppait. — Eh quoi ! n'est-ce donc que cela[2] ?
La toile était levée et j'attendais encore.

CXXVI. — LE VOYAGE[1]

À Maxime Du Camp[2].

I

Pour l'enfant, amoureux de cartes et d'estampes[3],
L'univers est égal à son vaste appétit.
Ah ! que le monde est grand à la clarté des lampes !
Aux yeux du souvenir que le monde est petit !

Un matin nous partons, le cerveau plein de flamme,
Le cœur gros de rancune et de désirs amers,
Et nous allons, suivant le rythme de la lame,
Berçant notre infini sur le fini des mers :

Les uns, joyeux de fuir une patrie infâme ;
D'autres, l'horreur de leurs berceaux, et quelques-uns,
Astrologues[4] noyés dans les yeux d'une femme,
La Circé[5] tyrannique aux dangereux parfums.

Pour n'être pas changés en bêtes, ils s'enivrent
D'espace et de lumière et de cieux embrasés ;
La glace qui les mord, les soleils qui les cuivrent,
Effacent lentement la marque des baisers.

Mais les vrais voyageurs sont ceux-là seuls qui partent
Pour partir ; cœurs légers, semblables aux ballons,
De leur fatalité jamais ils ne s'écartent,
Et, sans savoir pourquoi, disent toujours : Allons !

Ceux-là dont les désirs ont la forme des nues[6],
Et qui rêvent, ainsi qu'un conscrit le canon,
De vastes voluptés, changeantes, inconnues,
Et dont l'esprit humain n'a jamais su le nom !

II

Nous imitons, horreur ! la toupie et la boule
Dans leur valse et leurs bonds ; même dans nos [som-
meils

La Curiosité nous tourmente et nous roule,
Comme un Ange cruel qui fouette des soleils[7].

Singulière fortune où le but se déplace,
Et, n'étant nulle part, peut être n'importe où[8] !
Où l'Homme, dont jamais l'espérance n'est lasse,
Pour trouver le repos court toujours comme un fou !

Notre âme est un trois-mâts cherchant son Icarie[9] ;
Une voix retentit sur le pont : « Ouvre l'œil ! »
Une voix de la hune, ardente et folle, crie :
« Amour… gloire… bonheur ! » Enfer ! c'est un écueil !

Chaque îlot signalé par l'homme de vigie
Est un Eldorado promis par le Destin ;
L'Imagination qui dresse son orgie[10]
Ne trouve qu'un récif aux clartés du matin.

O le pauvre amoureux des pays chimériques !
Faut-il le mettre aux fers, le jeter à la mer,
Ce matelot ivrogne, inventeur d'Amériques
Dont le mirage rend le gouffre plus amer ?

Tel le vieux vagabond, piétinant dans la boue,
Rêve, le nez en l'air, de brillants paradis ;
Son œil ensorcelé découvre une Capoue[11]
Partout où la chandelle illumine un taudis.

III

Etonnants voyageurs ! quelles nobles histoires
Nous lisons dans vos yeux profonds comme les mers !
Montrez-nous les écrins de vos riches mémoires,
Ces bijoux merveilleux, faits d'astres et d'éthers.

Nous voulons voyager sans vapeur et sans voile !
Faites, pour égayer l'ennui de nos prisons,
Passer sur nos esprits, tendus comme une toile,
Vos souvenirs avec leurs cadres d'horizons.

Dites, qu'avez-vous vu ?

IV

« Nous avons vu des astres
Et des flots ; nous avons vu des sables aussi ;
Et, malgré bien des chocs et d'imprévus désastres,
Nous nous sommes souvent ennuyés, comme ici.

La gloire du soleil sur la mer violette [12],
La gloire des cités dans le soleil couchant,
Allumaient dans nos cœurs une ardeur inquiète
De plonger dans un ciel au reflet alléchant.

Les plus riches cités, les plus grands paysages,
Jamais ne contenaient l'attrait mystérieux
De ceux que le hasard fait avec les nuages.
Et toujours le désir nous rendait soucieux !

— La jouissance ajoute au désir de la force.
Désir, vieil arbre à qui le plaisir sert d'engrais,
Cependant que grossit et durcit ton écorce,
Tes branches veulent voir le soleil de plus près !

Grandiras-tu toujours, grand arbre plus vivace
Que le cyprès ? — Pourtant nous avons, avec soin,
Cueilli quelques croquis pour votre album vorace,
Frères qui trouvez beau tout ce qui vient de loin !

Nous avons salué des idoles à trompe ;
Des trônes constellés de joyaux lumineux ;
Des palais ouvragés dont la féerique pompe
Serait pour vos banquiers un rêve ruineux ;

Des costumes qui sont pour les yeux une ivresse ;
Des femmes dont les dents et les ongles sont teints,
Et des jongleurs savants que le serpent caresse. »

V

Et puis, et puis encore ?

VI

« O cerveaux enfantins !

Pour ne pas oublier la chose capitale,
Nous avons vu partout, et sans l'avoir cherché,
Du haut jusques en bas de l'échelle fatale,
Le spectacle ennuyeux de l'immortel péché :

La femme, esclave vile, orgueilleuse et stupide,
Sans rire s'adorant et s'aimant sans dégoût ;
L'homme, tyran goulu, paillard, dur et cupide,
Esclave de l'esclave et ruisseau dans l'égout ;

Le bourreau qui jouit, le martyr qui sanglote ;
La fête qu'assaisonne et parfume le sang[13] ;
Le poison du pouvoir énervant le despote,
Et le peuple amoureux du fouet abrutissant ;

Plusieurs religions semblables à la nôtre,
Toutes escaladant le ciel[14]; la Sainteté,
Comme en un lit de plume un délicat se vautre,
Dans les clous et le crin cherchant la volupté ;

L'Humanité bavarde, ivre de son génie,
Et, folle maintenant comme elle était jadis,
Criant à Dieu, dans sa furibonde agonie :
" O mon semblable, ô mon maître, je te maudis ! "

Et les moins sots, hardis amants de la Démence,
Fuyant le grand troupeau parqué par le Destin,
Et se réfugiant dans l'opium immense[15] !
— Tel est du globe entier l'éternel bulletin[16]. »

VII

Amer savoir, celui qu'on tire du voyage !
Le monde, monotone et petit, aujourd'hui,
Hier, demain, toujours, nous fait voir notre image :
Une oasis d'horreur dans un désert d'ennui !

Faut-il partir ? rester ? Si tu peux rester, reste ;
Pars, s'il le faut. L'un court, et l'autre se tapit
Pour tromper l'ennemi vigilant et funeste,
Le Temps ! Il est, hélas ! des coureurs sans répit,

Comme le Juif errant[17] et comme les apôtres,
A qui rien ne suffit, ni wagon ni vaisseau,
Pour fuir ce rétiaire[18] infâme ; il en est d'autres
Qui savent le tuer sans quitter leur berceau.

Lorsque enfin il mettra le pied sur notre échine,
Nous pourrons espérer et crier : En avant !
De même qu'autrefois nous partions pour la Chine,
Les yeux fixés au large et les cheveux au vent,

Nous nous embarquerons sur la mer des Ténèbres[19]
Avec le cœur joyeux d'un jeune passager.
Entendez-vous ces voix, charmantes et funèbres,
Qui chantent : « Par ici ! vous qui voulez manger

Le Lotus parfumé[20] ! c'est ici qu'on vendange
Les fruits miraculeux dont votre cœur a faim ;
Venez vous enivrer de la douceur étrange
De cette après-midi qui n'a jamais de fin » ?

A l'accent familier nous devinons le spectre ;
Nos Pylades[21] là-bas tendent leurs bras vers nous.
« Pour rafraîchir ton cœur nage vers ton Electre[22] ! »
Dit celle dont jadis nous baisions les genoux[23].

VIII

O Mort, vieux capitaine, il est temps ! levons l'ancre !
Ce pays nous ennuie, ô Mort ! Appareillons !
Si le ciel et la mer sont noirs comme de l'encre,
Nos cœurs que tu connais sont remplis de rayons !

Verse-nous ton poison pour qu'il nous réconforte !
Nous voulons, tant ce feu nous brûle le cerveau,
Plonger au fond du gouffre, Enfer ou Ciel, qu'importe[23] ?
Au fond de l'Inconnu pour trouver du *nouveau !*

LES ÉPAVES[1]

I. — LE COUCHER DU SOLEIL ROMANTIQUE[1]

Que le Soleil est beau quand tout frais il se lève,
Comme une explosion nous lançant son bonjour !
— Bienheureux celui-là qui peut avec amour
Saluer son coucher plus glorieux qu'un rêve !

Je me souviens !... J'ai vu tout, fleur, source, sillon,
Se pâmer sous son œil comme un cœur qui palpite...
— Courons vers l'horizon, il est tard, courons vite,
Pour attraper au moins un oblique rayon !

Mais je poursuis en vain le Dieu qui se retire ;
L'irrésistible Nuit établit son empire,
Noire, humide, funeste et pleine de frissons ;

Une odeur de tombeau dans les ténèbres nage,
Et mon pied peureux froisse, au bord du marécage,
Des crapauds imprévus et de froids limaçons *.

* Le mot : *Genus irritabile vatum*[2] date de bien des siècles avant les querelles des Classiques, des Romantiques, des Réalistes, des Euphuistes[3], etc... Il est évident que, par *l'irrésistible Nuit* M. Charles Baudelaire a voulu caractériser l'état actuel de la littérature, et que les *crapauds imprévus* et les *froids limaçons* sont les écrivains qui ne sont pas de son école.

Ce sonnet a été composé en 1862, pour servir d'épilogue à un livre de M. Charles Asselineau, qui n'a pas paru : *Mélanges tirés d'une petite bibliothèque romantique* ; lequel devait avoir pour prologue un sonnet de M. Théodore de Banville : *Le Lever du soleil romantique*. *(Note de l'éditeur*[4]*.)*

PIÈCES CONDAMNÉES
TIRÉES DES
FLEURS DU MAL

II. — LESBOS[1] *

Mère des jeux latins et des voluptés grecques,
Lesbos, où les baisers, languissants ou joyeux,
Chauds comme les soleils, frais comme les pastèques,
Font l'ornement des nuits et des jours glorieux ;
Mère[2] des jeux latins et des voluptés grecques,

Lesbos, où les baisers sont comme les cascades
Qui se jettent sans peur dans les gouffres sans fonds,
Et courent, sanglotant et gloussant par saccades,
Orageux et secrets, fourmillants et profonds ;
Lesbos, où les baisers sont comme les cascades !

Lesbos, où les Phrynés[3] l'une l'autre s'attirent,
Où jamais un soupir ne resta sans écho,
A l'égal de Paphos[4] les étoiles t'admirent,
Et Vénus à bon droit peut jalouser Sapho[5] !
Lesbos, où les Phrynés l'une l'autre s'attirent,

Lesbos, terre des nuits chaudes et langoureuses,
Qui font qu'à leurs miroirs, stérile volupté !
Les filles aux yeux creux, de leurs corps amoureuses,

* Cette pièce et les cinq suivantes ont été condamnées en 1857, par le tribunal correctionnel, et ne peuvent pas être reproduites dans le recueil des FLEURS DU MAL. (*Note de l'éditeur.*)

Caressent les fruits mûrs de leur nubilité[6];
Lesbos, terre des nuits chaudes et langoureuses,

Laisse du vieux Platon[7] se froncer l'œil austère;
Tu tires ton pardon de l'excès des baisers,
Reine du doux empire, aimable et noble terre,
Et des raffinements toujours inépuisés.
Laisse du vieux Platon se froncer l'œil austère.

Tu tires ton pardon de l'éternel martyre,
Infligé sans relâche aux cœurs ambitieux,
Qu'attire loin de nous le radieux sourire
Entrevu vaguement au bord des autres cieux!
Tu tires ton pardon de l'éternel martyre!

Qui des Dieux osera, Lesbos, être ton juge
Et condamner ton front pâli dans les travaux[8],
Si ses balances d'or n'ont pesé le déluge
De larmes qu'à la mer ont versé tes ruisseaux?
Qui des Dieux osera, Lesbos, être ton juge?

Que nous veulent les lois du juste et de l'injuste?
Vierges au cœur sublime, honneur de l'archipel[9],
Votre religion comme une autre est auguste,
Et l'amour se rira de l'Enfer et du Ciel!
Que nous veulent les lois du juste et de l'injuste?

Car Lesbos entre tous m'a choisi sur la terre
Pour chanter le secret de ses vierges en fleurs,
Et je fus dès l'enfance admis au noir mystère
Des rires effrénés mêlés aux sombres pleurs;
Car Lesbos entre tous m'a choisi sur la terre.

Et depuis lors je veille au sommet de Leucate[10],
Comme une sentinelle à l'œil perçant et sûr,
Qui guette nuit et jour brick, tartane[11] ou frégate,
Dont les formes au loin frissonnent dans l'azur;
Et depuis lors je veille au sommet de Leucate

Pour savoir si la mer est indulgente et bonne,
Et parmi les sanglots dont le roc retentit
Un soir ramènera vers Lesbos, qui pardonne,
Le cadavre adoré de Sapho, qui partit
Pour savoir si la mer est indulgente et bonne!

De la mâle Sapho[12], l'amante et le poète,
Plus belle que Vénus par ses mornes pâleurs !
— L'œil d'azur est vaincu par l'œil noir que tachète
Le cercle ténébreux tracé par les douleurs
De la mâle Sapho, l'amante et le poète[13] !

— Plus belle que Vénus se dressant sur le monde
Et versant les trésors de sa sérénité
Et le rayonnement de sa jeunesse blonde
Sur le vieil Océan de sa fille enchanté[14] ;
Plus belle que Vénus se dressant sur le monde !

— De Sapho qui mourut le jour de son blasphème,
Quand, insultant le rite et le culte inventé,
Elle fit son beau corps la pâture suprême
D'un brutal[15] dont l'orgueil punit l'impiété
De celle qui mourut le jour de son blasphème.

Et c'est depuis ce temps que Lesbos se lamente,
Et, malgré les honneurs que lui rend l'univers,
S'enivre chaque nuit du cri de la tourmente
Que[16] poussent vers les cieux ses rivages déserts !
Et c'est depuis ce temps que Lesbos se lamente !

III. — FEMMES DAMNÉES[1]

DELPHINE ET HIPPOLYTE[2]

A la pâle clarté des lampes languissantes,
Sur de profonds coussins tout imprégnés d'odeur,
Hippolyte rêvait aux caresses puissantes
Qui levaient le rideau de sa jeune candeur.

Elle cherchait, d'un œil troublé par la tempête,
De sa naïveté le ciel déjà lointain,
Ainsi qu'un voyageur qui retourne la tête
Vers les horizons bleus dépassés le matin.

De ses yeux amortis les paresseuses larmes,
L'air brisé, la stupeur, la morne volupté,

Ses bras vaincus, jetés comme de vaines armes,
Tout servait, tout parait sa fragile beauté.

Etendue à ses pieds, calme et pleine de joie,
Delphine la couvait avec des yeux ardents,
Comme un animal fort qui surveille une proie,
Après l'avoir d'abord marquée avec les dents.

Beauté forte à genoux devant la beauté frêle,
Superbe, elle humait voluptueusement
Le vin de son triomphe, et s'allongeait vers elle,
Comme pour recueillir un doux remercîment.

Elle cherchait dans l'œil de sa pâle victime
Le cantique muet que chante le plaisir,
Et cette gratitude infinie et sublime
Qui sort de la paupière ainsi qu'un long soupir.

— « Hippolyte, cher cœur, que dis-tu de ces choses ?
Comprends-tu maintenant qu'il ne faut pas offrir
L'holocauste sacré de tes premières roses
Aux souffles violents qui pourraient les flétrir ?

Mes baisers sont légers comme ces éphémères
Qui caressent le soir les grands lacs transparents,
Et ceux de ton amant creuseront leurs ornières
Comme des chariots ou des socs [3] déchirants ;

Ils passeront sur toi comme un lourd attelage
De chevaux et de bœufs aux sabots sans pitié...
Hippolyte, ô ma sœur ! tourne donc ton visage,
Toi, mon âme et mon cœur, mon tout et ma moitié,

Tourne vers moi tes yeux pleins d'azur et d'étoiles !
Pour un de ces regards charmants, baume divin,
Des plaisirs plus obscurs je lèverai les voiles,
Et je t'endormirai dans un rêve sans fin ! »

Mais Hippolyte alors, levant sa jeune tête :
— « Je ne suis point ingrate et ne me repens pas,
Ma Delphine, je souffre et je suis inquiète,
Comme après un nocturne et terrible repas.

Je sens fondre sur moi de lourdes épouvantes
Et de noirs bataillons de fantômes épars,
Qui veulent me conduire en des routes mouvantes
Qu'un horizon sanglant ferme de toutes parts.

Avons-nous donc commis une action étrange ?
Explique, si tu peux, mon trouble et mon effroi :
Je frissonne de peur quand tu me dis : " Mon ange ! "
Et cependant je sens ma bouche aller vers toi.

Ne me regarde pas ainsi, toi, ma pensée !
Toi que j'aime à jamais, ma sœur d'élection,
Quand même tu serais une embûche dressée
Et le commencement de ma perdition ! »

Delphine secouant sa crinière tragique,
Et comme trépignant sur le trépied[4] de fer,
L'œil fatal, répondit d'une voix despotique :
— « Qui donc devant l'amour ose parler d'enfer ?

Maudit soit à jamais le rêveur inutile
Qui voulut le premier, dans sa stupidité,
S'éprenant d'un problème insoluble et stérile,
Aux choses de l'amour mêler l'honnêteté !

Celui qui veut unir dans un accord mystique
L'ombre avec la chaleur, la nuit avec le jour,
Ne chauffera jamais son corps paralytique
A ce rouge soleil que l'on nomme l'amour !

Va, si tu veux, chercher un fiancé stupide ;
Cours offrir un cœur vierge à ses cruels baisers ;
Et, pleine de remords et d'horreur, et livide,
Tu me rapporteras tes seins stigmatisés[5]...

On ne peut ici-bas contenter qu'un seul maître[6] ! »
Mais l'enfant, épanchant une immense douleur,
Cria soudain : « — Je sens s'élargir dans mon être
Un abîme béant ; cet abîme est mon cœur !

Brûlant comme un volcan, profond comme le vide !
Rien ne rassasiera ce monstre gémissant
Et ne rafraîchira la soif de l'Euménide[7]
Qui, la torche à la main, le brûle jusqu'au sang.

Que nos rideaux fermés nous séparent du monde,
Et que la lassitude amène le repos !
Je veux m'anéantir dans ta gorge profonde
Et trouver sur ton sein la fraîcheur des tombeaux ! »

— Descendez[8], descendez, lamentables victimes,
Descendez le chemin de l'enfer éternel !
Plongez au plus profond du gouffre, où tous les crimes,
Flagellés par[9] un vent qui ne vient pas du ciel,

Bouillonnent pêle-mêle avec un bruit d'orage.
Ombres folles, courez au but de vos désirs ;
Jamais vous ne pourrez assouvir votre rage,
Et votre châtiment naîtra de vos plaisirs.

Jamais un rayon frais n'éclaira vos cavernes ;
Par les fentes des murs des miasmes fiévreux[10]
Filtrent en[11] s'enflammant ainsi que des lanternes
Et pénètrent vos corps de leurs parfums affreux.

L'âpre stérilité de votre jouissance
Altère votre soif et roidit votre peau,
Et le vent furibond de la concupiscence
Fait claquer votre chair ainsi qu'un vieux drapeau.

Loin des peuples vivants, errantes, condamnées,
A travers les déserts courez comme les loups ;
Faites votre destin, âmes désordonnées,
Et fuyez l'infini[12] que vous portez en vous !

IV. — LE LÉTHÉ[1]

Viens sur mon cœur, âme cruelle et sourde,
Tigre adoré, monstre aux airs indolents ;
Je veux longtemps plonger mes doigts tremblants
Dans l'épaisseur de ta crinière lourde ;

Dans tes jupons remplis de ton parfum
Ensevelir ma tête endolorie,
Et respirer, comme une fleur flétrie,
Le doux relent de mon amour défunt.

Je veux dormir ! dormir plutôt que vivre !
Dans un sommeil aussi doux que la mort[2],
J'étalerai mes baisers sans remords
Sur ton beau corps poli comme le cuivre.

Pour engloutir mes sanglots apaisés
Rien ne me vaut l'abîme de ta couche ;
L'oubli puissant habite sur ta bouche,
Et le Léthé coule dans tes baisers.

A mon destin, désormais mon délice,
J'obéirai comme un prédestiné ;
Martyr docile, innocent condamné,
Dont la ferveur attise le supplice,

Je sucerai, pour noyer ma rancœur,
Le népenthès[3] et la bonne ciguë
Aux bouts charmants de cette gorge aiguë,
Qui n'a jamais emprisonné de cœur.

V. — A CELLE QUI EST TROP GAIE[1]

Ta tête, ton geste, ton air
Sont beaux comme un beau paysage ;
Le rire joue en ton visage
Comme un vent frais dans un ciel clair.

Le passant chagrin que tu frôles
Est ébloui par la santé
Qui jaillit comme une clarté
De tes bras et de tes épaules.

Les retentissantes couleurs
Dont tu parsèmes tes toilettes
Jettent dans l'esprit des poètes
L'image d'un ballet de fleurs.

Ces robes folles sont l'emblème
De ton esprit bariolé ;
Folle dont je suis affolé,
Je te hais autant que je t'aime !

Quelquefois dans un beau jardin
Où je traînais mon atonie[2],
J'ai senti, comme une ironie,
Le soleil déchirer mon sein ;

Et le printemps et la verdure
Ont tant humilié mon cœur,
Que j'ai puni sur une fleur
L'insolence de la Nature[3].

Ainsi je voudrais, une nuit,
Quand l'heure des voluptés sonne,
Vers les trésors de ta personne,
Comme un lâche, ramper sans bruit,

Pour châtier ta chair joyeuse,
Pour meurtrir ton sein pardonné,
Et faire à ton flanc étonné
Une blessure large et creuse,

Et, vertigineuse douceur[4] !
A travers ces lèvres nouvelles,
Plus éclatantes et plus belles,
T'infuser mon venin, ma sœur * !

VI. — LES BIJOUX[1]

La très chère était nue, et, connaissant mon cœur,
Elle n'avait gardé que ses bijoux sonores,
Dont le riche attirail lui donnait l'air vainqueur
Qu'ont dans leurs jours heureux les esclaves des Mores.

Quand il jette en dansant son bruit vif et moqueur,
Ce monde rayonnant de métal et de pierre

* Les juges ont cru découvrir un sens à la fois sanguinaire et obscène dans les deux dernières stances. La gravité du Recueil excluait de pareilles *plaisanteries*. Mais *venin*, signifiant spleen ou mélancolie, était une idée trop simple pour des criminalistes.

Que leur interprétation syphilitique[5] leur reste sur la conscience. *(Note de l'éditeur.)*

Me ravit en extase, et j'aime à la fureur
Les choses où le son se mêle à la lumière[2].

Elle était donc couchée et se laissait aimer,
Et du haut du divan elle souriait d'aise
A mon amour profond et doux comme la mer,
Qui vers elle montait comme vers sa falaise.

Les yeux fixés sur moi, comme un tigre dompté,
D'un air vague et rêveur elle essayait des poses,
Et la candeur unie à la lubricité
Donnait un charme neuf à ses métamorphoses ;

Et son bras et sa jambe, et sa cuisse et ses reins,
Polis comme de l'huile, onduleux comme un cygne,
Passaient devant mes yeux clairvoyants et sereins ;
Et son ventre et ses seins, ces grappes de ma vigne[3],

S'avançaient, plus câlins que les Anges du mal,
Pour troubler le repos où mon âme était mise,
Et pour la déranger du rocher de cristal
Où, calme et solitaire, elle s'était assise.

Je croyais voir unis par un nouveau dessin
Les hanches de l'Antiope[4] au buste d'un imberbe,
Tant sa taille faisait ressortir son bassin.
Sur ce teint fauve et brun, le fard était superbe !

— Et la lampe s'étant résignée à mourir,
Comme le foyer seul illuminait la chambre,
Chaque fois qu'il poussait un flamboyant soupir,
Il inondait de sang cette peau couleur d'ambre !

VII. — LES MÉTAMORPHOSES DU VAMPIRE[1]

La femme cependant, de sa bouche de fraise,
En se tordant ainsi qu'un serpent sur la braise,
Et pétrissant ses seins sur le fer de son busc[2],
Laissait couler ces mots tout imprégnés de musc :
— « Moi, j'ai la lèvre humide, et je sais la science

De perdre au fond d'un lit l'antique conscience.
Je sèche tous les pleurs sur mes seins triomphants,
Et fais rire les vieux du rire des enfants.
Je remplace, pour qui me voit nue et sans voiles,
La lune, le soleil, le ciel et les étoiles !
Je suis, mon cher savant, si docte aux voluptés [3],
Lorsque j'étouffe un homme en mes bras redoutés [4],
Ou lorsque j'abandonne aux morsures mon buste,
Timide et libertine, et fragile et robuste,
Que sur ces matelas qui se pâment d'émoi [5]
Les anges impuissants se damneraient pour moi ! »

Quand elle eut de mes os sucé toute la moelle,
Et que languissamment je me tournai vers elle
Pour lui rendre un baiser d'amour, je ne vis plus
Qu'une outre aux flancs gluants, toute pleine de pus !
Je fermai les deux yeux, dans ma froide épouvante,
Et quand je les rouvris à la clarté vivante,
A mes côtés, au lieu du mannequin puissant
Qui semblait avoir fait provision de sang,
Tremblaient confusément [6] des débris de squelette,
Qui d'eux-mêmes rendaient le cri d'une girouette
Ou d'une enseigne, au bout d'une tringle de fer,
Que balance le vent pendant les nuits d'hiver [7].

GALANTERIES [1]

VIII. — LE JET D'EAU[1]

Tes beaux yeux sont las, pauvre amante !
Reste longtemps, sans les rouvrir,
Dans cette pose nonchalante
Où t'a surprise le plaisir.
Dans la cour le jet d'eau qui jase
Et ne se tait ni nuit ni jour,
Entretient doucement l'extase
Où ce soir m'a plongé l'amour.

La gerbe épanouie
En mille fleurs,
Où Phœbé[2] réjouie
Met ses couleurs,
Tombe comme une pluie
De larges pleurs[3].

Ainsi ton âme qu'incendie
L'éclair brûlant des voluptés[4]
S'élance, rapide et hardie,
Vers les vastes cieux enchantés[5].
Puis, elle s'épanche, mourante,
En un flot de triste langueur,
Qui par une invisible pente
Descend jusqu'au fond de mon cœur.

La gerbe épanouie
En mille fleurs,
Où Phœbé réjouie

Met ses couleurs,
Tombe comme une pluie
De larges pleurs.

O toi, que la nuit rend si belle,
Qu'il m'est doux, penché vers tes seins,
D'écouter la plainte éternelle
Qui sanglote dans les bassins !
Lune, eau sonore, nuit bénie,
Arbres qui frissonnez autour,
Votre pure mélancolie
Est le miroir de mon amour.

La gerbe épanouie
En mille fleurs,
Où Phœbé réjouie
Met ses couleurs,
Tombe comme une pluie
De larges pleurs.

IX. — LES YEUX DE BERTHE[1]

Vous pouvez mépriser les yeux les plus célèbres,
Beaux yeux de mon enfant, par où filtre et s'enfuit
Je ne sais quoi de bon, de doux comme la Nuit !
Beaux yeux, versez sur moi vos charmantes ténèbres !

Grands yeux de mon enfant, arcanes[2] adorés,
Vous ressemblez beaucoup à ces grottes magiques
Où, derrière l'amas des ombres léthargiques,
Scintillent vaguement des trésors ignorés !

Mon enfant a des yeux obscurs, profonds et vastes,
Comme toi, Nuit immense, éclairés comme toi !
Leurs feux sont ces pensers d'Amour, mêlés de Foi,
Qui pétillent au fond, voluptueux ou chastes[3].

X. — HYMNE[1]

A la très chère, à la très belle
Qui remplit mon cœur de clarté,
A l'ange, à l'idole immortelle,
Salut en l'immortalité !

Elle se répand dans ma vie
Comme un air imprégné de sel[2],
Et dans mon âme inassouvie
Verse le goût de l'éternel.

Sachet toujours frais qui parfume
L'atmosphère d'un cher réduit,
Encensoir oublié qui[3] fume
En secret à travers la nuit,

Comment, amour incorruptible,
T'exprimer avec vérité ?
Grain de musc[4] qui gis, invisible,
Au fond de mon éternité !

A la très bonne, à la très belle,
Qui fait ma joie et ma santé,
A l'ange, à l'idole immortelle,
Salut en l'immortalité[5] !

XI. — LES PROMESSES D'UN VISAGE[1]

J'aime, ô pâle beauté, tes sourcils surbaissés,
D'où semblent couler des ténèbres ;
Tes yeux, quoique très noirs, m'inspirent des pensers
Qui ne sont pas du tout funèbres.

Tes yeux, qui sont d'accord avec tes noirs cheveux,
Avec ta crinière élastique,
Tes yeux, languissamment, me disent : « Si tu veux,
Amant de la muse plastique,

Suivre l'espoir qu'en toi nous avons excité,
Et tous les goûts que tu professes,
Tu pourras constater notre véracité
Depuis le nombril jusqu'aux fesses ;

Tu trouveras au bout de deux beaux seins bien lourds,
Deux larges médailles de bronze,
Et sous un ventre uni, doux comme du velours,
Bistré comme la peau d'un bonze,

Une riche toison qui, vraiment, est la sœur
De cette énorme chevelure,
Souple et frisée, et qui t'égale en épaisseur,
Nuit sans étoiles, Nuit obscure ! »

XII. — LE MONSTRE
OU
LE PARANYMPHE D'UNE NYMPHE MACABRE [1]

I

Tu n'es certes pas, ma très chère,
Ce que Veuillot [2] nomme un tendron.
Le jeu, l'amour, la bonne chère,
Bouillonnent en toi, vieux chaudron !
Tu n'es plus fraîche, ma très chère,

Ma vieille infante ! Et cependant
Tes caravanes [3] insensées
T'ont donné ce lustre abondant
Des choses qui sont très usées,
Mais qui séduisent cependant.

Je ne trouve pas monotone
La verdeur de tes quarante ans ;
Je préfère tes fruits, Automne,
Aux fleurs banales du Printemps !
Non, tu n'es jamais monotone !

Ta carcasse a des agréments
Et des grâces particulières ;
Je trouve d'étranges piments
Dans le creux de tes deux salières [4] ;
Ta carcasse a des agréments !

Nargue des [5] amants ridicules
Du melon et du giraumont [6] !
Je préfère tes clavicules
A celles du roi Salomon [7] *,
Et je plains ces gens ridicules !

Tes cheveux, comme un casque bleu,
Ombragent ton front de guerrière,
Qui ne pense et rougit que peu,
Et puis se sauvent par derrière
Comme les crins d'un casque bleu.

Tes yeux qui semblent de la boue,
Où scintille quelque fanal,
Ravivés au fard de ta joue,
Lancent un éclair infernal !
Tes yeux sont noirs comme la boue !

Par sa luxure et son dédain
Ta lèvre amère nous provoque ;
Cette lèvre, c'est un Eden
Qui nous attire et qui nous choque.
Quelle luxure ! et quel dédain !

Ta jambe musculeuse et sèche
Sait gravir au haut des volcans,
Et malgré la neige et la dèche
Danser les plus fougueux cancans **.
Ta jambe est musculeuse et sèche ;

Ta peau brûlante et sans douceur,
Comme celle des vieux gendarmes,

* Voilà un calembour salé : Nous ne *cabalerons* pas contre. (*Note de l'éditeur.*)

** Sans doute une allusion à quelque particularité des *caravanes* de cette dame. M. Prévost-Paradol [8] l'eût avertie qu'elle dansait le cancan sur un volcan. (*Note de l'éditeur.*)

Ne connaît pas plus la sueur
Que ton œil ne connaît les larmes.
(Et pourtant elle a sa douceur !)

II

Sotte, tu t'en vas droit au Diable !
Volontiers j'irais avec toi,
Si cette vitesse effroyable
Ne me causait pas quelque émoi.
Va-t'en donc, toute seule, au Diable !

Mon rein, mon poumon, mon jarret
Ne me laissent plus rendre hommage
A ce Seigneur, comme il faudrait.
« Hélas ! c'est vraiment bien dommage ! »
Disent mon rein et mon jarret.

Oh ! très sincèrement je souffre
De ne pas aller aux sabbats,
Pour voir, quand il pète du soufre,
Comment tu lui baises son cas[9] * !
Oh ! très sincèrement je souffre !

Je suis diablement affligé
De ne pas être ta torchère,
Et de te demander congé,
Flambeau d'enfer ! Juge, ma chère,
Combien je dois être affligé,

Puisque depuis longtemps je t'aime,
Etant très logique ! En effet,
Voulant du Mal chercher la crème
Et n'aimer qu'un monstre parfait,
Vraiment oui ! vieux monstre, je t'aime !

XIII. — FRANCISCÆ MEÆ LAUDES

[Voir *supra*, p. 106]

* A la *Messe noire*. Comme ces poètes sont superstitieux ! (*Note de l'éditeur.*)

ÉPIGRAPHES [1]

XIV. — VERS POUR LE PORTRAIT DE M. HONORÉ DAUMIER[1] *

Celui dont nous t'offrons l'image,
Et dont l'art, subtil entre tous,
Nous enseigne à rire de nous,
Celui-là, lecteur, est un sage.

C'est un satirique, un moqueur ;
Mais l'énergie avec laquelle
Il peint le Mal et sa séquelle[3],
Prouve la beauté de son cœur.

Son rire n'est pas la grimace
De Melmoth[4] ou de Méphisto
Sous la torche de l'Alecto[5]
Qui les brûle, mais qui nous glace.

Leur rire, hélas ! de la gaieté
N'est que la douloureuse charge ;

* Ces stances ont été faites pour un portrait de M. Daumier, gravé d'après le remarquable médaillon de M. Pascal[2], et reproduit dans le second volume de l'*Histoire de la Caricature,* de M. Champfleury, où cet écrivain a rendu justice au caricaturiste avec la raison passionnée qui lui est habituelle. *(Note de l'éditeur.)*

Le sien rayonne, franc et large,
Comme un signe de sa bonté !

XV. — LOLA DE VALENCE[1]*

Entre tant de beautés que partout on peut voir,
Je comprends bien, amis, que le désir balance ;
Mais on voit scintiller en Lola de Valence
Le charme inattendu d'un bijou rose et noir.

XVI. — SUR *LE TASSE EN PRISON* D'EUGÈNE DELACROIX[1]

Le poète au cachot, débraillé, maladif,
Roulant un manuscrit sous son pied convulsif,
Mesure d'un regard que la terreur enflamme
L'escalier de vertige où s'abîme son âme[2].

Les rires enivrants dont s'emplit la prison
Vers l'étrange et l'absurde invitent sa raison ;
Le Doute l'environne, et la Peur ridicule,
Hideuse et multiforme, autour de lui circule.

Ce génie enfermé dans un taudis malsain,
Ces grimaces, ces cris, ces spectres dont l'essaim
Tourbillonne, ameuté derrière son oreille,

* Ces vers ont été composés pour servir d'inscription à un merveilleux portrait de Mademoiselle Lola, ballerine espagnole, par M. Edouard Manet, qui, comme tous les tableaux du même peintre, a fait esclandre. — La muse de M. Charles Baudelaire est si généralement suspecte, qu'il s'est trouvé des critiques d'estaminet pour dénicher un sens obscène dans le *bijou rose et noir*. Nous croyons, nous, que le poète a voulu simplement dire qu'une beauté, d'un caractère à la fois ténébreux et folâtre, faisait rêver à l'association du *rose* et du *noir*. *(Note de l'éditeur.)*

Ce rêveur que l'horreur de son logis réveille,
Voilà bien ton emblème, Ame aux songes obs-
[curs,
14 Que le Réel étouffe entre ses quatre murs !

1842.

PIÈCES DIVERSES

XVII. — LA VOIX[1]

Mon berceau s'adossait à la bibliothèque[2],
Babel sombre, où roman, science, fabliau,
Tout, la cendre latine et la poussière grecque,
Se mêlaient. J'étais haut comme un in-folio.
Deux voix me parlaient. L'une, insidieuse et ferme,
Disait : « La Terre est un gâteau plein de douceur ;
Je puis (et ton plaisir serait alors sans terme !)
Te faire un appétit d'une égale grosseur. »
Et l'autre : « Viens ! oh ! viens voyager dans les rêves,
Au-delà du possible, au-delà du connu ! »
Et celle-là chantait comme le vent des grèves,
Fantôme vagissant, on ne sait d'où venu,
Qui caresse l'oreille et cependant l'effraie.
Je te répondis : « Oui ! douce voix ! » C'est d'alors
Que date ce qu'on peut, hélas ! nommer ma plaie
Et ma fatalité. Derrière les décors
De l'existence immense, au plus noir de l'abîme,
Je vois distinctement des mondes singuliers[3],
Et, de ma clairvoyance extatique victime,
Je traîne des serpents qui mordent mes souliers.
Et c'est depuis ce temps que, pareil aux prophètes,
J'aime si tendrement le désert et la mer ;
Que je ris dans les deuils et pleure dans les fêtes,
Et trouve un goût suave au vin le plus amer ;
Que je prends très souvent les faits pour des mensonges,
Et que, les yeux au ciel, je tombe dans des trous.
Mais la Voix me console et dit : « Garde tes songes ;
Les sages n'en ont pas d'aussi beaux que les fous ! »

XVIII. — L'IMPRÉVU[1]*

Harpagon, qui[2] veillait son père agonisant,
Se dit, rêveur, devant ces lèvres déjà blanches :
« Nous avons au grenier un nombre suffisant,
Ce me semble, de vieilles planches ? »

Célimène roucoule[3] et dit : « Mon cœur est bon,
Et naturellement, Dieu m'a faite très belle. »
— Son cœur ! cœur racorni, fumé comme un jambon,
Recuit à la flamme éternelle !

Un gazetier fumeux, qui se croit un flambeau,
Dit au pauvre, qu'il a noyé dans les ténèbres[4] :
« Où donc l'aperçois-tu, ce créateur du Beau,
Ce Redresseur que tu célèbres ? »

Mieux que tous, je connais certain voluptueux
Qui bâille nuit et jour, et se lamente et pleure,
Répétant, l'impuissant et le fat : « Oui, je veux
Etre vertueux, dans une heure ! »

L'horloge, à son tour, dit à voix basse : « Il est mûr,
Le damné ! J'avertis en vain la chair infecte.
L'homme est aveugle, sourd, fragile, comme un mur
Qu'habite et que ronge un insecte[5] ! »

Et puis, Quelqu'un paraît, que tous avaient nié,
Et qui leur dit, railleur et fier : « Dans mon ciboire,
Vous avez, que je crois, assez communié,
A la joyeuse Messe noire ?

Chacun de vous m'a fait un temple dans son cœur ;
Vous avez, en secret, baisé ma fesse immonde** !

* Ici l'auteur des FLEURS DU MAL se tourne vers la Vie Éternelle. Ça devait finir comme ça.

Observons que, comme tous les nouveaux convertis, il se montre très rigoureux et très fanatique. *(Note de l'éditeur.)*

** Voir, à propos de la *messe* et de la *fesse*, la *Sorcière*, de Michelet, la *Monographie du Diable*, de Charles Louandre, le *Rituel de la haute*

Reconnaissez Satan à son rire vainqueur,
Enorme et laid comme le monde !

Avez-vous donc pu croire, hypocrites surpris,
Qu'on se moque du maître, et qu'avec lui l'on triche,
Et qu'il soit naturel de recevoir deux prix,
D'aller au Ciel et d'être riche ?

Il faut que le gibier paye le vieux chasseur
Qui se morfond longtemps à l'affût de la proie.
Je vais vous emporter à travers l'épaisseur,
Compagnons de ma triste joie,

A travers l'épaisseur de la terre et du roc,
A travers les amas confus de votre cendre,
Dans un palais aussi grand que moi, d'un seul bloc,
Et qui n'est pas de pierre tendre ;

Car il est fait avec l'universel Péché[7],
Et contient mon orgueil, ma douleur et ma gloire ! »
— Cependant, tout en haut de l'univers juché,
Un Ange sonne la victoire

De ceux dont le cœur dit : « Que béni soit ton fouet,
Seigneur ! que la douleur, ô Père, soit bénie !
Mon âme dans tes mains n'est pas un vain jouet,
Et ta prudence est infinie. »

Le son de la trompette est si délicieux,
Dans ces soirs solennels de célestes vendanges,
Qu'il s'infiltre comme une extase dans tous ceux
Dont elle chante les louanges.

XIX. — LA RANÇON

L'homme a, pour payer sa rançon,
Deux champs au tuf profond et riche,
Qu'il faut qu'il remue et défriche
Avec le fer de la raison ;

---

magie, d'Eliphas Lévi[6], et, en général, tous les auteurs traitant de la sorcellerie, de la démonologie et du rit diabolique. *(Note de l'éditeur.)*

Pour obtenir la moindre rose,
Pour extorquer quelques épis,
Des pleurs salés de son front gris
Sans cesse il faut qu'il les arrose.

L'un est l'Art, et l'autre l'Amour.
— Pour rendre le juge propice,
Lorsque de la stricte justice
Paraîtra le terrible jour,

Il faudra lui montrer des granges
Pleines de moissons, et des fleurs
Dont les formes et les couleurs
Gagnent le suffrage des Anges[1].

XX. — A UNE MALABARAISE[1]

Tes pieds sont aussi fins que tes mains, et ta hanche
Est large à faire envie à la plus belle blanche ;
A l'artiste pensif ton corps est doux et cher ;
Tes grands yeux de velours sont[2] plus noirs que ta chair.
Aux pays chauds et bleus où ton Dieu t'a fait naître,
Ta tâche est d'allumer la pipe de ton maître,
De pourvoir les flacons d'eaux fraîches et d'odeurs,
De chasser loin du lit les moustiques rôdeurs,
Et, dès que le matin fait chanter les platanes,
D'acheter au bazar ananas et bananes.
Tout le jour, où tu veux, tu mènes tes pieds nus,
Et fredonnes tout bas de vieux airs inconnus ;
Et quand descend le soir au manteau d'écarlate,
Tu poses doucement ton corps sur une natte,
Où tes rêves flottants sont pleins de colibris,
Et toujours, comme toi, gracieux et fleuris.
Pourquoi, l'heureuse enfant, veux-tu voir notre France,
Ce pays trop peuplé que fauche la souffrance,
Et, confiant ta vie aux bras forts des marins,
Faire de grands adieux à tes chers tamarins ?
Toi, vêtue à moitié de mousselines frêles,
Frissonnante là-bas sous la neige et les grêles,
Comme tu pleurerais tes loisirs doux et francs,

Si, le corset brutal emprisonnant tes[3] flancs,
Il te fallait glaner ton souper dans nos fanges
Et vendre le parfum de tes charmes étranges,
L'œil pensif, et suivant, dans nos sales brouillards,
Des cocotiers absents les[4] fantômes épars[5] !

1840.

BOUFFONNERIES [1]

XXI. — SUR LES DÉBUTS D'AMINA BOSCHETTI[1]

AU THÉÂTRE DE LA MONNAIE, À BRUXELLES

Amina bondit, — fuit, — puis voltige et sourit ;
Le Welche dit : « Tout ça, pour moi, c'est du prâcrit[2] ;
Je ne connais, en fait de nymphes bocagères,
Que celles de *Montagne-aux-Herbes-Potagères*[3]. »

Du bout de son pied fin et de son œil qui rit,
Amina verse à flots le délire et l'esprit ;
Le Welche dit : « Fuyez, délices mensongères !
Mon épouse n'a pas ces allures légères. »

Vous ignorez, sylphide au jarret triomphant[4],
Qui voulez enseigner la valse à l'éléphant,
Au hibou la gaieté, le rire à la cigogne,

Que sur la grâce en feu le Welche dit : « Haro ! »
Et que, le doux Bacchus lui versant du bourgogne,
Le monstre répondrait : « J'aime mieux le faro[5] ! »

1864

XXII. — À M. EUGÈNE FROMENTIN
A PROPOS D'UN IMPORTUN
QUI SE DISAIT SON AMI [1]

Il me dit qu'il était très riche,
Mais qu'il craignait le choléra ;
— Que de son or il était chiche,
Mais qu'il goûtait fort l'Opéra ;

— Qu'il raffolait de la nature,
Ayant connu monsieur Corot ;
— Qu'il n'avait pas encor voiture,
Mais que cela viendrait bientôt ;

— Qu'il aimait le marbre et la brique,
Les bois noirs et les bois dorés ;
— Qu'il possédait dans sa fabrique
Trois contremaîtres décorés ;

— Qu'il avait, sans compter le reste,
Vingt mille actions sur le *Nord* [2] ;
Qu'il avait trouvé, pour un zeste,
Des encadrements d'Oppenord [3] ;

Qu'il donnerait (fût-ce à Luzarches [4] !)
Dans le bric-à-brac jusqu'au cou,
Et qu'au Marché des Patriarches
Il avait fait plus d'un bon coup ;

Qu'il n'aimait pas beaucoup sa femme,
Ni sa mère ; — mais qu'il croyait
A l'immortalité de l'âme,
Et qu'il avait lu Niboyet [5] * !

— Qu'il penchait pour l'amour physique,
Et qu'à Rome, séjour d'ennui,

* Nous ne savons ce que vient faire ici M. Niboyet ; mais M. Baudelaire n'étant pas un esclave de la rime, nous devons supposer que l'*importun* s'est vanté d'avoir lu les œuvres de M. Niboyet, comme ayant tous les courages. *(Note de l'éditeur.)*

Une femme, d'ailleurs phtisique,
Etait morte d'amour pour lui.

Pendant trois heures et demie,
Ce bavard, venu de Tournai,
M'a dégoisé toute sa vie ;
J'en ai le cerveau consterné[6].

S'il fallait décrire ma peine,
Ce serait à n'en plus finir ;
Je me disais, domptant ma haine :
« Au moins, si je pouvais dormir ! »

Comme un qui n'est pas à son aise,
Et qui n'ose pas s'en aller,
Je frottais de mon cul ma chaise,
Rêvant de le faire empaler.

Ce monstre se nomme Bastogne ;
Il fuyait devant le fléau[7].
Moi, je fuirai jusqu'en Gascogne,
Ou j'irai me jeter à l'eau,

Si dans ce Paris, qu'il redoute,
Quand chacun sera retourné,
Je trouve encore sur ma route
Ce fléau, natif de Tournai.

Bruxelles, 1865.

XXIII. — UN CABARET FOLÂTRE

SUR LA ROUTE DE BRUXELLES À UCCLE

Vous qui raffolez des squelettes
Et des emblèmes[1] détestés,
Pour épicer les voluptés,
(Fût-ce de simples omelettes !)

Vieux Pharaon, ô Monselet[2] * !
Devant cette enseigne imprévue,
J'ai rêvé de vous : *À la vue*
Du Cimetière, Estaminet !

* La malice est cousue de fil blanc ; tout le monde sait que M. Monselet fait profession d'aimer à la rage le rose et le gai. — Un jour M. Monselet reprochait à M. Baudelaire d'avoir écrit ce vers abominable, à propos d'un pendu dont les oiseaux ont crevé le ventre :

Ses intestins pesants lui coulaient sur les cuisses[3].

« Mais, dit le poète impatienté, je ne pouvais pas faire autrement. Le sujet voulait cela. Qu'auriez-vous préféré à cette image ? — Une rose ! » répondit M. Monselet.

Cependant il ne faudrait pas croire que l'indispensable mélancolie ne perce pas de temps en temps sous ce vernis anacréontique. Nous avons vu récemment une petite composition de lui, où, se reprochant d'avoir rebuté une pauvresse, le poète se met à sa recherche, et ne se couche que tout triste de ne l'avoir pu retrouver. Cette pièce est d'un homme vraiment sensible, même à jeun.

Regrettons que M. Monselet ne cède pas plus souvent à son tempérament lyrique, qu'une gaieté, tant soit peu artificielle, a trop souvent contrarié. *(Note de l'éditeur.)*

[POÈMES APPORTÉS PAR L'ÉDITION DE 1868]

[I]
ÉPIGRAPHE POUR UN LIVRE CONDAMNÉ

Lecteur paisible et bucolique,
Sobre et naïf homme de bien,
Jette ce livre saturnien [1],
Orgiaque et mélancolique.

Si tu n'as fait ta rhétorique
Chez Satan, le rusé doyen,
Jette ! tu n'y comprendrais rien,
Ou tu me croirais hystérique [2].

Mais si, sans se laisser charmer,
Ton œil sait plonger dans les gouffres,
Lis-moi, pour apprendre à m'aimer ;

Âme curieuse qui souffres
Et vas cherchant ton paradis,
Plains-moi !... Sinon, je te maudis !

[II]
MADRIGAL TRISTE

I

Que m'importe que tu sois sage ?
Sois belle ! et sois triste ! Les pleurs [1]

Ajoutent un charme au visage,
Comme le fleuve au paysage;
L'orage rajeunit les fleurs.

Je t'aime surtout quand la joie
S'enfuit de ton front terrassé;
Quand ton cœur dans l'horreur se noie;
Quand sur ton présent se déploie
Le nuage affreux du passé.

Je t'aime quand ton grand œil verse
Une eau chaude comme le sang;
Quand, malgré ma main qui te berce,
Ton angoisse, trop lourde, perce
Comme un râle d'agonisant.

J'aspire, volupté divine!
Hymne profond, délicieux!
Tous les sanglots de ta poitrine,
Et crois que ton cœur s'illumine
Des perles que versent tes yeux!

II

Je sais que ton cœur, qui regorge
De vieux amours déracinés,
Flamboie encor comme une forge,
Et que tu couves sous ta gorge
Un peu de l'orgueil des damnés;

Mais tant, ma chère, que tes rêves
N'auront pas reflété l'Enfer,
Et qu'en un cauchemar sans trêves,
Songeant de poisons et de glaives,
Eprise de poudre et de fer,

N'ouvrant à chacun qu'avec crainte,
Déchiffrant le malheur partout,
Te convulsant quand l'heure tinte,
Tu n'auras pas senti l'étreinte
De l'irrésistible Dégoût,

Tu ne pourras, esclave reine
Qui ne m'aimes qu'avec effroi,
Dans l'horreur de la nuit malsaine
Me dire, l'âme de cris pleine :
« Je suis ton égale, ô mon Roi ! »

[III]
LA PRIÈRE D'UN PAÏEN

Ah ! ne ralentis pas tes flammes ;
Réchauffe mon cœur engourdi,
Volupté, torture des âmes !
Diva ! supplicem exaudî !

Déesse dans l'air répandue,
Flamme dans notre souterrain !
Exauce une âme morfondue[1],
Qui te consacre un chant d'airain.

Volupté, sois toujours ma reine !
Prends le masque d'une sirène
Faite de chair et de velours,

Ou verse-moi tes sommeils lourds
Dans le vin informe et mystique,
Volupté, fantôme élastique !

[IV]
LE REBELLE[1]

Un Ange furieux[2] fond du ciel comme un aigle,
Du mécréant saisit à plein poing les cheveux,
Et dit, le secouant : « Tu connaîtras la règle !
(Car je suis ton bon Ange, entends-tu ?) Je le veux !

Sache qu'il faut aimer, sans faire la grimace,
Le pauvre, le méchant, le tortu, l'hébété,
Pour que tu puisses faire, à Jésus, quand il passe,
Un tapis triomphal avec ta charité.

Tel est l'Amour ! Avant que ton cœur ne se blase,
À la gloire de Dieu rallume ton extase ;
C'est la Volupté vraie aux durables appas[3] ! »

Et l'Ange, châtiant autant, ma foi ! qu'il aime,
De ses poings de géant torture l'anathème ;
Mais le damné répond toujours : « Je ne veux pas ! »

[V]
L'AVERTISSEUR

Tout homme digne de ce nom
A dans le cœur un Serpent jaune,
Installé comme sur un trône,
Qui, s'il dit : « Je veux ! » répond : « Non ! »

Plonge tes yeux[1] dans les yeux fixes
Des Satyresses ou des Nixes[2],
La Dent dit : « Pense à ton devoir ! »

Fais des enfants, plante des arbres,
Polis des vers, sculpte des marbres,
La Dent dit : « Vivras-tu ce soir ? »

Quoi qu'il ébauche ou qu'il espère,
L'homme ne vit pas un moment
Sans subir l'avertissement
De l'insupportable Vipère.

[VI]
RECUEILLEMENT[1]

Sois sage, ô ma Douleur, et tiens-toi plus tranquille.
Tu réclamais le Soir ; il descend ; le voici :
Une atmosphère obscure enveloppe la ville,
Aux uns portant la paix, aux autres le souci.

Pendant que des mortels la multitude vile,
Sous le fouet du Plaisir, ce bourreau sans merci,
Va cueillir des remords dans la fête servile,
Ma Douleur, donne-moi la main ; viens par ici,

Loin d'eux. Vois se pencher les défuntes Années,
Sur les balcons du ciel, en robes surannées[2] ;
Surgir du fond[3] des eaux le Regret souriant ;

Le Soleil moribond s'endormir sous une arche,
Et, comme un long linceul traînant à l'Orient,
Entends, ma chère, entends la douce Nuit qui marche[4].

[VII]
LE COUVERCLE

En quelque lieu qu'il aille, ou sur mer ou sur terre,
Sous un climat de flamme ou sous un soleil blanc,
Serviteur de Jésus, courtisan de Cythère,
Mendiant ténébreux ou Crésus rutilant,

Citadin, campagnard, vagabond, sédentaire,
Que son petit cerveau soit actif ou soit lent,
Partout l'homme subit la terreur du mystère,
Et ne regarde en haut qu'avec un œil tremblant.

En haut, le Ciel ! ce mur de caveau qui l'étouffe,
Plafond illuminé pour un opéra bouffe
Où chaque histrion foule un sol ensanglanté ;

Terreur du libertin [1], espoir du fol ermite ;
Le Ciel ! couvercle [2] noir de la grande marmite
Où bout l'impcrceptible et vaste Humanité.

[VIII]
LA LUNE OFFENSÉE

O Lune qu'adoraient discrètement nos pères,
Du haut des pays bleus où, radieux sérail,
Les astres vont se suivre en pimpant attirail,
Ma vieille Cynthia [1], lampe de nos repaires,

Vois-tu les amoureux sur leurs grabats prospères,
De leur bouche en dormant montrer le frais émail ?
Le poète buter [2] du front sur son travail ?
Ou sous les gazons secs s'accoupler les vipères ?

Sous ton domino jaune, et d'un pied clandestin,
Vas-tu, comme jadis, du soir jusqu'au matin,
Baiser d'Endymion [3] les grâces surannées ?

— « Je vois ta mère, enfant de ce siècle appauvri,
Qui vers son miroir penche un lourd amas d'années,
Et plâtre artistement le sein qui t'a nourri ! »

[IX]
LE GOUFFRE [1]

Pascal avait son gouffre, avec lui se mouvant [2].
— Hélas ! tout est abîme, — action, désir, rêve,
Parole ! et sur mon poil qui tout droit se relève
Maintes fois de la Peur je sens passer le vent.

En haut, en bas, partout, la profondeur, la grève,
Le silence, l'espace affreux et captivant...
Sur le fond de mes nuits Dieu de son doigt savant
Dessine un cauchemar multiforme et sans trêve [3].

J'ai peur du sommeil comme on a peur d'un grand trou,
Tout plein de vague horreur, menant on ne sait où ;
Je ne vois qu'infini par toutes les fenêtres,

Et mon esprit, toujours du vertige hanté,
Jalouse du néant l'insensibilité.
— Ah ! ne jamais sortir des Nombres et des Etres[4] !

[X]
LES PLAINTES D'UN ICARE[1]

Les amants des prostituées
Sont heureux, dispos et repus ;
Quant à moi, mes bras sont rompus
Pour avoir étreint des nuées.

C'est grâce aux astres nonpareils[2],
Qui tout au fond du ciel flamboient,
Que mes yeux consumés ne voient
Que des souvenirs de soleils.

En vain j'ai voulu de l'espace
Trouver la fin et le milieu[3] ;
Sous je ne sais quel œil de feu
Je sens mon aile qui se casse ;

Et brûlé par l'amour du beau,
Je n'aurai pas l'honneur sublime
De donner mon nom à l'abîme[4]
Qui me servira de tombeau.

[XI]
L'EXAMEN DE MINUIT[1]

La pendule, sonnant minuit,
Ironiquement nous engage

A nous rappeler quel usage
Nous fîmes du jour qui s'enfuit :
— Aujourd'hui, date fatidique,
Vendredi, treize, nous avons,
Malgré tout ce que nous savons,
Mené le train d'un hérétique.

Nous avons blasphémé Jésus,
Des Dieux le plus incontestable !
Comme un parasite à la table
De quelque monstrueux Crésus,
Nous avons, pour plaire à la brute,
Digne vassale des Démons,
Insulté ce que nous aimons
Et flatté ce qui nous rebute ;

Contristé, servile bourreau,
Le faible qu'à tort on méprise ;
Salué l'énorme Bêtise,
La Bêtise au front de taureau ;
Baisé la stupide Matière
Avec grande dévotion,
Et de la putréfaction
Béni la blafarde lumière.

Enfin, nous avons, pour noyer
Le vertige dans le délire,
Nous, prêtre orgueilleux de la Lyre,
Dont la gloire est de déployer
L'ivresse des choses funèbres[2],
Bu sans soif et mangé sans faim !...
— Vite soufflons la lampe, afin
De nous cacher dans les ténèbres !

[XII]
BIEN LOIN D'ICI[1]

C'est ici la case sacrée[2]
Où cette fille très parée,
3 Tranquille et toujours préparée,

D'une main éventant ses seins,
Et son coude dans les coussins,
Ecoute pleurer les bassins :

C'est la chambre de Dorothée.
— La brise et l'eau chantent au loin
Leur chanson de sanglots heurtée
Pour bercer cette enfant gâtée.

Du haut en bas, avec grand soin,
Sa peau délicate est frottée
D'huile odorante et de benjoin.
— Des fleurs se pâment dans un coin.

BRIBES [1]

ORGUEIL

Anges habillés d'or, de pourpre et d'hyacinthe[1].

Le génie et l'amour sont des Devoirs faciles.

J'ai pétri de la boue et j'en ai fait de l'or[2].

Il portait dans les yeux la force de son cœur.
Dans Paris son désert vivant sans feu ni lieu,
Aussi fort qu'une bête, aussi libre qu'un Dieu.

LE GOINFRE

En ruminant, je ris des passants faméliques.

Je crèverais comme un obus
Si je n'absorbais comme un chancre.

Son regard n'était pas nonchalant, ni timide,
Mais exhalait plutôt quelque chose d'avide,
Et, comme sa narine, exprimait les émois
Des artistes devant les œuvres de leurs doigts.

Ta jeunesse sera plus féconde en orages
Que cette canicule aux yeux pleins de lueurs
Qui sur nos fronts pâlis tord ses bras en sueurs,
Et soufflant dans la nuit ses haleines fiévreuses,
Rend de leurs frêles Corps les filles amoureuses,
Et les fait au miroir, stérile volupté,
Contempler les fruits mûrs de leur virginité.

Mais je vois à cet œil tout chargé de Tempêtes
Que ton Cœur n'est pas fait pour les paisibles fêtes,
Et que cette beauté, sombre comme le fer,
Est de celles que forge et que polit l'Enfer
Pour accomplir un jour d'effroyables luxures
Et contrister le Cœur des humbles créatures

Affaissant sous son poids un énorme oreiller,
Un beau corps était là, doux à voir sommeiller,
Et son sommeil orné d'un sourire superbe
. . . .
L'ornière de son dos par le désir hanté.

L'air était imprégné d'une amoureuse rage ;
Les insectes volaient à la lampe et nul vent
Ne faisait tressaillir le rideau ni l'auvent.
C'était une nuit chaude, un vrai bain de jouvence.

Grand ange qui portez sur votre fier visage
La noirceur de l'Enfer d'où vous êtes monté ;
Dompteur féroce et doux qui m'avez mis en cage
Pour servir de spectacle à votre cruauté,

Cauchemar de mes nuits, Sirène sans corsage,
Qui me tirez, toujours debout à mon côté,
Par ma robe de saint ou ma barbe de sage
Pour m'offrir le poison d'un amour effronté ;
. . . .

DAMNATION [3]

Le banc inextricable et dur,
La passe au col étroit, le maëlstrom vorace,
Agitent moins de sable et de varech impur

Que nos cœurs où pourtant tant de ciel se reflète ;
Ils sont une jetée à l'air noble et massif,
Où le phare reluit, bienfaisante vedette,
Mais que mine en dessous le taret corrosif ;

On peut les comparer encore à cette auberge,
Espoir des affamés, où cognent sur le tard,
Blessés, brisés, jurants, priant qu'on les héberge,
L'écolier, le prélat, la gouge[4] et le soudard.

Ils ne reviendront pas dans les chambres infectes ;
Guerre, science, amour, rien ne veut plus de nous.
L'âtre était froid, les lits et le vin pleins d'insectes ;
Ces visiteurs, il faut les servir à genoux !

SPLEEN

[PROJETS D'UN ÉPILOGUE POUR L'ÉDITION DE 1861]

[I]

Épilogue.

Le cœur content, je suis monté sur la montagne [1]
D'où l'on peut contempler la ville en son ampleur,
Hôpital, lupanar, purgatoire, enfer, bagne,

Où toute énormité fleurit comme une fleur.
Tu sais bien, ô Satan, patron de ma détresse,
Que je n'allais pas là pour répandre un vain pleur ;

Mais, comme un vieux paillard d'une vieille maîtresse,
Je voulais m'enivrer de l'énorme catin,
Dont le charme infernal me rajeunit sans cesse.

Que tu dormes encor dans les draps du matin,
Lourde, obscure, enrhumée, ou que tu te pavanes
Dans les voiles du soir passementés d'or fin [2],

Je t'aime, ô capitale infâme ! Courtisanes
Et bandits, tels souvent vous offrez des plaisirs
Que ne comprennent pas les vulgaires profanes.

[II]

Tranquille comme un sage et doux comme un maudit,
J'ai dit :
Je t'aime, ô ma très belle, ô ma charmante.....
Que de fois...

Tes débauches sans soif et tes amours sans âme,
Ton goût de l'infini,
Qui partout, dans le mal lui-même, se proclame...
Tes bombes[1], tes poignards, tes victoires, tes fêtes,
Tes faubourgs mélancoliques,
Tes hôtels garnis,
Tes jardins pleins de soupirs et d'intrigues,
Tes temples vomissant la prière en musique,
Tes désespoirs d'enfant, tes jeux de vieille folle,
Tes découragements,

Et tes feux d'artifice, éruptions de joie,
Qui font rire le Ciel, muet et ténébreux.

Ton vice vénérable étalé dans la soie,
Et ta vertu risible, au regard malheureux,
Douce, s'extasiant au luxe qu'il déploie.

Tes principes sauvés et tes lois conspuées,
Tes monuments hautains où s'accrochent les brumes,
Tes dômes de métal qu'enflamme le soleil,
Tes reines de Théâtre aux voix enchanteresses,
Tes tocsins, tes canons, orchestre assourdissant,
Tes magiques pavés dressés en forteresses,
Tes petits orateurs, aux enflures baroques
Prêchant l'amour, et puis tes égouts pleins de sang,
S'engouffrant dans l'Enfer comme des Orénoques[2],
Tes sages, tes bouffons neufs aux vieilles défroques.
Anges revêtus d'or, de pourpre et d'hyacinthe[3],
O vous ! soyez témoins que j'ai fait mon devoir
Comme un parfait chimiste et comme une âme sainte.
Car j'ai de chaque chose extrait la quintessence,
Tu m'as donné ta boue et j'en ai fait de l'or.

[PROJETS DE PRÉFACES[1]]

[I]

PRÉFACE DES *FLEURS*

Ce n'est pas pour mes femmes, mes filles ou mes sœurs que ce livre a été écrit ; non plus que pour les femmes, les filles ou les sœurs de mon voisin [1]. Je laisse cette fonction à ceux qui ont intérêt à confondre les bonnes actions avec le beau langage.

Je sais que l'amant passionné du beau style s'expose à la haine des multitudes. Mais aucun respect humain, aucune fausse pudeur, aucune coalition, aucun suffrage universel ne me contraindront à parler le patois incomparable de ce siècle, ni à confondre l'encre avec la vertu.

Des poètes illustres s'étaient partagé depuis longtemps les provinces les plus fleuries du domaine poétique [2]. Il m'a paru plaisant, et d'autant plus agréable que la tâche était plus difficile, d'extraire la *beauté* du Mal. Ce livre, essentiellement inutile et absolument innocent, n'a pas été fait dans un autre but que de me divertir et d'exercer mon goût passionné de l'obstacle.

Quelques-uns m'ont dit que ces poésies pouvaient faire du mal. Je ne m'en suis pas réjoui. D'autres, de bonnes âmes, qu'elles pouvaient faire du bien ; et cela ne m'a pas affligé. La crainte des uns et l'espérance des autres m'ont également étonné, et n'ont servi qu'à me prouver une fois de plus que ce siècle avait désappris toutes les notions classiques relatives à la littérature.

Malgré les secours que quelques cuistres célèbres ont apportés à la sottise naturelle de l'homme, je n'aurais jamais cru que notre patrie pût marcher avec une telle vélocité dans la voie du *progrès* [3]. Ce monde a acquis une épaisseur de vulgarité qui donne au mépris de l'homme spirituel la violence d'une passion. Mais il est des carapaces heureuses que le poison lui-même n'entamerait pas.

J'avais primitivement l'intention de répondre à de nombreuses critiques, et, en même temps, d'expliquer quelques questions très simples, totalement obscurcies par la lumière moderne : Qu'est-ce que la Poésie ? Quel est son but ? De la distinction du Bien d'avec le Beau ; de la Beauté dans le Mal ; que le rythme et la rime répondent dans l'homme aux immortels besoins de monotonie, de symétrie et de surprise ; de l'adaptation du style au sujet ; de la vanité et du danger de l'inspiration, etc., etc. ; mais j'ai eu l'imprudence de lire ce matin quelques feuilles publiques ; soudain, une indolence, du poids de vingt atmosphères[4], s'est abattue sur moi, et je me suis arrêté devant l'épouvantable inutilité d'expliquer quoi que ce soit à qui que ce soit. Ceux qui savent me devinent, et pour ceux qui ne peuvent ou ne veulent pas comprendre, j'amoncellerais sans fruit les explications.

C. B.

[II]

PRÉFACE

La France traverse une phase de vulgarité. Paris, centre et rayonnement de bêtise universelle. Malgré Molière et Béranger[1], on n'aurait jamais cru que la France irait si grand train dans la voie du *Progrès*. — Questions d'art, *terræ incognitæ*. Le grand homme est bête[2].

Mon livre a pu faire du Bien. Je ne m'en afflige pas. Il a pu faire du Mal. Je ne m'en réjouis pas.

Le but de la Poésie. Ce livre n'est pas fait pour mes femmes, mes filles ou mes sœurs.

On m'a attribué tous les crimes que je racontais. Divertissement de la haine et du mépris. Les Elégiaques sont des canailles[3]. *Et verbum Caro*[4] *factum est.* Or le poète n'est d'aucun parti. Autrement il serait un simple mortel.

Le Diable. Le péché originel. Homme bon. Si vous vouliez, vous seriez le favori du Tyran ; il est plus difficile d'aimer Dieu que de croire en lui. Au contraire, il est plus difficile pour les gens de ce siècle de croire au Diable que de l'aimer. Tout le monde le sert et personne n'y croit. Sublime subtilité du Diable.

Une âme de mon choix. Le Décor. — Ainsi la nouveauté. — L'Epigraphe. — D'Aurevilly. — La Renaissance. — Gérard de Nerval. — Nous sommes tous pendus ou pendables[5].

J'avais mis quelques ordures pour plaire à MM. les journalistes. Ils se sont montrés ingrats.

[III]

— Comment, par une série d'efforts déterminée, l'artiste peut s'élever à une originalité[1] proportionnelle ;

comment la poésie touche à la musique par une prosodie[2] dont les racines plongent plus avant dans l'âme humaine que ne l'indique aucune théorie classique ;

que la poésie française possède une prosodie mystérieuse et méconnue, comme les langues latine et anglaise ;

pourquoi tout poète qui ne sait pas au juste combien chaque mot comporte de rimes est incapable d'exprimer une idée quelconque ;

que la phrase poétique peut imiter (et par là elle touche à l'art musical et à la science mathématique) la ligne horizontale, la ligne droite ascendante, la ligne droite descendante ; qu'elle peut monter à pic vers le ciel, sans essoufflement, ou descendre perpendiculairement vers l'enfer avec la vélocité de toute pesanteur ; qu'elle peut suivre la spirale, décrire la parabole, ou le zigzag figurant une série d'angles superposés ;

que la poésie se rattache aux arts de la peinture, de la cuisine et du cosmétique par la possibilité d'exprimer toute sensation de suavité ou d'amertume, de béatitude ou d'horreur par l'accouplement de tel substantif avec tel adjectif, analogue ou contraire ;

comment, appuyé sur mes principes et disposant de la science que je me charge de lui enseigner en vingt leçons, tout homme devient capable de composer une tragédie qui ne sera pas plus sifflée qu'une autre, ou d'aligner un poème de la longueur nécessaire pour être aussi ennuyeux que tout poème épique connu.

Tâche difficile que de s'élever vers cette insensibilité divine ! Car moi-même, malgré les plus louables efforts, je n'ai su résister au désir de plaire à mes contemporains, comme l'attestent en quelques endroits, apposées comme un fard, certaines basses flatteries adressées à la démocratie, et même quelques ordures destinées à me faire pardonner la tristesse de mon sujet. Mais MM. les journalistes s'étant montrés ingrats envers les caresses de ce genre, j'en ai supprimé la trace, autant qu'il m'a été possible, dans cette nouvelle édition.

Que je me propose, pour vérifier de nouveau l'excellence de ma méthode, de l'appliquer prochainement à la célébration des jouissances de la dévotion et des ivresses de la gloire militaire, bien que je ne les aie jamais connues.

Note sur les plagiats. — Thomas Gray. Edgar Poe (2 passages). Longfellow (2 passages). Stace. Virgile (tout le morceau d'Andromaque). Eschyle. Victor Hugo[3].

[IV]

PROJET DE PRÉFACE POUR *LES FLEURS DU MAL*

(à fondre peut-être avec d'anciennes notes)

S'il y a quelque gloire à n'être pas compris, ou à ne l'être que très peu, je peux dire sans vanterie que, par ce petit livre, je l'ai acquise et méritée d'un seul coup. Offert plusieurs fois de suite à divers éditeurs qui le repoussaient avec horreur, poursuivi et mutilé, en 1857, par suite d'un malentendu fort bizarre, lentement rajeuni, accru et fortifié pendant quelques années de silence, disparu de nouveau, grâce à mon insouciance, ce produit discordant de la *Muse des Derniers jours*, encore avivé par quelques nouvelles touches violentes, ose affronter aujourd'hui pour la troisième fois le soleil de la sottise.

Ce n'est pas ma faute ; c'est celle d'un éditeur insistant qui se croit assez fort pour braver le dégoût public. « Ce livre restera sur toute votre vie comme une tache », me prédisait, dès le commencement, un de mes amis qui est un grand poète. En effet, toutes mes mésaventures lui ont, jusqu'à présent, donné raison. Mais j'ai un de ces heureux caractères qui tirent une jouissance de la haine, et qui se glorifient dans le mépris. Mon goût diaboliquement passionné de la bêtise me fait trouver des plaisirs particuliers dans les travestissements de la calomnie. Chaste comme le papier, sobre comme l'eau, porté à la dévotion comme une communiante, inoffensif comme une victime, il ne me déplairait pas de passer pour un débauché, un ivrogne, un impie et un assassin.

Mon éditeur prétend qu'il y aurait quelque utilité, pour moi comme pour lui, à expliquer pourquoi et comment j'ai fait ce livre, quels ont été mon but et mes moyens, mon dessein et ma méthode. Un tel travail de critique aurait sans doute quelques chances d'amuser les esprits amoureux de la rhétorique profonde. Pour ceux-là, peut-être l'écrirai-je plus tard et le ferai-je tirer à une dizaine d'exemplaires. Mais, à un meilleur examen, ne paraît-il pas évident que ce serait là une besogne tout à fait superflue, pour les uns comme pour les autres, puisque les uns savent ou devinent, et que les autres ne comprendront jamais ? Pour insuffler au peuple l'intelligence d'un objet d'art, j'ai une trop grande peur du ridicule, et je craindrais, en cette matière, d'égaler ces utopistes qui veulent, par un décret, rendre tous les Français riches et vertueux d'un seul coup.

Et puis, ma meilleure raison, ma suprême, est que cela m'ennuie et me déplaît. Mène-t-on la foule dans les ateliers de l'habilleuse et du décorateur, dans la loge de la comédienne ? Montre-t-on au public affolé aujourd'hui, indifférent demain, le mécanisme des trucs ? Lui explique-t-on les retouches et les variantes improvisées aux répétitions, et jusqu'à quelle dose l'instinct et la sincérité sont mêlés aux rubriques [1] et au charlatanisme indispensable dans l'amalgame de l'œuvre ? Lui révèle-t-on toutes les loques, les fards, les poulies, les chaînes, les repentirs, les épreuves barbouillées, bref toutes les horreurs qui composent le sanctuaire de l'art [2] ?

D'ailleurs, telle n'est pas, aujourd'hui, mon humeur. Je n'ai désir ni de démontrer, ni d'étonner, ni d'amuser, ni de persuader. J'ai mes nerfs, mes vapeurs. J'aspire à un repos absolu et à une nuit continue. Chantre des voluptés folles du vin et de l'opium, je n'ai soif que d'une liqueur inconnue sur la terre, et que la pharmaceutique céleste elle-même ne pourrait pas m'offrir ; d'une liqueur qui ne contiendrait ni la vitalité [3], ni la mort, ni l'excitation, ni le néant. Ne rien savoir, ne rien enseigner, ne rien vouloir, ne rien sentir, dormir et encore dormir, tel est aujourd'hui mon unique vœu. Vœu infâme et dégoûtant, mais sincère.

Toutefois, comme un goût supérieur nous apprend à ne pas craindre de nous contredire un peu nous-mêmes, j'ai rassemblé, à la fin de ce livre abominable, les témoignages de sympathie de quelques-uns des hommes que je prise le plus, pour qu'un lecteur impartial en puisse inférer que je ne suis pas absolument digne d'excommunication et qu'ayant su me faire aimer de quelques-uns, mon cœur, quoi qu'en ait dit je ne sais plus quel torchon imprimé, n'a peut-être pas « *l'épouvantable laideur de mon visage* ».

Enfin, par une générosité peu commune, dont MM. les critiques…

Comme l'ignorance va croissant…

Je dénonce moi-même les imitations…

NOTES ET VARIANTES *

Page 51. [Titre]

1. Epigraphe en 1857 :

« On dit qu'il faut couler les exécrables choses
Dans le puits de l'oubli et au sépulchre encloses,
Et que par les escrits le mal resuscité
Infectera les mœurs de la postérité.
Mais le vice n'a point pour mère la science
Et la vertu n'est pas fille de l'ignorance. »/ Théodore Agrippa d'Aubigné, *Les Tragiques*, liv. II.

L'œuvre d'Aubigné, qui n'a été rééditée qu'en 1857, était alors peu connue. On comparera cette citation avec l'*Epigraphe pour un livre condamné*, ajoutée en 1868 (p. 231).

Page 53. [Dédicace]

1. Dédicace initialement prévue en 1857 : « A mon très cher et très vénéré / Maître et Ami / Théophile Gautier. / Bien que je te prie de servir de parrain aux *Fleurs du mal*, ne crois pas que je sois assez perdu, assez indigne du nom de poète pour m'imaginer que ces fleurs maladives méritent ton noble patronage. Je sais que dans les régions éthérées de la véritable Poésie, le Mal n'est pas, non plus que le Bien, et que ce misérable dictionnaire de mélancolie et de crime peut légitimer les réactions de la morale, comme le blasphémateur confirme la Religion. Mais j'ai voulu, autant qu'il était en moi, en espérant mieux peut-être, rendre un hommage profond à l'auteur d'*Albertus*, de *La Comédie de la Mort* et d'*España*, au poète

* Il n'était pas possible de reproduire ici la totalité des variantes : nous avons retenu les principales. Il en va de même pour les « sources », nombreuses et souvent conjecturales, que la tradition critique a accumulées. Notre choix vise surtout à faire apparaître les cas les plus intéressants de réécriture.

impeccable, au magicien ès langue française [*sic*], dont je me déclare, avec autant d'orgueil que d'humilité, le plus dévoué, le plus respectueux, le plus jaloux des disciples. / Charles Baudelaire. » Dans sa critique littéraire, Baudelaire s'est plusieurs fois exprimé sur l'œuvre de Gautier (Pl. II, p. 103 à 128 ; 149 à 152, notamment *), et insiste sur un Gautier plus secret que le feuilletoniste, et méconnu, car poète et styliste, et voué, par la « perfection » même de son art, à l'« isole[ment] » de l' « aristocratie ». Voir aussi un jugement plus réservé sur Gautier, dans une lettre à Hugo de septembre 1859.

Page 55. *Au Lecteur.*

1. Le titre devient *Préface* en 1868. Voir (p. 242 et suiv.) les projets de préfaces en prose.

2. *Lésine :* avarice ; mot archaïsant, encore employé dans *Le Crépuscule du matin* (p. 124).

3. Baudelaire, « incorrigible catholique » comme il se qualifie lui-même (lettre à Calonne du 10 novembre 1858), évoque fréquemment le diable dans sa poésie : voir, par exemple, *Les Litanies de Satan* (p. 173), *La Destruction* (p. 159), *Le Mauvais Vitrier, Le Joueur généreux* (Pl. I, p. 285, 325), comme dans ses écrits intimes : *Fusées,* X, XIV (Pl. I, p. 657, 663) ; *Mon cœur mis à nu,* XI (Pl. I, p. 682-683) ; lettre à Flaubert du 26 juin 1860 ; cf. aussi ce passage d'une étude sur Théodore de Banville qui évoque « le Lucifer latent qui est installé dans tout cœur humain » (Pl. II, p. 168). L'épithète « Trismégiste » (« trois fois le plus grand ») est normalement réservée au dieu grec Hermès, en lequel la pensée alexandrine, redécouverte en France vers 1840-1850 (voir les indications de Cl. Pichois, Pl. I, p. 1505), voyait la figure symbolique du savoir, notamment dans ses formes magique, occulte ou alchimique (voir R.P. Festugière, *La Révélation d'Hermès Trismégiste*, Les Belles Lettres, 1986). La rêverie « alchimique » de Baudelaire reparaît au v. 13 du troisième *Spleen* (p. 116), à la fin de l'ébauche d'Epilogue (p. 247, dans un curieux passage de *Mon cœur mis à nu,* XXXI, qui évoque les « Alchimistes de la Pensée » (Pl. I, p. 696), et transparaît aussi dans sa critique d'art : Decamps y est qualifié d' « alchimiste » qui « élucubre » sa peinture (*Salon de 1846,* Pl. II, p. 449), et Delacroix est un « alchimiste de la couleur » (*Pauvre Belgique !*, Pl. II, p. 965). Plus ironiquement, il est question, dans *l'Invitation au voyage* en prose, des « alchimistes de l'horticulture » (*Le Spleen de Paris,* Pl. I, p. 302). On notera enfin qu'Hermès est présent dans *Alchimie de la douleur* (p. 119). Cf. l'article *Hermès* du *Dictionnaire des mythes littéraires,* Ed. du Rocher, 1988, p. 705 et suiv.

4. Métaphore reprise dans *Mon cœur mis à nu,* I (Pl. I, p. 676), où

* On trouvera l'explication des sigles dans les Indications bibliographiques, p. 335. C'est également là qu'on pourra consulter les références complètes des ouvrages fréquemment cités. Pour les poèmes auxquels nous renvoyons, nous indiquons la première page.

elle s'oppose à la « centralisation du *Moi* », mais déjà présente dans un passage de *La Fanfarlo*, où le « soleil de la paresse » « vaporise » et « mange » « cette moitié de génie dont le ciel a doué » Samuel Cramer (Pl. I, p. 553). On notera aussi que dans *Le Poème du haschich* cette drogue, explicitement rattachée aux moyens que possède l' « Esprit des Ténèbres », est coupable de « dissémin[er] » la personnalité (Pl. I, p. 429, 426). Sur la « concentration », voir *Un mangeur d'opium* (Pl. I, p. 466, 476, 497). Sur la « volonté », cf. Pl. II, p. 439, à propos de Balzac.

5. *Appas :* voir *L'Idéal*, v. 14 (p. 72).

6. *Helminthes :* vers intestinaux.

7. *Riboter :* faire débauche, donc s'agiter. Ce terme est jugé « populaire » par le *Dictionnaire de l'Académie* en 1835. Baudelaire emploie encore ce terme dans *Les Foules* (*Le Spleen de Paris*, XII, Pl. I, p. 291), et de façon plus surprenante à propos de Delacroix (Pl. II, p. 761), ou des Belges (Pl. II, p. 851).

8. *Lice :* femelle d'un chien de chasse. — Baudelaire écrit, dans une lettre du 21 janvier 1856 à Toussenel : « J'ai pensé bien souvent que les bêtes malfaisantes et dégradantes n'étaient peut-être que la vivification, corporification, éclosion à la vie matérielle des mauvaises pensées de l'homme. » Dans une étude sur Gautier, Baudelaire présente les « animaux et les plantes » comme des « représentants du laid et du mal » (Pl. I, p. 118). Il note également, dans *Fusées* (XI, Pl. I, p. 660) : « [...] les satans n'ont-ils pas des formes de bêtes ? ». Mais Baudelaire, peut-être influencé par la tradition gothique qui représentait démons et vices par des monstres ou des animaux (C.B.), reprend aussi, à sa manière, la théorie romantique d'une emblématique animale des passions : voir notamment J. Pommier (1932), p. 77 et suiv., 109. On considérera dans ces diverses perspectives la modification du v. 2, dans un exemplaire offert au graveur Bracquemond, vers 1860 (P.) : « Les ours, les scorpions, les singes, les serpents ». Cf. aussi Pl. II, p. 1367-1368, 954, 569.

9. Cf. *La Destruction*, p. 159, v. 11 ; le v. 2 de la pièce XXV (p. 77) ; le deuxième *Spleen*, v. 15 à 18, p. 116 ; *Le Possédé*, v. 4, p. 86 ; ce passage d'une lettre de Baudelaire à sa mère, du 3 février 1865 : « Je sais bien par moi-même quelle horrible torture c'est que l'ennui. Je me considère ici comme en prison. »

10. Pipe indienne, voisine du narghilé turc, et alors à la mode dans les milieux « artistes ». Voir, par exemple, les remarques de Balzac, dans la section IV du *Traité des excitants modernes*.

Page 59. I. *Bénédiction.*

1. Cf. ces passages de Baudelaire, au sujet de Poe : « Existe-t-il donc une Providence diabolique qui prépare le malheur dès le berceau, — qui jette avec *préméditation* des vertus spirituelles et angéliques dans des milieux hostiles, comme des martyrs dans les cirques ? Y a-t-il donc des âmes *sacrées*, vouées à l'autel, condamnées à marcher à la mort et à la gloire à travers leurs propres

ruines ? » (Pl. II, p. 296) ; ou encore, sur l' « anathème spécial » qui frappe le poète (*ibid.*, p. 249) : « On dirait que l'Ange aveugle de l'expiation s'est emparé de certains hommes, et les fouette à tour de bras pour l'édification des autres ». C.B. citent d'autres passages comparables de Baudelaire sur la Providence.

2. Cf. l'*Annonciation,* et surtout l'*Ave Maria.* Sur ces allusions inversées à la Vierge, voir le commentaire de Ch. Mauron, « Extrait de premières recherches sur la structure inconsciente des *Fleurs du Mal* », *Annales de la Faculté des Lettres et Sciences humaines de Nice,* 1968, n° 4-5, p. 135, à compléter par, du même auteur, *Le Dernier Baudelaire,* Corti, 1966, *passim.*

3. Lieu où les enfants étaient sacrifiés au dieu Moloch, dans la vallée occidentale de l'ancienne Jérusalem, par des Juifs idolâtres ; par extension, enfer et lieu de torture (*Matthieu,* V, 22, 30).

4. Une possible touche autobiographique (cf. ce passage de *Mon cœur mis à nu,* XLV, Pl. I, p. 706 : « Dès mon enfance, tendance à la mysticité. Mes conversations avec Dieu. ») se mêle ici aux lieux communs du lyrisme romantique : équivalence du poète et de l'enfant (voir encore *Le Peintre de la vie moderne,* Pl. II, p. 690, et les remarques sur « la spiritualité de l'enfance dans ses conceptions artistiques », dans *Morale du joujou,* Pl. I, p. 583) ; dans la strophe suivante, communion avec la nature que permet « un sentiment vif et intime des choses », « un sens à part » (Sainte-Beuve, *Les Pensées de Joseph Delorme,* cité par A.) ; plus loin, thèmes de l'isolement du *vates* devenant paria (cf. cette note de *Mon cœur mis à nu,* XL, Pl. I, p. 703 : « De la vraie grandeur des parias », rédemption par la souffrance et sacre du poète prophète (voir P. Bénichou, *Le Sacre de l'écrivain 1750-1830,* Corti, 1973 ; *Le Temps des prophètes,* Gallimard, 1977 ; *Les Mages romantiques,* Gallimard, 1988). Sur le rôle de l' « indispensable douleur » (*Le Poème du hachisch,* Pl. I, p. 439), voir notamment *Le Cygne* (p. 130, v. 46-47), la fin des *Phares* (p. 64), le v. 42 de *L'Imprévu* (p. 218), et un passage sur E. Poe : « Ne dirait-on pas qu'il aime un peu la douleur, qu'il pressent la future compagne incomparable de sa vie, et qu'il l'appelle avec une âpreté lubrique, comme un jeune gladiateur ? » (Pl. II, p. 258).

5. Cf. *La Voix,* p. 217, v. 14 et suiv.

6. Hiérarchie des anges.

7. Ancienne capitale de la Syrie. — Cf. *Le Guignon,* v. 9 (p. 68).

8. Probable souvenir d'une double tradition, biblique et néoplatonicienne, qui voit en l'âme un « miroir vivant », terni par le péché. Cf. J. Deprun, « Mystique, Lumières, Romantisme : jalons pour une histoire des " miroirs vivants " », dans *Approches des Lumières. Mélanges offerts à Jean Fabre,* Klincksieck, 1974, p. 123 à 132.

Page 61. II. *L'Albatros.*

1. On comparera avec *L'Albatros* de Polydore Bounin (P.), et avec le chapitre XIV des *Aventures d'Arthur Gordon Pym* de Poe (« Albatros et pingouins »), œuvre traduite par Baudelaire en 1858.

2. Strophe ajoutée en 1859.

Page 62. III. *Elévation.*

1. Cet élan ascensionnel, déjà présent dans un poème de jeunesse (*Tout là-haut...*, Pl. I, p. 199), est fréquent dans la littérature romantique : voir, par exemple, Hugo, *Feuilles d'automne*, VI ; Lamartine, *La Solitude, Dieu* dans les *Premières Méditations ;* Vigny, *Elévation* (C.B.). Baudelaire, à propos de Banville, évoque « ces merveilleux instants » où « l'être intérieur [...] s'élance en l'air par trop de légèreté et de dilatation, comme pour atteindre une région plus haute » (Pl. II, p. 164) ; voir le début du poème en prose, *Le Gâteau* (Pl. I, p. 297) ; cf. aussi des remarques à propos du tableau d'Ingres, *Apothéose de l'Empereur Napoléon (Exposition universelle (1855)*, Pl. II, p. 589), les impressions de Baudelaire à l'audition de *Lohengrin*, dans l'essai sur Wagner (Pl. II, p. 781 et suiv.), la lettre à Wagner du 17 février 1860, *La Musique* (p. 112), et *Le Vin des amants* (p. 155). — H. Friedrich (1976, p. 57-58) rapproche ce poème de l'*elevatio* ou *ascensio* mystiques, et rappelle la tradition qui voulait que la montée vers l'empyrée fût divisée en neuf phases, correspondant aux neuf cercles dans lesquels la terre serait enfermée (sur ce point, voir I.P. Couliano, *Expériences de l'extase*, Payot, 1984, p. 134, qui cite le *Poimandrès* d'Hermès Trismégiste — et sur la possible, mais douteuse lecture par Baudelaire de ce traité de l'époque alexandrine, voir P., p. 831 et 832).

2. Texte de 1857 : « Derrière les ennuis et les sombres chagrins ».

3. Cf. Lucrèce, *De Rerum natura,* l. II, v. 8 (R. Vivier, 1926, p. 155, n. 1).

4. Possible allusion aux nombreux ouvrages sur le langage symbolique des fleurs (Leakey, 1969, p. 195, n. 1) ; cf. une lettre à Poulet-Malassis de 1860, sur un projet de frontispice pour la seconde édition des *Fleurs du Mal*. Mais la vraie portée de ce vers apparaît dans le poème suivant.

Page 62. IV. *Correspondances.*

1. En donnant ce titre à ce sonnet célèbre, Baudelaire semble reprendre les préoccupations unitaires de nombreux contemporains (abbé Constant, Eliphas Lévi, Esquiros, Fourier, Nerval), soucieux de déchiffrer des « analogies » entre le « naturel » et le « spirituel ». Voir notre Introduction, p. 17. Dans son compte rendu de l'*Exposition universelle (1855)*, Baudelaire évoque « les instigations de l'immense analogie universelle », « l'harmonie de l'univers », et la possibilité de « courir avec agilité sur l'immense clavier des *correspondances* ! » (Pl. II, p. 575, 577) ; il écrit en 1857, à propos d'Edgar Poe : « C'est cet admirable, cet immortel instinct du Beau qui nous fait considérer la terre et ses spectacles comme un aperçu, comme une correspondance du Ciel » (Pl. II, p. 334) ; dans la même étude (p. 329), il marque le rôle essentiel, évidemment poétique autant qu'éminemment spirituel, dévolu à l'imagination dans le déchiffrement du monde naturel : « une faculté quasi divine qui perçoit tout d'abord, en dehors des méthodes philosophiques, les rapports intimes et secrets des choses, les correspondances et les

analogies », idée déjà abordée dans une lettre du 21 janvier 1856 à Toussenel : « [...] *l'imagination* est la plus *scientifique* des facultés, parce qu'elle comprend *l'analogie universelle*, ou ce qu'une religion mystique appelle la *correspondance* » ; il parle en 1861, dans son étude sur Victor Hugo, de l' « inépuisable fonds de l'*universelle analogie* », tout étant « significatif, réciproque, converse, *correspondant* » (Pl. II, p. 133), et à ce moment insiste plus nettement que dans le sonnet sur le fondement transcendant du symbolisme ainsi défini, et comme gagé mystiquement. Au plan non plus mystique, ou spéculatif, mais poétique, on voit dans la suite du sonnet qu'un des outils privilégiés de cette visée analogique est la synesthésie — déjà commentée, à partir d'Hoffmann, dans un passage du *Salon de 1846* (Pl. II, p. 425-426), et dont un bel exemple se lit dans les deux dernières strophes de *Tout entière* (p. 89) ; Baudelaire marquera par la suite, plus clairement qu'ici, en citant ses deux quatrains en 1861, dans l'étude sur Wagner, le lien entre le rôle de « Dieu », qui « a proféré le monde comme une complexe et indivisible totalité », et l' « analogie réciproque » qui permet à un son de « suggér[er] la couleur », à des couleurs de « donner l'idée d'une mélodie », et au son et à la couleur de « traduire des idées » (Pl. II, p. 784). Ajoutons que, dans *Le Poème du hachisch*, la drogue, poussant « à outrance » les potentialités intermittentes de l'imagination — voir *Fusées*, XI, 17 (Pl. I, p. 659) —, notamment dans son aptitude à transposer « analogi[quement] » les sons en couleurs et les couleurs en sons (Pl. I, p. 419), et permettant de suivre sa « procession [...] jusque sous son dernier et plus splendide reposoir », faisait du « premier objet venu » un « symbole parlant. Fourier et Swedenborg, l'un avec ses *analogies*, l'autre avec ses *correspondances*, se sont incarnés dans le végétal et l'animal qui tombent sous votre regard, et au lieu d'enseigner par la voix, ils vous endoctrinent par la forme et la couleur » (*ibid.*, p. 430). On voit que la tentative — la tentation — de se hisser, grâce à la drogue, au rang d' « Homme-Dieu », en même temps qu'elle révèle, en l'exacerbant, le fonctionnement « analogique » de cette faculté « quasi divine » qu'est, on l'a vu plus haut, l'imagination, aboutit à inverser la perspective du sonnet, où c'est l'homme — et en particulier le poète — qui se trouve sous les « regards familiers » de la nature (voir plus bas, n. 3).

2. Cf. les « confuses pensées » qui « pend[ent] » aux « rameaux » des forêts chez Hugo, dans *À Albert Dürer (Les Voix intérieures)* (C.B.). On notera que dans son étude de 1861, Baudelaire insiste sur le génie « pensif », « rêveur et interrogateur » de Hugo, qui « exprime, avec *l'obscurité indispensable*, ce qui est obscur et confusément révélé » (Pl. II, p. 131, 132).

3. Cf. Nerval, *Vers dorés (Les Chimères)* : « Crains dans le mur aveugle un regard qui t'épie » (P.) ; toujours dans l'article de 1861 sur Hugo, Baudelaire évoque la « physionomie », le « regard » que possède un « être extérieur à l'homme, végétal ou minéral », et relie cela à l'art hugolien de « traduire » « tout ce qu'il y a de divin, de sacré ou de diabolique » dans « n'importe quoi » (Pl. II, p. 132). De même, les « forêts de symboles » peuvent être rapprochées d'un

poème de Hugo dans *Les Rayons et les ombres* (1840) : *Que la musique date du* XVIe *siècle :* « Ecoute la nature aux vagues entretiens./ Entends sous chaque objet sourdre la parabole./Sous l'être universel vois l'éternel symbole... » (Pommier, 1932, p. 23).

4. Cf. *Les Phares*, v. 35, p. 64.

5. Possible souvenir d'un passage des *Kreisleriana* d'Hoffmann, cité par Baudelaire dans le *Salon de 1846* (Pl. II, p. 425-426), où l'odeur des « soucis bruns et rouges » lui fait entendre « les sons graves et profonds du hautbois » : la présence du hautbois serait, dans cette hypothèse, due à une erreur du traducteur (Loève-Veimars, 1832) : dans le texte allemand, il s'agit d'un « cor de basset ».

6. Lien entre « expansion » et « infini » également établi dans *Le Poème du hachisch* (Pl. I, p. 402) (Pommier, 1932, p. 180, qui cite d'autres emplois baudelairiens du mot « expansion »).

7. Le « musc » reparaît dans *La Chevelure* (v. 30, p. 75), *Sed non satiata* (v. 2, p. 78), et dans le poème de jeunesse, *Tous imberbes alors...*, où « la sombre Vénus, du haut des balcons noirs,/Verse des flots de musc de ses frais encensoirs. » (Pl. I, p. 207).

Page 63. V.

1. Cette référence au dieu grec de la lumière a remplacé, en 1861, « le soleil ».

2. On songera à ce passage du *Salon de 1846*, à propos du voyage au Maroc de Delacroix : « [...] là il put à loisir étudier l'homme et la femme dans l'indépendance et l'originalité native de leurs mouvements, et comprendre la beauté antique par l'aspect d'une race pure de toute mésalliance et ornée de sa santé et du libre développement de ses muscles » (Pl. II, p. 430).

3. Déesse de la terre féconde.

4. Allusion probable aux établissements de bain (A.), ou aux ateliers de peintres (P.). Voir aussi, dans le *Salon de 1846*, les remarques sur le nu moderne, « au lit, au bain, à l'amphithéâtre » (Pl. II, p. 496). La fréquentation par Baudelaire de ce dernier lieu est plus que suggérée dans le *Choix de maximes consolantes sur l'amour* (Pl. I, 549), et dans le *Salon de 1859* (Pl. II, p. 673).

5. « Mot qui définit la société bourgeoise, industrielle et commerçante », de la monarchie de Juillet (A.). Cf. *Mon cœur mis à nu*, VI (Pl. I, p. 679) : « Etre un homme utile m'a paru toujours quelque chose de bien hideux », qui se souvient sans doute de la Préface célèbre de Gautier à *Mademoiselle de Maupin*.

6. Allusion probable au corset, pour les femmes, et à la redingote et à « l'habit noir », aux « plis grimaçants, et jouant comme des serpents autour d'une chair mortifiée », dont Baudelaire reconnaît toutefois, dans le *Salon de 1846*, la « beauté », le « charme indigène », la « grâce mystérieuse » (Pl. II, p. 494).

7. Cf. ce passage de *La Fanfarlo* (Pl. I, p. 577), où Samuel Cramer considère « la reproduction comme un vice de l'amour, la grossesse comme une maladie d'araignée » (C.B.), et ces vers de

jeunesse sur « le stigmate alarmant / Que la vertu creusa de son soc infamant / Au flanc des matrones enceintes » (Pl. I, p. 209).

8. Cf. un projet de Préface (p. 256), où Baudelaire qualifie son œuvre de « produit discordant de la *Muse des Derniers jours* ».

Page 64. VI. *Les Phares*. Dans un passage du *Salon de 1846* (Pl. II, p. 418), Baudelaire proposait de rendre compte d'un tableau par un sonnet ou une élégie. Dans le même *Salon* (p. 440-441), on lit déjà des remarques sur Rubens, Michel-Ange, Rembrandt. A. et P. proposent des identifications des œuvres auxquelles Baudelaire semble plus précisément faire allusion : tableaux de Vinci, fresques de Michel-Ange, gravures de Rembrandt et de Goya, etc. Voir aussi l'édition due à J. Pommier et Cl. Pichois (1959), qui reproduit « certaines images qui ont pu inspirer le poète » ; P.-G. Castex (*Baudelaire critique d'art*, SEDES, 1969) ; notre Introduction, p. 14.

1. *Souris :* archaïsme, pour « sourire », encore présent dans *Hymne à la Beauté*, v. 23 (p. 74), *Le Masque*, v. 8 (p. 63), et dans le troisième *Spleen*, v. 12 (p. 116).

2. Terme archaïsant, désignant un valet d'armée.

3. Puget aurait pris des forçats comme modèles des célèbres atlantes qu'il sculpta pour l'hôtel de ville de Toulon.

4. La rédaction primitive, corrigée sur épreuves en 1857, était : « De vieilles au miroir, avec des vierges nues ».

5. Cette strophe semble avoir été composée entre 1855 et 1856 (P.). Baudelaire lui-même, dans son étude sur l'*Exposition universelle de 1855* (Pl. II, p. 595), a commenté ce quatrain : « *Lac de sang :* le rouge ; — *hanté des mauvais anges :* surnaturalisme ; — *un bois toujours vert :* le vert, complémentaire du rouge ; — *un ciel chagrin :* les fonds tumultueux et orageux de ses tableaux ; — *les fanfares et Weber :* idées de musique romantique que réveillent les harmonies de sa couleur. » Cf. également un passage du *Salon de 1846* sur l' « antithèse mélodique » que « chant[ent] le rouge », « la couleur du sang », cette « couleur si obscure, si épaisse », et le vert (Pl. II, p. 446). Les « mauvais anges » reparaissent dans *Une martyre*, v. 35 (p. 159). Quant à Weber, A. Fongaro (*Quelques images des « Fleurs du Mal »*, Presses universitaires du Mirail-Toulouse, 1988, p. 84-85) suggère que les « bois » renvoient au *Freischütz*, et que les « fanfares » sont un souvenir d'*Euryanthe*, acte III, 1er tableau, avec les « fanfares », alors célèbres, d'un chœur de chasseurs (cf., à cet égard, le v. 40). Baudelaire, dans le *Salon de 1846*, à propos de Delacroix, parle d'une couleur « plaintive et profonde comme une mélodie de Weber » (Pl. II, p. 440).

6. Cantique pour rendre grâces à Dieu.

7. Dans une étude sur Poe, Baudelaire parle aussi d'un dévouement, « pur, désintéressé et saint comme une sentinelle divine » (Pl. II, 308). Cette image a pu venir de la Bible (*Isaïe*, LXII, 6), relayée par la préface de Hugo à ses *Odes et Ballades*, où les génies sont qualifiés de « sentinelles » (Fongaro, ouvr. cité, p. 11).

8. Texte de 1857 : « Que ce cri renaissant qui roule d'âge en âge », corrigé sur épreuves en : « Que ce long hurlement qui roule

d'âge en âge ». Cf. les « sanglots » de *La Mort des artistes*, v. 8 (p. 180).

Page 65. VII. *La Muse malade.*

1. On eût attendu le féminin. L'édition de 1868 remplace « réfléchis » par « s'étaler ».

2. Démon qui prend la forme d'une femme pour tenter un homme ; on eût attendu « incube ».

3. Ville romaine, voisine de marais où Marius se réfugia pour échapper aux soldats de Sylla.

4. *Nombreux :* cadencés, rythmés, harmonieux (latinisme).

5. Voir pièce V, n. 1.

Page 66. VIII. *La Muse vénale.* On rapprochera un poème de jeunesse, *Je n'ai pas pour maîtresse...* (Pl. I, p. 203), sans doute contemporain de celui-ci, où Baudelaire formule plus nettement, dans la deuxième strophe, une équivalence entre l'écrivain et la prostituée. Cf. aussi la deuxième strophe de *Au Lecteur* (p. 55).

1. Vents du Nord.

2. Cf. p. 64, n. 6.

3. Cf. le poème en prose *Le Vieux Saltimbanque* (*Le Spleen de Paris*, Pl. I, p. 295), et plus généralement J. Starobinski, *Portrait de l'artiste en saltimbanque*, Skira, 1970.

4. *Appas :* cf. *L'Idéal*, v. 14 (p. 72).

Page 66. IX. *Le Mauvais Moine.*

1. Titre probable, au moins en 1850 : *Le Tombeau vivant.*

2. Allusion à l'une des fresques du Campo Santo de Pise, *Le Triomphe de la Mort*, alors attribuée à Andrea Orcagna — et aujourd'hui à Francesco Traini (A.) : voir l'édition Pommier-Pichois, p. 59. Baudelaire a pu mêler ici le souvenir d'un poème de Barbier (1833), *Il Pianto*, avec celui d'un poème de Gautier, *Melancholia* (texte reproduit dans P.). Plus loin, le « tombeau » semble aussi reprendre et remanier des images de Gautier dans *España* (*Le Roi solitaire*) et *Comédie de la Mort* (*La Mort dans la vie*), selon M. Richter (actes du colloque *Baudelaire. « Les Fleurs du Mal ». L'intériorité de la forme*, 1989, p. 116, n. 4).

3. *Cénobite :* moine. — Dans *Tous imberbes alors...*, Baudelaire avait déjà évoqué « la torpeur des fatigues claustrales » (Pl. I, 206), et on le verra plus tard s'intéresser à « l'*acedia*, maladie des moines » (*Fusées*, IX, Pl. I, p. 656).

4. Texte du manuscrit (1842-1843) : « Impuissant Orcagna, quand saurai-je donc faire ».

Page 67. X. *L'Ennemi.*

1. On rapprochera cette strophe de *La Rançon* (p. 193), dont divers commentateurs ont souligné les références chrétiennes (P.).

2. Le Diable, ou plutôt le Temps ?

3. Cf. *La Fontaine de sang* (p. 163).

Page 68. XI. *Le Guignon.*

1. Titre du manuscrit de 1852 : *L'Artiste inconnu* ou *Les Artistes inconnus*. L'existence du « guignon » est niée en 1846, dans les *Conseils aux jeunes littérateurs* (Pl. II, p. 13-14) ; le terme apparaissait déjà dans le *Salon de 1845* (Pl. II, p. 368), se retrouve en 1852 sous la plume de Baudelaire, dans sa première étude sur Poe (Pl. II, p. 249 ; cf. p. 296), et encore en 1861, à propos de Pétrus Borel, et en reprenant un thème exprimé par ce dernier dans le prologue de *Madame Putiphar* (1839) : « Il y a dans le monde spirituel quelque chose de mystérieux qui s'appelle le *Guignon*, et nul de nous n'a le droit de discuter avec la Fatalité » (Pl. II, p. 153-154). Baudelaire a pu se souvenir de deux passages du *Volupté* de Sainte-Beuve : au chapitre XXIV, le mot « *guignon* » est commenté, et au chapitre XII, Amaury prononce une longue tirade sur les « *grands hommes inconnus* » (respectivement, p. 380 et 173-174 de l'édition A. Guyaux, Gallimard, « Folio », 1986). De plus, Baudelaire reprend et transforme ici, dans les quatrains des vers de Longfellow (*A Psalm of Life*, dans *Voices of the Night*, 1839), dans les tercets une strophe de l'*Elegy written in a country churchyard* de Gray : « Maintes pierres précieuses du plus pur et serein éclat qui gisent dans les profondeurs insondées et obscures de l'Océan. Maintes fleurs sont nées pour s'épanouir, invisibles, et prodiguer en vain leur douceur dans l'air du désert. » « L'art est long, et le temps s'enfuit, et nos cœurs, bien que forts et braves, comme des tambours voilés, vont battant des marches funèbres jusqu'à la tombe. » Voir l'Introduction, p. 34-35. Cf., dans les projets de Préface, la « Note sur les plagiats » (p. 256).

2. Figure célèbre de la mythologie grecque : il avait osé enchaîner la mort ; aux Enfers, il était condamné à hisser sans fin sur une montagne un rocher qui retombait aussitôt : cf. *Odyssée*, ch. XI, v. 593 à 600. Cette allusion mythologique doit-elle quelque chose au « Sisyphe éternel » de Vigny, qui, dans *La Flûte*, poème publié dans la *Revue des Deux Mondes* du 15 mars 1843, symbolise, comme l'indique P. Bénichou, l' « impuissan[ce] à formuler l'idée » et à « atteindre l'idéal » (*Les Mages romantiques*, ouvr. cité, p. 234) ? De son côté, dans son « tombeau de Sisyphe » (*Territoires de l'imaginaire. Pour Jean-Pierre Richard*, textes réunis par J.-Cl. Mathieu, Le Seuil, 1986, p. 187 à 199), P. Brunel rappelle que Sisyphe fut aussi un architecte, un constructeur, qui avait défié les dieux en construisant à Corinthe un palais formidable, et que son épouse avait enterré dans un tombeau monumental, le Sisypheion : cf. le v. 5.

3. En marge du manuscrit, Baudelaire attribue cet aphorisme à Hippocrate. Ce début du premier des *Aphorismes* attribués au médecin antique était ainsi traduit en 1843 par le docteur Ch. V. Daremberg (*Hippocrate*, Lefèvre et Charpentier, p. 340) : « La vie est courte, l'art est long, l'occasion est prompte [à s'échapper], l'empirisme est dangereux, le raisonnement est difficile. » « Art » traduit, à l'origine, le grec *téchnè*, qui désignait la science (ou l'art) du médecin, et s'opposait à la *tuchè*, au hasard. On notera surtout que

cette formule, reprise par les poètes Jeune-France pour affirmer leur amour de l'étude, avait aussi une acception philosophique ou cabalistique : dans la première partie du *Faust* de Goethe, traduit par Nerval, on lit : « Ah Dieu ! l'art est long, et notre vie est courte ! » (cf. Br. Juden, *Traditions orphiques et tendances mystiques dans le romantisme français (1800-1855)*, Klincksieck, 1971, p. 262).

4. Manuscrit : « Mainte fleur épanche en secret/Son partum doux comme un regret ». On rapprochera ces tercets d'une remarque du *Salon de 1859* : « La fleur oubliée ou ignorée ajoute à son parfum naturel le parfum paradoxal de son obscurité [...] » (Pl. II, p. 629).

Page 68. XII. *La Vie antérieure.*

1. Ce titre pourrait trahir l'influence de Nerval, qui parle, notamment dans *Les Filles du feu*, en 1854, de ses « existences antérieures » (A.) ; voir G. Poulet, *Les Métamorphoses du cercle* [1961], Flammarion, « Champs », 1979, p. 280-281. Plus généralement, cette question de la métempsycose et de la palingénésie était débattue, notamment par Esquiros, Pierre Leroux, George Sand dans *La Comtesse de Rudolstadt*, Hugo (cf. *Magnitudo parvi*, *Les Contemplations*, III, 30). Baudelaire écrit encore, dans un de ses innombrables *Projets* : « J'ai plusieurs siècles d'âge, puisqu'il me semble que j'ai agi, pensé, à différentes époques. Qui pourrait me réfuter ? » (Pl. I, p. 592). On songera également à un passage du *Joueur généreux* (*Le Spleen de Paris*, Pl. I, p. 325). Cette impression a pu être renforcée (ou suscitée ?) par l'expérience de la drogue, où l'on « vit, écrit Baudelaire dans *Le Poème du hachisch* (Pl. I, p. 393), plusieurs vies d'homme en l'espace d'une heure » (P.). Cf. aussi la *Bérénice* de Poe, que Baudelaire traduit en 1852.

2. Cf. ce « portique fabuleux », dans *Le Poison* (p. 95, 1re strophe). Comme ici et dans *Le Poison*, Baudelaire tend à associer une rêverie architecturale, la présence de soleils couchants avec l'expérience de la drogue : dans le *Poème du hachisch*, il est question de « perspectives de villes [...] illuminées par les ardeurs concentrées des soleils couchants », ainsi que de « la profondeur du temps » (Pl. I, p. 430) ; dans *Un mangeur d'opium*, apparaissent des « architectures », comparées à « ces constructions mouvantes que l'œil du poète aperçoit dans les nuages colorés par le soleil couchant » (Pl. I, p. 482). Cf. aussi, à propos de Théodore de Banville, ces « architectures de vapeur bâties par les soleils couchants », comparées à des « palais » (Pl. II, p. 166).

3. Possible souvenir de Hugo qui, dans *La Fée et la Péri* (*Ballades*), juxtapose en deux vers des « portiques » et les « piliers basaltiques » d'une « grotte enchantée » (J. Pommier, *Dans les chemins de Baudelaire*, Corti, 1945, p. 182).

4. L'adjectif « solennelle » peut rappeler des remarques faites par Baudelaire sur le hachisch, qui « colore en solennité » la vie (Pl. I, p. 430), et donne un « charme effrayant » à l'eau, à l' « immensité bleue de la mer » (Pl. I, 394) ; l'adjectif « mystique », chez Baudelaire, semble signifier, en général, « mysté-

rieux », « mystérieusement idéal ». Voir P., et Leakey (1969, p. 48), qui évoque encore *L'Ennemi* (p. 67, v. 11) ; « Je te donne ces vers... » (p. 88, v. 7) ; *Tout entière* (p. 89, v. 21) ; *Les Chats* (p. 111, v. 14) ; *La Mort des artistes* (p. 180, v. 3) ; *Femmes damnées* (p. 192, v. 65).

5. Cf. ce passage d'un poème de jeunesse (*Tous imberbes alors...*, Pl. I, p. 207-208) qui, après l'évocation des « houles enivrantes », mentionne « L'art cruel qu'un démon, en naissant, m'a donné, / — De la Douleur pour faire une volupté vraie, — / D'ensanglanter son mal et de gratter sa plaie. » (P.) — Baudelaire observe, encore en 1855, date de première publication du sonnet, et de façon semble-t-il projective, que les femmes de Delacroix « portent dans les yeux un secret douloureux » (Pl. II, p. 594).

Page 69. XIII. *Bohémiens en voyage.*

1. Manuscrit : *La Caravane des Bohémiens.* Poème sans doute inspiré librement par une eau-forte de Callot, qu'accompagne ce distique : « Ces pauvres gueux pleins de bonadventures / Ne portent rien que des Choses futures » (voir l'édition Pommier-Pichois, p. 64). Baudelaire l'a vue, ou il en a lu une description en prose par A. Houssaye en 1850 (P.). Il est douteux qu'il ait lu l'ouvrage, alors connu et important, de H.M.G. Gellmann, *Histoire des Bohémiens* [1783], édité en français, en 1810, chez Joseph Chaumerot. Mais l'influence de Mérimée, qui s'est intéressé aux bohémiens vers 1845-1846, en relayant pour le public français une étude de G. Borrow (1841), a pu jouer, notamment dans l'allusion à leur absence de religion (P.). Voir les travaux de Vaux de Foletier, notamment *Les Bohémiens en France au XIXe siècle*, Lattès, 1981. Le thème des bohémiens reparaît dans *Mon cœur mis à nu*, XXXVIII (Pl. I, p. 701), et dans *Les Vocations* (*Le Spleen de Paris*, Pl. I, p. 332).

2. Voir plus haut, pièce V, n. 2.

3. Allusion biblique : Moïse fit jaillir l'eau du rocher quand le peuple juif traversa le désert.

Page 69. XIV. *L'Homme et la mer.*

1. Titre en 1852 : *L'Homme libre et la mer.* On rapprochera ce poème de *La Musique* (p. 112), de la deuxième strophe de *Obsession* (p. 118), de *Horreur sympathique* (p. 119), *Mœsta et errabunda* (p. 108), et, dans *Le Spleen de Paris* (Pl., t. I, p. 337-338), de *Déjà !*

Page 70. XV. *Don Juan aux Enfers.*

1. Titre en 1846 : *L'Impénitent.* Ce mot est commenté dans *Un mangeur d'opium* (Pl. I, p. 491). Outre de probables sources plastiques (deux toiles de Delacroix, *Dante et Virgile aux enfers*, 1822, et *La Barque de Don Juan*, 1841 ; une lithographie de Simon Guérin), possible influence du *Don Juan* d'Hoffmann et du don Juan qui apparaît dans *L'Elixir de longue vie*, où Balzac le compare au personnage de Molière, mais aussi au Faust de Goethe, au Manfred de Byron, au Melmoth de Maturin (Gallimard, éd. P.-G. Castex, Bibliothèque de la Pléiade, t. XI, p. 486-487). Baudelaire a

esquissé vers 1853 le plan d'un opéra intitulé *La Fin de Don Juan* (Pl. I, p. 627-628).

2. Dans l'enfer grec, passeur des âmes à travers l'Achéron.

3. Maître de Diogène, et fondateur de la secte des Cyniques : il n'est peut-être ici que pour la rime, l'essentiel étant l'allusion à un mendiant, qui a pu venir du *Dom Juan* de Molière (acte III, sc. 2) : cela expliquerait le « vengeur » du vers suivant.

4. Texte de 1846 : « Des vierges se tordaient sous le noir firmament/Et, comme un long troupeau de victimes offertes,/ Derrière lui traînaient un grand mugissement. » Possible souvenir, pour ce dernier vers, de l'épigraphe des *Djinns*, empruntée par Hugo à la *Divine Comédie* : « Et comme les grues, qui font dans l'air de longues files, vont chantant leur plainte, ainsi je vis venir, traînant des gémissements, les ombres emportées par cette tempête » (A.). Par ailleurs, on rapprochera ce « troupeau » du « bétail » de *Femmes damnées* (p. 161).

5. Allusion à la fin du *Dom Juan* de Molière.

6. Réminiscence de Virgile, *Enéide*, VI, v. 329 : « *Centum errant annos volitantque haec litora circum* » : « les morts errent et ne peuvent être passés tant qu'ils ne sont pas ensevelis » (Mourot, 1989, p. 150).

7. Texte de 1846 : « Tristement sous son deuil [...] ». Baudelaire loue Wagner de s'être, dans *Tannhäuser*, « dégagé heureusement de la fastidieuse foule des victimes, des Elvires innombrables » (Pl. II, p. 796). Dans son *Don Juan*, Hoffmann parlait de « la longue, la maigre Elvire » (A.). Cf. surtout l'érotisme baudelairien de la maigreur (*Fusées*, V, Pl. I, p. 653 ; cf. Pl. I, p. 595).

8. Le Commandeur.

9. Don Juan s'apparente au dandy selon Baudelaire, inspiré du Satan de Milton, et doté d'une « insensibilité vengeresse » (*Fusées*, X, Pl. I, p. 657-658).

Page 70. XVI. *Châtiment de l'orgueil.*

1. Poème inspiré par une anecdote du XIIIe siècle, peut-être lue par Baudelaire dans Michelet, ou plus probablement dans un article de la *Revue des Deux Mondes* en 1848 : le prédicateur Simon de Tournai, après une brillante démonstration sur le mystère de la Trinité, défia Jésus, et fut aussitôt puni par la perte de sa raison (C.B. ; P.). Le thème de l'orgueil reparaît aux v. 23-24 de *La Béatrice* (p. 164).

2. Cf. *Le Possédé*, v. 1 (p. 86).

Page 71. XVII. *La Beauté.* On rapprochera ce poème de la pièce XXI.

1. Dans un poème de Banville consacré à la Vénus de Milo, on lisait : « Rêve aux plis arrêtés, grand poème de pierre... » (A.). Dans *Le Peintre de la vie moderne* (Pl. II, p. 717), la statue est qualifiée d' « être divin et supérieur » (C.B.). Cf. surtout le passage sur la sculpture dans le *Salon de 1859*, où il est question d'un « fantôme de pierre », de « fantômes immobiles », et d'un art qui

« solennise tout, même le mouvement », et « donne à tout ce qui est humain quelque chose d'éternel » (Pl. II, p. 670-671). On a souvent affirmé que Baudelaire se rapproche ici de l'esthétique parnassienne de l' « impassibilité ». Il semble toutefois, aux yeux de la plupart des exégètes récents (voir P.), que Baudelaire assimile (dès le v. 2) la Beauté à une femme, tentatrice autant qu'inaccessible. Dans une ébauche de drame, *Idéolus,* Baudelaire écrivait déjà en 1843 : « O poitrine sans cœur, sorcière détestable,/Marbre insensible et froid [...] » (Pl. I, p. 616-617). Beauté et froideur sont encore associées dans le poème XXV, v. 10 (p. 77). Dans *À une passante,* l'apparition d'un idéal qui se dérobe prend la forme d'une « beauté », d'une femme à « la jambe de statue » (v. 5, p. 137). Dans *La Mort des artistes* il parle de « sculpteurs damnés », d'une « Idole » inconnue, de « la grande Créature/Dont l'infernal désir nous remplit de sanglots ! » (p. 180). Cf., dans cette perspective, la fin du *Confiteor de l'artiste* (*Le Spleen de Paris,* III, Pl. I, p. 278), où c'est la « Nature, enchanteresse sans pitié, rivale toujours victorieuse », qui « tente » les « désirs » et l' « orgueil » du poète.

2. Cf. la pièce XXVII, v. 11 (p. 78).

3. Faut-il comprendre « lorsqu'il déplace les lignes », ou « parce qu'il déplace les lignes » ? Voir l'interprétation de Mourot (1989, p. 173) : « Je hais le mouvement, lorsqu'il n'est pas sculptural », — c'est-à-dire « solennisé », comme on a vu plus haut. Cf. surtout le goût baudelairien pour les mouvements « ondoyants », « sinueux ».

4. *Fiers :* le sens technique de l'adjectif — « une pierre, un marbre résistants, qui se taillent difficilement » (Mourot, 1989, p. 174) — peut se surimprimer au sens courant d' « orgueil ».

5. Texte de 1857 : « De purs miroirs qui font les étoiles plus belles. » Cf. l'éloge de Banville, qui, pour exprimer la pureté des yeux de la femme, « empruntera des comparaisons à tous les objets limpides, éclatants, transparents, à tous les meilleurs réflecteurs [...] de la nature » (Pl. II, p. 165).

Page 72. XVIII. *L'Idéal.*

1. Dessinateur (1804-1866) que Baudelaire appréciait peu (voir *Le Peintre de la vie moderne,* Pl. II, p. 724, et *Quelques caricaturistes français, ibid.,* p. 559).

2. *Chlorose :* pâleur maladive.

3. Sur le goût baudelairien du rouge, voir *La Fanfarlo,* Pl. I, p. 577, un passage d'*Idéolus,* Pl. I, p. 604, et ce titre projeté : « L'ami du rouge » (Pl. I, p. 589).

4. Allusion probable à la *Lady Macbeth* de Delacroix, exposée au Salon de 1850 (P.).

5. *Autans :* vents violents.

6. Baudelaire ne connaissait que par des gravures cette statue, dans la chapelle des Médicis, à Florence. Dans la mythologie, la Nuit est mère des Titans. Les Titans sont fréquemment, à l'époque romantique, des symboles de l'homme révolté (voir V. Cerny, *Essai sur le Titanisme dans la poésie occidentale entre 1815 et 1855,* Prague, Orbis, 1934 ; R. Trousson, *Le Thème de Prométhée dans la littérature*

européenne, Genève, Droz, 1964 ; Br. Juden, ouvr. cité, p. 296-297).

7. Cet archaïsme, emprunté à la langue classique, repris encore dans la pièce XXV, v. 12 (p. 77), et dans *Le Rebelle* (v. 11, p. 233), désigne « les beautés qui dans une femme excitent le désir » (*Littré*).

Page 72. XIX. *La Géante*.

1. Dans le *Salon de 1859* (Pl. II, p. 646), Baudelaire fait l'éloge des « choses *grandes* », et affirme : « la dimension n'est pas une considération sans importance aux yeux de la Muse » ; l'influence de Swift *(Voyages de Gulliver)* a pu aussi jouer (C.B.).

2. Cf. le v. 22 du *Balcon* (p. 85), et cette note : « Tout jeune, les jupons, la soie, les parfums, les genoux des femmes » (Pl. I, p. 594).

Page 73. XX. *Le Masque*.

1. Poème inspiré par une œuvre en plâtre d'Ernest Christophe, que Baudelaire avait vue dans l'atelier de l'artiste en 1858, et qui fut exposée en 1859 (voir le *Salon de 1859*, Pl. II, p. 678, où il insiste sur le « secret » de cette sculpture « gracieusement allégorique »). Cette statue avait alors pour titre *La Comédie humaine*. Elle est décrite dans le *Journal* des Goncourt (19 mai 1861). Plus tard, le sculpteur en fit une version plus grande, et en marbre, qu'il intitula alors *Le Masque* (Musée d'Orsay, Paris). Voir les photos de l'édition Pommier-Pichois, p. 79-80 ; l'*Album Baudelaire* de la Pléiade, p. 187, n°s 263 et 264. Sur les rapports de Baudelaire et de Christophe, voir aussi, p. 140, *Danse macabre*.

2. Cf. *Les Phares*, v. 6 (p. 64).

3. Cf. *Le Cygne*, v. 4 (p. 130).

4. Cf. *Madrigal triste* (p. 231), et *L'Héautontimorouménos*, v. 7-8 (p. 120).

Page 74. XXI. *Hymne à la Beauté*.

1. Baudelaire emploie en 1859, pour définir le roman de Gautier, *Mademoiselle de Maupin*, la même expression : « hymne à la Beauté » (Pl. II, p. 111). On rapprochera ce poème de *La Beauté* (p. 71), et, pour la quatrième strophe, du *Vin de l'assassin*, v. 37 à 40 (p. 153), et des *Tentations* (*Le Spleen de Paris*, XXI, Pl. I, p. 308).

2. Cf. les remarques de Baudelaire sur l'ambivalence du vin, dans le premier chapitre de *Du vin et du hachisch* (Pl. I, p. 380) · « Le vin est semblable à l'homme : on ne saura jamais jusqu'à quel point on peut l'estimer et le mépriser, l'aimer et le haïr, ni de combien d'actions sublimes ou de forfaits monstrueux il est capable. »

3. 1860 : « Semble un agonisant caressant [...] ».

4. Cf. *Les Phares*, v. 6 (p. 64).

Page 75. XXII. *Parfum exotique*.

1. Poème à rapprocher du suivant, et des poèmes en prose *Un hémisphère dans une chevelure*, *Les Projets* (*Le Spleen de Paris*, XVII, XXIV, Pl. I, p. 300, p. 314). L'inspiratrice en est Jeanne Duval.

Par ailleurs, Baudelaire semble se souvenir du roman de Bernardin de Saint-Pierre, *Paul et Virginie* (P.).

2. Peut-être le sens de « mettre en mouvement », plus ou moins violemment (P.), vient-il se superposer au sens courant.

3. Marins.

Page 75. XXIII. *La Chevelure.*

1. *Nonchaloir :* terme archaïsant, pour « nonchalance », « paresse », encore employé dans *Remords posthume* (p. 83) et *À Théodore de Banville* (Pl. I, p. 208).

2. Cf. *Le Serpent qui danse* (p. 79, v. 5 à 12).

3. *Gloire :* terme technique de peinture ; désigne la « représentation mystique du ciel ouvert » (Mourot, 1989, p. 187).

4. On rapprochera ces deux derniers vers d'une note de *Mon cœur mis à nu* (Pl. I, p. 697) : « C'est par le loisir que j'ai, en partie, grandi. »

5. Au sens de « drapeau », ou de « tente » : les exégètes divergent (voir P.).

Page 77. XXIV.

1. Formule peut-être calquée sur des expressions religieuses comme « vase d'élection », ou « vase de colère, de miséricorde » (saint Paul, *Epîtres aux Romains,* IX, 23). Mais Baudelaire à la fin d'un poème de jeunesse (« *Tous imberbes alors...* » Pl. I, p. 206-207), écrivait déjà : « [...] Tous les êtres aimés/Sont des vases de fiel qu'on boit les yeux fermés. »

2. Cf. *Une charogne,* v. 45-46 (p. 80).

Page 77. XXV.

1. Cf. *L'Idéal,* v. 14 (p. 72).

2. Le lien entre la souffrance et la création artistique renvoie à *Bénédiction.* Le rôle de la femme comme source ou aide de la création peut rappeler le premier tercet de *La Beauté.* Cf. aussi la dédicace des *Paradis artificiels* (Pl. I, p. 399-400), et le premier paragraphe du *Galant Tireur,* dans *Le Spleen de Paris* (Pl. I, p. 349).

Page 78. XXVI. *Sed non satiata.*

1. Ce titre est une citation inexacte de Juvénal, à propos de l'impératrice Messaline (*Satires,* VI, v. 130) : « *Et lassata viris, necdum satiata recessit.* » (« Et, épuisée par les hommes, mais encore inassouvie, elle s'en va. »). Baudelaire évoque ailleurs Messaline (Pl. II, p. 722).

2. Nés du sabbat, pendant lequel les sorcières s'accouplent au diable.

3. Sorcier noir : terme sans doute trouvé dans un conte de Pétrus Borel (« *Three Fingered Jack* »), dans *Champavert* (P.). Mais ce mot apparaît aussi dans Balzac (*Louis Lambert,* éd. P.-G. Castex, Gallimard, Bibliothèque de la Pléiade, t. XI, p. 635).

4. Vin du Cap, en Afrique du Sud. Plus loin, allusion au nuits-saint-georges, vin de Bourgogne.

5. Image voisine dans un poème de Hugo (*Voix intérieures,* XII, v. 15 à 20) (Fongaro, ouvr. cité, p. 19).

6. Possible réminiscence d'un vers érotique d'Ovide (*Les Amours,* VII, 26) : « *Et memini numeros sustinuisse novem* » (« Et je me souviens que j'ai pu soutenir son assaut neuf fois ») ; ce souvenir a pu se surimprimer à un autre, plus scolaire, et mythologique : le Styx, fleuve des Enfers gréco-romains, en fait neuf fois le tour (cf. *Enéide,* VI, v. 439). Le Styx reparaîtra, de façon étrange, dans *Pauvre Belgique !* (Pl. II, p. 956).

7. C'était, toujours dans la mythologie infernale de l'Antiquité, la plus terrible des trois Furies, filles de Pluton et de Proserpine, divinités justicières et vengeresses. Une autre Furie, Alecto, passe dans le v. 11 des *Vers pour le portrait de M. Honoré Daumier* (p. 211).

8. Proserpine, déesse des Enfers, épouse de Pluton, mourait et renaissait régulièrement : à ce titre, et comme emblème d'une vigueur toujours recouvrée, elle était aussi adorée comme déesse de la Débauche. Il est possible également que Baudelaire fasse une allusion aux mœurs, à l'occasion hétérodoxes, de Jeanne Duval, qui semble l'inspiratrice de cette pièce (C.B.). C'est d'ailleurs l'ensemble du tercet qu'A. Pizzorusso (*Seidici commenti a Baudelaire,* 1976), propose d'interpréter à la lumière des poèmes « lesbiens » de Baudelaire : cf. *Femmes damnées (Delphine et Hippolyte),* p. 192, v. 78-79, 90-91.

Page 78. XXVII.

1. Cf. la pièce suivante, et *Le Thyrse* (*Le Spleen de Paris,* XXXII, Pl. I, p. 335). Voir aussi les remarques sur la danse dans *La Fanfarlo* (Pl. I, p. 573-574).

2. Cf. *Le Chat* (p. 97), et *Les Chats* (p. 117).

3. Cette stérilité pourrait être celle de Lesbos (dans *Femmes damnées,* p. 173, on retrouve aux v. 61 et 63, la rime « inutile »/ « stérile »).

Page 79. XXVIII. *Le Serpent qui danse.*

1. Voir *La Chevelure* (p. 65).

2. Voir la pièce précédente.

3. Probable souvenir de Hugo, dans *Les Orientales* (Sara, la baigneuse, « belle d'indolence, / Se balance... ») (C.B.).

4. Cette étrange comparaison est d'origine peut-être orientale (voir un passage des *Livres sacrés de l'Orient,* traduits et publiés en 1840, que citent C.B.).

5. Cf. *Le Beau Navire* (p. 98).

6. 1857 : « Quand ta salive exquise monte. »

Page 80. XXIX. *Une charogne.*

1. Ce poème, où il reprend aussi bien la tradition renaissante du *memento mori* que l'inspiration de certains auteurs baroques, mais où il se souvient aussi probablement de Gautier (*La Comédie de la Mort,* par exemple), et que Leakey (1969, p. 265) rapproche d'un poème de Banville (« *Dans le vieux cimetière* »), valut à Baudelaire une notoriété de scandale. Il devait écrire à Nadar, le 14 mai 1859 : « Il

m'est pénible de passer pour le Prince des Charognes. » Voir aussi le poème en prose *Le Tir et le cimetière* (*Le Spleen de Paris*, XLV, Pl. I, p. 351).

2. Possible souvenir d'une célèbre pièce de Du Bellay (*D'un vanneur de blé au vent*).

3. Baudelaire louait Daumier et Guys de dessiner de mémoire (voir « L'art mnémonique », dans *Le Peintre de la vie moderne*, Pl. II, p. 698 ; cité par C.B.).

4. Cette strophe d'une pièce, que Barbey d'Aurevilly, dans son célèbre article de 1857 (voir Introduction, p. 24), jugeait « la seule poésie spiritualiste du recueil », est surtout à rapprocher de l'inspiration « idéaliste » de la dernière strophe d'*Une martyre* (p. 159), d'*Un fantôme* (p. 86), d'un passage de *Un mangeur d'opium* qui affirme que « dans le spirituel comme dans le matériel, rien ne se perd » (Pl. I, p. 507), et d'un passage de *Mon cœur mis à nu* (XLIII, Pl. I, p. 705), où Baudelaire affirme le caractère « immortel » de « toute forme créée par l'homme » (A. ; P.).

Page 81. XXX. *De profundis clamavi*.

1. Titre emprunté, sans doute de façon parodique et provocatrice, aux premiers mots du Psaume CXXX, qui sert pour la liturgie des défunts. Titre de 1851 : *La Béatrix* (dans le roman que Balzac publie, en 1841, sous le même titre, on lit un passage, que citent C.B., évoquant « une âme criant quelque *De profundis* à Dieu du fond de la tombe », « la prière de l'amour au désespoir » ; voir aussi la variante du titre de la pièce suivante, et le titre de la pièce CXV, p. 148 : dans ces deux cas, la référence explicite à Dante a pu se combiner à l'allusion balzacienne, voire la supplanter). Titre de 1855 : *Le Spleen*.

2. 1851 : « Et cette vieille nuit semblable au vieux Chaos ; ».

3. Cf. le projet de Préface pour *Les Fleurs du Mal*, p. 257, *Le Goût du Néant*, v. 5, p. 108, et cette lettre du 26 mars 1853 à Mme Aupick : « Il y a des moments où il me prend le désir de dormir infiniment ; mais je ne peux pas dormir, parce que je pense toujours. »

4. On peut voir dans cette métaphore une allusion implicite aux Parques de la mythologie gréco-romaine, qui filaient puis tranchaient les jours humains.

Page 82. XXXI. *Le Vampire*.

1. Titre en 1855 : *La Béatrice* (voir pièce précédente). Cf. *Les Métamorphoses du Vampire*, p. 198. Baudelaire reprend ici un thème à la mode dans la littérature romantique, grâce à Nodier, Gautier, Mérimée, etc. Voir, par exemple, Mario Praz, *The Romantic Agony*, Oxford U. P., 1970, p. 219.

Page 83. XXXII.

1. Une prostituée, Sara, que Baudelaire appelait « Louchette », et qui lui a sans doute aussi inspiré la pièce XXV (p. 77).

2. Cf. *Hymne à la Beauté*, v. 19-20 (p. 74).

3. 1857 : « Et dont le souvenir odorant me ravive. »
4. Cf. *Le Chat*, v. 9 à 11 (p. 84).

Page 83. XXXIII. *Remords posthume.*
1. *Monument :* tombeau, dans la langue classique.
2. Cf. *La Chevelure*, p. 64, n. 1.
3. Texte en 1868 : « Durant ces longues nuits d'où le somme est banni, ».
4. Cf. le deuxième *Spleen*, v. 9 (p. 116). L'équivalence « ver »/« pensée » se trouve aussi dans *Morella*, de Poe (*Histoires extraordinaires*).

Page 84. XXXIV. *Le Chat.*
1. A rapprocher de *Les Chats* (p. 111), *Le Chat* (p. 97), *Le Léthé* (p. 195, v. 1-2). Cf. aussi *L'Horloge* XVI (*Le Spleen de Paris*, Pl. I, p. 299), et *Fusées*, XIII (Pl. I, p. 662).
2. Cf. la pièce XXVII (p. 78), et *Le Serpent qui danse* (p. 79).

Page 84. XXXV. *Duellum.*
1. Forme archaïque de *bellum* (« la guerre ») : l'emploi d'une référence antique pour désigner la guerre des sexes reparaît à la fin du poème, avec cette « amazone ». Dans *Idéolus*, acte II, sc. 2, Baudelaire évoquait déjà « cet amour étrange où se mêle la haine, [...] / Tellement qu'on ne sait, dans sa volupté même, / Si l'on veut embrasser ou tuer ce qu'on aime ». (Pl. I, p. 624). Dans *Fusées*, II (Pl. I, p. 650), il parle encore de « la liaison intime de la férocité et de l'amour ». Dans son étude sur Wagner, Baudelaire semble considérer que « la barbarie [doit] toujours prendre sa place dans le drame de l'amour, et la jouissance charnelle conduire, par une logique satanique inéluctable, aux délices du crime » (Pl. II, p. 795).
2. Ce « ravin » pourrait venir d'une gravure de Goya (*Caprices*, LXII ; reproduite dans l'édition Pommier-Pichois, p. 107), représentant le corps à corps de deux êtres nus, à côté d'un gouffre d'où sort un animal qui tend ses pattes vers les combattants ; Baudelaire décrit cette planche dans *Quelques caricaturistes étrangers* (Pl. II, p. 568-569). Mais les « chats-pards » (sortes de lynx) et les « onces » (félins d'Asie, proches de la panthère) n'y apparaissent pas.
3. Cf. le dernier vers d'*Au Lecteur*, p. 55.

Page 85. XXXVI. *Le Balcon.*
1. L'usage qui est fait ici de la strophe « encadrée » (que Banville remettait alors en vigueur dans la ballade ; voir aussi la forme, voisine, du « pantoum » employée dans *Harmonie du soir*, p. 94) est à rapprocher de la forme adoptée pour *Lesbos* (p. 190), ou *Réversibilité* (p. 91). Pour le traitement du souvenir, on comparera *La Chevelure* (p. 75), lui aussi inspiré par Jeanne Duval, et *Le Parfum* (p. 87).
2. Cf. *Recueillement*, p. 235, v. 9-10.
3. Cf. *Fusées*, XI (Pl. I, p. 658) : « Il y a des moments de

l'existence où le temps et l'étendue sont plus profonds, et le sentiment de l'existence immensément augmenté » (impression elle-même rapprochée par P. de divers passages des *Paradis artificiels*).

4. Cf. les remarques, à propos de Poe, sur les « efforts » nécessaires, afin de « soumettre à sa volonté le démon fugitif des minutes heureuses », et cette affirmation, prêtée à Poe, mais évidemment endossée par Baudelaire lui-même : « [...] celui-là seul est poète, qui est le maître de sa mémoire, le souverain des mots, le registre de ses propres sentiments toujours prêt à se laisser feuilleter » (Pl. II, p. 331). Cf. également les remarques, à propos de Boudin, dans le *Salon de 1859* (Pl. II, p. 665).

5. Cf. le premier tercet du *Guignon*, p. 68.

Page 86. XXXVII. *Le Possédé.*

1. Manuscrit : « O soleil de mon âme, emmitoufle-toi. »

2. Dans *Le Diable amoureux* de Cazotte (1772), que Baudelaire avait lu, sans doute dans l'édition préfacée par Nerval en 1845, et qu'il cite encore dans une étude sur Poe (Pl. II, p. 322) et dans *Fusées,* XI (Pl. I, p. 660), un personnage déclare, au chapitre XVII : « Mon cher Béelzébuth, je t'adore. » A la fin de ce conte fantastique, l'auteur qualifie son personnage de « possédé » (C.B.).

Page 86. XXXVIII. *Un fantôme.*

Les Ténèbres

1. Souvenir de deux vers de Shelley, que Baudelaire avait ainsi traduits dans *Un mangeur d'opium* (Pl. I, p. 476) : « C'était comme si un grand peintre eût trempé/Son pinceau dans la noirceur du tremblement de terre et de l'éclipse. » (C.B.). Cf. *Le Gouffre,* v. 7 (p. 236), *Le Voyage,* v. 55 (p. 182), le dernier tercet d'*Obsession,* p. 118, et un passage de l'étude sur Wagner : « Il semble parfois, en écoutant cette musique ardente et despotique, qu'on retrouve, peintes sur le fond des ténèbres, déchiré par la rêverie, les vertigineuses conceptions de l'opium » (Pl. II, p. 785). Avec cette dernière référence à l'opium, on se rappellera un passage d'*Un mangeur d'opium* (Pl. I, p. 480), qui évoque la possibilité de « créer, sur la toile féconde des ténèbres, tout un monde de visions », et cet autre « fantôme », qui « surgi[t] lentement dans la fumée du souvenir, comme le génie des *Mille et Une Nuits* dans les vapeurs de la bouteille » (*ibid.,* Pl. I, p. 462).

2. Manuscrit : « A sa légère allure ».

3. Cf. *Le Désir de peindre* (*Le Spleen de Paris,* XXXVI, Pl. I, p. 340), et l'impression que suscite l' « atmosphère magique » des tableaux de Delacroix, « sombre, délicieuse pourtant, lumineuse, mais tranquille », « impression qui prend pour toujours sa place dans votre mémoire » (Pl. II, p. 753).

Le Parfum

1. Cf. *Hymne,* v. 9, 15 (p. 205). Baudelaire évoquera encore, dans *Pauvre Belgique !* (Pl. II, p. 851), « le grain de musc qui garde son parfum sans rien perdre de son poids. »

2. Manuscrit : « Se dégageait une odeur de fourrure. » Baudelaire note dans *Fusées*, XII (Pl. I, p. 661) : « Le goût précoce des femmes. Je confondais l'odeur de la fourrure avec l'odeur de la femme. »

Le Cadre

1. Manuscrit : « Ainsi miroirs, pierres, métaux, ».
2. Cf. un passage du *Peintre de la vie moderne* (Pl. II, p. 714), sur le *mundus muliebris*, et la parure de la femme, *Un mangeur d'opium* (Pl. I, p. 499), et une lettre à Poulet-Malassis du 23 avril 1860, commentant ce dernier passage.
3. L'édition de 1868 donne ce texte, peut-être dû à Banville, et destiné à corriger la suite de trois rimes masculines : « [...] elle noyait / Dans les baisers du satin et du linge / Son beau corps nu, plein de frissonnements, / Et, lente ou brusque, en tous ses mouvements / Montrait [...] singe. »

Le Portrait

1. Probable allusion à l'infirmité de Jeanne Duval, frappée d'hémiplégie en 1859.
2. Manuscrit : « De tout ce qui pour nous a flamboyé. / De ces beaux yeux [...] cœur s'est noyé, ».
3. *Dictame :* sorte de baume aromatique.
4. Au crayon noir, rouge et blanc.
5. Manuscrit : « [...] rude, / Comme un manant ivre, ou comme un soudard / Qui bat les murs, et salit et coudoie / Une beauté frêle, en robe de soie. » Le dernier état de ce tercet, en affirmant le rôle de la mémoire poétique, lui délègue cette « opération magique », cette « évocation » qui permet de « ressusciter » un personnage ou une idée, et qu'ailleurs, dans son compte rendu de l'Exposition universelle de 1855, Baudelaire reconnaissait à la peinture (Pl. II, p. 580) : l'art pictural le cède à « la langue et l'écriture, prises comme opérations magiques, sorcellerie évocatoire » (*Fusées*, XI, Pl. I, p. 658 ; cf. les termes voisins de l'étude de 1859 sur Gautier, Pl. II, p. 118), et ce « portrait » qu'est devenu le poème relaie l'autre portrait, qui en était le prétexte. — Le mot « gloire » apparaissait, dans une acception peut-être proche, au v. 19 de *La Chevelure* (p. 75).

Page 88. XXXIX.

1. *Aquilon :* en principe, vent violent du nord. Cf. Chateaubriand, qui parle d'un « aquilon favorable » dans les *Mémoires d'outre-tombe*, VI, 2 (éd. Levaillant, Bibliothèque de la Pléiade, t. I, Gallimard, 1951, p. 201) : cette suggestion d'A. Fongaro (ouvr. cité, p. 16) peut être rapprochée du fait qu'une confusion analogue au sujet de l'autan (qui apparaît précisément dans cette même phrase de Chateaubriand) se trouve au v. 5 de *Brumes et pluies* (p. 144), dont le premier état connu date, lui aussi, de 1857. Selon le témoignage d'Asselineau, Baudelaire avait coutume de « déclamer certaines phrases pompeuses de Chateaubriand » (cité par J.-Cl. Berchet, « Baudelaire lecteur de Chateaubriand », *Bulletin de la*

Société Chateaubriand, n° 22, 1979, p. 36-37, — qui observe toutefois, p. 31, que Baudelaire ne cite que fort peu les *Mémoires d'outre-tombe*, publiés en feuilleton dans *La Presse* entre le 21 octobre 1848 et le 3 juillet 1850, puis en volume en 1850, et auxquels Delacroix comme Barbey s'étaient pourtant intéressés).

2. 1857, publication préoriginale : « Aborde [...] lointaines,/Et, navire poussé par un grand aquilon,/Fait travailler un soir les cervelles humaines,/Ta mémoire, [...] ». *Mémoire* est ici un latinisme, et désigne le souvenir de la postérité.

3. *Tympanon* : instrument de musique aux cordes frappées par des baguettes. Cet instrument liturgique apparaît sans doute ici en place du verbe « tympaniser » (au sens de « casser les oreilles », « faire connaître à grand bruit »), que Baudelaire emploie ailleurs, selon une citation (sans référence) du *Grand Robert de la langue française*.

4. *Hautaines* : probable latinisme, au sens de « haut style », de style élevé, noble. Baudelaire en a pu trouver des exemples dans Malherbe (*Grandes Odes*, XVI), ou dans Ronsard, qui parle de sa « Muse hautaine » (*Continuation des Amours*, XXV) : d'ailleurs, le premier quatrain est nettement ronsardisant.

5. Epreuve de 1857 : « Les stupides mortels qui t'appellent leur frère. »

6. Cf. *Bribes* (p. 244, v. 35 et suiv.), et ce passage de *Fusées*, XV (Pl. I, p. 666), sur « les errantes, les déclassées, celles qui ont eu quelques amants, et qu'on appelle parfois des Anges, en raison et en remerciement de l'étourderie qui brille, lumière de hasard, dans leur existence logique comme le mal ».

Page 89. XL. *Semper eadem*.

1. « Toujours la même femme », ou « Toujours semblable à elle-même » comme le proposent C.B., ou encore, si on y voit un neutre pluriel, « c'est toujours la même chose » (P.).

2. Cf. *Causerie* (p. 102, v. 2).

3. Possible souvenir d'une formule de Quincey qui associe, dans *Un mangeur d'opium* (Pl. I, p. 514), la « douleur » et « de glorieuses vendanges spirituelles ». Voir aussi la fin de *L'Imprévu* (p. 218).

4. Cf. *L'Amour du mensonge*, p. 242.

Page 89. XLI. *Tout entière*.

1. Cf. *Lola de Valence*, p. 212, v. 4.

2. Cf. *Un fantôme*, p. 86, v. 47.

3. Cf. *Correspondances*, p. 62.

Page 90. XLII.

1. Poème envoyé anonymement le 16 février 1854 à Mme Sabatier, dans une lettre ainsi rédigée : « J'ignore ce que les femmes pensent des adorations dont elles sont quelquefois l'objet. Certaines gens prétendent qu'elles doivent les trouver tout à fait naturelles, et d'autres qu'elles en doivent rire. Ils ne les supposent donc que vaniteuses ou cyniques. Pour moi, il me semble que les âmes bien

faites ne peuvent être que fières et heureuses de leur action bienfaitrice. Je ne sais si jamais cette douceur suprême me sera accordée de vous entretenir moi-même de la puissance que vous avez acquise sur moi, et de l'irradiation perpétuelle que votre image crée dans mon cerveau. Je suis simplement heureux, pour le moment présent, de vous jurer de nouveau que jamais amour ne fut plus désintéressé, plus idéal, plus pénétré de respect que celui que je nourris secrètement pour vous, et que je cacherai toujours avec le soin que ce tendre respect me commande. »

2. Reprise détournée d'une expression de saint Paul, *corpus spirituale* (*Corinthiens*, XV, 44), qui désigne normalement le « corps de la résurrection, par opposition au corps animal, terrestre » (J. Pommier, « Les Anges des *Fleurs du Mal* », *Dialogues avec le passé*, Nizet, 1967, p. 169) ?

3. 1857 : « Son fantôme en dansant marche comme un flambeau. »

4. Dans une lettre à Marie [Daubrun ?], que Cl. Pichois date du début de 1852, Baudelaire écrivait : « Par vous, Marie, je serai fort et grand. Comme Pétrarque, j'immortaliserai ma Laure. Soyez mon ange gardien, ma Muse et ma Madone, et conduisez-moi dans la route du Beau. »

Page 91. XLIII. *Le Flambeau vivant.*

1. Poème contenu dans une lettre adressée à Mme Sabatier, le 7 février 1854 : « Je ne crois pas, Madame, que les femmes en général connaissent toute l'étendue de leur pouvoir, soit pour le bien, soit pour le mal. Sans doute, il ne serait pas prudent de les en instruire toutes également. Mais avec vous on ne risque rien ; votre âme est trop riche en bonté pour donner place à la *fatuité* et à la cruauté. D'ailleurs vous avez été sans aucun doute tellement abreuvée, saturée de flatteries qu'une seule chose peut vous flatter désormais, c'est d'apprendre que vous faites le bien, — même sans le savoir, — même en dormant, — simplement en vivant. [...] Supposez, si vous voulez, que quelquefois sous la pression d'un opiniâtre chagrin je ne puisse trouver de soulagement que dans le plaisir de faire des vers pour vous [...]. » Dans une étude sur Poe (1856), Mme Clemm est qualifiée de « flambeau et foyer allumé par un rayon du plus haut ciel » (Pl. II, p. 308). Il semble, en tout cas, que Baudelaire se soit inspiré d'une élégie de Poe, *To Helen* (il avait en projet une traduction des poèmes de Poe, en 1854-1855), où se retrouvent associés regard, lumière et cheminement. Possible influence de thèmes pétrarquistes (C.B.). Dante et Platon présentent aussi des thèmes fort proches, sans qu'on puisse affirmer que Baudelaire s'en souvient ici (P.).

2. Cf. *La Mort des pauvres*, v. 9 (p. 179).

Page 91. XLIV. *Réversibilité.*

1. Ce terme théologique désigne la possibilité de faire bénéficier d'autres êtres des mérites que l'on a ou du bien que l'on fait, par une sorte de compensation. C'est sous l'influence de J. de Maistre, qui

en affirmait, dans les *Soirées de Saint-Pétersbourg* (8e et 10e Entretien), le caractère de « vérité *innée* », et de « grand mystère de l'univers », que Baudelaire a choisi ce titre (C.B.). On notera surtout que Maistre insiste, de façon probablement hétérodoxe, moins sur la réversibilité des grâces que sur la possibilité que l'innocence paie pour le crime, sur la « réversibilité des douleurs de l'innocence au profit des coupables ». La destinataire du poème est aussi considérée comme une sorte d' « intercesseur », terme et notion que Baudelaire emploie dans ses *Journaux intimes* (*Hygiène*, Pl. I, p. 673). — Sur l'emploi ici fait de la strophe « encadrée », voir plus haut, p. 85, *Le Balcon*.

2. Reprise d'une formule de l'*Ave Maria* : « pleine de grâces ».
3. Allusion biblique (*Rois*, I, 1, 1 à 4) : pour David, devenu vieux, ses serviteurs trouvent une jeune fille, afin qu'elle le réchauffe en couchant à son côté.

Page 92. XLV. *Confession*.

1. Poème envoyé dans une lettre du 9 mai 1853 à Mme Sabatier : « Vraiment, Madame, je vous demande mille pardons de cette imbécile rimaillerie anonyme, qui sent horriblement l'enfantillage ; mais qu'y faire ? Je suis égoïste comme les enfants et les malades. Je pense aux personnes aimées quand je souffre. Généralement je pense à vous en vers, et quand les vers sont faits, je ne sais pas résister à l'envie de les faire voir à la personne qui en est l'objet. — En même temps, je me cache, comme quelqu'un qui a une peur extrême du ridicule. [...] Quelque absurde que tout cela vous paraisse, figurez-vous qu'il y a un cœur dont vous ne pourriez vous moquer sans cruauté, et où votre image vit toujours. » Titre en 1855 : *La Confession*.
2. Cf. *Les Phares*, v. 31-32 (p. 64).
3. Allusion à la hotte du chiffonnier ? : dans un drame de Félix Pyat, *Le Chiffonnier de Paris* (1847), il est question de ces « rebuts [...] que le temps, ce maître chiffonnier, ramasse dans sa grande hotte » (C.B.). Voir, p. 152, *Le Vin des chiffonniers*, et, dans *Du vin et du haschich* (Pl. I, p. 381-382, les remarques de Baudelaire sur le chiffonnier : il y est aussi question de « rebuts » et de « hotte ».
4. Manuscrit : « Et cette confidence étrange chuchotée ».

Page 93. XLVI. *L'Aube spirituelle*.

1. Sur le manuscrit, envoyé à Mme Sabatier en 1853 ou 1854, le poème est précédé seulement de ces lignes : « *After a night of pleasure and desolation, all my soul belongs to you.* » Cf. dans les « Titres et canevas », *La Maîtresse vierge* : « La femme dont on ne jouit pas est celle que l'on aime./Délicatesse esthétique, hommage idolâtrique des blasés. » (Pl. I, p. 597), et *Portraits de maîtresses* (*Le Spleen de Paris*, Pl. I, p. 347).
2. Manuscrit : « Dans la bête assoupie un ange se réveille. » Sous cette forme, plus nette était l'allusion à la célèbre pensée de Pascal (« L'homme n'est ni ange ni bête, et le malheur veut que qui veut

faire l'ange fait la bête », fr. 678, éd. Lafuma, Le Seuil, 1963), citée encore dans *Le Poème du hachisch* (Pl. I, p. 409).

3. Manuscrit : « Ainsi, Forme divine, Être lucide et pur, ».

4. Cf. *Le Flambeau vivant*, v. 9 à 11 (p. 91).

5. Cf. la pièce XLII, v. 11 (p. 90).

Page 94. XLVII. *Harmonie du soir*.

1. Ce poème est un *pantoum* irrégulier (voir la définition du *pantoum* par Banville, dans son *Petit Traité de poésie française*, et notamment la nécessité que le premier vers soit repris en conclusion de la dernière strophe), construit sur seulement deux rimes, cette gageure n'entrant pas dans la définition stricte du genre ; sur ce genre, d'origine malaise, acclimaté en France sous le nom de *pantoum* — notamment par Hugo (« *Nourmahal la rousse* », dans *Les Orientales* de 1829, comme le souligne F. Leakey (« Pour une étude chronologique des *Fleurs du Mal* : « *Harmonie du soir* », *Revue d'histoire littéraire de la France*, avril-juin 1967) —, et avec bien des déformations, voir B. de Cornulier, « Métrique des *Fleurs du Mal* », dans les actes du colloque *Baudelaire* [...] *L'intériorité de la forme*, 1989, p. 68 à 70, 75. On notera qu'Asselineau, ami de Baudelaire, avait composé un *pantoum* en 1850 (P.). Le mot « harmonie », typiquement romantique (on songera aussi bien à Lamartine ou à Fourier qu'à Liszt, et notamment à la 11e des *Etudes d'exécution transcendante*, intitulée « *Harmonies du soir* »), peut renvoyer le lecteur à « l'unité " mystique " du monde » (P.), aussi bien qu'à sa musicalité latente, et en attente d'expression.

2. La rime « encensoir »/« soir » peut venir aussi bien de Lamartine que de Hugo, de Gautier ou de Vigny (cinquième strophe de *La Maison du Berger*) (C.B.).

3. Cf. le « vertige éprouvé au sein de la nature » (« Notes diverses sur *L'Art philosophique* », Pl. II, p. 607), mais aussi le « Vertige » du poème suivant (v. 13-14).

4. Cf. *Moesta et errabunda* (p. 108, v. 23) ; dans le *Choix de maximes consolantes sur l'amour*, il était question de poètes « que le violon déchire comme une lame qui touche le cœur » (Pl. I, p. 546).

5. Autel élevé dans la rue, lors de la procession du Saint-Sacrement, à la Fête-Dieu.

6. Cf., dans le *Salon de 1846*, la « sanglante harmonie » qui « éclate à l'horizon » quand « le grand foyer descend dans les eaux » (Pl. II, p. 423), et *Les Petites Vieilles*, v. 50-51 (p. 133).

7. Objet d'orfèvrerie, destiné à exposer l'hostie.

Page 94. XLVIII. *Le Flacon*.

1. Texte de 1857 : « Sentant l'odeur d'un siècle, arachnéenne et noire, / On trouve un vieux flacon jauni qui se souvient, ».

2. Dans un passage de *Mon cœur mis à nu* (VIII, Pl. I, p. 681), Baudelaire s'interroge : « Où sont nos amis morts ? [...] Le nombre des âmes est-il fini ou infini ? », mettant ces questions (et d'autres) au rang « des choses qui devraient exciter la curiosité des hommes

au plus haut degré ». Cf., à propos de Poe, l'éloge de sa « préoccupation de tous les sujets réellement importants, et *seuls* dignes de l'attention d'un homme *spirituel :* [...] sciences conjecturales, espérances et calculs sur la vie ultérieure, [...] » (Pl. II, p. 289). — On notera également le rôle joué ici par la mémoire involontaire, comme dans *Le Parfum* (*Un fantôme*, p. 87) (P.).

3. Préoriginale de 1857 : « Vers un gouffre où l'air est plein de parfums humains ; ».

4. Allusion à l'*Evangile selon saint Jean* (XI, 39) : Marthe dit de Lazare, avant que Jésus ne le ressuscite, qu'il sent (c'est-à-dire qu'il pue) déjà. Cf., à propos de Guys, les remarques sur « une contention de mémoire résurrectionniste, évocatrice, une mémoire qui dit à chaque chose : " Lazare, lève-toi ! " », et, dans la phrase suivante, la présence du mot « fantôme » (Pl. II, 699).

5. Passage rapproché par Ch. Mauron (*Le Dernier Baudelaire*, Corti, p. 78) du *Vieux Saltimbanque* (*Le Spleen de Paris*, XV, Pl. I, p. 297).

6. *Aimable :* digne d'être aimée, au sens étymologique. Cette expression semble se rapporter au « vieil amour ranci, charmant et sépulcral » du v. 20 (C.B.).

7. Cf. la pièce suivante ; « l'amour est un poison, comme le vin et l'opium. [...] sa virulence ne pardonne pas et ronge l'âme qui s'est abandonnée à son ivresse » (A.). On notera, dans cette perspective, que le mot « liqueur » est précisément celui qui est employé dans la première page de *Du vin et du hachisch* (Pl. I, p. 377).

Page 95. XLIX. *Le Poison.*

1. Décor antique comparable dans *La Vie antérieure* (p. 68, 1re strophe).

2. Dans *Du vin et du hachisch* (Pl. I, p. 379), Baudelaire évoque, à propos du vin, des « spectacles », « illuminés par le soleil intérieur ». On se souvient que toute une section des *Fleurs du Mal* est dévolue au vin (p. 149 et suiv.). Voir aussi *Le Poème du hachisch*, Pl. I, p. 403, p. 433 ; un passage d'une étude sur Poe (Pl. II, p. 318).

3. Voir *Un mangeur d'opium* (Pl. I, p. 476). Dans une lettre à A. Fraisse, en août 1860, Baudelaire définit l'usage de la drogue comme « une orgie spirituelle continuée » (C.B.).

4. C'était la couleur des yeux de Marie Daubrun.

5. Cf. la fin du *Serpent qui danse* (p. 79).

6. Rapproché par A. Pizzorusso (*Sedici commenti* [...], ouvr. cité, p. 88-89) d'un passage de *Fusées* (III, 3, Pl. p. 651) sur la « petite mort ».

Page 96. L. *Ciel brouillé.*

1. Cf. la première strophe de *L'Invitation au voyage*, p. 89. Cf. aussi, dans le *Salon de 1846*, à propos de Théodore Rousseau, une remarque sur ses « couchers de soleil singuliers et trempés d'eau » (Pl. II, p. 484).

Page 97. LI. *Le Chat.*

1. Poème sans doute inspiré par le chat de Marie Daubrun, et à rapprocher des autres *Chats* (p. 84, 97).

2. Cf. pièce VII, p. 65, n. 4.

3. Cf. le v. 6 de *Harmonie du soir* (p. 94), et, dans une étude sur Poe, la référence, plus morbide ou maladive, aux « cordes d'un instrument » (Pl. II, p. 317).

4. Possible allusion à la religion égyptienne : le chat était l'animal sacré de la déesse Bastet.

5. Cf. *Le Flambeau vivant*, p. 91, v. 2.

Page 98. LII. *Le Beau Navire.*

1. Epreuve, en 1857 : « Je veux te raconter, pour que tu les connaisses. »

2. Comparaison analogue, dans la septième strophe du *Serpent qui danse* (p. 79). Cf. un passage de *Fusées* (XV. Pl. I, p. 664), où Baudelaire reconnaît dans un bateau en mouvement un être « compliqué, mais eurythmique », dont le « charme infini et mystérieux [...] tient [...] à la régularité et à la symétrie [...] et [...] à la multiplication successive et à la génération de toutes les courbes et figures imaginaires opérées dans l'espace par les éléments réels de l'objet ». Voir aussi, dans *Le Peintre de la vie moderne,* des remarques sur la « grâce mystérieuse et complexe » d'un navire ou d'un carrosse (Pl. II, p. 724), ainsi qu'un passage de l'étude de 1861 sur Hugo (Pl. II, p. 135).

3. Epreuve, en 1857 : « Ta gorge calme et fière est une belle armoire. » Baudelaire s'est-il souvenu de Scève, et de son *Blason de la gorge* (1550) où il est question d' « un armoire sacré » (Fongaro, ouvr. cité, p. 71-72) ?

4. Allusion mythologique à un exploit d'Hercule enfant, que la déesse Héra avait tenté de faire étouffer dans son berceau par deux serpents.

Page 99. LIII. *L'Invitation au voyage.*

1. Titre peut-être inspiré de l'*Invitation à la valse* de Weber (P.). Poème à rapprocher de son doublet en prose (*Le Spleen de Paris,* Pl. I, p. 301), où l'allusion à la Hollande est plus explicite : ce pays était alors à la mode (C.B.), et Baudelaire a pu se souvenir des *Observations sur la Hollande* de Bernardin de Saint-Pierre (A.). Baudelaire semble adapter ici des vers de Stace (*Ad Claudiam uxorem, Sylves,* III, 5) : « Là règne une paix sans alarmes, une vie de doux loisirs, un repos sans trouble » (C.B.). Cf. la mention de Stace dans la « Note sur les plagiats », p. 245. Leakey (1969, p. 241, n. 1) suggère que les premiers vers peuvent s'inspirer également de Toussenel, que Baudelaire connaissait, et qui, dans *Le Monde des oiseaux,* second volume (1855), écrit : « L'Amérique du Nord est le seul pays de la terre où la femme soit reine ! C'est là qu'il faut aimer, c'est là qu'il faut mourir. »

2. Voir la première strophe de *A celle qui est trop gaie,* p. 196, et un commentaire d'un poème de P. Dupont : « Grâce à une

opération d'esprit toute particulière aux amoureux quand ils sont poètes, ou aux poètes quand ils sont amoureux, la femme s'embellit de toutes les grâces du paysage [...] » (Pl. II, p. 174).

3. Cf. *Ciel brouillé*, p. 96, et un passage de *La Fanfarlo* : « sa tristesse rayonnait d'espérance comme un soleil mouillé » (Pl. I, p. 563).

4. Cf. le passage sur le « *rêvoir* », le « domicile idéal » qu'inspirait à Baudelaire la *Philosophie d'ameublement* de Poe (Pl. II, p. 290) ; *La Mort des amants*, p. 179.

5. Cf. le projet d'Epilogue (p. 247, v. 30). L'hyacinthe est une pierre fine, de couleur jaune ou brun orangé tirant sur le rouge ; cette couleur nous paraît plus vraisemblable ici que celle, d'un « bleu tirant sur le violet », que désigne ce mot dans la Bible (*Exode*, XXIV, 4 ; *Nombres*, IV, 11), selon le *Trésor de la langue française*.

6. Cf. les remarques sur le lien entre poésie lyrique et l'« apothéose », « mélange de gloire et de lumière », que lui inspirent les poèmes de Banville (Pl. II, p. 165), et dans le *Salon de 1846*, cette felouque qui « se repose dans un grand port, où circule et nage toute la lumière de l'orient » (Pl. II, p. 485).

Page 100. LIV. *L'Irréparable*.

1. Titre en 1855 : « A la Belle aux cheveux d'or » : Marie Daubrun avait joué le rôle du même nom dans une féerie tirée du conte de Mme d'Aulnoy, en 1847 et en 1853. On y voyait un traître satanique, damné et dominé par son mauvais génie, qui ne pouvait témoigner son amour à la Belle qu'en la persécutant. Il meurt sous la dent des bêtes, sans avoir pu se repentir (C.B.) : on songera à ces « quelques décors de théâtre, où je trouve artistement exprimés et tragiquement concentrés mes rêves les plus chers » (*Salon de 1859*, Pl. II, p. 668). — Le titre, à rapprocher de *L'Irrémédiable* (p. 111), emploie un adjectif qui reparaît dans *Un mangeur d'opium* (Pl. I, p. 507) : « Dans le spirituel non plus que dans le matériel, rien ne se perd. De même que toute action, lancée dans le tourbillon de l'action universelle, est en soi irrévocable et irréparable, [...] de même toute pensée est ineffaçable » (cité par C.B.).

2. Cf. le dernier vers de *Remords posthume* (p. 83).

3. Voir note précédente.

4. Dans la féerie, le traître s'écrie : « Mais pour moi l'espérance est morte », et la Belle, qui se demande quelle route suivre, se réfugie dans une maison où les diables vont éteindre les lumières (C.B.).

5. Cf. *L'Avertisseur* (p. 234).

6. *Monument* est sans doute à prendre dans le sens ancien de « tombeau » (cf. *Remords posthume*, p. 73, v. 2). On rapprochera les deux vers suivants de *Bribes*, v. 48-49 (p. 245).

7. Baudelaire semble avoir confondu dans son souvenir (ou volontairement ?) le rôle de Marie Daubrun (dont le costume était richement doré, avec de longues manches de gaze) avec celui de la Fée des Roseaux, qui intervient à la fin de la pièce pour triompher du traître et rendre la Belle à son prince charmant (voir P.).

Page 102. LV. *Causerie.*

1. Cf. *Semper eadem,* p. 89, v. 1-2.

Page 102. LVI. *Chant d'automne.*

1. Cf. le second quatrain et le premier tercet de *De profundis clamavi* (p. 81) (A.).

2. L. Cellier (« Baudelaire et *Marion de Lorme* », dans *Balzac and the Nineteenth Century. Studies in French Literature presented to H. J. Hunt,* Leicester U. P., 1972, p. 314) voit ici un souvenir de l'acte V, sc. 6 du drame de Hugo : « Saverny : — Qu'est ce bruit ? / Didier : — C'est l'échafaud qu'on dresse, ou nos cercueils qu'on cloue. »

3. Allusion à la couleur des yeux de Marie Daubrun (C.B.), à qui ce poème était dédié en 1859.

4. Texte de 1859 : « Et rien, même l'amour, la chambre étroite et l'âtre, / Ne vaut l'ardent soleil rayonnant sur la mer. »

Page 103. LVII. *A une Madone.*

1. Baudelaire mêle ici « trois types de Vierges espagnoles » : la figure « hiératique », l'Immaculée « avec le croissant de lune et le serpent sous les pieds », et la Vierge des douleurs, « aux sept glaives » (P. Guinard, cité dans P.). Cf. aussi *Fusées,* XII (Pl. I, p. 661) : « L'Espagne met dans la religion la férocité naturelle de l'amour. »

2. Allusion biblique : l'Eternel « s'est enveloppé de la jalousie comme d'un manteau » (*Isaïe,* LIX, 17) (A.).

3. Cf. *Correspondances,* v. 13 (p. 62).

4. Jeu sur le prénom de Marie Daubrun.

Page 105. LVIII. *Chanson d'après-midi.*

1. Seul poème des *Fleurs du Mal* en heptasyllabes.

Page 106. LIX. *Sisina.*

1. Théroigne de Méricourt (1762-1817) avait monté les escaliers des Tuileries à la tête des émeutiers, lors de la journée du 20 juin 1792. Elle est évoquée par Michelet dans son *Histoire de la Révolution française,* et par Lamartine dans son *Histoire des Girondins* (P.). Baudelaire a pu s'inspirer d'un dessin de Raffet (reproduit dans l'édition Pommier-Pichois, p. 472). Sur ce singulier personnage, voir E. Roudinesco, *Théroigne de Méricourt,* Le Seuil, 1989.

2. Allusion à Elisa Neri, actrice, et peut-être espionne, qui était une amie de Mme Sabatier (voir J. Ziegler, *Gautier, Baudelaire, un carré de dames (Pomaré, Marix, Bébé, Sisina),* Nizet, 1978). A l'origine du rapprochement avec Théroigne de Méricourt, il y a sans doute cette scène, rapportée par Baudelaire à Mme Sabatier dans une lettre du 2 mai 1858, où l'on voit « Mme Nieri » qui « s'élanc[e], elle et ses jupes, dans le grand escalier » d'un hôtel. Le manuscrit précise : « C'est la Dame qui boit de l'eau de Van Swiéten [médication antisyphilitique] à la santé d'Orsini [auteur d'un attentat contre Napoléon III]. » Elisa Neri est probablement la « belle aventurière » qu'évoque Baudelaire dans un de ses « cane-

vas » (Pl. I, p. 595-596). Il l'évoque, avec Amina Boschetti, dans une note de *Pauvre Belgique !* (Pl. II, p. 820).

Page 106. LX. *Franciscae meae laudes.*

1. Sous-titre en 1857 et 1866 : « Vers composés pour une modiste érudite et dévote. » Note de l'édition de 1857 :

« Ne semble-t-il pas au lecteur, comme à moi, que la langue de la dernière décadence latine, — suprême soupir d'une personne robuste, déjà transformée et préparée pour la vie spirituelle, — est singulièrement propre à exprimer la passion telle que l'a comprise et sentie le monde poétique moderne ? La mysticité est l'autre pôle de cet aimant dont Catulle et sa bande, poètes brutaux et purement épidermiques, n'ont connu que le pôle sensualité. Dans cette merveilleuse langue, le solécisme et le barbarisme me paraissent rendre les négligences forcées d'une passion qui s'oublie et se moque des règles. Les mots, pris dans une acception nouvelle, révèlent la maladresse charmante du barbare du nord agenouillé devant la beauté romaine. Le calembour lui-même, quand il traverse ces pédantesques bégaiements, ne joue-t-il pas la grâce sauvage et baroque de l'enfance ? »

Dans *Baudelaire, la femme et Dieu,* 1982, p. 60-61, P. Emmanuel montre comment sont ici reprises, et parodiées, des expressions du *Stabat Mater,* du *Dies Irae,* du *Veni sancte Spiritus,* etc.

LOUANGES DE MA FRANÇOISE

Je te chanterai sur des cordes nouvelles,
Ô ma bichette qui te joues
Dans la solitude de mon cœur.

Sois parée de guirlandes,
Ô femme délicieuse
Par qui les péchés sont remis !

Comme d'un bienfaisant Léthé,
Je puiserai des baisers de toi
Qui es imprégnée d'aimant.

Quand la tempête des vices
Troublait toutes les routes,
Tu m'es apparue, Déité,

Comme une étoile salutaire
Dans les naufrages amers...
— Je suspendrai mon cœur à tes autels !

Piscine pleine de vertu,
Fontaine d'éternelle jouvence,
Rends la voix à mes lèvres muettes !

Ce qui était vil, tu l'as brûlé ;
Rude, tu l'as aplani ;
Débile, tu l'as affermi.

Dans la faim mon auberge,
Dans la nuit ma lampe,
Guide-moi toujours comme il faut.

Ajoute maintenant des forces à mes forces.
Doux bain parfumé
De suaves odeurs !

Brille autour de mes reins,
Ô ceinture de chasteté,
Trempée d'eau séraphique ;

Coupe étincelante de pierreries,
Pain relevé de sel, mets délicat,
Vin divin, Françoise.

(Trad. J. Mouquet)

Page 108. LXI. *A une dame créole.*

1. Poème inspiré par Mme Autard de Bragard, qui avait reçu Baudelaire à l'île Maurice. Titre en 1845 : *A une créole.*

2. Manuscrit, 1841 : « J'ai vu dans un retrait de tamarins ambrés » ; préoriginale, 1845 : « J'ai vu sous un grand dais de tamarins ambrés, » ; 1857 : « J'ai connu sous un dais d'arbres verts et dorés ».

Page 108. LXII. *Mœsta et errabunda.*

1. « Triste et vagabonde. »

2. Souvenir du « *Sonnet imité de Wordsworth* », dans les *Consolations* de Sainte-Beuve : « Et l'orgue immense où gronde un tonnerre éternel » (C.B.).

3. Epreuve de 1857 : « Les violons mourant derrière les collines ».

Page 109. LXIII. *Le Revenant.*

1. Cf. *A celle qui est trop gaie*, v. 25 à 28 (p. 109) (C.B.).

Page 110. LXIV. *Sonnet d'automne.*

1. Texte de 1859 : « un soleil hivernal,/O ma si pâle, ô ».

2. Cette « Marguerite » reste mystérieuse. Possible allusion au *Faust* de Goethe (C.B.), éventuellement relayé par un poème de Gautier dans *La Comédie de la mort* (A.).

Page 110. LXV. *Tristesses de la lune.*

1. A. cite un poème d'Esquiros où se trouve la même rime « pâle/opale ». Cf. surtout la première strophe du *Vin du solitaire* (p. 154) ; *Le Jet d'eau* (p. 203) ; *La Lune offensée* (p. 236), *Les Bienfaits de la lune* (*Le Spleen de Paris*, XXXVII, Pl. I, p. 341).

2. Cf. *Lesbos*, v. 17 à 20 (p. 190).

Page 111. LXVI. *Les Chats.*

1. L'Erèbe, fils du Chaos, frère de la Nuit, est aussi père du Styx et des Parques. La tournure « prendre pour » est ambiguë : s'agit-il d'une méprise de l'Erèbe, ou, plus probablement, d'un choix qu'eût pu faire ce dernier ?

2. Cf. le second *Spleen*, v. 22 (p. 116) ; la pièce XXVII, v. 11 (p. 78) ; *La Beauté*, v. 5 (p. 71).

3. Cf. *Femmes damnées*, v. 37 (p. 192).

Page 111. LXVII. *Les Hiboux.*

1. Texte de 1851 : « rangés/Comme des idoles de jais, ».

2. La leçon pascalienne du poème (cf. *La Solitude*, *Le Spleen de Paris*, Pl. I, p. 314) est d'autant plus probable que, comme l'observe Ph. Sellier (« Pour un Baudelaire et Pascal », dans le colloque *Baudelaire. [...] L'intériorité de la forme*, 1989, p. 15, n. 2), Baudelaire reprend, dans le premier tercet, un texte altéré, celui de l'édition Bossut des *Pensées* (1779) : « De là vient que les hommes aiment le bruit et le tumulte [au lieu de « remuement »] du monde. »

Page 112. LXVIII. *La Pipe.*

1. Ce poème semble une réponse à Balzac, dont les théories sur l'hygiène propre à l'homme de lettres n'étaient pas inconnues de Baudelaire (cf. Gr. Robb, *Baudelaire lecteur de Balzac*, Corti, 1988, p. 51, 65 à 67). Dans la *Nouvelle théorie du déjeuner*, Balzac considère le fait de fumer comme « une dégradation intellectuelle », et la pipe comme « la méditation matérielle d'un sot » (cité par R. Vivier, 1926, p. 261-262). Voir aussi la quatrième section du *Traité des excitants modernes* (1839), sans doute lu par Baudelaire en avril 1852, dans la *Revue de Paris* (cf. P.-G. Castex, *Horizons romantiques*, ouvr. cité, p. 260, n. 21), où Balzac note : « On ne s'était jamais douté des jouissances que devait procurer l'état de cheminée », et commente les effets du *houka*, déjà rencontré dans *Au Lecteur*, v. 38 : « la vie est légère, l'intelligence est claire, la grise atmosphère de la pensée devient bleue ». De son côté Baudelaire s'interroge, à propos de Poe, sur « l'immense consommation de tabac que fait la nouvelle littérature » (Pl. II, p. 272).

2. *Cafrine :* féminin du mot « Cafre », qui désigne une tribu africaine. L'Abyssinie est l'ancien nom grec de l'Ethiopie.

3. Allusion probable à La Fontaine (*La Mort et le bûcheron*) (C.B.).

4. Mot repris dans *Le Portrait* (v. 47, p. 88) et dans *Tout entière* (v. 11, p. 89).

Page 112. LXIX. *La Musique.*

1. Baudelaire a traduit ces lignes de De Quincey, dans *Un mangeur d'opium* : « Beaucoup de gens demandent quelles sont les idées positives contenues dans les sons ; ils oublient, ou plutôt ils ignorent que la musique, de ce côté-là parente de la poésie, représente des sentiments plutôt que des idées » (Pl. I, p. 467). Cl.

Pichois observe qu'une première lecture de l'œuvre de De Quincey peut remonter aux années 1840-1845 (Pl. I, p. 1362).

2. Cf. La lettre à Wagner du 17 février 1860, qui parle d'une « volupté vraiment sensuelle, et qui ressemble à celle de monter dans l'air ou de rouler sur la mer » (A.). Sur la mer, cf. *Mon cœur mis à nu,* XXX (Pl. I, p. 696); sur la musique, la « sensation multipliée » et le « vagabondage », cf. *ibid.*, XXXVIII, p. 701 ; sur la musique et « l'idée de l'espace », *ibid.*, XXXIX, p. 702, et l'essai sur Wagner (Pl. II, p. 785).

3. Texte de 1857 · « dans un pur éther, ».

4. 1857 : « La poitrine en avant et gonflant mes poumons/De toile pesante,/Je monte et je descends sur le dos des grands monts/ D'eau retentissante ; ».

5. Cf. *Fusées,* XV (Pl. I, p. 663-664), où un vaisseau est comparé à un « être vaste, immense, compliqué, mais eurythmique, [...] souffrant et soupirant tous les soupirs et toutes les ambitions humaines ».

Page 113. LXX. *Sépulture*.

1. Epreuve de 1857 : *Sépulcre* ; édition de 1868 : *Sépulture d'un poète maudit*.

Page 113. LXXI. *Une gravure fantastique*.

1. Poème inspiré par une gravure tirée d'un dessin de J. Mortimer, *Death on a Pale Horse* (œuvre elle-même inspirée de l'*Apocalypse,* VI, comme le signale P.); voir l'édition Pommier-Pichois, p. 165. Il en existe deux autres versions manuscrites, sans titre :

[I]

Le spectre a pour toute toilette
Sur son front luisant de squelette
Un noir diadème de vers
Gentiment posé de travers.
Lariflaflafla
Larifla fla fla
Lariflafla fla.

Sa monture apocalyptique
Est un cheval épileptique
Qui va reniflant les corps morts
Et galope toujours sans mors
Larifla fla fla.
Larifla fla fla
Larifla fla fla.

Le cavalier porte à sa selle
Une ténébreuse escarcelle.
C'est là qu'il met tous les petits

Livrés à ses fiers appétits.
Larifla fla fla
Larifla fla fla
Larifla fla fla

[II]

Ce fantôme de squelette
N'a pour toute toilette
Qu'un diadème de vers
Posé tout de travers
Larifla fla fla
Larifla fla fla
Larifla fla fla

Sa monture fantastique,
Jument épileptique
Va reniflant les morts,
Et galope sans mors.
Larifla flafla
Larifla fla fla.
Larifla fla fla.

Le spectre porte à sa selle
Une vieille escarcelle
Où il met les petits
Pour ses grands appétits.
Larifla fla fla.
Larifla fla fla
Larifla fla fla.

2. Préoriginale de novembre 1857 : « Un triste cimetière à l'immense horizon/Où grouillent, aux clartés d'un soleil froid et terne, ».

Page 114. LXXII. *Le Mort joyeux*.
1. Titre de 1851 : *Le Spleen*. Sur le sens de ce mot, voir p. 105, n. 1 (p. 293).

Page 114. LXXIII. *Le Tonneau de la Haine*.
1. Dans la mythologie grecque, les Danaïdes (filles du roi Danaos), ayant tué leurs époux le soir de leurs noces, furent condamnées à verser éternellement de l'eau dans un tonneau sans fond. — Ce souvenir scolaire a pu se mêler à une réminiscence littéraire : dans *Stello*, Vigny parle de l' « enfer » où se trouve un

assassin : « Dans son chagrin mélancolique et dans sa rage, il s'épuise à remplir une sorte de tonneau de sang percé par le fond » (C.B.).

2. Texte de 1851 : « Et pour les resaigner galvaniser leurs corps. » Le mot « galvaniser » fait allusion précisément au phénomène, découvert par le physicien Galvani en 1780, de la contractilité électrique des tissus organiques, et notamment au fait qu'on peut ainsi provoquer des mouvements convulsifs sur un cadavre, peu de temps après la mort. C. B. rapprochent le vers d'un passage de la *Pharsale* de Lucain (VI, v. 507 à 831), où une sorcière thessalienne saigne des cadavres pour ressusciter un mort.

3. Serpent à sept têtes de la mythologie grecque, que tua Héraclès dans le marais de Lerne.

Page 115. LXXIV. *La Cloche fêlée.*

1. Titre de 1851 : *Le Spleen.* Le titre définitif, et quelques éléments du poème, semblent venir d'une pièce de Gautier, dans *La Comédie de la Mort* : il y est question de « cloches fêlées », de « voix de morts » et de « râlements ».

2. Cf. le « gosier de métal », au v. 14 de *L'Horloge* (p. 122).

Page 115. LXXV. *Spleen.*

1. Titre de 1851 : *Le Spleen.* Ce mot anglais, dérivé du nom grec de la rate, où les médecins antiques voyaient le siège de la mélancolie, est apparu en français dans la seconde moitié du XVIIIe siècle, chez Diderot, Voltaire, Delille. Il est d'emploi fréquent à l'époque de Chateaubriand. Littré le définissait ainsi : « une forme de l'hypochondrie, consistant en un ennui sans cause, en un dégoût de la vie », et Baudelaire lui-même semble entériner cette définition médicale dans une lettre à sa mère de février ou mars 1861. C. B., qui citent cette lettre, indiquent aussi que l'usage littéraire du mot se trouve déjà chez des romantiques mineurs comme Pétrus Borel (le « spleen » de Passereau dans *Champavert*), Barbier (le poème intitulé « *Le Spleen* », dans *Lazare*), O'Neddy (cf. « *Spleen* » dans *Feu et Flamme*, cité par R. Vivier, 1926, p. 246).

2. Mois du calendrier républicain (du 21 janvier au 19 février), situé entre Nivôse et Ventôse. Ce calendrier a été supprimé en 1806.

3. Cf. *La Fanfarlo* (Pl. I, p. 574) : lors d'une tempête, « la mortalité s'abattait joyeusement sur les hôpitaux » (C. B.).

4. Texte de 1851 : « Mon chien sur ».

5. On a rapproché ce quatrain de poèmes de Saint-Amant (*Les Visions, Pétarade aux rondeaux*) (A. ; P.) : il y est question d'un « chien maigre et noir » (voir la variante du v. 5), l'« âme » d'un « aïeul » s'y présente au poète, et on y voit des « chats grondans par les gouttières ».

6. *Bourdon :* grosse cloche.

7. *Hydropique :* l'hydropisie est un épanchement de liquide séreux dans les cavités du corps.

Page 116. LXXVI. *Spleen.*

1. Titre corrigé sur épreuves en 1857 : *Le Spleen.*
2. Cf. *Les Ténèbres,* v. 1 (p. 86).
3. Cf. *Remords posthume,* v. 14 (p. 83).
4. Cf., dans une esquisse autobiographique : « ENFANCE : Vieux mobilier Louis XVI, antiques, consulat, pastels, société dix-huitième siècle » (Pl. I, p. 784).
5. Epreuve de 1857 : « Respirent le relent d'un », corrigé en : « Hument le vieux parfum d'un ».
6. Cf. *Le Flacon* (p. 94).
7. Correction demandée à l'éditeur en avril 1857 : « L'ennui, fils de » devient « L'ennui, fruit de ».
8. 1857 : « immortalité,/Et change lentement la matière vivante/ En un granit muet, entouré d'épouvante, » ; texte corrigé sur épreuve.
9. 1857 : « En un sphinx ignoré du monde curieux, » ; corrigé d'abord, sur épreuve, en : « — En un sphinx ignoré du monde insoucieux, », puis corrigé en : « — Un vieux sphinx ignoré du monde insoucieux, » (édition originale de 1857).
10. Baudelaire mêle et déforme — sans doute consciemment — deux références à l'antiquité égyptienne : ce n'était pas le Sphinx, mais la statue de Memnon qui chantait, au lever du soleil.

Page 116. LXXVII. *Spleen.*

1. Titre corrigé sur épreuves en 1857 : *Le Spleen.*
2. Possible souvenir du *Roi solitaire* de Gautier, dans *España* (A.), qui vit « cloîtré » dans son « âme profonde », sans pouvoir sentir « la chaleur de la vie ». Ce « roi » peut aussi rappeler l'image donnée de Charles IX ou de Louis XIII dans des drames romantiques de Dumas, Hugo ou Vigny, et plus précisément naître d'un amalgame entre le roi Louis XIII et Didier, le poète maudit, dans *Marion de Lorme* (L. Cellier, « Baudelaire et *Marion de Lorme* », dans *Balzac and the Nineteenth Century. Studies in French Literature presented to H. J. Hunt,* ed. D. G. Charlton, J. Gaudon, A. R. Pugh, Leicester U.P., 1972, p. 317 à 319). Le thème du prince qui s'ennuie sera repris dans *Une mort héroïque* (*Le Spleen de Paris,* P. I, p. 319).
3. 1857 : « ce royal malade » ; texte corrigé sur épreuve avant l'originale.
4. *Souris* : voir *Les Phares,* v. 6 (p. 64).
5. Cf. *Le Tonneau de la Haine,* v. 7-8 (p. 114).
6. Fleuve de l'oubli, dans les Enfers gréco-romains. Baudelaire lui emprunte le titre d'un poème (p. 195).

Page 117. LXXVIII. *Spleen* (titre sur épreuves de 1857).

1. « Et poussent vers le ciel un long gémissement, » (épreuve de 1857).
2. Transformation du cliché « sans tambour ni trompette » (P.).
3. Epreuve de 1857 : « — Et de grands corbillards, sans tambour ni musique, /Passent en foule au fond de mon âme ; et l'Espoir/

Fuyant vers d'autres cieux, l'Angoisse despotique » ; texte de l'originale de 1857 : « — Et d'anciens corbillards, sans tambours ni musique,/Défilent lentement dans mon âme ; et, l'Espoir/Pleurant comme un vaincu, l'Angoisse despotique ».

Page 118. LXXIX. *Obsession.*

1. Autres emplois de ce terme par Baudelaire : Pl. I, p. 596, 631 ; F. II, p. 336. Dans le sens de « vision » ou de « hantise », ce mot est rare avant 1857, selon le *Grand Robert de la langue française.*

2. Image comparable dans la lettre à F. Desnoyers (fin 1853-début 1854) : « Dans le fond des bois, enfermé sous ces voûtes semblables à celles des sacristies et des cathédrales, [...] ». Cf. le passage célèbre du *Génie du christianisme* (III, 1, 8) qui a peut-être aussi inspiré le début de *Correspondances,* où il est question des « forêts » comme des « premiers temples », du « temple gothique » où l'on imite, par « l'orgue et le bronze suspendu », le « bruit des vents et du tonnerre, qui roule dans les profondeurs des bois » (C.B.). Voir un autre passage de cette œuvre (V, 5 ; cité par Fongaro, ouvr. cité, p. 16-17), où l'image est inversée, puisque la nature est comparée, avec « les obscures colonnades de ses forêts », à « un temple antique ». Sur Baudelaire lecteur de Chateaubriand, voir l'article précité de J.-Cl. Berchet.

3. Cf. *De profundis clamavi* (p. 81).

4. Reprise d'une formule d'Eschyle (*Prométhée enchaîné,* v. 89-90) sur le « rire innombrable des flots marins », que Baudelaire voulait mettre en épigraphe. Cf. p. 256, la « Note sur les plagiats ». Voir aussi *L'Homme et la mer* (p. 69), la deuxième strophe de *Moesta et errabunda* (p. 98), et le passage, cité par Leakey (1969, p. 284, n. 3) du texte sur Wagner, où l'ouverture du *Vaisseau fantôme,* entendue en janvier ou février 1860 (les deux manuscrits connus d'*Obsession* datent aussi de février 1860), lui semble « lugubre et profonde comme l'Océan, le vent et les ténèbres » (Pl. II, p. 805). On notera aussi que, quelques pages plus haut, Baudelaire disait des « poèmes » de Wagner qu'ils « font rêver à la majesté de Sophocle et d'Eschyle » (*ibid.*, p. 791).

5. Cf. *Les Ténèbres,* v. 5-6 (p. 86), et *Un mangeur d'opium* (Pl. I, p. 480) (A.).

6. Cf. *Correspondances,* dernier vers, et des remarques sur le regard des portraits (*L'Amour du mensonge,* v. 8, p. 142 ; *Le Peintre de la vie moderne,* Pl. II, p. 720). Cf. aussi *Le Portrait* (p. 88).

Page 118. LXXX. *Le Goût du néant.*

1. Cf. le projet de Préface, p. 257.

2. Texte de 1859 : « Le Temps descend sur moi minute par minute, ».

Page 119. LXXXI. *Alchimie de la douleur.*

1. Cf. *Au Lecteur,* 3e strophe (p. 55).

2. Roi de Phrygie, qui avait obtenu d'un dieu le pouvoir de changer en or tout ce qu'il toucherait. Affamé et assoiffé, il dut

demander à perdre ce privilège. Ce souvenir mythologique a pu être ravivé par la lecture de De Quincey (cf. *Un mangeur d'opium*, Pl. I, p. 480) (C.B.).

3. Cf. le dernier vers de l'ébauche d'Epilogue (p. 247).

4. Cf. *Horreur sympathique*, v. 11 (p. 119).

Page 119. LXXXII. *Horreur sympathique*.

1. Cf. l'« Horreur de la vie » dont parle un passage de *Mon cœur mis à nu*, XL (Pl. I, p. 703). Ce titre semble formé sur le modèle d'expressions de la médecine d'alors, comme « affection, trouble sympathique » : il s'agissait d'« affections ayant des sièges différents, mais liées l'une à l'autre » (P. Larousse, *Grand Dictionnaire universel du XIXe siècle*). Mais l'adjectif renvoie surtout aux sens complexes du mot « sympathie », qui relève à la fois de l'esthétique — « sympathie » des cordes à l'unisson, ou, comme écrit ailleurs Baudelaire, « loi sympathique » qui associe les touches d'un tableau (*Salon de 1859*, Pl. II, p. 626) — et de la spéculation romantique sur le poète, « homme sympathique », aux « facultés sympathiques » (Ballanche et Fourier, cités par Br. Juden, *Traditions orphiques* [...] *dans le romantisme français*, ouvr. cité, p. 389, 291, mais aussi Sainte-Beuve, cité par A., p. 264, n. 5, pour qui l'artiste, qui a « reçu en naissant la clef des symboles et l'intelligence des figures », « assiste au jeu invisible des forces et sympathise avec elles comme avec des âmes ») en relation privilégiée avec l'univers « harmonieux et sympathique » (Esquiros, cité par Br. Juden, p. 411), avec un monde conçu selon les lois de la « sympathie universelle », puissance organisatrice en laquelle Schlegel par exemple repensait la mystique de l'*éros* d'un Marsile Ficin (cf. A. Schlagdenhauffen, *Fr. Schlegel et son groupe (1798-1800)*, Les Belles Lettres, 1934, p. 257-259), et qui fait qu'un être n'existe qu'en relation avec le tout, par une liaison organique. Cette « sympathie » joue entre l'objet perçu et l'être qui perçoit, et le *Dictionnaire de l'Académie*, en 1835, observe que « sympathique » se dit « de ce qui appartient à la cause et aux effets de la sympathie ». Un passage du *Choix de maximes consolantes sur l'amour* permet de comprendre la « sympathie » par les « correspondances » : « Votre maîtresse, la femme de votre ciel, vous sera suffisamment indiquée par vos sympathies naturelles, vérifiées par Lavater, par la peinture et la statuaire » (Pl. I, p. 547).

2. Cf. le « ciel chagrin » de Delacroix (*Les Phares*, v. 31 (p. 55), le ciel des gravures de Méryon, « brumeux, chargé de colère et de rancune » (*Peintures et aquafortistes*, Pl. II, p. 741) et une remarque de *Fusées*, VI (Pl. I, p. 653) sur le « ciel tragique ».

3. Sans doute au sens de « libre penseur », « incroyant » : cf. *Le Couvercle*, v. 12 (p. 235).

4. Ce poète latin, favori de l'empereur Auguste, avait été exilé loin de Rome, au bord du Pont-Euxin (ses plaintes composent les recueils des *Tristes* et des *Pontiques*). Baudelaire songe aussi à un tableau de Delacroix, *Ovide chez les Scythes*, qu'il avait commenté dans le *Salon de 1859* (Pl. II, p. 635-636).

5. Possible influence des œuvres de Boudin (*ibid.*, Pl. II, p. 665-666), mêlée aux souvenirs de l'opium (P.).

6. Cf. *Spleen*, v. 17 (p. 117).

Page 120. LXXXIII. *L'Héautontimorouménos.*

1. Titre emprunté à une comédie de Térence : « Le Bourreau de soi-même », probablement par le relais de J. de Maistre (3e Entretien des *Soirées de Saint-Pétersbourg*, selon C.B.) : « tout méchant est un *Héautontimorouménos* ». — Ce texte semble correspondre à la fin d'un projet de poème, initialement destiné à faire pendant au prologue *Au Lecteur*, « joli feu d'artifice de monstruosités », « adressé à une dame », et ainsi résumé dans une lettre à V. de Mars du 7 avril 1855 : « Laissez-moi me reposer dans l'amour. — Mais non, — l'amour ne me reposera pas. — La candeur et la bonté sont dégoûtantes. — Si vous voulez me plaire et rajeunir les désirs, soyez cruelle, menteuse, libertine, crapuleuse, et voleuse ; — et si vous ne voulez pas être cela, je vous assommerai, sans colère. Car je suis le vrai représentant de l'ironie, et ma maladie est d'un genre absolument incurable. »

2. Dédicace qui est aussi celle des *Paradis artificiels*. Elle demeure mystérieuse.

3. Cf. cette définition du « vice » comme « dissonance », « outrage à l'harmonie » (*Etudes sur Poe*, Pl. II, p. 334).

4. On retrouve ce lien entre « miroir » et « ironie » dans « Portraits de maîtresses » (*Le Spleen de Paris*, XLII, Pl. I, p. 348).

5. Cf., dans les *Etudes sur Poe*, cette remarque sur la « Perversité naturelle, qui fait que l'homme est sans cesse et à la fois homicide et suicide, assassin et bourreau » (Pl. II, p. 323) ; une note de *Mon cœur mis à nu*, I (Pl. I, p. 676) : « Il serait peut-être doux d'être alternativement victime et bourreau » ; une lettre à sa mère du 11 septembre 1856, à propos de Jeanne Duval : « Je me suis amusé à martyriser et j'ai été martyrisé à mon tour » ; un passage de *Pauvre Belgique !* (Pl. II, p. 961) qui élargit la réflexion au plan politique, — et rappelle le « monstre délicat » qui « rêve d'échafauds » dans *Au Lecteur* (v. 38-39, p. 55). Signalons enfin qu'A. Fongaro, à la suite de R. Vivier, rappelle (ouvr. cité, p. 50) ces vers de *Feu et Flamme* d' O'Neddy : « Ose à la fois être le juge, / La victime et l'exécuteur » *(Nuit quatrième)*.

6. Cf. *Le Vampire* (p. 82), où le « couteau » reparaît.

7. Probable allusion au *Melmoth* de Maturin, où il est écrit que la « nature de vampire se trahit notamment à ce qu'il ne peut pas sourire » (C.B.).

Page 121. LXXXIV. *L'Irrémédiable.*

1. Cf. *Un mangeur d'opium* (Pl. I, p. 490) : « Il y a des situations éternelles ; et tout ce qui a rapport à l'irrémédiable, à l'irréparable, rentre dans cette catégorie. »

2. Vers à rattacher aux spéculations gnostiques, que Baudelaire n'ignorait pas, selon lesquelles la matière et le mal sont nés d'une chute de Dieu dans le multiple. Cf. *Mon cœur mis à nu*, XX (Pl. I,

p. 688). Baudelaire s'écarterait ainsi de l'« *ex nihilo* de la *Genèse* », comme le remarque l'édition Crépet-Blin des *Journaux intimes* (Corti, 1949).

3. Thème romantique, que celui de l'ange qui s'incarne par excessive pitié pour l'humanité : Lamartine *(La Chute d'un ange)* ; Vigny *(Eloa)* (C.B. ; P.).

4. Rapproché par A. d'un conte de Poe, *Le Puits et le pendule*, dans les *Nouvelles Histoires extraordinaires*.

5. Probable souvenir du *Manuscrit trouvé dans une bouteille* de Poe (C.B.).

6. *Fortune* : au sens latin de « sort », « destin ».

7. Cf. le v. 15 de *L'Héautontimorouménos*, p. 120.

8. Ce vers peut désigner le caractère satanique de la conscience de soi, ou, plus probablement, désigner ce qui éclaire, rend clair le charme de la perversion, des plaisirs coupables (cf. C.B.). A. propose le commentaire suivant : « l'existence, c'est le Mal » ; « dans cette existence, qui est chute et ténèbres, qui est le Mal, brille une lumière, la Conscience. C'est-à-dire que l'homme n'est pas seulement dans la condition d'exister, mais qu'il se voit exister. L'existence est sa condition, mais elle est aussi objet de sa connaissance. Et voilà le *tête-à-tête* dont parle Baudelaire ».

9. Cf. cette note, à propos des *Liaisons dangereuses* : « Le mal se connaissant était moins affreux et plus près de la guérison que le mal s'ignorant » (Pl. II, p. 68) (P.).

Page 122. LXXXV. *L'Horloge*.

1. Ce titre fait écho à celui, semblable, d'un poème de Gautier, dans *España*, où l'on trouve notamment la même métaphore des « cœurs criblés, comme dans une cible », où « tremblent les traits lancés par l'archer invisible » (texte reproduit en entier dans P.).

2. Plutôt qu'à la « Sylphide » de Chateaubriand, évoquée, comme le rappellent C.B., dans *La Chambre double* (*Le Spleen de Paris*, Pl. I, p. 281), on songera éventuellement au ballet romantique *La Sylphide* (1832), dans lequel, pour la première fois, fut employé le célèbre tutu en mousseline blanche. Cf. *Sur les débuts d'Amina Boschetti*, v. 9, p. 225. Dans *Les Dons des fées* (*Le Spleen de Paris*, Pl. I, p. 307), Baudelaire range les Sylphides parmi « ces déités impalpables, amies de l'homme, et souvent contraintes de s'adapter à ses passions ».

3. Expression employée dans *Le Poème du hachisch* (Pl. I, p. 423) (C.B.).

4. Ce mot apparaît dans *Les Horloges*, poème en prose de J. Lefèvre-Deumier, dont A. Fongaro (ouvr. cité, p. 33 à 35, p. 44, n. 6) rappelle que Baudelaire connaissait sans doute le recueil, intitulé *Le Livre du promeneur ou les Mois et les Jours* (Amyot, 1854).

Page 127. LXXXVI. *Paysage*.

1. Titre en novembre 1857 : *Paysage parisien*. C'est aussi le titre d'un chapitre de *Splendeurs et misères des courtisanes* (A.).

2. *Eglogues :* poésies pastorales ou champêtres, dans la littérature romaine.

3. Texte de novembre 1857 : « Leurs chants mélodieux emportés ».

4. *Idylle :* poème voisin de l'églogue, avec une tendance plus descriptive (en grec : « petit tableau »).

5. Texte de novembre 1857 : « Et l'émeute aura beau tempêter à ma vitre, / Je ne lèverai pas le front de mon pupitre, / Et je ne bougerai plus de l'antique fauteuil, / Où je veux composer pour un jeune cercueil / (Il faut charmer les morts dans leurs noires retraites) / De doux vers tout fumants comme des cassolettes. » Possibles allusions à la mort, survenue en 1846, de son ami le peintre Deroy, et à la révolution de 1848, ou au coup d'Etat du 2 décembre (C.B., A., P.). Dans *Mélancolie et opposition* (Corti, 1987, p. 132), R. Chambers voit ici une réplique « ironique » à Gautier, qui écrivait en 1852 une « préface » à *Emaux et Camées* où il se comparait à Goethe écrivant *Le Divan occidental* pendant les guerres de l'Empire : « Sans prendre garde à l'ouragan / Qui fouettait mes vitres fermées, / Moi, j'ai fait *Emaux et Camées.* »

Page 128. LXXXVII. *Le Soleil.*

1. Cf. le poème de jeunesse *Tous imberbes alors...* (Pl. I, p. 206, v. 9-10) où apparaît le lien (et la rime) entre « rimes » et « escrimes » ; *Le Vin des chiffonniers* (v. 6, p. 152) ; un passage de *Du vin et du hachisch* (Pl. I, p. 381) : un chiffonnier y « but[e] sur les pavés, comme les jeunes poètes qui passent toute leur journée à errer et à chercher des rimes » ; une remarque sur l' « escrime » de Guys (Pl. II, p. 693) ; l'escrime, métaphore de l'esprit créateur, revient à propos de Flaubert, le Vavasseur, Delacroix (Pl. II, p. 80, 180, 766).

2. Cf. *L'Idéal*, v. 5 (p. 72).

Page 128. LXXXVIII. *A une mendiante rousse.*

1. Titre de 1851-1852 : *La Robe trouée de la mendiante rousse.* Poème inspiré par une jeune chanteuse des rues, peinte par E. Deroy (reproduction dans l'édition Pommier-Pichois, p. 191). Cf. une odelette de Banville, dans *Les Stalactites*, intitulée *Colombine à la rue. A une petite chanteuse des rues* (texte reproduit dans Delabroy, 1987, p. 265-266). Poème inspiré sans doute de *La Belle Gueuse* de Tristan L'Hermite (voir le texte dans P.), et de Ronsard *(Ode à la fontaine Bellerie, Ode de l'élection de son sépulcre).* Le manuscrit (texte reproduit dans P.) fait apparaître nettement ce qu'était au départ ce poème : un pastiche plein d'archaïsmes.

2. *Cothurne :* dans l'Antiquité, chaussure montante, à semelle de bois très épaisse, de rigueur pour le théâtre tragique ; ici, simplement, et par extension, chaussure lacée jusqu'à mi-mollet.

3. *Roué :* au XVIIIe siècle, « débauché » ; par extension, « rusé ».

4. Rémi Belleau (1528-1577), poète de la Pléiade.

5. *Déduit :* aux XVIe et XVIIe siècles, occupation procurant du plaisir ; ici, sens érotique.

6. *Gueuser :* mendier (archaïsme).

7. Restaurant réputé du Palais-Royal, qui existe depuis la fin du XVIIIe siècle.

Page 130. LXXXIX. *Le Cygne.*

1. Ce poème accompagnait le 7 décembre 1859 une lettre à Hugo où Baudelaire déclarait notamment, à propos de « [s]on petit symbole » : « Voici des vers faits pour vous et en pensant à vous. [...] Les imperfections seront retouchées plus tard. Ce qui était important pour moi, c'était de dire vite tout ce qu'un accident, une image, peut contenir de suggestions, et comment la vue d'un animal souffrant pousse l'esprit vers tous les êtres que nous aimons, qui sont absents et qui souffrent, vers tous ceux qui sont privés de quelque chose d'irretrouvable. » Hugo répondit, le 18 décembre, en reconnaissant que le *Cygne* « est une idée », avec des « profondeurs », des « abîmes », qu'on « entrevoit dans vos vers pleins d'ailleurs de frissons et de tressaillements. *La muraille immense du brouillard, la douleur, comme une bonne louve,* cela dit tout, et plus que tout ». (Lettre publiée par V. et Cl. Pichois dans *Lettres à Charles Baudelaire,* Neuchâtel, A la Baconnière, 1973, p. 189-190 ; texte repris dans P.) — G. Bernardelli a montré, dans « *Le Cygne* : Baudelaire tra Virgilio e Chateaubriand » (*Ævum,* septembre-décembre 1976, p. 625 à 633) ce que ce poème semble devoir au *Génie du christianisme,* Ire partie, livre V, ch. XIV, « Instinct de la patrie », où se retrouvent l'exil, la nostalgie du pays natal, Virgile, Andromaque, le Simoïs et la négresse.

2. Au chant III de l'*Enéide* (v. 300 et suiv.), Virgile évoque Andromaque qui, veuve du Troyen Hector et captive en Epire, se rendait devant le cénotaphe de son époux pour le pleurer, « dans un bois sacré sur les bords d'un cours d'eau qui imitait le Simoïs » (fleuve de la plaine troyenne). Baudelaire traduit ici librement le latin *falsi Simoentis ad undam.* Cette dernière expression était placée en épigraphe dans la préoriginale de janvier 1860. Cf. la « Note sur les plagiats », p. 256. Voir L. Nelson, « Baudelaire and Virgil : A Reading of *Le Cygne* », *Comparative Literature,* XII, 4, 1961, p. 332 à 345.

3. Allusion aux travaux qui, de 1849 à 1852, détruisirent le quartier du Doyenné, et donc les vieilles rues qui, séparant le Louvre du palais — alors existant — des Tuileries, débouchaient sur la place où se trouve encore maintenant l'arc de triomphe du Carrousel.

4. Synonyme de « poussière », en style noble.

5. Allusion au début des *Métamorphoses* (v. 84-85) (C. B.), que Baudelaire traduit dans *Fusées,* III (Pl. I, p. 651) : « le visage humain, qu'Ovide croyait façonné pour refléter les astres » (P.).

6. Cf. le ciel « muet » du projet [II] d'Epilogue, v. 16, p. 249, et le ciel « ironique » (*Quelques caricaturistes français,* Pl. II, p. 554).

7. *Superbe :* au sens latin d' « orgueilleux ».

8. Cf. Virgile : « *Me famulam famuloque Heleno transmisit habendam* ». Hélénus, comme Andromaque, était esclave de Pyrrhus.

9. Cf. les derniers vers de *A une Malabaraise* (p. 220).

10. Allusion à la légende de la fondation de Rome et à la louve qui nourrit Romulus et Rémus.

Page 132. XC. *Les Sept Vieillards*.

1. On connaît sept versions de ce poème. Nous n'en donnons ici que la première (pour plus de détails, voir Cl. Pichois et F. Leakey, *Etudes baudelairiennes*, III, Neuchâtel, À La Baconnière, 1973, p. 264 et suiv.).

Fantômes parisiens

Fourmillante cité ! cité pleine de rêves !
Les fantômes le jour raccrochent le passant ;
Les [mystères] mystères partout coulent comme des sêves
Dans les canaux étroits du colosse puissant.

(quelle aurore !
Un matin [quel matin] ! et quelle triste rue !
Les maisons dont la brume augmentait la hauteur
Simulaient les deux quais d'une rivière accrue ;
Sombre décor semblable à l'âme de l'acteur,

Le brouillard sale et jaune inondait tout l'espace),
Je suivais, raidissant mes nerfs comme un héros
Et discutant avec mon âme déjà lasse,
Le faubourg secoué par les lourds tombereaux.

Tout à coup un vieillard dont les guenilles jaunes
Imitaient la couleur de ce ciel pluvieux,
Et dont l'habit aurait fait pleuvoir les aumones
Sans la méchanceté qui luisait dans ses yeux,

M'apparut. On eut dit sa prunelle trempée
Dans du fiel ; son regard redoublait les frimas,
Et sa barbe à longs poils, raide comme une épée,
Se projetait, pareille à celle de Judas.

Il n'était pas vouté, mais cassé, son échine
Faisant avec sa jambe un parfait angle droit,
Si bien que son bâton, parachevant sa mine,
Lui donnait la tournure et le pas maladroit

D'un quadrupède infirme ou d'un Juif à trois pattes.
Dans la neige et la boue il allait s'empêtrant,
Comme s'il écrasait des morts sous ses savates,
Hostile à l'univers plutôt qu'indifférent.

Son pareil le suivait ; barbe, œil, dos, bâton, loques,
Nul trait ne distinguait, du même enfer venu,

Ce jumeau centenaire ; et ces spectres baroques
Marchaient du même pas vers un but inconnu.

Aux complots des Démons étais-je donc en butte ?
Ou quel méchant hazard ainsi m'humiliait ?
Car je comptai sept fois, de minute en minute,
Ce vieillard monstrueux qui se multipliait !

Que celui-là qui rit de mon inquiétude,
Et qui n'est pas saisi d'un frisson fraternel,
Songe bien que, malgré tant de décrépitude,
Tous ces monstres avaient l'air moins vieux qu'éternel !

Une angoisse me prit en songeant au huitième !
Au neuvième ! au possible, au probable, au fatal !
Je voulus fuir ce père éternel de soi-même,
Et je tournai le dos au cortège infernal.

Exaspéré comme un ivrogne qui voit double,
Je rentrai, je fermai ma porte, épouvanté,
Malade et morfondu, l'esprit hagard et trouble,
Blessé par le mystère et par l'absurdité !

Ma raison vainement réclamait son empire ;
La fièvre en se jouant abattait ses efforts,
dansait,
Et mon âme dansait, [toujours], comme un navire
Sans mats, sur une mer indomptable et sans bords.

2. Baudelaire écrit à Victor Hugo en septembre 1859 : « Les vers que je joins à cette lettre se jouaient depuis longtemps dans mon cerveau. » Il déclare, au même moment à Poulet-Malassis : « Je lui [Hugo] dédie les deux *fantômes parisiens*, et la vérité est que, dans le deuxième morceau [*Les Petites Vieilles*], j'ai essayé d'imiter sa manière. » Un fragment de lettre à J. Morel, en 1859, précise : « C'est le premier numéro d'une nouvelle série que je veux tenter, et je crains bien d'avoir simplement réussi à dépasser les limites assignées à la Poésie. » Hugo répondit, le 7 octobre, à propos des deux poèmes à lui dédiés : « Vous allez en avant. Vous dotez le ciel de l'art d'on ne sait quel rayon macabre. Vous créez un frisson nouveau. » Dans ce poème, Baudelaire recourt à ce qu'il nomme, à propos de Goya, « les hyperboles de l'hallucination » (Pl. II, p. 568, 573). Rappelons que Baudelaire s'intéressait aux travaux du psychiatre — de tendance spiritualiste — Brierre de Boismont, qui avait publié en 1845 *Des Hallucinations* (cf. *Fusées*, IX, Pl. I, p. 656), et qu'il avait déjà réfléchi à la question dans *Le Poème du hachisch* (Pl. I, p. 420). Dans une lettre à Sainte-Beuve du 26 mars 1856, il définissait le recours aux « hallucinations, maladies mentales, grotesque pur, surnaturalisme » comme du fantastique « relevé ». Dès 1855, Baudelaire songeait à écrire une nouvelle

fantastique : il déclarait à Buloz, dans une lettre du 13 juin : « le fantastique devient pour moi un terrain solide ».

3. Depuis le Moyen Age, Judas est couramment représenté avec une barbe, quoique le *Nouveau Testament* soit muet sur ce point. Et l'association, au v. 25, de Judas et du Juif errant (voir n. 4) était traditionnelle dans des légendes qui en faisaient des « symboles associés du mal et de la souffrance » (A. Avni, « *Les Sept Vieillards*, Judas and the Wandering Jew », *Romance Notes*, XVI, 3, printemps 1975, p. 590-591).

4. Allusion à la légende — très populaire à l'époque romantique — du Juif errant, condamné à ne pas mourir et à errer jusqu'au jour du Jugement dernier, pour avoir refusé au Christ de se reposer sur son banc, lors de la montée au Calvaire. Cf. G.K. Anderson, *The Legend of the Wandering Jew*, Providence, 1965 ; E. Knecht, *Le Mythe du Juif errant*, Presses universitaires de Grenoble, 1977. M.-Fr. Rouart, *Le Mythe du Juif errant dans les littératures européennes du XIXe siècle*, Corti, 1988.

5. Cf. la Beauté « qui marche sur des morts » (*Hymne à la Beauté*, v. 13, p. 74).

6. Baudelaire ajoute, à propos de l'épisode du Malais, dans *Un mangeur d'opium*, que cet homme « comme l'espace, comme le temps, [...] s'était multiplié » (Pl. I, 483). On notera que Baudelaire s'intéresse à De Quincey vers 1857 (Pl. I, 1363, 1364, 1366), et que les manuscrits connus des *Sept vieillards* datent de 1859.

7. Oiseau mythique de l'antiquité gréco-romaine, qui renaissait de ses cendres.

8. *Morfondu :* possible archaïsme, au sens de « pénétré d'humidité, transi de froid », que Baudelaire avait pu noter dans « Le Clair de lune », pièce V du livre III de *Gaspard de la nuit* (1841) d'A. Bertrand (auquel on sait qu'il s'est intéressé au début de 1861, et sans doute avant cette date, puisque ses premières tentatives de poèmes en prose remontent à 1855).

9. *Gabarre :* bateau pour le transport des marchandises.

Page 133. XCI. *Les Petites Vieilles*.

1. Voir le poème précédent. C.B., et, plus précisément P. et L. Cellier (*Baudelaire et Hugo*, Corti, 1970, p. 198 à 203), montrent l'influence de *Fantômes*, des *Orientales*. Baudelaire avait écrit à Hugo : « Le second morceau a été fait *en vue de vous imiter* [...] après avoir relu quelques-unes des pièces de vos recueils, où une charité si magnifique se mêle à une familiarité si touchante. J'ai vu quelquefois dans les galeries de peintures de misérables rapins qui copiaient les ouvrages des maîtres. Bien ou mal faites, ils mettaient quelquefois dans ces imitations, à leur insu, quelque chose de leur propre nature, grande ou triviale. Ce sera peut-être [...] l'excuse de mon audace. » Sur les « vieilles femmes », C.B. citent un texte de 1851 où Baudelaire affirme son « irrésistible sympathie » pour « ces êtres qui ont beaucoup souffert par leurs amants, leurs maris, leurs enfants, et aussi par leurs propres fautes ». Voir aussi une remarque de *Pauvre Belgique !* (Pl. II, p. 870) sur « la vieille femme », « l'être

sans sexe, qui a ce grand mérite [...] d'attendrir l'esprit sans émouvoir les sens » ; les poèmes en prose *Le Désespoir de la vieille* et *Les Veuves* (*Le Spleen de Paris*, II, XIII, Pl. I, p. 277 et 292). Cf. aussi Pl. I, p. 590 : « Une petite vieille qu'on suit ».

2. Eponine, femme d'un Gaulois révolté contre Rome, le cacha et le nourrit, et refusa de lui survivre quand il fut découvert et condamné à mort. Laïs est le nom porté par plusieurs courtisanes de l'antiquité grecque.

3. Note manuscrite de Baudelaire : « Le rébus n'est pas de mon invention. Il y a dans le journal de La Mésangère [*Journal des dames et des modes*, que Baudelaire cherchait à consulter en février 1859, comme l'indique P.] des gravures de mode où le réticule est orné de rébus brodés. »

4. Au sens étymologique : « faible ».

5. Terme musical, à l'origine : « non accordé ».

6. Cf. *Le Cygne*, v. 47 (p. 130).

7. Jardin, salle de bal et salon de jeu, sis rue de Richelieu, et disparu en 1836.

8. Prêtresse vierge de la déesse romaine Vesta.

9. Muse de la comédie.

10. Célèbre lieu de plaisir, rue Saint-Lazare, puis rue de Clichy (voir Pl. II, p. 1429), encore cité dans *Le Peintre de la vie moderne* (Pl. II, p. 719).

11. Monstre ailé, mi-cheval mi-griffon.

12. P. rappelle l'acception théologique du mot : « mise à l'épreuve ».

13. Cf. *Le Cygne*, v. 4 (p. 130).

14. Cf. *Harmonie du soir*, v. 12 (p. 94).

15. « Le vertige senti dans les grandes villes est analogue au vertige éprouvé au sein de la nature. — Délices du chaos et de l'immensité » ([Notes diverses sur *L'Art philosophique*], Pl. II, p. 607) ; cf. aussi des remarques sur les eaux-fortes de Whistler (*Peintres et aquafortistes*, Pl. II, p. 740).

16. A. rapproche ce vers du célèbre prologue composé par Balzac pour *Facino Cane*. Cf. surtout *Les Foules* (*Le Spleen de Paris*, Pl. I, p. 291).

17. Strophe supprimée pour une publication en 1863. P. suggère que Baudelaire a pu songer aux réactions de sa famille.

Page 136. XCII. *Les Aveugles*.

1. Cf. *Le Cygne*, v. 25 (p. 130).

2. Texte de 1860 : « tu chantes et tu beugles, / Cherchant la jouissance avec férocité, / — Moi, je me traîne aussi, mais, ».

Page 137. XCIII. *A une passante*.

1. Cf. la « fastueuse crinoline » qu'évoque le *Salon de 1859* (Pl. II, p. 679).

2. A rapprocher de l'esthétique du croquis et de l'esquisse, de l'instantané, formulée à propos de Guys dans *Le Peintre de la vie moderne* (Pl. II, notamment p. 699-700) (A., P.). Dans cette

perspective, qui établit un lien avec le rôle de la mémoire, voir la variante, n. 3.

3. Texte de 1860 : « m'a fait souvenir et renaître, ».

Page 137. XCIV. *Le Squelette laboureur.*

1. Sur le goût baudelairien du squelette, voir le *Salon de 1859* (Pl. II, p. 677-678), et *Danse macabre* (p. 140).

2. Baudelaire peut songer ici à l'illustration d'un livre de Vésale (*De humani corporis fabrica*) ; gravure reproduite dans l'édition Pommier-Pichois, p. 207. E. Crépet, cité par A., indique que Baudelaire s'intéressait alors aux gravures macabres de l'Ecole allemande.

3. Cf. *La Rançon* (p. 219).

4. Cf. *L'Irrémédiable*, v. 29 (p. 121).

Page 138. XCV. *Le Crépuscule du soir.*

1. Au XIXe siècle, le mot « crépuscule » désigne indifféremment la lumière qui précède le lever du soleil, ou celle qui persiste après son coucher. Titre de 1851-1852 : *Les deux crépuscules de la grande ville/Le matin/[...]/Le soir.* Jusqu'à l'édition de 1857 incluse, ce poème ne fut pas disjoint de son pendant (voir p. 147). Voir aussi le poème en prose qui porte le même titre (*Le Spleen de Paris*, Pl. I, p. 311). Baudelaire écrivait de ces poèmes, dans une lettre à F. Desnoyers de la fin 1853 ou du début 1854, qu'ils « représentent à peu près la somme des rêveries dont [il est] assailli aux heures crépusculaires ».

2. C.B. citent ce passage du septième Entretien des *Soirées de Saint-Pétersbourg*, de J. de Maistre : « La nuit est une complice naturelle constamment à l'ordre de tous les vices. »

3. L'image des « rideaux du ciel » qui se « ferment » reparaît dans *Un peintre de la vie moderne* (Pl. II, p. 693) (A.).

4. Cf. *La Fin de la journée* (p. 180), *L'Examen de minuit* (p. 237), *A une heure du matin* (*Le Spleen de Paris*, Pl. I, p. 287), et le passage précité, n. 3, du *Peintre de la vie moderne*.

5. Cf. le poème suivant.

6. Cf. *Recueillement*, p. 235.

Page 139. XCVI. *Le Jeu.*

1. Poème inspiré sans doute par une estampe, décrite au début de *Quelques caricaturistes modernes* (Pl. II, p. 544-545) (C.B.) ; gravure reproduite dans l'édition Pommier-Pichois, p. 211. Cf. *Fusées*, Pl. I, 654, 660, et les [Titres et canevas], Pl. I, p. 592.

Page 140. XCVII. *Danse macabre.*

1. Baudelaire écrit à Calonne, le 1er janvier 1859 : « Vous verrez [...] le soin que j'ai pris de me conformer à l'ironie criarde des anciennes *Danses macabres* et des images allégoriques du moyen âge » ; Baudelaire précise, dans une lettre du 11 février 1859 : « *Danse macabre* n'est pas une personne, c'est une allégorie [...]. Allégorie archi-connue, qui veut dire : *le train de ce monde conduit*

par la Mort ». Cette même année (lettre à Nadar du 16 mai), Baudelaire lit l'*Essai historique, philosophique et pittoresque sur les danses des morts* d'E. H. Langlois (1851). Cf. *Salon de 1859*, Pl. II, p. 652.

2. Cf. *Le Masque*, p. 73, et, dans le *Salon de 1859* (Pl. II, p. 679), la description en prose de cette statue.

3. *Ruche* : bande d'étoffe plissée, qui décore un corsage.

4. *Lazzi* : plaisanteries, moqueries (terme de théâtre).

5. Texte de 1859 : « — Charme de ce néant follement attifé, ». Le verbe *attifer* est familier. Baudelaire l'emploie déjà en 1848, en parlant de la douleur « attifée de rubans et de bariolages » (à propos des *Contes* de Champfleury, Pl. II, p. 21).

6. Cf. *Une martyre*, v. 40, p. 159.

7. *Bayadère* : danseuse sacrée de l'Inde.

8. « *Gouge* est un excellent mot, mot unique, mot de vieille langue, [...] mot contemporain des *danses macabres*. UNITE DE STYLE, primitivement, *une belle gouge* n'est qu'une belle femme ; postérieurement, la gouge, c'est la courtisane qui suit l'armée [...]. Or, la Mort n'est-elle pas la Gouge qui suit en tous lieux la *Grande Armée universelle*, et n'est-elle pas une courtisane dont les embrassements sont *positivement irrésistibles* ? Couleur, antithèse, métaphore, tout est exact » (lettre à Calonne, 11 février 1859). Baudelaire emploie encore ce mot dans le v. 53 de *Bribes* (p. 245), et dans le *Salon de 1859* (Pl. II, p. 651).

9. Jeune homme efféminé (allusion à l'entourage de Henri III).

10. Jeune Grec, favori de l'empereur romain Hadrien.

11. Lovelace : héros d'un roman de Richardson, *Clarissa Harlowe* ; par extension, séducteur. Baudelaire le qualifie, dans la lettre précitée n. 8, de « presque un substantif de conversation ».

12. Ambiguïté fondée sur un archaïsme : « branle » désigne aussi une danse (P.).

13. Allusion probable au Jugement dernier (cf. *Idéolus*, v. 381, Pl. I, p. 625 ; *L'Imprévu*, v. 44, 49, p. 218).

Page 142. XCVIII. *L'Amour du mensonge.*

1. Titre de 1860 : *Le Décor*. Le manuscrit et la préoriginale portent en épigraphe cette citation de l'*Athalie* de Racine : « Même, elle avait encor cet éclat emprunté/Dont elle eut soin de peindre et d'orner son visage/Pour réparer des ans l'irréparable outrage. »

2. Cf. *Le Voyage*, v. 50 (p. 182) ; *Danse macabre*, v. 13 (p. 140) ; *Les Yeux de Berthe*, v. 9 (p. 204) ; un passage du *Poème du hachisch*, Pl. I, p. 430.

3. Texte de 1860 : « Le souvenir divin, antique et lourde tour ». Baudelaire commente ainsi son vers (lettre à Calonne, mi-mars 1860) : « Le mot *royale* facilitera pour le lecteur l'intelligence de cette métaphore qui fait du souvenir une Couronne de tours. »

4. Autre commentaire de Baudelaire (lettre précitée) : « L'amour (sens et esprit) est niais à vingt ans, et il est *savant* à quarante. »

5. Cf. *Les Yeux de Berthe*, 2ᵉ strophe (p. 204).

Page 143. XCIX.

1. Baudelaire écrit à sa mère, le 11 janvier 1858 : « Vous n'avez donc pas remarqué qu'il y avait dans *Les Fleurs du Mal* deux pièces vous concernant, ou du moins allusionnelles à des détails intimes de notre ancienne vie, de cette époque de veuvage qui m'a laissé de singuliers et tristes souvenirs, — l'une : *Je n'ai pas oublié, voisine de la ville*... (Neuilly [actuellement 81 ou 83, avenue de Neuilly, précise P.]), et l'autre qui suit : *La servante au grand cœur dont vous étiez jalouse*... (Mariette) ? J'ai laissé ces pièces sans titres et sans indications claires parce que j'ai horreur de prostituer les choses intimes de famille. » Dans une autre lettre, du 6 mai 1861, il note : « Ah ! ç'a été pour moi le bon temps des tendresses maternelles. »

2. Epreuve de 1857 : « — Et les soleils le soir, orangés et superbes, / Qui, derrière la vitre où se brisaient leurs gerbes, / Semblaient, au fond du ciel en témoins curieux, [...] silencieux, /Et versait largement ses beaux reflets ».

Page 143. C.

1. Mariette (cf. pièce précédente, n. 1). Elle apparaît dans *Hygiène* (Pl. I, p. 673), et dans *Mon cœur mis à nu*, XXV (Pl. I, p. 693). Voir aussi *La Fanfarlo* (Pl. I, p. 466) (P.).

2. Dans tous ces vers semblent se mêler l'influence de Hugo (*La Prière pour tous*, dans *Les Feuilles d'automne*), celle de Gautier (*La Comédie de la mort*) (C.B.), et une allusion au comportement de Mme Aupick, qui ne s'était guère souciée d'assurer à François Baudelaire, son premier mari, une sépulture définitive et convenable (P.).

Page 144. CI. *Brumes et pluies*.

1. Epreuve de 1857 : « O nuits d'automne ».

2. Epreuve de 1857 : « d'un vaste tombeau. » ; originale de 1857 : « d'un brumeux tombeau. »

3. Cf. *L'Idéal*, v. 11 (p. 72).

4. L. Cellier (« Baudelaire et *Marion de Lorme* », dans *Balzac and the Nineteenth Century* [...], ouvr. cité, p. 316) observe que Baudelaire utilise ici un vocabulaire et des rimes qui semblent empruntés aux propos tenus par Didier (acte V, sc. 3).

Page 145. CII. *Rêve parisien*.

1. Le « rêve, qui sépare et décompose, crée la *nouveauté* » (lettre à Calonne de mars 1860, citée par P.). « Il faut vouloir et savoir rêver » (*Hygiène*, Pl. I, p. 671-672). Dans le *Salon de 1846*, Baudelaire fait l'éloge du « paysage de fantaisie, qui est l'expression de la rêverie humaine, l'égoïsme humain substitué à la nature » (Pl. II, p. 480). Poème à rapprocher de deux passages des *Etudes sur Poe* (Pl. II, p. 318, 320), qui évoquent les visions suscitées par l'opium ; d'un passage d'*Un mangeur d'opium* (Pl. I, p. 482) ; d'*Anywhere out of the world* (*Le Spleen de Paris*, Pl. I, p. 356). On a aussi suggéré des souvenirs plastiques (H. E. Kendall, *Composition architecturale*, évoquée dans le *Salon de 1859* (Pl. II, p. 609), ou

littéraires et plastiques à la fois : la description par Gautier, dans *Une nuit de Cléopâtre* (1838), d'un tableau de J. Martin, *Belshazzar's Feast* (Leakey, 1969, p. 170, n. 3).

2. L'œuvre de C. Guys (1805-1892) fait l'objet de développements célèbres dans *Le Peintre de la vie moderne*. Une lettre à Poulet-Malassis du 13 mars 1860 indique que le seul point commun entre le poème et le dédicataire est que ce dernier, « comme le poète de la pièce, [...] *se lève généralement à midi* ».

3. Manuscrit : « De ce fastueux paysage ».

4. Manuscrit : « Et, peintre ivre de ».

5. Fleuve de l'Inde. L'image néo-classique de l' « urne », au vers suivant, apparaissait déjà dans le premier *Spleen*, v. 2 (p. 115).

6. Cf. *La Chambre double* (*Le Spleen de Paris*, V, Pl. I, p. 180), et un passage du *Poème du hachisch* sur la « hideuse nature, dépouillée de son illumination de la veille » (Pl. I, p. 437).

Page 147. CIII. *Le Crépuscule du matin*.

1. Voir *Le Crépuscule du soir*, p. 138.

2. *Diane :* batterie de tambour au lever du jour.

3. Cf. le poème *Tous imberbes alors...*, v. 33 (Pl. I, p. 207).

4. Cf. *Au Lecteur*, v. 1 (p. 55).

5. Archaïsme, pour désigner l'accouchement d'une femme.

6. Texte de 1851-1852 : « Un brouillard glacial baignait ».

7. *Travaux :* cf. *Lesbos*, v. 32, p. 190.

8. Cf. *Recueillement*, v. 10, p. 235.

Page 151. CIV. *L'Ame du vin*.

1. Titre en 1850 : *Le Vin des honnêtes gens*. Voir *Du vin et du hachisch*, publié en 1851 (Pl. I, p. 377 et suiv.). Le premier vers est cité par Banville en épigraphe à sa *Chanson du vin* [septembre 1844], dans *Les Stalactites* (1846).

2. Texte de 1850 : « Le soir, l'âme du vin chante dans ».

3. Texte jusqu'en 1853 : « Et sa poitrine honnête est une chaude tombe ».

4. Comparaison peut-être empruntée au *Psaume* CIV, 15 (J. Pommier, *Dans les chemins de Baudelaire*, 1945, p. 103).

5. Texte de 1850 : « ambroisie,/Comme le grain fécond tombe dans le sillon,/Et de notre union naîtra la poésie/Qui montera vers Dieu comme un grand papillon ! ». Le mot « ambroisie » était aussi employé au v. 24 de *Bénédiction* (p. 59).

Page 152. CV. *Le Vin des chiffonniers*.

1. Poème peut-être inspiré par une anecdote d'époque : un chiffonnier livrait chaque soir, après boire, des combats imaginaires dans le faubourg du Temple (A., P.). Possible influence de Daumier, et de Traviès, dont il parle dans *Quelques caricaturistes français* (A.). — On lira ci-après les deux principaux états antérieurs de ce poème, le premier manuscrit, le second publié le 15 novembre 1854.

Manuscrit

Au fond de ces quartiers sombres et tortueux,
Où vivent par milliers des ménages frileux,
Parfois, à la clarté sombre des réverbères,
Que le vent de la nuit tourmente dans leurs verres,
On voit un chiffonnier qui revient de travers,
Se cognant, se heurtant, comme un faiseur de Vers,
Et libre, sans souci des patrouilles funèbres,
Seul épanche son âme au milieu des ténèbres.

Un régiment se meut à ses regards trompés,
Et lui, jette aux échos des mots entrecoupés,
Tels que ceux que vaincu par la mort triomphante
L'Empereur exhalait de sa gorge expirante.
Oui, ces gens tout voûtés sous le poids des débris
Et des fumiers infects que rejette Paris,
Harassés et chargés de chagrins de ménage,
Moulus par le travail et tourmentés par l'âge,
Ont une heure nocturne, où pleins d'illusions,
Et l'esprit éclairé d'étranges visions,
Ils s'en vont, parfumés d'une odeur de futailles,
Commandant une armée et gagnant des batailles,
Et jurant qu'ils rendront toujours leur peuple heureux.
Mais nul n'a jamais vu les hauts faits glorieux,
Les triomphes bruyants, les fêtes solennelles,
Qui s'allument alors au fond de leurs cervelles,
Plus belles que les Rois n'en rêveront jamais.

C'est ainsi que le vin règne par ses bienfaits,
Et chante ses exploits par le gosier de l'homme.
Grandeur de la bonté de celui que tout nomme,
Qui nous avait déjà donné le doux sommeil,
Et voulut ajouter le vin, fils du soleil,
Pour réchauffer le cœur et calmer la souffrance
De tous les malheureux qui meurent en silence.

[Jean Raisin]

Souvent à la clarté sombre des réverbères,
Que le vent de la nuit tourmente dans leurs verres,
Au fond de ces quartiers mornes et tortueux
Où grouillent par milliers les ménages frileux,

On voit un chiffonnier qui vient, hochant la tête,
Buttant *[sic]* et se cognant aux murs comme un poète,
Et, sans prendre souci des mouchards ténébreux,
Épanchant tout son cœur dans l'air silencieux.

Oui, ces gens harcelés de chagrins de ménage,
Moulus par le travail et tourmentés par l'âge,
Le dos bas et meurtri sous le poids des débris
Et des fumiers infects que rejette Paris,

Reviennent parfumés d'une odeur de futailles,
Commandant une armée et gagnant des batailles.
Ils jurent qu'ils rendront toujours leur peuple heureux,
Et suivent à cheval leur [*sic*] destins glorieux.

C'est ainsi qu'à travers l'humanité frivole,
Le vin roule de l'or comme un nouveau Pactole.
Par le gosier de l'homme il chante ses exploits,
Et par ses bienfaits règne ainsi que les vrais rois.

Pour apaiser le cœur et calmer la souffrance
De tous les innocents qui meurent en silence,
Dieu leur avait déjà donné le doux sommeil :
Il ajouta le vin, fils sacré du soleil.

2. Probable allusion à la révolution de 1848 (P.).
3. Cf. *Le Soleil*, v. 6-7 (p. 128), et *Du vin et du hachisch* (Pl. I, p. 381-382).
4. Fleuve de Lydie, en Asie mineure, qui roulait des paillettes d'or.

Page 153. CVI. *Le Vin de l'assassin.*
1. Poème inspiré par l'histoire de Passereau, dans *Champavert* de Pétrus Borel, comme le veulent C.B. ? Cf. un projet de drame, *L'Ivrogne*, en 1854 (Pl. I, 629).
2. Cf. Poe, dont Baudelaire écrit, en 1856, qu'il « fuyait tout dans le noir de l'ivresse comme dans une tombe préparatoire » (*Etudes sur Poe*, Pl. II, p. 314).
3. « Incantations de la magie noire » (P.).
4. Cf. le *Salon de 1859* (Pl. II, p. 639), le premier Satan des *Tentations* (*Le Spleen de Paris*, XXI, Pl. I, p. 308).

Page 154. CVII. *Le Vin du solitaire.*
1. Ce prénom demeure une allusion obscure, s'il n'est pas ici pour les besoins de la rime.
2. Sens étymologique, encore vivant au XIXe siècle : « qui rend languissant » (P.).
3. Cf. *Tristesses de la lune*, v. 11 (p. 110).

Page 155. CVIII. *Le Vin des amants.*
1. *Calenture* : sorte de délire très agité, qui frappe les navigateurs « sous la zone torride » *(Littré)*.
2. Cf. l' « Oreste » et l' « Electre » de la dédicace à J. G. F. (*Les Paradis artificiels*, Pl. I, p. 399), le v. 135 du *Voyage* (p. 182), et *L'Invitation au voyage* (p. 99).

Page 159. CIX. *La Destruction.*
1. Titre de 1855 : *La Volupté*. Possible allusion au titre, presque identique, et au contenu du roman de Sainte-Beuve, qu'avait lu Baudelaire : voir *Tous imberbes alors...*, v. 45 (Pl. I, p. 207) (A. ; P.).
2. Cf. *Au Lecteur*, v. 13 (p. 55).

3. Cf. *La Beauté* (p. 61), et *Hymne à la Beauté* (p. 64). Cf. *Mon cœur mis à nu* (XXVII, Pl. I, p. 693) sur « l'éternelle Vénus », [...] « une des formes séduisantes du Diable ».

4. Au sens d' « hypocrite » (A.) : cf. le dernier vers de *Au Lecteur*.

5. Cf. *Au Lecteur*, v. 33 à 37.

6. *Appareil :* désigne, au XVIIe siècle, la « disposition de ce qui a grandeur ou pompe. Appareil de guerre » *(Littré)*. Baudelaire a pu songer aussi au sens technique, voire chirurgical du mot : « Assemblage de pièces, d'instruments propres à une opération » *(Littré)*.

Page 159. CX. *Une martyre.*

1. Si cette « source » picturale n'est pas imaginaire, elle demeure mystérieuse. Possible influence d'un tableau de Delacroix, *La Mort de Sardanapale* (J. Prévost, 1953, p. 142), dont Baudelaire observe, dans sa critique d'art : « Bien des fois, mes rêves se sont remplis des formes magnifiques qui s'agitent dans ce vaste tableau, merveilleux lui-même comme un rêve » (Pl. II, p. 733-734). Ce « rêve » a pu se mêler au souvenir de la fin tragique de *La Fille aux yeux d'or*, nouvelle dédiée par Balzac précisément à Delacroix (Prévost, 1953, p. 44, — qui trouve aussi cette trace dans *La Fanfarlo* ; P. ; cf. Gr. Robb, *Baudelaire lecteur de Balzac*, Corti, 1988, p. 172 à 174), ce qui éclairerait le changement de sexe, la marquise de San-Réal devenant l' « homme vindicatif » du poème : on notera, à cet égard, que Baudelaire insiste sur le fait que Sardanapale, « beau comme une femme », meurt, « drapé dans ses mousselines, avec une attitude de femme » (Pl. II, p. 593, 734). Ajoutons qu'une pièce d'*España (A Madrid)* traite un thème proche de celui d'*Une martyre* (A.).

2. Originale de 1857 : « à plis paresseux, / Dans ».

3. Cf. la chambre à coucher de *La Fanfarlo* (Pl. I, p. 576) : « l'air, chargé de miasmes bizarres, donnait envie d'y mourir lentement comme dans une serre chaude » et on y voit quelques peintures « pleines d'une volupté espagnole ».

4. Cf. *Le Jeu*, v. 13 (p. 139) ; *Obsession*, v. 12 (p. 118) ; *Les Ténèbres*, v. 5-6 (p. 86).

5. Originale de 1857 : « ainsi qu'un œil vigilant, flambe, / Et darde ».

6. Cf., dans *Les Phares* (p. 64), le premier vers du quatrain sur Delacroix.

7. Epreuve de 1857 : « la taille pliante / Ainsi ».

8. Cf. les *Femmes damnées*, elles aussi « errantes, condamnées », qui « cour[ent] comme les loups », « au but de [leurs] désirs » (p. 192).

9. Cf. *Une charogne*, dernière strophe.

Page 161. CXI. *Femmes damnées.*

1. Voir, sous le même titre, dans *Les Epaves*, un poème condamné en 1857 (p. 171).

2. Cf. *La Solitude*, référant aux « Pères de l'Eglise » (*Le Spleen de Paris*, Pl. I, p. 313) : « Je sais que le Démon fréquente volontiers les

lieux arides, et que l'Esprit de meurtre et de lubricité s'enflamme merveilleusement dans les solitudes. »

3. Dieu romain du vin et du délire.

4. *Scapulaires :* vêtements religieux, fait de larges bandes d'étoffe, tombant des épaules sur la poitrine et sur le dos ; à cause du mot « gorge », ce sens nous paraît plus probable que celui, également possible, de petits morceaux d'étoffe bénis, portés au cou, en l'honneur de la Vierge. Probable allusion à *La Religieuse* de Diderot (A. ; P.).

5. Cf. l'autre *Femmes damnées,* v. 103-104 (p. 192).

6. Cf. l' « urne » du v. 2 du premier *Spleen* (p. 115).

Page 162. CXII. *Les Deux Bonnes Sœurs.*

1. *Enter :* greffer.

2. Le myrte est l'arbrisseau voué à Vénus ; le cyprès l'arbre des cimetières.

Page 163. CXIII. *La Fontaine de sang.*

1. Cf. le v. 9 du sonnet à Banville : « Poète, notre sang nous fuit par chaque pore » (Pl. I, p. 208).

2. Manuscrit : « aux tranquilles sanglots. »

3. Cf. cette « pensée d'album », où il ne s'agit peut-être pas seulement du maquillage : « le rouge est en lui-même une chose agréable, en ce qu'il transforme et exagère la nature » (Pl. I, p. 709), et le « rouge idéal » de la pièce XVIII (v. 8, p. 72).

4. Manuscrit : « à des vins généreux / D'endormir ».

5. Cf. un passage de *Du vin et du hachisch* (Pl. I, p. 387) (C.B.).

6. Peut-être la Débauche et la Mort du sonnet précédent (A. ; P.), à moins qu'il ne s'agisse des « créature[s] » du v. 7.

Page 163. CXIV. *Allégorie.*

1. Ce titre désigne la Prostitution (A.), ou plutôt la Prostituée (Leakey, 1969, p. 23). Cette « allégorie », probablement imaginée, est sans référence plastique ou littéraire connue.

2. Probable allusion au fatalisme aveugle du musulman (cf. P.).

3. A. rappelle qu'à l'époque de Baudelaire les prostituées passaient pour stériles, et que Balzac a tiré parti de cette croyance dans *Splendeurs et misères des courtisanes.* Mais la « stérilité » est aussi une valeur baudelairienne (cf. les « hideurs de la fécondité », aux v. 26 à 28 de *J'aime le souvenir...,* p. 63), les anges « stériles » de *La Fanfarlo,* Pl. I, p. 577), le v. 17 de *Lesbos* (p. 190), et le v. 97 de *Femmes damnées* (p. 192).

Page 164. CXV. *La Béatrice.*

1. Note de Baudelaire sur une épreuve de 1857 : « [...] ici Béatrice est forcément italien, voulant dire : la déité, la maîtresse du poète ». On aura reconnu l'allusion à Dante.

2. Cf. *L'Héautontimorouménos,* v. 21 à 24 (p. 120).

3. Epreuve de 1857 : « Un nuage lourd, noir et gros ».

4. Baudelaire, qui possédait les lithographies de Delacroix sur

Hamlet, appréciait, comme Delacroix, le jeu du comédien Philibert Rouvière, qui faisait de « l'indécis et contradictoire » Hamlet « l'interprète des vengeances » (Pl. II, p. 63-64).

5. *Rubriques :* méthodes, pratiques ; cf. aussi le sens classique de « ruses », « finesses » (A. ; P.). Terme encore employé dans un projet de préface aux *Fleurs du Mal* (p. 257).

6. Probable allusion à la mythologie grecque (A.) : le soleil recula pour ne point éclairer le banquet où Atrée servit à son frère ennemi, Thyeste, ses propres fils.

7. Archaïsme encore présent dans *Les Plaintes d'un Icare,* v. 5 (p. 237).

Page 165. CXVI. *Un voyage à Cythère.*

1. Poème initialement dédié à Nerval — dont le chapitre IV de *Sylvie* a le même titre (P.) ; le manuscrit présente la note suivante : « Ici mettre en épigraphe quelques lignes de prose qui m'ont servi de programme et que je crois avoir lues dans *L'Artiste.* » Il s'agit d'articles, du 30 juin et du 11 août 1844, qui seront repris en 1851 dans son *Voyage en Orient* (Introduction, XV, « San Nicolo », textes reproduits dans P.), où, en effet, Cythère est une île d'où « les dieux se sont envolés », sans un arbre, et qu' « un gibet à trois branches » signale aux voyageurs.

2. Cf. *Les Deux Bonnes Sœurs,* v. 14 (p. 162).

3. Manuscrit de 1851-1852, et préoriginale de 1855 : « Où tous les cœurs mortels en adoration / Font l'effet de l'encens ».

4. Manuscrit de 1851-1852 : « L'organe de l'amour avait fait leurs délices, / Et ces bourreaux l'avaient cruellement châtré. » Les vers 33 à 36 sont coupés dans la préoriginale de 1855.

5. Lettre de Baudelaire à Gautier (fin 1851-début 1852) : « L'*incorrigible* Gérard prétend au contraire que c'est pour avoir abandonné le bon culte que Cythère est réduite en cet état. »

6. Manuscrit : « un gibet dégoûtant où ».

Page 167. CXVII. *L'Amour et le crâne.*

1. Sous-titre de 1855 : « (D'après une vieille gravure »). Il s'agit d'une gravure de H. Goltzius (1558-1616) (reproduite dans l'édition Pommier-Pichois, p. 259). Un « cul-de-lampe » est une vignette gravée, souvent à la fin d'un chapitre.

Page 171. CXVIII. *Le Reniement de saint Pierre.*

1. Ce poème faillit être poursuivi par la justice en 1852. Cela explique cette note, rédigée par Baudelaire pour l'édition de 1857, et qu'il jugea ensuite « détestable » :

« Parmi les morceaux suivants, le plus caractérisé a déjà paru dans un des principaux recueils littéraires de Paris, où il n'a été considéré, du moins par les gens d'esprit, que pour ce qu'il est véritablement : le pastiche des raisonnements de l'ignorance et de la fureur. Fidèle à son douloureux programme, l'auteur des *Fleurs du Mal* a dû, en parfait comédien, façonner son esprit à tous les sophismes comme à toutes les corruptions. Cette déclaration candide n'empêchera pas sans doute les critiques honnêtes de le ranger parmi les théologiens de la populace et de l'accuser d'avoir regretté pour notre Sauveur Jésus-Christ, pour la Victime éternelle et volontaire, le rôle d'un conquérant, d'un Attila égalitaire et dévastateur. Plus d'un adressera sans doute au ciel les actions de grâces habituelles du Pharisien : " Merci, mon Dieu, qui n'avez pas permis que je fusse semblable à ce poète infâme ! " ». Dans une lettre à sa mère du 26 mars 1853, Baudelaire parle de cette pièce comme « fort dangereuse ». L'accusation dont Dieu est ici l'objet semble témoigner de l'influence qu'exerça l'œuvre de Proudhon sur Baudelaire (cf. une lettre à Sainte-Beuve du 2 janvier 1866, et le *Journal* de Delacroix, 5 février 1849). Proudhon, ami de Champfleury et de Courbet, avait violemment attaqué Dieu dans le chapitre « De la Providence » de son *Système des contradictions économiques, ou philosophie de la misère* (1846) : « Dieu c'est sottise et lâcheté ; Dieu, c'est hypocrisie et mensonge ; Dieu, c'est tyrannie et misère ; Dieu c'est le mal » (cité dans T. Clark, *The Absolute Bourgeois*, Londres, Thames and Hudson, 1973, p. 167-168). Cf. H. de Lubac, *Proudhon et le christianisme*, Le Seuil, 1945, en particulier p. 183 à 209 ; P. Haubtmann, *P.-J. Proudhon, genèse d'un antithéiste*, Mame, 1969.

2. Probable allusion à des dieux cruels de l'antiquité moyen-orientale comme Baal (A.) ou Moloch.

3. C'est au jardin des Oliviers, sur une montagne de Jérusalem, que le Christ avait passé sa dernière nuit, avant d'être arrêté. Cf. Vigny, *Le Mont des Oliviers* (publié en 1843), et Nerval, *Le Christ aux Oliviers* (publié en 1844).

4. Allusion à la fête des Rameaux ; dans la strophe suivante, allusion au Christ chassant les marchands du temple.

5. Cf. les désillusions politiques qui suivirent la révolution de 1848, et le coup d'Etat du 2 décembre 1851 (A.). Cf. la n. 1.

6. Citation de la Bible (*Jean*, XVIII, 10-11 ; *Matthieu*, XXVI, 51-52).

Page 172. CXIX. *Abel et Caïn.*

1. C.B. citent un passage de Balzac, dans *Splendeurs et misères des courtisanes*, où Lucien de Rubempré écrit, avant de se tuer, une lettre à Carlos Herrera [Vautrin]. Caïn y fonde une « ligne en qui le diable a continué de souffler le feu », symbolise « l'opposition », est comparé à Moïse, Attila (cf. la mention d'Attila, dans la n. 1 du poème précédent) ou à Napoléon, et représente la « poésie du mal ». L' « opposition » dont parle Balzac s'apparente, vers 1850, à la lutte des classes, à la rébellion politique et sociale, et Caïn, qui dans la *Genèse* (IV, 3-4) est agriculteur, alors que son frère Abel est pasteur, devient la figure du travailleur, du prolétaire (cf. A. ; P.).

2. Le choix de l'octosyllabe peut parodier certains cantiques. B. de Cornulier observe (« Métrique des *Fleurs du Mal* », dans le colloque *Baudelaire [...]. L'intériorité de la forme*, 1989, p. 60) que Baudelaire détourne un modèle « catéchistique », dans lequel on

usait de tournures adverbiales pour réciter le premier Commandement : « Un seul Dieu tu adoreras / Et aimeras parfaitement. »

3. Le fer de la charrue (A.) ; cf. note 1.

Page 173. CXX. *Les Litanies de Satan.*

1. Titre à prendre à la lettre : transposition des litanies que la liturgie catholique adressait au Saint Nom de Jésus, au Sacré-Cœur, à la Vierge, — y compris le *Miserere nobis* qu'on répétait après chaque « couplet » de l'officiant (B. de Cornulier, « Métrique des *Fleurs du Mal* », art. cité, p. 58).

2. Comme l'indique M. Milner dans son édition des *Fleurs du Mal* (1978, p. 410) : « " Celui à qui l'on fait tort " était une périphrase employée par les Lolhards de Bohême pour désigner Satan. »

3. Placard de 1857 : « Puissant consolateur des angoisses humaines, » ; texte de l'originale de 1857 : « Aimable médecin des angoisses humaines, ».

4. Placard de 1857 : « Qui même aux parias, ces animaux maudits, ».

5. Placard de 1857 : « L'Espérance, une fille charmante ».

6. Possible allusion à la poudre des fusils et des bombes, et à la période 1848-1852 (A.). Cf. les « conspirateurs » du v. 41.

7. Originale de 1857 : « Sur le front du banquier impitoyable ». Crésus était un roi de Lydie au VIe siècle av. J.-C., que ses richesses rendirent légendaire.

8. Placard de 1857 : « Un invincible amour des hommes en guenilles ».

9. Placard de 1857 : « ANTIENNE » ; supprimé sur épreuve. Dans l'originale de 1857, pas de sous-titre. Cette « prière » s'inspire, à l'évidence, dans son début, du *Gloria in excelsis Deo* (A.).

10. Placard de 1857 : « De l'enfer où, couché, tu rêves en silence » ; originale de 1857 : « De l'Enfer où, fécond, tu couves le silence ! ».

Page 179. CXXI. *La Mort des amants.*

1. Cf. Banville, *A une Muse*, dans *Les Cariatides*, en 1842 : « Et les divans, profonds à nous anéantir » (C.B.).

2. Texte de 1851 : « tombeaux ; / Et de grandes fleurs dans des jardinières, / Ecloses ». — On rapprochera ce quatrain de la chambre de *La Fanfarlo* (Pl. I, p. 576).

3. Ce quatrain est rapproché par A. Fongaro (ouvr. cité, p. 15) des v. 240 et suiv. de l'*Eloa* de Vigny : « Comme un double flambeau réunit ses deux flammes / Non moins étroitement nous unirons nos âmes. »

4. Texte de 1851 : « Un soir teint de [...] mystique, » ; texte de 1857 : « Un soir plein de [...] mystique, ». Cf. un vers des *Stalactites* de Banville, en 1844 : « L'air se teint de rose et de bleu » (C.B.). Baudelaire lie le rose à l' « extase » (*Le Peintre de la vie moderne,* Pl. II, p. 719), et parle des « océans mystiques du bleu » dans le *Salon de 1846* (Pl. II, p. 443). Cf. aussi cette chambre

« véritablement *spirituelle,* où l'atmosphère stagnante est légèrement teintée de rose et de bleu » (*La Chambre double, Le Spleen de Paris,* Pl. I, p. 280).

5. Texte de 1851 : « Nous échangerons un sanglot unique, / Et comme un éclair tout chargé d'adieux, ». Cf. le v. 16 du *Jet d'eau* (p. 203).

6. Texte de 1851 : « Jusqu'à ce qu'un ange, entrouvrant les portes, / Vienne ranimer, fidèle et soigneux, / Les miroirs » ; corrigé sur épreuve en 1857 : « Et bientôt un Ange, [...] / Viendra ranimer, fidèle et joyeux, / Les miroirs ».

Page 179. CXXII. *La Mort des pauvres.*

1. Titre du manuscrit : *La Mort.* Poème sans doute inspiré par une pièce de *La Comédie de la Mort* de Gautier (*La Mort dans la vie*), où l'on retrouve le « lit » et l' « auberge » (C.B.).

2. Texte de 1857 : « C'est la Mort qui console et la Mort qui fait vivre ; ».

3. Usage figuré du sens musical (« hausser le ton ») de ce verbe (P.).

4. Texte du manuscrit : « C'est la lampe brillante à ».

5. Probable allusion à la parabole du bon Samaritain, dans la Bible (*Luc,* X, 34-35) (C.B.). Cf. aussi l'auberge de la Cène (*Luc,* XXII, 11).

6. L'intérêt de Baudelaire pour le magnétisme, peut-être sous l'influence du *Louis Lambert* de Balzac, est attesté par le v. 2 du *Flambeau vivant* (p. 91), le v. 9 des *Franciscae meae laudes* (p. 106, le v. 34 du *Chat* (p. 97). La lecture d'un Poe — défini par « des aspirations effrénées vers l'infini, et une grande préoccupation du magnétisme » (Pl. II, p. 275), et dont le premier texte traduit par Baudelaire, en 1848, est sa *Révélation magnétique* — a pu renforcer ce penchant (voir les remarques de Cl. Pichois, Pl. I, p. 846, et la présentation de ce texte de Poe par Baudelaire, Pl. II, p. 248). On notera, à cet égard, qu'à la fin de *Du vin et du hachisch,* Baudelaire cite avec approbation des paroles de Barbereau, sur les « poètes », et autres « prophètes » ou « philosophes », qui parviennent à être à la fois « magnétiseur et somnambule » (Pl. I, p. 398). Plus généralement, on notera que les années 1850 « représentent l'apogée du mesmérisme » (R. Darnton, *La Fin des Lumières. Le mesmérisme et la Révolution,* Perrin, 1984, p. 151), qui influence non seulement Balzac, mais aussi Gautier, Hoffmann, Nerval, Esquiros. Voir J. Decottignies, *Prélude à Maldoror,* Armand Colin, 1973 ; Y. Vadé, *L'Enchantement littéraire,* Gallimard, 1990, p. 270 à 291.

7. Cf. les « granges » de *La Rançon,* v. 13, p. 219 (P.)

Page 180. CXXIII. *La Mort des artistes.*

1. Texte de 1851 :

Il faut marcher longtemps et par monts et par vaux,
Broyer bien des cailloux et crever sa monture,
Pour trouver un asile où la bonne nature
Invite enfin le cœur à trouver du repos.

Il faut user son corps en d'étranges travaux,
Pétrir entre ses mains plus d'une fange impure,
Avant de rencontrer l'idéale figure
Dont le sombre désir nous remplit de sanglots.

Il en est qui jamais n'ont connu leur idole,
Et ces sculpteurs maudits et marqués d'un affront,
Qui vont se déchirant la poitrine et le front,

N'ont plus qu'un seul espoir qui souvent les console,
C'est que la mort, planant comme un soleil nouveau,
Fera s'épanouir les fleurs de leur cerveau.

2. *Caricature* peut s'interpréter soit comme dérision de l'œuvre vainement rêvée, soit comme allusion au public, au Bourgeois dont le poète serait le fou — ce qui expliquerait les « grelots » du v. 1 — (C.B.) ; on notera que Baudelaire écrit de Poe qu'il fut « grand comme *caricature* », et un « *jongleur* » (Pl. II, p. 321, 316).

3. Texte de 1857 : « Pour [...] but, mystique quadrature, ». Allusion à l'impossible quadrature du cercle.

4. Epreuve de 1857 : « Pour ce carquois, combien perdre de javelots ? ». Image déjà présente dans *Idéolus* (voir Pl. I, p. 610, var. d.) ; cf. le style de Poe, où « toutes les idées, comme des flèches obéissantes, volent au même but » (Pl. II, p. 283).

5. C.B. rappellent le sens technique de ce mot : la charpente intérieure d'une statue. Cf. *Idéolus*. Baudelaire emploie encore le mot, élogieusement, à propos du sonnet (*Notes nouvelles sur Edgar Poe*, Pl. II, p. 332).

6. Sans doute la Beauté.

7. Colline de Rome, où avaient lieu les triomphes dans l'Antiquité. Probable souvenir, comme l'indique R. Vivier (1926, p. 198), de Sainte-Beuve, *Volupté*, ch. XII : « [...] il n'y a de vrai Capitole pour aucun mortel : tout triomphe en ce monde, même pour les fronts rayonnants, n'est jamais [...] qu'une défaite déguisée » (éd. A. Guyaux, Gallimard, « Folio », 1986, p. 173).

8. Cf. *Idéolus*, v. 20 (Pl. I, p. 606) : « Les types de beauté couvés dans le cerveau », et *L'Ennemi*, premier tercet (p. 57) (C.B.). Baudelaire a pu se souvenir de Balzac, qui parle, dans *Modeste Mignon*, du « cerveau » et de « ses produits en tous genres », qui « sont un monde à part qui fleurit sous le crâne » (éd. P.-G. Castex, Gallimard, Bibliothèque de la Pléiade, t. I, p. 518).

Page 180. CXXIV. *La Fin de la journée.*

1. Cf. *Le Crépuscule du soir* (*Le Spleen de Paris*, Pl. I, p. 311).

Page 181. CXXV. *Le Rêve d'un curieux.*

1. Félix Nadar (1820-1910), vieil ami de Baudelaire, qui se donnait pour incroyant (C.B.). Voir R. Greaves, *Nadar, ou le paradoxe vital*, Flammarion, 1980.

2. Manuscrit A : « obstacle. / Mais voilà qu'une idée étrange me

glaça : / — J'étais mort, ô miracle, et la terrible aurore / Avait lui. — " Quoi ! me dis-je alors, ce n'est que ça ? " » ; manuscrit B : « obstacle... Et puis la vérité [...], et la fameuse aurore [...] cela ? ».

Page 182. CXXVI. *Le Voyage.*

1. Titre de 1859 : *Les Voyageurs.* Baudelaire, commentant le 4 février 1859, pour Poulet-Malassis, cette « nouvelle *fleur* », déclare : « Je tâche de faire [...] de plus en plus atroce ». Le 20 février 1859, il écrit à Asselineau : « J'ai fait un long poème [...], qui est à faire frémir la nature, et surtout les amateurs de progrès » (sur ce thème, voir la note suivante). Dans une lettre à Du Camp du 23 février 1859, il parle du « ton systématiquement byronien » de ce poème, qu'il présente encore comme « le *monstrum ipsum* ». — Poème à rapprocher de la [*Lettre à Jules Janin*], en 1865 (Pl. II, p. 237) : « [...] je vous demanderai si les spectacles de la terre vous suffisent. Quoi ! jamais vous n'avez eu envie de *vous en aller,* rien que pour changer de spectacle. J'ai de très sérieuses raisons pour plaindre celui qui n'aime pas la Mort. » ; cf. *Anywhere out of the world* (*Le Spleen de Paris,* Pl. I, p. 356), et *Le Rêve d'un curieux.* Sur le thème du voyage, voir aussi *Les Vocations* (*Le Spleen de Paris,* Pl. I, p. 334).

2. Maxime Du Camp (1822-1894), ami de Flaubert, avait voyagé avec lui en Egypte (il en rapporta un reportage photographique, et un récit de voyage — réédités chez Sand en 1988). Il avait publié en 1855, à l'occasion de l'Exposition universelle, *Les Chants modernes,* dont la préface, en forme de manifeste, faisait l'éloge du Progrès. Maxime Du Camp, peut-être las d'avoir chanté le Gaz, la Vapeur, l'Electricité (voir les réactions de Baudelaire au culte — alors florissant, comme le montre D. G. Charlton, *Secular Religions in France, 1815-1870,* Londres, Oxford U.P., 1963, p. 180 et suiv. — du progrès, dans *Mon cœur mis à nu,* XXXII et XLVII, Pl. I, p. 697 et 707, *Fusées,* XIV, Pl. I, p. 663, l'article sur l'Exposition universelle de 1855, Pl. II, p. 580-581, la fin de l'étude de 1859 sur Gautier, Pl. II, p. 128, un passage des *Etudes sur Poe,* Pl. II, p. 324), avait publié en 1858 *Les Convictions,* recueil poétique que Baudelaire venait de lire (C.B.), dans lequel il évoquait ses voyages passés, et en constatait la vanité pour soulager ses « tristes rêveries ».

3. « [...] le culte des images (ma grande, mon unique, ma primitive passion) » (*Mon cœur mis à nu,* XXXVIII, Pl. I, p. 701) ; « [...] très jeune, mes yeux remplis d'images peintes ou gravées n'avaient jamais pu se rassasier » (*Salon de 1859,* Pl. II, p. 624).

4. Possible allusion à une fable de La Fontaine, *L'Astrologue qui se laisse tomber dans un puits* (II, 13), mêlée à une comparaison implicite entre les yeux de la femme et des étoiles (A. ; P.). Cette dernière comparaison vient peut-être de Shakespeare (*Sonnets,* XIV), éventuellement relayé par Poe qui écrit, à propos des prunelles de Ligeia, dans le texte du même nom, des *Histoires extraordinaires* : « [...] j'étais pour elles le plus fervent des astrologues » (C.B.). Cf. aussi *Le Portrait,* v. 46 (p. 88).

5. Magicienne qui change en pourceaux les compagnons d'Ulysse, dans l'*Odyssée*.

6. Cf. *L'Etranger* (*Le Spleen de Paris*, Pl. I, p. 277).

7. Cf. l'Ange du *Rebelle* (p. 233), et les anges de Delacroix, à Saint-Sulpice, « divins bourreaux » qui « fouettent » Héliodore (Pl. II, p. 731).

8. Probable allusion au célèbre fragment de Pascal, « Disproportion de l'homme » (fr. 199, éd. Lafuma, Le Seuil, 1963) : « C'est une sphère dont le centre est partout, la circonférence nulle part » — formule dont Brunschvicg, dans son édition des *Pensées* (Hachette, p. 348, n. 10), observe qu'elle est attribuée à Hermès Trismégiste, auquel Baudelaire faisait allusion dans *Au Lecteur*, v. 9 (p. 55). Voir aussi *Les Plaintes d'un Icare*, p. 237.

9. Allusion au *Voyage en Icarie* de Cabet (1840), utopie socialiste (C.B.), ou peut-être à la mer d'Icarie, où était tombé cet Icare dont les « plaintes » sont évoquées par Baudelaire, dans un poème publié en 1862 (p. 237).

10. Emploi du mot à rapprocher des remarques sur l'usage de la drogue comme « triomphante orgie spirituelle », « orgies de l'imagination » (*Le Poème du hachisch*, Pl. I, p. 435, 402). On notera que, quelques pages plus loin (*ibid.*, p. 410), il est question d'un « singulier voyage. La vapeur a sifflé, la voilure est orientée, et vous avez sur les voyageurs ordinaires ce curieux privilège d'ignorer où vous allez. Vous l'avez voulu ; vive la fatalité ! »

11. Ville d'Italie, dont les plaisirs furent néfastes au général carthaginois Hannibal, quand il y prit ses quartiers d'hiver en 215 avant J.-C.

12. Epithète homérique (C.B.).

13. Cf. *Mon cœur mis à nu*, XII (Pl. I, p. 683) ; XXVI (Pl. I, p. 693).

14. Allusion à la tour de Babel ?

15. Cf. *Le Poison*, v. 6 à 10 (p. 95).

16. Au sens d'article résumant, en tête du journal, les nouvelles (P.).

17. Cf. *Les Sept Vieillards*, v. 25 (p. 132).

18. *Rétiaire* : gladiateur romain, doté d'un filet, d'un poignard et d'un trident.

19. Expression peut-être empruntée à Poe (*Une descente dans le Maelstrom*, *Eureka*), où elle désignait, à la suite d'un géographe ancien, Claudius Ptolémée (*Geographia Nubiensis*) les eaux noires et agitées de l'océan Atlantique.

20. Plutôt qu'aux Lotophages de l'*Odyssée*, on songera à l'influence des *Lotus-Eaters* de Tennyson (1832) : « *In the afternoon they came unto the land, / In which it seemed always afternoon.* » (C.B.). Cf. aussi *Le Joueur généreux* (*Le Spleen de Paris*, Pl. I, p. 325).

21. Son amitié avec Oreste est devenue proverbiale, depuis l'antiquité grecque. Cf. *Mon cœur mis à nu*, VIII (Pl. I, p. 681) : « Où sont nos amis morts ? » et des projets de poèmes en prose (Pl. I, p. 366,369, 370).

22. Electre était la sœur d'Oreste. Cf. la dédicace des *Paradis*

artificiels (Pl. I, p. 399), *Un mangeur d'opium* (Pl. I, p. 475), et *Le Vin des amants*, p. 155, n. 2.

23. Cf. les « genoux » du v. 22 du *Balcon* (p. 85).

24. Cf. *Hymne à la Beauté*, v. 21 et 25 (p. 74).

Page 187.

1. Recueil édité par Poulet-Malassis à 260 exemplaires, au début de 1866, à Bruxelles, avec un frontispice de Félicien Rops. L'avertissement est dû à Poulet-Malassis. Mais les notes qui accompagnent les poésies sont presque toujours de Baudelaire (voir P.). Le recueil sera condamné en 1868 par le tribunal correctionnel de Lille. Baudelaire a d'abord songé, pour le titre, à plusieurs titres : *Bribes, Feuilles, Epaves*. Baudelaire note, sur un jeu d'épreuves : « J'ai été trop peu sévère dans le choix de ces pièces », et qualifie les poèmes de « bagatelles » (P.).

Page 189. I. *Le Coucher du soleil romantique*.

1. Titre en décembre 1866, quand parut, après *Les Epaves*, le volume indiqué dans la « Note de l'éditeur » : *SOLEIL COUCHE / Sonnet-Epilogue*. Le titre des *Epaves* est à rapprocher d'un passage de la première étude sur Gautier, où Baudelaire évoque « cette époque de crise féconde où la littérature romantique s'épanouissait avec tant de vigueur », et cite de mémoire deux hémistiches de Hugo dans *Les Voix intérieures*, XVI : « O splendeurs éclipsées, ô soleil descendu derrière l'horizon ! » (Pl. II, p. 110), ainsi que du *Salon de 1859* (Pl. II, p. 610, 622 ; cf. aussi p. 734). Dans une des études sur Poe, en 1857, Baudelaire associait le « soleil agonisant » à la « littérature de décadence », qu'il reliait à sa propre « destinée », et ajoutait : « Et le coucher de soleil leur apparaîtra [...] comme la merveilleuse allégorie d'une âme chargée de vie, qui descend derrière l'horizon avec une magnifique provision de pensées et de rêves » (Pl. II, p. 319-320). Lors de la première publication préoriginale, en 1862, Baudelaire avait envoyé le poème à Vigny, en lui disant qu'il « avai[t] essayé d'exprimer [*s*]*a piété !* ».

2. Citation d'Horace (*Epîtres*, II, 2, v. 102) ; cf. un commentaire de cette expression dans les *Notes nouvelles sur Edgar Poe*, Pl. II, p. 330-331.

3. Précieux de l'époque élizabéthaine : cf. J. Lyly, *Euphues, the Anatomy of Wit*, 1578.

4. La seconde partie de cette note est due à Poulet-Malassis (C.B.). Le livre d'Asselineau parut en décembre 1866. Le sonnet de Banville y était devenu une ode, *L'Aube romantique* (P.).

Page 190. II. *Lesbos*.

1. Ile grecque, dans la mer Egée. Sur les sens du mot « Lesbienne » à l'époque de Baudelaire, voire l'Introduction, p. 16. Rappelons seulement ici, après P., la vulgate « cultivée » d'alors sur Lesbos, telle que la formule P. Larousse dans son *Grand dictionnaire universel du XIX*[e] *siècle* : « Lesbos inaugura ce que pas une autre

colonie grecque n'avait encore osé : de véritables écoles, nous serions tenté de dire des couvents de courtisanes. Ces femmes, destinées exclusivement au plaisir, recevaient là une éducation complète. Cette éducation, dirigée par les femmes les plus lettrées et les plus habiles, comprenait non seulement tout ce qui regardait le corps, mais encore tout ce qui a trait aux puissances de l'esprit, et le nom de Sapho, qui fut formée dans une de ces institutions de Lesbos, est là pour donner une idée de ce que pouvaient être ces singulières institutions. Toutefois l'agglomération de ces femmes ne pouvait manquer de donner naissance à des mœurs honteuses. » Un article d'E. Deschanel, dans la *Revue des Deux-Mondes,* « Sapho et les Lesbiennes », 15 juin 1847, rappelait déjà au même public cultivé la réputation de courtisanes qu'avaient les femmes originaires de Lesbos. Baudelaire, de son côté, s'intéressait aux « contre-religions, exemple : la prostitution sacrée » (*Mon cœur mis à nu,* IV, Pl. I, p. 678).

2. Préoriginale de 1850 : « jours otieux, / Mère ».

3. Nom d'une célèbre courtisane grecque du IVe siècle avant J.-C. Cf. notre n. 1. — Baudelaire avait pu contempler la *Phryné* de Pradier au salon de 1845 (voir Pl. II, p. 404, n. 1).

4. Ville de l'île de Chypre où l'on rendait à Aphrodite (l'équivalent grec de Vénus) un culte, associé notamment à la prostitution sacrée des « hiérodules » (voir l'article « Hétaïre » du *Dictionnaire des Antiquités grecques et romaines*).

5. Poétesse grecque (VIIe-VIe siècles avant J.-C.) : cf. notre n. 1. E. Mora (*Sappho,* Flammarion, 1966, p. 193-194) indique que Baudelaire, qui n'avait sans doute pas lu les poèmes de Sapho, emprunte quelques détails à la XVe *Héroïde* d'Ovide, l' « Epître à Phaon ». Ajoutons que l'intérêt de Baudelaire pour Sapho a pu être entretenu par diverses représentations plastiques (on en verra une liste nourrie dans l'article « Sapho » du dictionnaire précité de P. Larousse), notamment la *Sapho* de Pradier (salon de 1848, puis de 1852), celles de Clésinger, dont une au moins (Mora, ouvr. cité, p. 194) est antérieure à 1850 ; voir un passage de *Salon de 1859,* sur les « malheureuses Saphos » de ce dernier sculpteur (Pl. II, p. 673). Peut-être Baudelaire avait-il aussi vu les Saphos de Chassériau ou de Girodet (salon de 1850).

6. Cf. *Bribes,* v. 17 à 20 (p. 244), et les v. 33 à 36 du poème de jeunesse *Tous imberbes alors*... et *Tristesses de la lune,* v. 3-4.

7. Il ne semble pas que Platon ait jamais condamné Sapho (bien au contraire, une épigramme, à lui attribuée, fait de Sapho la « dixième Muse ») ou les « Lesbiennes » ; possible souvenir des attaques de Vigny contre le jugement porté sur les poètes par Platon (*Stello,* ch. XXXVIII), ou allusion à la critique platonicienne de l'excès, — à moins que Baudelaire n'ait confondu Platon avec Tatien, célèbre pour sa dénonciation d'une « catin érotomane qui chante ses dépravations amoureuses » (cf. Mora, ouvr. cité, p. 128-129), ou avec divers auteurs grecs ou latins qui se demandaient si Sapho était une « femme publique ».

8. *Travaux :* comme dans le v. 24 du *Crépuscule du matin,*

possible archaïsme (du XVIe au XVIIe, « état d'une personne qui souffre, qui est tourmentée », selon le *Grand Robert de la langue française*), à moins que Baudelaire ne fasse allusion aux « travaux » poétiques auxquels on se livrait sur l'île (voir n. 1).

9. Allusion aux îles de la mer Egée.

10. Il existait un promontoire rocheux du nom de Leucate, dans l'île de Leucade (C.B.). Baudelaire a pu voir, au salon de 1845, une toile de Dugasseau, dont il note : « Sa *Sapho* faisant le saut de Leucade est une jolie composition » (Pl. II, p. 372). C'est, en effet, de là que Sapho, amoureuse dédaignée du jeune batelier Phaon, à qui Aphrodite, condamnant Sapho, avait donné, par un onguent magique, le pouvoir de se faire aimer de la femme la plus réticente, s'est précipitée dans la mer. P. Brunel (« Lesbos », dans *Baudelaire. [...] L'intériorité de la forme*, ouvr. cité, p. 90) observe que Baudelaire suit ici la version hétérosexuelle de la mort de Sapho (une autre version, homosexuelle, voudrait que Sapho fût morte de la trahison de sa compagne Anactoria).

11. *Tartane :* bateau de petit tonnage, à voile triangulaire, autrefois utilisé pour le cabotage ou la pêche en Méditerranée. Un « brick » est aussi un petit bateau à voile.

12. Epithète empruntée à une *Epître* d'Horace (I, 19), « où elle s'appliquait à la métrique saphique » (E. Mora, ouvr. cité). A rapprocher surtout de considérations diverses de Baudelaire sur l'inaptitude habituelle des femmes à l' « imagination » poétique (« qualité virile », distinguée du « cœur [...] qui domine généralement dans la femme comme dans l'animal », ou du « sentiment ») et à la « mélancolie » (Pl. II, p. 81-82, 172-173, 767), ce qui fait de Sapho une sœur de Marceline Desbordes-Valmore, autre poète féminin et « esprit mâle » (Pl. II, p. 146).

13. Préoriginale de 1850 :

« De la mâle Sapho qui fut amante et poète, / Plus belle que Vénus dans sa morne pâleur, / Dont l'œil bleu ne vaut pas cet œil noir que tachète / L'orbe mystérieux tracé par le bonheur / De la mâle Sapho qui fut amante et poëte ! »

14. Dans la mythologie antique, Vénus est née de la mer.

15. Cf. les v. 30 et suiv. du poème qui suit.

16. Préoriginale : « l'univers,/ Ecoute chaque nuit la plainte mugissante / Que ».

Page 192. III. *Femmes damnées*.

1. Titre peut-être dérivé du cri de la religieuse, dans le livre déjà cité de Diderot : « Mon Père, je suis damnée ! » (A.). Voir l'autre pièce qui porte le même titre (p. 161). Ce poème a inspiré une toile de Courbet, qui portait le même titre, en 1864, avant d'être débaptisée et de s'intituler *Vénus poursuivant Psyché de sa jalousie* ; une autre toile, en 1866, les célèbres *Dormeuses*, fut aussi inspirée à Courbet par ce poème.

2. Sous-titre ajouté sur les épreuves des *Epaves*. Possible allusion à Hippolyte, reine des Amazones, et à Delphine de Glandèves (XIIIe siècle) qui demeura vierge avec le consentement de son époux,

et fut déclarée bienheureuse par l'Eglise (T. Bassim, *Baudelaire et la femme*, Neuchâtel, La Baconnière, 1974, p. 193, citée par P.).

3. Cf. ce poème de jeunesse, adressé à une femme stérile, « prêtresse de débauche », qui « fui[t] le stigmate alarmant / Que la vertu creusa de son soc infamant / Au flanc des matrones enceintes » (Pl. I, p. 209).

4. Allusion à la Pythie antique, qui prophétisait dans son délire ?

5. *Stigmatisés :* châtiés physiquement, mais aussi condamnés ; l'acception mystique du terme peut aussi être rappelée ici.

6. Allusion à une formule de l'*Evangile* : « Nul ne peut servir deux maîtres à la fois » (A.).

7. Déesse antique de la Vengeance. La « torche » du v. suivant rappellera l' « Alecto » des *Vers pour le portrait de M. Honoré Daumier*, v. 11 (p. 211).

8. Cette strophe et les suivantes ont pu être ajoutées tardivement (P.).

9. « Fouettés par », corrigé en 1866 sur épreuves en « Flagellés par ».

10. « miasmes dangereux », corrigé en 1866 sur épreuves en : « miasmes fiévreux ».

11. « Filent en », corrigé en 1866 sur épreuves en « Filtrent en ».

12. Cf. l'autre *Femmes damnées*, v. 22-23 (p. 161).

Page 195. IV. *Le Léthé.*

1. Fleuve de l'oubli, dans les enfers grecs.

2. « sommeil, douteux comme la mort, », corrigé en 1866 sur épreuves en : « sommeil aussi doux que la mort, ».

3. Le népenthès était, chez les Grecs anciens (*Odyssée*, IV, v. 220-221), un remède contre la mélancolie — Baudelaire avait envisagé de donner comme titre aux *Paradis artificiels* « Le pharmakon népenthès » ou « Les jouissances et les dangers du Népenthès » (lettre à Poulet-Malassis, 10 janvier 1860) ; la ciguë est un poison mortel.

Page 196. V. *A celle qui est trop gaie.*

1. Titre en 1852 (manuscrit) : *A une femme trop gaie*. Poème envoyé à Mme Sabatier, avec une lettre non signée, où Baudelaire déclarait notamment : « Celui qui a fait ces vers dans un de ces états de rêverie où le jette souvent l'image de celle qui en est l'objet l'a bien vivement aimée, sans jamais le lui dire, et conservera *toujours* pour elle la plus tendre sympathie. »

2. Cf. la lettre à Desnoyers (fin 1853-début 1854) : « J'ai [...] toujours pensé qu'il y avait dans la *Nature*, florissante et rajeunie, quelque chose d'affligeant, de dur, de cruel, — un je ne sais quoi qui frise l'impudence » (C.B.).

3. Manuscrit : « Et, délicieuse douceur, ».

4. Manuscrit : « T'infuser mon sang, ô ma Sœur. » Possible souvenir de passages de *La Philosophie dans le boudoir* ou de *Juliette*, de Sade, où l'on voit une « inoculation » du même genre (G. Blin, *Le Sadisme de Baudelaire*, 1948, p. 29).

5. Interprétation qui ne fut pas explicitement celle des juges (P., p. 1133, 1208).

Page 197. VI. *Les Bijoux.*

1. Baudelaire (peut-être à cause du procès) aurait exprimé « le vœu que le sujet même passât au second plan et qu'on ne vît dans la pièce qu'une intention plastique » (P.). L'emploi du mot « bijou » demeure équivoque depuis Diderot et ses *Bijoux indiscrets* : voir aussi *Lola de Valence,* v. 4 (p. 212).

2. Cf. dans *Le Peintre de la vie moderne,* le passage sur le *mundus muliebris,* et notamment ces lignes sur « le métal et le minéral qui serpentent » autour du corps de la femme, qui « ajoutent leurs étincelles au feu de ses regards, ou qui jasent doucement à ses oreilles » (Pl. II, p. 714) ; *Le Serpent qui danse,* v. 13 à 16 (p. 79) ; la deuxième partie d'*Avec ses vêtements*... (p. 78) (C.B.).

3. Cf. le *Cantique des cantiques* (VII, 9) : « Que tes seins soient pour moi comme les grappes de la vigne » (C.B. ; P.).

4. Possible souvenir d'un passage de *Mademoiselle de Maupin,* de Gautier : « Cette ligne de la hanche qui serpente si voluptueusement est celle de l'Antiope endormie » (A.), mais aussi du tableau du Corrège, *Antiope.* Par ailleurs, Antiope était la sœur d'Hippolyte, reine des Amazones, et passe dans un vers de la *Phèdre* de Racine, comme le rappelle M. Butor (*Histoire extraordinaire,* Gallimard, 1961, p. 88).

Page 198. VII. *Les Métamorphoses du vampire.*

1. Titre du manuscrit : *L'Outre de la Volupté.* Le vampire qui se métamorphose est un thème du romantisme macabre, présent chez Gautier ou Philothée O'Neddy, mais aussi chez Hoffmann ou déjà chez Cazotte (C.B., A., P.).

2. Manuscrit : « braise / Et faisant lutiner sa hanche avec son busc, ». Le « busc » est l'armature du corset.

3. Manuscrit : « Et je suis tellement habile aux voluptés ».

4. Manuscrit : « bras redoutés » ; corrigé sur épreuves, en 1857, en « bras veloutés ». Baudelaire revient à « redoutés » dans les épreuves des *Epaves.*

5. Cf. les quatrains de *Tristesses de la lune* (p. 110).

6. Manuscrit : « sang / Gisaient confusément ».

7. Probable souvenir d'une nouvelle de Pétrus Borel, dans *Champavert : Don Andréa Vésalius, l'Anatomiste* (C.B.) où un « squelette », remué par le vent, est comparé à une « enseigne ».

Page 201.

1. Au sens classique de « poésies galantes » (P.). Dans *La Fanfarlo,* Samuel Cramer écrit un sonnet qui est « un ragoût de galanteries pimentées » (Pl. I, p. 570). Cf. cette remarque, à propos de Poe, sur la « galanterie, cette fleur volcanique et musquée pour qui le cerveau bouillonnant des poètes est un terrain de prédilection » (Pl. II, p. 312).

Page 203. VIII. *Le Jet d'eau.*

1. Poème vraisemblablement conçu comme une chanson, peut-être sous l'influence de Pierre Dupont (voir de ce dernier *La Promenade sur l'eau*, que Baudelaire cite dans sa seconde étude sur Dupont, Pl. II, p. 173-174). Le manuscrit contient aussi une « copie de chœur » (P.).

2. En grec, la « Brillante ». Texte du manuscrit et des épreuves des *Epaves* : « Où la lune pâlie ».

3. Préoriginale de 1865 : « La gerbe d'eau qui berce / Ses mille fleurs / Que la lune traverse / De ses lueurs / Tombe comme une averse / De larges pleurs. » ; même variante du refrain dans la suite du poème.

4. Texte du 31 mars 1866 (*Le Parnasse contemporain)* : « Le vif éclair des voluptés, ». Cf. *La Mort des amants*, v. 10 (p. 179).

5. Préoriginale de 1865 : « Vers les firmaments enchantés ».

Page 204. IX. *Les Yeux de Berthe.*

1. Cette « Berthe » est sans doute la même qui a inspiré à Baudelaire le poème en prose *La Soupe et les nuages*, et à qui furent dédiés *Les Bienfaits de la lune* (*Le Spleen de Paris*, Pl. I, p. 350, 341). Son portrait par Baudelaire est reproduit dans l'édition Pommier-Pichois, p. 299, et dans l'*Album Baudelaire* de la Bibliothèque de la Pléiade, p. 220, 222. Mais il est très possible que ce poème ait d'abord été écrit pour Jeanne Duval (P.).

2. Terme alchimique, encore employé par Baudelaire dans *le Poème du hachisch* (Pl. I, p. 439), mais aussi présent, de façon plus vague, dans le titre d'un ouvrage de Swedenborg (*Arcana coelestia*, 1745-1756) — que cite Balzac dans un passage de *Seraphîta* : ici, donc, idée de secret, de mystère, mais on ne peut exclure l'idée de « corps (notamment d'oxyde métallique), fabriqué avec l'aide d'un secret » de type chimique ou alchimique.

3. Note de Baudelaire, biffée sur les épreuves des *Epaves* : « Nous croyons avoir entendu parler de cette demoiselle Berthe. Elle a sans doute des vertus, sans compter la foi. Mais elle a surtout celle qui est le contraire de la chasteté. Il est vrai que les poètes ont des lunettes et des télescopes particuliers qui leur permettent de voir ce que les autres hommes ne voient pas. (Note de l'éditeur.) » (P.).

Page 205. X. *Hymne.*

1. Pas de titre sur le manuscrit. Poème envoyé à Mme Sabatier le 8 mai 1854 dans une lettre non signée, où cette dernière est qualifiée de « la plus chère et la plus précieuse des superstitions. — Je suis un égoïste, je me sers de vous. — Voici mon malheureux torche-cul. — Combien je serais heureux si je pouvais être certain que ces hautes conceptions de l'amour ont quelque chance d'être bien accueillies dans un coin secret de votre adorable pensée ! »

2. Cf. le « sel qui conserve les âmes momies » (*Fusées*, XIV, Pl. I, p. 663).

3. Manuscrit : « Encensoir toujours plein qui ».

4. Cf. *Le Parfum*, v. 3-4, p. 87.

5. Manuscrit : « Qui m'a versé joie et santé, / Salut en la Vie Eternelle, / En l'Eternelle Volupté ! ».

Page 205. XI. *Les Promesses d'un visage.*

1. Le titre, sur le manuscrit, s'est d'abord confondu avec une dédicace « à Mademoiselle A...z ».

Page 206. XII. *Le Monstre ou le paranymphe d'une nymphe macabre.*

1. Dans une lettre à Poulet-Malassis du 23 janvier 1866, Baudelaire indique que « le paranymphe de la vieille B... » comporte des « couplets », ce qui suggère que ce poème fut conçu sur le modèle formel d'une chanson, — ou d'un « rondeau » (Cassagne, 1906, p. 108). — Un « paranymphe » était un discours élogieux, mais assaisonné de traits satiriques, autrefois prononcé devant le candidat, à la fin des épreuves de la licence en théologie. Il avait aussi le sens plus général d'éloge (A.). Baudelaire, dans une lettre à Mendès du 26 janvier 1866, parle d' « un certain air archaïque », qui « sauve un peu la crudité » du poème : Baudelaire renoue alors avec la poésie « satyrique » des Baroques, tels Sigogne, Esternod, ou Saint-Pavin (auquel il emprunte le v. 3) : voir P.

2. Veuillot était un écrivain catholique passablement réactionnaire, avec lequel Baudelaire avait un ancien contentieux. Cf. le projet [I] de préface, p. 253, n. 1.

3. « Faire ses caravanes, mener une vie aventureuse et dissipée » (familier, selon Littré).

4. *Salières :* creux en arrière des clavicules.

5. Interjection : « je me moque de ».

6. Baudelaire écrit le 23 janvier 1866 à Poulet-Malassis : « Quelle est la grosseur, la forme et la couleur de cette citrouille ? Le mot peut-il s'appliquer métaphoriquement à toutes les tumeurs comme seins, fesses, et généralement à l'obésité ? »

7. *Les Clavicules* [« petites clés »] *de Salomon* sont un livre de magie attribué à ce roi biblique (P.).

8. Prévost-Paradol, universitaire, essayiste et académicien du second Empire, passait pour moraliste. La formule à lui attribuée aurait été prononcée par le ministre Salvandy, peu avant la révolution de 1830, à l'occasion d'un grand bal donné par le duc d'Orléans (voir P.).

9. Baudelaire écrit à Poulet-Malassis, le 23 janvier 1866 : « Le mot *Cas* peut-il s'appliquer au *Cul* comme à la pine, ou en est-il l'antipode ? ». — « Cas » fut tiré, au XVIIe siècle, de l'italien *cazzo* (A.).

Page 209. *Epigraphes.*

1. Au sens de vers accompagnant des œuvres d'art, comme par exemple les légendes au bas des vieilles gravures.

Page 211. XIV. *Vers pour le portrait de M. Honoré Daumier.*

1. Titre du manuscrit : *A Honoré Daumier.* Dans une lettre à Champfleury du 25 mai 1865, Baudelaire précise : « J'ai voulu dire

que le génie satirique de Daumier n'avait rien de commun avec le génie satanique ; c'est bon à dire, dans un temps où les portraits de certains personnages, par exemple Jésus-Christ, sont altérés par des sots qui y sont complètement intéressés » (probable allusion à Renan, auteur d'une *Vie de Jésus*, fort controversée). Sur Daumier, voir *Quelques caricaturistes français* (notamment Pl. II, p. 531).

2. Médaillon reproduit dans l'édition Pommier-Pichois, p. 310.

3. *Séquelle :* au sens étymologique, familier et péjoratif de « suite ».

4. Cf. *De l'essence du rire* (Pl. II, p. 531), où le personnage d'un célèbre roman noir de Maturin, *Melmoth ou l'homme errant* (1820), qui avait fait un pacte avec le Diable, est qualifié de « rieur irrémissible » : son rire « glace » et « brûl[e] ».

5. Une des Furies (cf. *Enéide*, chant VI, v. 607).

Page 212. XV. *Lola de Valence.*

1. Portrait peint par Manet en 1862. Les vers de Baudelaire, qu'il souhaitait voir tracés dans la pâte même de l'œuvre, furent inscrits dans un cartouche attaché au cadre (cf. le catalogue de l'Exposition Baudelaire de la Bibliothèque nationale, 1957, n° 245, p. 57), et furent reproduits en légende sous une eau-forte gravée d'après le tableau, en 1863.

Page 212. XVI. *Sur « Le Tasse en prison » d'Eugène Delacroix.*

1. Poème composé à partir d'une des deux toiles peintes par Delacroix vers 1827. Le poète italien, devenu fou, avait été enfermé à Ferrare pendant sept ans ; Byron avait écrit *Les Lamentations du Tasse*, et contribué ainsi à faire de ce poète un des mythes du romantisme. — Manuscrit (sans titre) :

> Le poète au cachot, mal vêtu, mal chaussé,
> Déchirant sous ses pieds un manuscrit usé,
> Mesure d'un regard que la démence enflamme,
> L'escalier du vertige où s'abîme son âme.
>
> Les rires enivrants dont s'emplit la Prison,
> Vers l'étrange, et l'absurde invitent sa raison —
> Le doute l'environne, et la peur ridicule,
> Et la longue épouvante autour de lui circule —
>
> Ce triste prisonnier, bilieux et malsain,
> Qui se penche à la voix des songes, dont l'essaim
> Tourbillonne, ameuté derrière son oreille,
>
> Ce rude travailleur, qui toujours lutte et veille,
> Est l'emblème d'une âme, et des rêves futurs,
> Que le Possible enferme entre ses quatre murs !
>
> Février 1844.

2. Probable influence de gravures de Piranèse (cf. G. Poulet, 1950, p. 340, et *Trois essais de mythologie romantique*, Corti, 1966 ; L. Keller, *Piranèse et les Romantiques français*, Corti, 1966, p. 200-208).

Page 217. XVII. *La Voix.*

1. Poème divisé en quatrains en 1861-1862.
2. C.B. : possible souvenir du début de *Bérénice*, dans les *Nouvelles Histoires extraordinaires* de Poe (texte que Baudelaire traduit en 1852).
3. Texte de mars 1866 [coquille ?] : « Je vois distinctement des monstres singuliers, ».

Page 218. XVIII. *L'Imprévu.*

1. Poème dédié, dans la préoriginale de 1863, à Barbey d'Aurevilly. Ce dernier, qui avait, on le sait, engagé Baudelaire, lors de la publication des *Fleurs du Mal* en 1857, à « se brûler la cervelle... ou se faire chrétien ! », écrivait encore au poète, le 13 août 1860 : « Adieu le dernier de mes vices. Quand deviendrez-vous une vertu ? » (*Lettres à Baudelaire*, ouvr. cité, p. 59). Voir notamment J. Petit, « Baudelaire et Barbey d'Aurevilly », *R.H.L.F.*, avril-juin 1967, p. 62 à 71.
2. Manuscrit : « Un riche, qui », corrigé par biffure en « Harpagon, qui ».
3. Manuscrit : « Une catin roucoule », corrigé par biffure en « Célimène roucoule ». Cf. Pl. I, p. 1156 ; Pl. II, p. 990.
4. Allusion aux journalistes voltairiens (P.).
5. Cf. *Bribes*, v. 49 (p. 245).
6. *La Sorcière* de Michelet paraît en novembre 1862 ; Louandre a écrit *La Sorcellerie*, en 1853 ; Eliphas Lévi [abbé Constant] a écrit en 1856 le *Dogme et rituel de la haute magie* (P.). Voir A. Mercier, *E. Lévi et la pensée magique au XIX*[e] *siècle*, Seghers, 1974.
7. Manuscrit : « fait avec l'universel péché, » ; épreuve des *Epaves* : « fait, amis, de l'immortel péché ».

Page 219. XIX. *La Rançon.*

1. Manuscrit de 1851-1852 : « Mais pour que rien ne soit jeté / Qui serve à payer l'esclavage, / Elles grossiront l'apanage / De la commune liberté. » Strophe supprimée en 1857.

Page 220. XX. *A une Malabaraise.*

1. Titre en 1846 : *A une Indienne*. Thème déjà traité par Hugo (*La Fille d'O-Taïti, Odes et ballades*, IV, 7) et Gautier (*Le Bengali* ; *Ce monde-ci et l'autre*) (C.B.).
2. Texte de 1846 : « Tes grands yeux indiens sont ».
3. Texte de 1846 : « Si le corset brutal martyrisant tes ».
4. Texte de 1846 : « L'œil errant et suivant dans nos vastes brouillards, / Des cocotiers natifs les ».
5. Le texte de 1846 continuait ainsi, après un blanc : « Amour de l'inconnu, jus de l'antique pomme, / Vieille perdition de la femme et de l'homme, / O curiosité, toujours tu leur feras / Déserter

comme font les oiseaux, ces ingrats, / Pour un lointain mirage et des cieux moins prospères, / Le toit qu'ont parfumé les cercueils de leurs pères. »

Page 223.

1. Cf. le lien, établi à propos de Poe, entre les « bouffonneries violentes » et les « aspirations effrénées vers l'infini » (Pl. II, p. 275).

Page 225. XXI. *Sur les débuts d'Amina Boschetti.*

1. Titre en 1865 : *A Mademoiselle Amina Boschetti.* — Elle avait dansé à Bruxelles en septembre 1864 (P.). Baudelaire note, à son sujet, dans *Pauvre Belgique !* (Pl. II, p. 820) : « Un pauvre qui voit des objets de luxe, un homme triste qui respire son enfance dans les odeurs de l'Eglise, ainsi je fus devant Amina. [...] Le talent dans le Désert. Elle sourit chez un peuple qui ne sait pas sourire. Elle voltige chez un peuple, où chaque femme pourrait avec une seule [de ses] pattes éléphantines écraser un millier d'œufs. »

2. *Welche :* désigne, au figuré, un ignorant ; *prâcrit :* forme vulgaire du sanscrit (c'est ce dernier mot qu'emploie Baudelaire dans le premier état du texte, en octobre 1864).

3. Rue mal famée de Bruxelles.

4. Texte de 1864 : « Vous ignorez, Sylphide, au regard triomphant, ». Sur le mot « sylphide », voir *L'Horloge,* v. 6 (p. 122).

5. Sur cette bière, voir *Pauvre Belgique !* (Pl. II, p. 836), et les *Amœnitates Belgicæ* (*ibid.*, p. 970).

Page 226. XXII. *A propos d'un importun.*

1. Dédicace biffée, sur la manuscrit : « A M. Fromentin, / (A propos d'un importun qui se disait l'ami de Fromentin, de Daubigny, de Flahaut, d'Harpignies, de Corot, et de tout le monde, et qui, bien que je ne l'eusse jamais vu, m'a tenu à la Taverne du Globe, pendant trois heures et demie, à écouter son histoire.) » Voir *Pauvre Belgique !*, Pl. II, p. 857. La peinture de Fromentin est louée par Baudelaire, notamment dans le *Salon de 1859* (Pl. II, p. 649 à 651) ; Baudelaire a aussi annoté un exemplaire de *Dominique,* à lui envoyé par l'auteur (Pl. II, p. 245).

2. La compagnie de chemins de fer (P.).

3. Décorateur (1672-1742) (P.).

4. Localité de l'Oise.

5. Auteur de romans moralisateurs.

6. La rime « Tournai »/« retourné » (voir aussi les v. 46 et 48) parodie peut-être une prononciation locale (B. de Cornulier, « Métrique des *Fleurs du Mal* », art. cité, p. 73, n. 2). Rime analogue dans une des *Amœnitates Belgicæ, L'Esprit conforme* (Pl. II, p. 972).

7. Cf. le v. 2.

Page 227. XXIII. *Un cabaret folâtre.*

1. Le manuscrit corrige « symboles » par « emblèmes ».

2. Ce journaliste, à qui est consacré un petit poème, *Monselet*

paillard (Pl. I, p. 210) et qui est encore mentionné dans *Pauvre Belgique !* (Pl. II, p. 958), était un ami de Baudelaire depuis 1851. Il fut notamment, avec Nerval dans ses *Illuminés*, un des révélateurs de Rétif ; il apparaît, sous le nom de Mollandeux, dans le *Charles Demailly* des Goncourt (R. Ricatte, *La Création romanesque chez les Goncourt*, Armand Colin, 1953, p. 131-132). Voir A. Monselet, *Charles Monselet, sa vie, son œuvre*, E. Testard, 1892.

3. *Un voyage à Cythère*, v. 34 (p. 165).

Page 231.[I.] *Epigraphe pour un livre condamné.*

1. *Saturnien :* triste, mélancolique (on attribuait autrefois à la planète Saturne cette influence).

2. Le mot d' « hystérie » ne désigne pas alors une entité nosologique comparable à ce que Charcot et son école définiront par la suite. A l'époque de Baudelaire, cette maladie était souvent considérée, à la suite des travaux de Pinel (1745-1826) sur la *furor uterinus*, puis d'Esquirol (1772-1840) et de Falret (1794-1870) comme spécifiquement féminine (thèse défendue par Landouzy, par exemple, dans son *Traité complet de l'hystérie*, 1846) ; mais Briquet (1796-1881), dans son *Traité clinique et thérapeutique de l'hystérie*, 1859, commençait à défendre l'idée d'une hystérie masculine, attribuée à une « névrose de l'encéphale » ; on notera que ces deux derniers auteurs sont mentionnés, p. 218-219, dans les travaux de Brierre de Boismont que connaissait Baudelaire, et que nous citions déjà p. 302, à propos des *Sept Vieillards*. Baudelaire, qui reconnaissait dans l'hystérie « une des formes [...] du Diable » (*Mon cœur mis à nu*, XXVII, Pl. I, p. 693), et qui avouait dans *Fusées* (Pl. I, p. 668) avoir « cultivé [s]on hystérie avec jouissance et terreur », a plusieurs fois marqué sa méfiance envers ce terme médical, dans un passage du *Mauvais Vitrier* (*Le Spleen de Paris*, Pl. I, p. 286), et dans une lettre à Sainte-Beuve du 15 janvier 1866, — tout en l'utilisant, à l'occasion, dans sa critique littéraire ou artistique (Pl. II, p. 46, 83, 280, 317).

Page 231. [II] *Madrigal triste.*

1. Cf. *L'Héautontimorouménos* (p. 120), et l'Introduction, p. 24, n. 53.

Page 233. [III] *La Prière d'un païen.*

1. *Morfondue :* sens peut-être archaïsant (cf. *Les Sept Vieillards*, v. 47 (p. 121).

Page 233. [IV] *Le Rebelle.*

1. Cf. ces remarques de 1852, dans *L'Ecole païenne* (Pl. II, p. 48) : « Le péché contient son enfer, et la nature dit de temps en temps à la douleur et à la misère : Allez vaincre ces rebelles ! » (C.B.).

2. Cf. « l'Ange aveugle de l'expiation » des *Etudes sur Poe* (Pl. II, p. 249, 296).

3. *Appas :* cf. *La Muse vénale*, v. 12 (p. 66).

Page 234. [V] *L'Avertisseur.*

1. Texte de 1861 : « Darde tes yeux ».

2. *Nixes :* ondines qui, dans la mythologie allemande, sortent de l'eau pour séduire les hommes et les entraîner avec elles. Baudelaire fait encore allusion à « la vieille fable de l'Ondine » dans *Le Poème du hachisch* (Pl. I, p. 432).

Page 235. [VI] *Recueillement.*

1. Cf. *Le Crépuscule du soir,* v. 29 (p. 138).

2. A. Fongaro (*Quelques images dans « Les Fleurs du Mal »*, ouvr. cité, p. 35-36) suggère de voir l'origine de l'expression « balcons du ciel » dans un poème, publié en 1846, puis en 1857, de Lefèvre-Deumier, *Les Vivants et les morts,* qui est adressé aux morts ; toutefois, il s'agit alors d'aurore, et non de coucher du soleil. Par ailleurs, les « robes » de notre poème rappellent l' « aurore grelottante en robe rose et verte » dans *Le Crépuscule du matin,* v. 25 (p. 135). Cf. la n. 4.

3. Cf., dans *Le Poème du hachisch* (Pl. I, p. 432), l'esprit qui « regarde avec un certain délice mélancolique à travers les années profondes » ; et *Fusées* XV (Pl. I, p. 664, 667).

4. Baudelaire récrit ici le début d'un poème de Longfellow, *Hymn to the Night* (dans *Voices of the Night,* 1839) : il y est question de la « traîne » de la Nuit, de sa « robe noire » ; et la « paisible [...] présence » de la Nuit « descend » sur le poète (cf. les v. 2 et 4) ; Longfellow est cité dans la « Note sur les plagiats » (p. 256).

Page 235. [VII] *Le Couvercle.*

1. *Libertin :* au sens, déjà rencontré au v. 4 d'*Horreur sympathique* (p. 119), d' « incroyant ».

2. Cf. le v. 1 de *Spleen* (p. 117).

Page 236. [VIII] *La Lune offensée.*

1. Nom porté par la lune chez divers poètes anglais (C.B.).

2. Cf. *Le Vin des chiffonniers,* v. 6 (p. 152).

3. La Lune s'était éprise de ce berger, auquel Zeus accorda une jeunesse et une beauté éternelles. — Baudelaire songe-t-il ici au *Sommeil d'Endymion,* toile de ce Girodet dont il admirait en 1846 le talent « essentiellement poétique » (Pl. II, p. 411) ? (P.).

Page 236. [IX] *Le Gouffre.*

1. Ce mot revient dix-huit fois dans *Les Fleurs du Mal.* Cf. *Fusées* (Pl. I, p. 668) : « Au moral comme au physique, j'ai toujours eu la sensation du gouffre, non seulement du gouffre du sommeil, mais du gouffre de l'action, du rêve, du souvenir, du désir, du regret, du remords, du beau, du nombre, etc. »

2. Cette tradition avait été rappelée par Sainte-Beuve dans son *Port-Royal* : « M. Pascal croyait toujours voir un abîme à son côté gauche, et y faisait mettre une chaise pour se rassurer [...] » (P.).

3. Cf. *Les Ténèbres,* v. 5-6 (p. 86) ; *Obsession,* v. 12 à 14 (p. 118).

4. Sans doute au sens d'un regret, plutôt que d'un souhait (cf.

C.B. et P.). Cf. les remarques de *Mon cœur mis à nu,* XX (Pl. I, p. 688-689) sur la création comme « chute de Dieu » dans la « dualité », celles de l'étude de 1861 sur Hugo : « Comment le père *un* a-t-il pu engendrer la dualité et s'est-il enfin métamorphosé en une population innombrable de nombres ? Mystère ! La totalité infinie des nombres doit-elle ou peut-elle se concentrer de nouveau dans l'unité originelle ? » (Pl. II, p. 137), et le « gouffre [...] du nombre », cité n. 1, ainsi que les énigmatiques remarques de *Fusées,* I, Pl. I, p. 649 : « *Tout* est nombre. Le nombre est dans *tout.* Le nombre est dans l'individu. »

Page 237. [X] *Les Plaintes d'un Icare.*

1. Dans la préoriginale de 1862, sont placés en épigraphe les vers de l'*Elegy* de Gray qui avaient inspiré *Le Guignon* (voir Introduction, p. 34). Le titre était au singulier. Baudelaire s'est probablement souvenu de gravures de Goltzius, dont l'une représente « La chute d'Icare » (reproduite dans l'édition Pommier-Pichois, p. 351), l'autre représente Ixion (qui, voulant séduire Junon, n'a étreint qu'une nuée, et eut les bras rompus), la troisième représente Phaéton (qui s'étant élancé vers le soleil, fut consumé) : Baudelaire mêle ici des allusions à ces trois figures mythologiques de l'ambition vaincue (A. ; P.).

2. Cf. *La Béatrice,* v. 28 (p. 164).

3. Probable souvenir du célèbre fragment de Pascal, « Disproportion de l'homme » (cf. Ph. Sellier, « Pour un *Baudelaire et Pascal* », dans *Baudelaire [...] L'intériorité de la forme,* 1989, ouvr. cité, p. 8-9).

4. Icare avait donné son nom à la mer d'Icarie.

Page 237. [XI] *L'Examen de minuit.*

1. Dans la préoriginale de 1863, le texte est découpé en quatrains ; il est précédé de cette dédicace : « A tous mes amis ». — Poème à rapprocher de *A une heure du matin* (*Le Spleen de Paris,* Pl. I, p. 287).

2. Texte de 1863 : « Puis nous efforçant de noyer / Le vertige dans le délire, / Nous avons, prêtre de la Lyre, / Très lâchement, pour oublier / La beauté des choses funèbres, ».

Page 238. [XII] *Bien loin d'ici.*

1. A rapprocher de *La Belle Dorothée* (*Le Spleen de Paris,* Pl. I, p. 316). Il s'agit d'un « souvenir de l'Ile Bourbon [La Réunion] » (lettre à Poulet-Malassis du 15 décembre 1859).

2. Probable allusion à l'usage antique de la prostitution sacrée (A. ; P.).

Page 241. *Bribes.*

1. Mise au net (vers 1859 ?) de fragments, d'époques peut-être différentes.

Page 243.

1. Cf. *L'Invitation au voyage*, v. 38 (p. 90), et le deuxième projet d'épilogue, v. 30, p. 250. Possible souvenir du chapitre III de *Seraphîta*, où il est question d'anges vêtus de « pourpre » et d'« hyacinthe ».

2. Cf. le deuxième projet d'épilogue, v. 34.

3. Ce titre semble se rapporter aux deux quatrains qui précèdent.

4. Cf. *Danse macabre*, v. 45 (p. 140).

Page 249.

1. Cf. l'« Epilogue (ode à Paris vu du haut de Montmartre) » que Baudelaire présente à Poulet-Malassis comme inachevé, dans une lettre du 6 juillet 1860. (Cf. p. 247.) On notera que ce projet peut rappeler un passage de *La Fanfarlo*, où Cramer veut « jeter un coup d'œil de vainqueur sur la ville maudite » (Pl. I, p. 574), comme Rastignac à la fin du *Père Goriot*.

2. Cf. *Le Crépuscule du matin* (p. 147) et *Le Crépuscule du soir* (p. 138).

Page 250.

1. Allusion à l'attentat d'Orsini contre Napoléon III, le 14 janvier 1858 (P.).

2. Fleuve d'Amérique du Sud. Cf. une remarque sur les « Orénoques du cœur humain, la guerre, l'amour, le jeu » (*Le Peintre de la vie moderne*, Pl. II, p. 707).

3. *Hyacinthe* : cf. *L'Invitation au voyage*, v. 38 (p. 99), et *Bribes*, v. 1.

Page 251. [Projets de Préfaces].

1. Il est difficile de déterminer, sauf pour le projet [IV], s'ils étaient destinés à la deuxième ou à la troisième édition. Baudelaire envisage, en 1860, tantôt « vingt lignes d'un majestueux dédain » (lettre à Poulet-Malassis du 14 juillet), tantôt une préface « d'une violente bouffonnerie. J'hésite à l'imprimer, et cependant je ne me rassasierai jamais d'insulter la France » (lettre à sa mère du 11 octobre). En août ou septembre 1862, il écrit à l'éditeur Michel Lévy : « Dans la troisième édition, [...] j'ajouterai [...] une grande préface où j'expliquerai mes trucs et ma méthode et où j'enseignerai à chacun l'*art d'en faire autant*. » Il emploie encore dans cette lettre l'expression de « sérieuse bouffonnerie ».

Page 253. [I]

1. Réponse à Veuillot, qui avait écrit en 1858 : « Le mal sera vaincu par un poète [...] qui n'attaquera ni Dieu, ni l'ordre social, ni la morale vulgaire ; qui ne chantera ni sa dame, ni la dame d'autrui, ni les dames de tout le monde » (P.).

2. Argument suggéré par Sainte-Beuve lors du procès (Pl. I, p. 790).

3. Sur le « progrès », cf. *Le Voyage*, n. 1 et 2.

4. *Atmosphère :* poids d'une colonne de mercure prise conventionnellement pour unité de pression.

Page 254. [II]

1. Ces deux auteurs étaient volontiers cités par la presse voltairienne, que Baudelaire détestait.
2. Formulation plus claire dans une lettre du 23 février à Soulary : « [...] *tous les grands hommes sont bêtes ;* tous les hommes représentatifs, ou représentants de multitudes. C'est une punition que Dieu leur inflige » (C.B.).
3. Propos que Baudelaire, dans une lettre à Ancelle du 18 février 1866, attribue à Leconte de Lisle (C.B.).
4. Ce jeu de mots sur la formule de l'Evangile désignant le mystère de l'Incarnation permet une allusion ironique au philosophe spiritualiste Caro (1826-1887) (C.B. ; P.).
5. Allusions elliptiques à l'épigraphe de la première édition, à l'article — non publié — de Barbey en 1857 sur les *Fleurs du Mal*, au suicide de Nerval.

Page 255. [III]

1. Cf. les remarques de Poe, citées dans le préambule *La Genèse d'un poème* (Pl. II, p. 343-345).
2. Cf. les remarques sur les prosodies et la rhétorique dans le *Salon de 1859* (Pl. II, p. 627).
3. Cf. *Le Guignon, Le Flambeau vivant, Recueillement, L'Invitation au voyage, Le Cygne, Obsession, Les Petites Vieilles.*

Page 256. [IV]

1. *Rubriques :* ruses, finesses.
2. Tout ce passage est inspiré de Poe (*Philosophy of composition*).
3. Remplace *vie*, non biffé sur le manuscrit.

INDICATIONS BIBLIOGRAPHIQUES

A. ÉDITIONS

Œuvres complètes, texte établi, présenté et annoté par Claude Pichois, Gallimard, Bibliothèque de la Pléiade, 2 tomes, 1975 et 1976 [sigle : Pl. I, Pl. II].

Correspondance (tome I : janvier 1832-février 1860 ; tome II : mars 1860-mars 1866), texte établi, présenté et annoté par Claude Pichois avec la collaboration de Jean Ziegler, Gallimard, Bibliothèque de la Pléiade, 1973.

Éditions des *Fleurs du Mal :*

Les Fleurs du Mal. Texte de la seconde édition suivi des pièces supprimées en 1857 et des additions de 1868, édition critique établie par Jacques Crépet et Georges Blin, Librairie José Corti, 1942 [sigle : C.B.].

Les Fleurs du Mal [texte de la seconde édition], Introduction, relevé de variantes et notes par Antoine Adam, Garnier Frères, 1959 [sigle : A.].

Les Fleurs du Mal. Texte de 1861. Les Épaves, Sylves, avec certaines images qui ont pu inspirer le poète. Édition établie par Jean Pommier et Claude Pichois, Club des Libraires de France, 1959.

Les Fleurs du Mal. Texte de la deuxième édition. Les Épaves. Additions de la troisième édition. Documents et bibliographie. Édition critique Jacques Crépet-Georges Blin, refondue par Georges Blin et Claude Pichois, t. I, Librairie José Corti, 1968.

Les Fleurs du Mal [texte de la seconde édition], texte établi, présenté et annoté par Claude Pichois, *Œuvres complètes,* Gallimard, Bibliothèque de la Pléiade, t. I, 1975 [sigle : P.].

N.B. Le lecteur curieux de lire la première édition (1857) des *Fleurs du Mal* se reportera au fac-similé publié, à l'instigation de Jean Pommier, en 1968, à Genève (Slatkine Reprints). A défaut, il peut consulter l'édition Florenne des *Fleurs du Mal* (Le Livre de Poche, 1972), qui donne d'abord le texte de 1857, mais avec les corrections de 1861, puis les apports de l'édition de 1861, des *Épaves* de 1866 et de l'édition de 1868, ou l'édition de Jean Delabroy (collection Texte et contextes, Magnard, 1987), qui reprend pour l'essentiel le texte et les principes de l'édition du Livre de Poche, en y ajoutant un très utile dossier iconographique et critique.

B. BIOGRAPHIE, ICONOGRAPHIE, DOCUMENTS DIVERS

Bandy (W. T.) et Pichois (Cl.) : *Baudelaire devant ses contemporains,* Monaco, Éditions du Rocher, 1957 [utile relevé de jugements, d'articles, de témoignages].

Carter (A. E.) : *Baudelaire et la critique française, 1868-1917,* University of South Carolina Press, 1963 [répertoire commode].

Pichois (Cl.) : *Album Baudelaire,* Gallimard, Bibliothèque de la Pléiade, 1974.

Pichois (Cl.) et Ziegler (J.) : *Baudelaire,* Julliard, 1987 [une des synthèses les plus sûres].

Poggenburg (R.) : *Charles Baudelaire. Une microhistoire. Chronologie baudelairienne,* José Corti, 1987 [le titre indique la perspective ; intéressant à lire en parallèle avec l'ouvrage précédent].

C. OUVRAGES GÉNÉRAUX SUR BAUDELAIRE

Austin (L. J.) : *L'Univers poétique de Baudelaire. Symbolisme et symbolique,* Mercure de France, 1956 [de bonnes mises au point sur l'imagination baudelairienne].

Benjamin (W.) : *Charles Baudelaire, un poète lyrique à l'apogée du capitalisme,* Payot 1982 [une lecture marxisante, souvent incisive].

Bersani (L.) : *Baudelaire et Freud,* Le Seuil, 1981 [la plus notable des lectures psychanalytiques].

Blin (G.) : *Baudelaire,* Gallimard, 1939 [magistral].

–, *Le Sadisme de Baudelaire,* José Corti, 1948 [également excellent ; contient, entre autres, la critique la plus aiguë du livre de Sartre].

Chesters (Gr.) : *Baudelaire and the Poetics of Craft,* Cambridge U.P., 1988.

Eigeldinger (M.) : *Le Platonisme de Baudelaire,* Neuchâtel, La Baconnière, 1951 [bref et suggestif essai].

Emmanuel (P.) : *Baudelaire,* Desclée de Brouwer, 1967 ; réédition : *Baudelaire, la femme et Dieu,* Le Seuil, « Points », 1982 [sur la métaphysique et la religion baudelairiennes].

Jouve (P. J.) : *Tombeau de Baudelaire,* Neuchâtel, La Baconnière, 1942 ; réédition : Le Seuil, 1958 [méditation, souvent profonde, d'un poète sur un de ses pairs].

Leakey (F.) : *Baudelaire and Nature,* Manchester University Press, 1969 [perspicace et précis, méconnu en France].

Macchia (G.) : *Baudelaire,* Milano, Rizzoli, 1975 [par un des meilleurs connaisseurs italiens de Baudelaire].

Milner (M.) : *Baudelaire, enfer ou ciel, qu'importe !,* Plon, 1967 [bonne présentation d'ensemble].

Pichois (Cl.) : *Baudelaire. Études et témoignages,* Neuchâtel, La Baconnière, 1967 ; nouvelle édition revue et augmentée, 1976 [voir notamment les remarques éclairantes sur la « difficulté créatrice » chez Baudelaire].

Pommier (J.) : *La Mystique de Baudelaire,* Les Belles Lettres, 1932 ; réimpression : Genève, Slatkine Reprints, 1967 [livre pionnier sur certains arrière-plans de l'œuvre baudelairienne].

–, *Dans les chemins de Baudelaire,* José Corti, 1945 [études de sources, d'histoire littéraire].

Prévost (J.) : *Baudelaire, essai sur l'inspiration et la création poétiques,* Mercure de France, 1953 ; réédition, 1964 [une des meilleures études, notamment sur la technique baudelairienne].

Ruff (M.) : *L'Esprit du mal et l'esthétique baudelairienne,* Armand Colin, 1955 ; Genève, Slatkine Reprints, 1972 [une thèse, volumineuse et controversée].

–, *Baudelaire,* Hatier, 1955 ; nouvelle édition, 1966 [initiation à l'œuvre].

Sartre (J.-P.) : *Baudelaire,* Gallimard, 1947 ; réédition, Gallimard, « Idées », 1963 [sur le projet existentiel supposé de Baudelaire ; brillant et contestable].

Vivier (R.). *L'Originalité de Baudelaire,* Bruxelles, Palais des Académies, 1926 ; réédité en 1952 et en 1965 [étude de sources ; de bonnes remarques sur le style].

D. ÉTUDES PARTIELLEMENT CONSACRÉES À BAUDELAIRE

Bataille (G.) : *La Littérature et le mal,* Gallimard, 1957, p. 33 à 63 ; réédition : Gallimard, « Idées », 1967 [réflexion philosophique sur l'existence poétique].

Du Bos (Ch.) : *Approximations,* Fayard, 1965, p. 183 à 237 ; p. 977 à 1036 [la plus profonde des lectures « spiritualistes » et chrétiennes].

Friedrich (H.) : *Structures de la poésie moderne,* [1956], Denoël-Gonthier, « Médiations », 1976, p. 39 à 72 [examen dense et incisif de la modernité baudelairienne].

Poulet (G.) : *Études sur le temps humain,* Plon, 1950, p. 327 à 349.

–, *Les Métamorphoses du cercle,* Plon, 1961 ; réédition : Flammarion, « Champs », 1979, p. 407 à 437.

–, *La Poésie éclatée. Baudelaire, Rimbaud* (reprise d'un texte publié dans Kopp (R.) et Poulet (G.) : *Qui était Baudelaire ?,* Genève, Skira, 1969, P.U.F., 1980, p. 11 à 84.

–, *La Pensée indéterminée,* t. II, P.U.F., 1987, p. 145 à 149 [quatre études magistrales, en particulier sur l'espace et le temps baudelairiens].

Proust (M.) : *Contre Sainte-Beuve,* éd. Clarac-Sandre, Gallimard, Bibliothèque de la Pléiade, 1971, p. 618 à 639 ; p. 243 à 262 [exemple de critique de créateur].

Richard (J.-P.) : *Poésie et profondeur,* Le Seuil, 1955, p. 91 à 162 ; réédition : Le Seuil, « Points », 1976 [par le maître de la critique thématique : l'univers sensuel et sensoriel d'un Baudelaire « heureux »].

Rivière (J.) : *Études,* Gallimard, 1912, p. 13 à 27 [une des premières études dignes de ce nom].

Valéry (P.) : *Œuvres,* éd. Hytier, Gallimard, Bibliothèque de la Pléiade, t. I, 1957, p. 598 à 613 [sur la « situation » de Baudelaire].

E. ÉTUDES GÉNÉRALES SUR *LES FLEURS DU MAL*

Auerbach (E.) : «The Aesthetic Dignity of the *Fleurs du Mal*», [texte allemand : *Vier Unterschungen zur Geschichte der Französischen Bildung*, Bern, Francke, 1951, p. 107 à 127], dans *Scenes from the Drama of European Literature*, New York, Meridian Books, 1959 ; réédition : Peter Smith, Gloucester, Massachusetts, 1973, p. 201 à 226 [sur le mélange du « bas » et du « sublime » dans le style baudelairien].

Bandy (W. T.) : *Index des rimes des « Fleurs du Mal »*, Publications du Centre d'Études Baudelairiennes, Nashville, Vanderbilt University, 1972.

Baudelaire. Les Fleurs du Mal. L'intériorité de la forme, Actes du colloque du 7 janvier 1989, Sedes, 1989 [apporte quelques éclairages neufs].

Bonnefoy (Y.) : *L'Improbable et autres essais*, Mercure de France, 1959, p. 35 à 48 ; réédition : Gallimard, « Idées », 1983 [lecture de Baudelaire par un poète ; à comparer avec celle de Jouve].

Cargo (R. T.) : *A Concordance to Baudelaire's « Les Fleurs du Mal »*, Chapel Hill, The University of North Carolina Press, 1965.

Cassagne (A.) : *Versification et métrique de Ch. Baudelaire*, Hachette, 1906 ; réédition : Genève, Slatkine Reprints [encore la seule étude d'ensemble sur le sujet].

Fairlie (A.) : *Baudelaire : « Les Fleurs du Mal »*, London, Edward Arnold, 1960 [une initiation qui va à l'essentiel].

Giusto (J.-P.) : *Charles Baudelaire. « Les Fleurs du Mal »*, P.U.F., 1984 [présentation récente].

Mathieu (J.-Cl.) : *« Les Fleurs du Mal », de Baudelaire*, Hachette, « Poche-Critique », 1972 [la meilleure initiation en français].

Milner (M.) : Préface aux *Fleurs du Mal*, édition de l'Imprimerie nationale, 1978 [par un des bons connaisseurs de Baudelaire].

Mourot (J.) : *Baudelaire. « Les Fleurs du Mal »*, Presses Universitaires de Nancy, 1989 [publication posthume d'un cours du grand stylisticien ; voir surtout les commentaires de poèmes].

Nuiten (H.) : *Les Variantes des « Fleurs du Mal » et des « Épaves » de Charles Baudelaire (1821-1867). Étude de stylistique génétique*, Amsterdam, Holland University Press, 1979 [relevé minutieux et commode].

Pizzorusso (A.) : *Sedici commenti a Baudelaire*, Florence, Nuovedizioni Enrico Vallecchi, 1976 [toujours perspicace].

Quemada (B.) : *Baudelaire. Les Fleurs du Mal. Concordances. Index et relevés statistiques établis d'après l'édition Crépet-Blin par le Centre d'étude du Vocabulaire français de la Faculté des Lettres de Besançon avec la collaboration de K. Menemencioglu*, Larousse, 1965.

Raymond (M.) : Préface aux *Fleurs du Mal, Œuvres complètes*, Lausanne, La Guilde du Livre, 1967 [excellent].

Starobinski (J.) : *La Mélancolie au miroir. Trois lectures de Baudelaire*, Julliard, 1989 [magistral].

Zilberger (Cl.) : *Une lecture des « Fleurs du Mal »*, Tours, Mame, 1972 [une lecture sémiotique].

On complétera ces indications par les références plus ponctuelles qu'apportent l'Introduction et les Notes de ce volume. Précisons, enfin, que les commentaires suscités par tel ou tel poème des *Fleurs du Mal* sont bien trop nombreux pour être cités ici. On se reportera d'abord à l'édition Pichois (Bibliothèque de la Pléiade, t. I), qui en donne une utile sélection, parfois commentée. On consultera éventuellement, pour plus de détails, H. Nuiten, W.T. Bandy, Fr. G. Henry, *Les « Fleurs » expliquées : bibliographie des exégèses des « Fleurs du Mal » et des « Épaves » de Charles Baudelaire*, Amsterdam, Rodopi, 1983 ; le *Bulletin baudelairien* du Centre d'Études baudelairiennes de l'Université Vanderbilt, Nashville, Tennessee, XXI, 1986, p. 49 à 79 (ce *Bulletin* fournit une bibliographie annuelle).

COMPLÉMENT BIBLIOGRAPHIQUE (2006)

Depuis 1991, la critique consacrée à Baudelaire et aux *Fleurs du Mal* s'est enrichie de nombreux travaux, notamment à la suite de l'inscription du recueil au programme de l'agrégation de Lettres, en 2002. On trouvera ci-après une sélection de titres.

ÉDITIONS DES *FLEURS DU MAL*

L'École des Lettres, Le Seuil, 1993 [avec une éclairante postface d'Antoine Compagnon, sur les « mythes » et « clichés » successifs suscités par cette œuvre].

Le Livre de Poche classique, 1999, édition préfacée, annotée et commentée par John E. Jackson.

L'Atelier de Baudelaire : « Les Fleurs du Mal », édition diplomatique par Claude Pichois et Jacques Dupont, Champion, 2005, 4 vol. [on y trouvera en particulier le fac-similé de l'édition originale de 1857, les fac-similés des manuscrits, ainsi qu'une histoire de la genèse des *Fleurs du Mal*, un index des rimes, et un index métrique dû à B. de Cornulier].

OUVRAGES CONSACRÉS TOTALEMENT OU PARTIELLEMENT À BAUDELAIRE ET AUX *FLEURS DU MAL*

Bercot (M.) et Guyaux (A.), éd. : *Dix études sur Baudelaire*, Champion, 1993.

Bonnefoy (Y.) : *Baudelaire : la tentation de l'oubli*, Bibliothèque nationale de France, 2000 [la méditation d'un poète-critique sur un de ses pairs] ; repris dans *Sous l'horizon du langage*, Mercure de France, 2002, p. 115-161.

Compagnon (A.) : *Baudelaire devant l'innombrable*, Presses de l'Université de Paris-Sorbonne, 2003 [un recueil d'articles ; voir notamment les pertinentes mises au point sur la question de l'infini baudelairien et sur celle de l'allégorie].

Jackson (J. E.) : *Baudelaire*, Le Livre de Poche, 2001 [une des synthèses les plus récentes, suivie d'une utile anthologie].

Labarthe (P.) : *Baudelaire et la tradition de l'allégorie*, Droz, 1999 [à rebours de certains clichés « modernistes », étude fouillée et profonde sur le rapport de Baudelaire à une tradition rhétorique et théologique, et sur l'allégorie comme mode de pensée du poète].

Laforgue (P.) : *Ut pictura poesis. Baudelaire, la peinture et le romantisme*, Presses universitaires de Lyon, 2000 ; *Œdipe à Lesbos. Baudelaire, la Femme, la Poésie*, Eurédit, 2002 [deux très suggestifs recueils d'articles].

Lawler (J.) : *Poetry and Moral Dialectic. Baudelaire's « Secret Architecture »*, London, Associated University Press, 1997 [spéculations sur l'organisation des *Fleurs du Mal*].

Leakey (F.W.) : *Baudelaire. Collected Essays*, Cambridge U.P., 1990 ; *Baudelaire. « Les Fleurs du Mal »*, Cambridge U.P., 1992 [présentation du recueil, par un des meilleurs spécialistes anglo-saxons du poète].

Pichois (Cl.) et Avice (J.-Cl.) : *Dictionnaire Baudelaire*, Éd. du Lérot, 2002

Richter (M.) : *Baudelaire. « Les Fleurs du Mal », lecture intégrale*, Genève, Slatkine, 2001 [à comparer avec le livre de J. Lawler, sur la logique interne du recueil ; très utile bibliographie des articles écrits sur chaque poème].

Robb (G.) : *La Poésie de Baudelaire et la poésie française, 1838-1852*, Aubier, 1993 [ouvrage important et neuf sur l'art poétique de Baudelaire et sur son rapport au « répertoire poétique » de son époque].

Stierle (K.) : *La Capitale des signes. Paris et son discours*, Éditions de la Maison des sciences de l'homme, 2001, p. 409-560.

Thélot (J.) : *Baudelaire. Violence et poésie*, Gallimard, 1993 [une thèse originale, qui met notamment l'accent sur la dialectique de la violence et de la compassion, de l'éthique et de l'esthétique dans *Les Fleurs du Mal*].

Viprey (J.-M.) : *Dynamique du vocabulaire des « Fleurs du Mal »*, Champion, 1997 [le travail de lexicologie le plus récent].

Wilhem (F.) : *Baudelaire : l'écriture du narcissisme*, L'Harmattan, 1999 [un usage sans trivialité de la psychanalyse].

Signalons enfin l'existence, depuis 1995, d'une revue annuelle : *L'Année Baudelaire* (éditions Honoré Champion), dans laquelle on trouvera divers articles sur *Les Fleurs du Mal*.

RECUEILS COLLECTIFS SUR *LES FLEURS DU MAL*

Understanding « Les Fleurs du Mal ». Critical Readings, ed. William J. Thompson, Nashville, Vanderbilt U. P., 1997.

« Les Fleurs du Mal ». Baudelaire. Analyse littéraire et étude de la langue, par P. Labarthe, J.-P. Saint-Gérand et I. Turcan, Armand Colin, 2002.

Lectures des « Fleurs du Mal », études réunies par S. Murphy, Presses universitaires de Rennes, 2002.

Lire « Les Fleurs du Mal » par Charles Baudelaire, textes réunis par J.-L. Diaz, *Cahiers Textuel* n° 25, Université Paris 7, 2002.

« Les Fleurs du Mal ». Actes du colloque de la Sorbonne, textes réunis par A. Guyaux et B. Marchal, Presses de l'Université de Paris-Sorbonne, 2003.

Baudelaire. Une alchimie de la douleur. Études sur « Les Fleurs du Mal », textes réunis par P. Labarthe, Eurédit, 2003.

BIBLIOGRAPHIE CHRONOLOGIQUE DES *FLEURS DU MAL*

(D'après l'édition Crépet-Blin-Pichois, tome I, pages 533 et suiv.)

1845

1. *À UNE CRÉOLE* [À une dame créole]
L'Artiste, Revue de Paris, 25 mai

Sous la rubrique : « Poésie ». Signé : « Baudelaire Dufaÿs ».

1846

2. *L'IMPÉNITENT* [Don Juan aux enfers]
L'Artiste, Revue de Paris, 6 septembre

Sous la rubrique : « Poésie ». Signé : « Baudelaire Dufaÿs ».

3. *À UNE INDIENNE* [À une Malabaraise]
L'Artiste, Revue de Paris, 13 décembre

Sous la rubrique : « Poésie ». Signé : « Pierre de Fayis ».

1847

4. *LES CHATS*
Le Corsaire, 14 novembre

Cité dans un feuilleton de Champfleury : « *Le Chat Trott.* Fragments ». Le nom de Baudelaire est mentionné.

1850

5. *CHÂTIMENT DE L'ORGUEIL — LE VIN DES HONNÊTES GENS* [L'Âme du vin]

Le Magasin des familles, juin

Signé : « Charles Baudelaire ». Sous la rubrique : « Poésies de la famille ».

6. *LESBOS*

Les Poètes de l'Amour, recueil de vers français des XVe*,* XVIe*,* XVIIe*,* XVIIIe *et* XIXe *siècles, précédé d'une Introduction par M. Julien Lemer.* Paris, chez Garnier frères, éditeurs, Palais-National, 1850.

Signé : « Charles Baudelaire ».

1851

7. **Les Limbes.** — *LE SPLEEN* [« Pluviôse irrité... »]. — *LE MAUVAIS MOINE.* — *L'IDÉAL.* — *LE SPLEEN* [Le Mort joyeux]. — LES CHATS. — *LA MORT DES ARTISTES.* — *LA MORT DES AMANTS.* — *LE TONNEAU DE LA HAINE.* — *LA BÉATRIX* [De profundis clamavi]. — *LE SPLEEN* [La Cloche fêlée]. — *LES HIBOUX*

Le Messager de l'Assemblée, 9 avril

Signé : « Ch. Baudelaire ». Feuilleton.

« Ces morceaux sont tirés du livre *Les Limbes*, de Charles Baudelaire, qui doit paraître prochainement chez MICHEL LÉVY, rue Vivienne, et qui est destiné à retracer l'histoire des agitations spirituelles de la jeunesse moderne. »

8. *L'ÂME DU VIN*

La République du Peuple, Almanach démocratique

(1re Édition) rédigé par MM. Fr. ARAGO, représentant du peuple, ancien membre du Gouvernement provisoire ; CARNOT, représentant du peuple, ancien ministre de l'Instruction publique ; le colonel CHARRAS, CURNIER, DURAND-SAVOYAT, LATRADE, MICHEL (de Bourges), SAIN, SCHOELCHER, représentants du peuple ; Th. DUFOUR, SARRANS (jeune), anciens constituants ;

Ch. BAUDELAIRE, E. CAYLUS, Pierre DUPONT, etc.

Signé : « Charles Baudelaire ».

1852

9. *LES DEUX CRÉPUSCULES* [Le Crépuscule du matin. — Le Crépuscule du soir]

Semaine théâtrale, 1er février

10. *LE RENIEMENT DE SAINT PIERRE*. — *L'HOMME LIBRE ET LA MER* [L'Homme et la mer]

Revue de Paris, octobre

Sous la rubrique : « Poésie ».

1854

11. LES CHATS. — *LE CHAT* (« *Viens, mon beau chat,...* »)

Journal d'Alençon, 8 janvier

Sous le titre unique : « Les Chats ».

12. *LE VIN DES CHIFFONNIERS*

15 novembre

Jean Raisin, revue joyeuse et vinicole, n° 3.

1855

13. « *QUE DIRAS-TU CE SOIR, PAUVRE ÂME SOLITAIRE...* »

15 janvier

Cité, sans nom d'auteur, dans *L'Assassinat du Pont-Rouge*, roman de Charles Barbara, publié dans la *Revue de Paris*, t. XXIV.

14. *LES DEUX CRÉPUSCULES : LE SOIR, LE MATIN*

Hommage à C. F. Denecourt. Fontainebleau. Paysages — Légendes — Souvenirs — Fantaisies, Paris, Hachette, 1855.

Précédé d'une lettre à F. Desnoyers, suivi des poèmes en prose, *Le Crépuscule du soir* et *La Solitude*.

15. **LES FLEURS DU MAL.** — I. *AU LECTEUR*. — II. *RÉVERSIBILITÉ*. — III. *LE TONNEAU DE LA HAINE*. — IV. *LA CONFESSION* [Confession]. — V. *L'AUBE SPIRITUELLE*. — VI. *LA VOLUPTÉ* [La Destruction]. — VII. *VOYAGE À CYTHÈRE* [Un —]. — VIII. *À LA BELLE AUX CHEVEUX D'OR* [L'Irréparable]. — IX. *L'INVITATION AU VOYAGE*. — X. *MŒSTA ET ERRABUNDA*. — XI. *LA CLOCHE* [fêlée]. — XII. *L'ENNEMI*. — XIII. *LA VIE ANTÉRIEURE*. — XIV. *LE SPLEEN* [De profundis clamavi]. — XV. *REMORDS POSTHUME*. — XVI. *LE GUIGNON*. — XVII. *LA BÉATRICE* [Le Vampire]. — XVIII. *L'AMOUR ET LE CRÂNE*

Revue des Deux-Mondes, 1er juin

Note de la rédaction, non signée :

En publiant les vers qu'on va lire, nous croyons montrer une fois de plus combien l'esprit qui nous anime est favorable aux essais, aux tentatives dans les sens les plus divers. Ce qui nous paraît ici mériter l'intérêt, c'est l'expression vive et curieuse même dans sa violence de quelques défaillances, de quelques douleurs morales que, sans les partager ni les discuter, on doit tenir à connaître comme un des signes de notre temps. Il nous semble d'ailleurs qu'il est des cas où la publicité n'est pas seulement un encouragement, où elle peut avoir l'influence d'un conseil utile, et appeler le vrai talent à se dégager, à se fortifier, en élargissant ses voies, en étendant son horizon.

1857

16. *LA BEAUTÉ. — LA GÉANTE. — LE FLAMBEAU VIVANT. — HARMONIE DU SOIR. — LE FLACON. — LE POISON. — TOUT ENTIÈRE. — SONNET* (*« Avec ses vêtements ondoyants et nacrés... »*). — *SONNET* (*« Je te donne ces vers... »*)

Revue française, 20 avril

17. *L'HÉAUTONTIMOROUMÉNOS. — L'IRRÉMÉDIABLE. — FRANCISCÆ MEÆ LAUDES*

L'Artiste, 10 mai

Sous la rubrique : « Poésie ». « Ces fragments sont tirés du livre *Les Fleurs du Mal*, qui doit paraître dans quelques jours à la librairie de MM. POULET-MALASSIS et DE BROISE. »

18. *ÉLÉVATION. — LA VIE ANTÉRIEURE. — CHÂTIMENT DE L'ORGUEIL. — PARFUM EXOTIQUE. — LE BALCON. — L'AUBE SPIRITUELLE. — HARMONIE DU SOIR. — LA CLOCHE FÊLÉE*

Journal d'Alençon, 17 mai

19. *LE VIN DES CHIFFONNIERS*

Journal d'Alençon, 18 juin

20. Première édition des *FLEURS DU MAL*

21. *PAYSAGE PARISIEN* [Paysage]. — *À UNE MALABRAISE. — HYMNE. — UNE GRAVURE DE MORTIMER* [Une gravure fantastique]. — *LA RANÇON*

Le Présent, Revue européenne, 15 novembre

Sous la rubrique : « Poésies ».

1858

22. *DUELLUM*

L'Artiste, 19 septembre

1859

23. *LE GOÛT DU NÉANT. — LE POSSÉDÉ*
Revue française, 20 janvier

Sous la rubrique : « Poésie ».

24. [*LE VOYAGE. — L'ALBATROS*]
Placard imprimé à Honfleur, février, adressé à quelques amis

25. *DANSE MACABRE*
Revue contemporaine, 15 mars

26. *SISINA. — LE VOYAGE. — L'ALBATROS*
Revue française, 10 avril

Sous la rubrique : « Poésies ». Première publication réelle des deux dernières pièces.

27. *LA CHEVELURE*
Revue française, 20 mai

Sous la rubrique : « Poésie ».

28. **Fantômes parisiens.** — I. *LES SEPT VIEILLARDS. — II. LES PETITES VIEILLES*
Revue contemporaine, 15 septembre

29. *SONNET D'AUTOMNE. — CHANT D'AUTOMNE. — LE MASQUE*
Revue contemporaine, 30 novembre

Sous la rubrique : « Poésies ».

1860

30. *LE SQUELETTE LABOUREUR. — À UNE MADONE. — LE CYGNE.*
La Causerie, 22 janvier

31. *RÊVE PARISIEN. — L'AMOUR DU MENSONGE. — LE RÊVE D'UN CURIEUX. — SEMPER EADEM. — OBSESSION*
Revue contemporaine, 15 mai

Sous la rubrique : « Poésies ».

32. *HORREUR SYMPATHIQUE. — LES AVEUGLES. — ALCHIMIE DE LA DOULEUR. — À UNE PASSANTE. —*

UN FANTÔME. — CHANSON D'APRÈS-MIDI. — HYMNE À LA BEAUTÉ. — L'HORLOGE

L'Artiste, 15 octobre

Sous la rubrique : « Poésie ».

1861

33. **LES FLEURS DU MAL** par CHARLES BAUDELAIRE
Seconde édition augmentée de trente-cinq poèmes nouveaux.

34. *LA VOIX*

Revue contemporaine, 28 février

35. *MADRIGAL TRISTE*

Revue fantaisiste, 15 mai

Sous la rubrique : « Poésie ».

36. *LA PRIÈRE D'UN PAÏEN. — LE REBELLE. — L'AVERTISSEUR. — ÉPIGRAPHE POUR UN LIVRE CONDAMNÉ*

Revue européenne, 15 septembre

37. *RECUEILLEMENT*

Revue européenne, 1er novembre

1862

38. *LA PRIÈRE D'UN PAÏEN. — LE REBELLE. — RECUEILLEMENT. — LE COUVERCLE. — L'AVERTISSEUR. — ÉPIGRAPHE POUR UN LIVRE CONDAMNÉ. — LE COUCHER DU SOLEIL ROMANTIQUE*

Le Boulevard, 12 janvier

Sous la rubrique : « Sonnets ».

39. *LA LUNE OFFENSÉE*. — LA VOIX. — *LE GOUFFRE*

L'Artiste, 1er mars

Sous la rubrique : « Poésie ».

40. *L'ALBATROS. — RÉVERSIBILITÉ. — LE CRÉPUSCULE DU MATIN. — LA CLOCHE FÊLÉE. — LE GUIGNON. — LES HIBOUX. — LES PETITES VIEILLES*

Les Poètes français, recueil des chefs-d'œuvre de la poésie française depuis les origines jusqu'à nos jours avec une notice littéraire sur chaque poëte par MM. Charles Asselineau — Hippolyte Babou — Charles Baudelaire — Théodore de Banville — Philoxène Boyer — Émile

Deschamps — Charles d'Héricault — Édouard Fournier — Théophile Gautier — Jules Janin — Pierre Malitourne — Louis Moland — Anatole de Montaiglon — Valéry Vernier — Léon de Wailly, etc. Précédé d'une Introduction par M. Sainte-Beuve [au t. I] *de l'Académie française. Publié sous la direction de M. Eugène Crépet. Tome quatrième. Quatrième période : les contemporains.* Paris, Hachette, 1862.

Les poèmes de Baudelaire sont précédés d'une notice de Th. Gautier.

41. *LA PLAINTE [Les Plaintes] D'UN ICARE*

Le Boulevard, 28 décembre

1863

42. *L'IMPRÉVU*

Le Boulevard, 25 janvier

43. *L'EXAMEN DE MINUIT*

Le Boulevard, 1er février

44. *LOLA DE VALENCE*

La Société des Aquafortistes, octobre

En légende, sous la gravure originale du tableau de Manet.

1864

45. *LES YEUX DE BERTHE. — LE GOUFFRE. — SUR LE TASSE EN PRISON D'EUGÈNE DELACROIX, 1842. — BIEN LOIN D'ICI*

Revue nouvelle, 1er mars

Sous la rubrique : « Poésies ».

46. *LES MÉTAMORPHOSES DU VAMPIRE. — FEMMES DAMNÉES* (« À la pâle clarté... »). *— LESBOS. — LES BIJOUX. — À CELLE QUI EST TROP GAIE. — LE LÉTHÉ*

Le Parnasse satyrique du dix-neuvième siècle. Recueil de vers piquants et gaillards de MM. de Béranger, V. Hugo, E. Deschamps, A. Barbier, A. de Musset, Barthélemy, Protat, G. Nadaud, de Banville, Baudelaire, Monselet, etc. Pigritia. Invidia. Avaritia. Superbia. Furor. Luxuria. Gula. Rome, à l'enseigne des sept péchés capitaux, s.d. [Bruxelles, 1864], 2 vol.

Aux *Métamorphoses* est accrochée cette note : « Cette pièce et les cinq suivantes ont été condamnées en 1857, pour offense à la morale publique et aux bonnes mœurs. »

47. *SUR LES DÉBUTS D'AMINA BOSCHETTI*

La Vie parisienne, 1er octobre 1864

Anonyme et sans titre dans une chronique de J[ules] C[laretie], « Les Fêtes de Bruxelles ».

1865

48. *ÉPIGRAPHE POUR UN LIVRE CONDAMNÉ*

L'Autographe, 1er janvier

En fac-similé autographe. Avec cette notice :

[CHARLES BEAUDELAIRE [*sic*]

Un poète et un prosateur. — Et, en vers comme en prose, un écrivain hors ligne. — Ce sonnet est la préface de la seconde édition [*sic*] des *Fleurs du Mal*, un livre qu'on peut [,] qu'il faut discuter, mais qui n'est pas une œuvre vulgaire.

Le directeur de la publication est H. de Villemessant ; le secrétaire de rédaction, G. Bourdin, l'un et l'autre, du *Figaro*.

49. *LE JET D'EAU*

La Petite Revue, 8 juillet

Sous la rubrique : « Poésies oubliées, non réimprimées ou inédites d'auteurs modernes ». Signé : « CH. B. ».

50. *VERS POUR LE PORTRAIT DE M. HONORÉ DAUMIER*

Cités dans l'*Histoire de la caricature moderne* par Champfleury, Paris. E. Dentu, s.d.

1866

51. **LES ÉPAVES** de CHARLES BAUDELAIRE

Avertissement de l'éditeur

Ce recueil est composé de morceaux poétiques, pour la plupart condamnés ou inédits, auxquels M. Charles Baudelaire n'a pas cru devoir faire place dans l'édition définitive des *Fleurs du Mal*.

Cela explique son titre.

M. Charles Baudelaire a fait don, sans réserve, de ces poëmes, à un ami qui juge à propos de les publier, parce qu'il se flatte de les goûter, et qu'il est à un âge où l'on aime encore à faire partager ses sentiments à des amis auxquels on prête ses vertus.

L'auteur sera avisé de cette publication en même temps que les deux cent soixante lecteurs probables qui figurent — à peu près —, pour son éditeur bénévole, le public littéraire en France, depuis que les bêtes y ont décidément usurpé la parole sur les hommes.

I. *LE COUCHER DU SOLEIL ROMANTIQUE*. — Pièces condamnées tirées des « Fleurs du Mal » : II. *LESBOS*. — III. *FEMMES DAMNÉES*, Delphine et Hippolyte. — IV. *LE LÉTHÉ*. — V. *À CELLE QUI EST TROP GAIE*. — VI. *LES BIJOUX*. — VII. *LES MÉTAMORPHOSES DU VAMPIRE*. — Galanteries : VIII. *LE JET D'EAU*. — IX. *LES YEUX DE BERTHE*. — X. *HYMNE*. — XI. *LES PROMESSES D'UN VISAGE*. — XII. *LE MONSTRE OU LE PARANYMPHE D'UNE NYMPHE MACABRE*. — XIII. *FRANCISCÆ MEÆ LAUDES*, vers composés pour une modiste érudite et dévote. — XIV. *VERS POUR LE PORTRAIT DE M. HONORÉ DAUMIER*. — XV. *LOLA DE VALENCE*. — XVI. *SUR LE TASSE EN PRISON D'EUGÈNE DELACROIX*. — Pièces diverses : XVII. *LA VOIX*. — XVIII. *L'IMPRÉVU*. — XIX. *LA RANÇON*. — XX. *À UNE MALABARAISE*. — Bouffonneries : XXI. *SUR LES DÉBUTS D'AMINA BOSCHETTI*. — XXII. *À M. EUGÈNE FROMENTIN À PROPOS D'UN IMPORTUN QUI SE DISAIT SON AMI*. — XXIII. *UN CABARET FOLÂTRE SUR LA ROUTE DE BRUXELLES À UCCLE*.

52. *NOUVELLES FLEURS DU MAL : ÉPIGRAPHE POUR UN LIVRE CONDAMNÉ. — L'EXAMEN DE MINUIT. — MADRIGAL TRISTE. — À UNE MALABARAISE. — L'AVERTISSEUR. — HYMNE. — LA VOIX. — LE REBELLE. — LE JET D'EAU. — LES YEUX DE BERTHE. — LA RANÇON. — BIEN LOIN D'ICI. — RECUEILLEMENT. — LE GOUFFRE. — LES PLAINTES D'UN ICARE.*

Le Parnasse contemporain,
Recueil de vers nouveaux, 31 mars

1868

53. **LES FLEURS DU MAL** par CHARLES BAUDELAIRE précédées d'une notice par THÉOPHILE GAUTIER, Paris, Michel Lévy frères, libraires éditeurs.

151 poèmes, tous ceux qui avaient été mentionnés antérieurement, moins les 6 pièces condamnées, plus un sonnet de jeunesse (*À THÉODORE DE BANVILLE*) resté inédit ; soit encore les 126 pièces de la 2e édit., plus 25 intercalées dans un ordre qui ne laisse point d'étonner et se décomposant comme suit : 11 (12 si l'on comptait *Franciscæ meæ laudes*) tirées des *Épaves* malgré les intentions marquées dans l'Avertissement liminaire de cette plaquette ; 10 reprises du *Parnasse contemporain* ; 8 qui n'avaient figuré ni dans l'une ni dans l'autre de ces publications (*Le Calumet de paix, La Prière d'un païen, La Lune offensée*) et une inédite (*À Théodore de Banville*). — Mêmes divisions que dans la 2e éd. — Le poème *Au Lecteur* a pris le titre de *Préface*.

1869

54. **COMPLÉMENT AUX FLEURS DU MAL** de CHARLES BAUDELAIRE (Michel Lévy)

11 pièces — celles des *Épaves* qui n'avaient pas été reprises dans l'éd. Michel Lévy —, dont 10 seulement chiffrées, distribuées en trois sections :

— pièces condamnées retirées de la première édition des FLEURS DU MAL (1857). Les six pièces condamnées dans l'ordre où les donnent *Les Épaves*.

— Galanteries. — VII. Les Promesses d'un visage. — VIII. Le Monstre ou [...]

— Bouffonneries. — Les trois « Bouffonneries » dans l'ordre où les donnent *Les Épaves*, la première (Amina Boschetti) numérotée IX, la deuxième (À M. Eugène Fromentin) non numérotée, la troisième (Un cabaret folâtre) numérotée X.

TABLEAU DE CONCORDANCE DES TROIS ÉDITIONS DES FLEURS DU MAL (1857, 1861, 1868)

1857	1861	1868
SPLEEN ET IDÉAL		
1. Bénédiction	1. —	1. —
2. Le Soleil (2e éd. : 87)	2. L'Albatros	2. —
3. Élévation	3. —	3. —
4. Correspondances	4. —	4. —
5. *J'aime le souvenir de ces époques nues*	5. —	5. —
6. Les Phares	6. —	6. —
7. La Muse malade	7. —	7. —
8. La Muse vénale	8. —	8. —
9. Le Mauvais Moine	9. —	9. —
10. L'Ennemi	10. —	10. —
11. Le Guignon	11. —	11. —
12. La Vie antérieure	12. —	12. —
13. Bohémiens en voyage	13. —	13. —
14. L'Homme et la mer	14. —	14. —
15. Don Juan aux enfers	15. —	15. —
		16. À Théodore de Banville
16. Châtiment de l'orgueil	16. —	17. —
17. La Beauté	17. —	18. —
18. L'Idéal	18. —	19. —
19. La Géante	19. —	20. —
20. Les Bijoux	20. Le Masque	21. —
	21. Hymne à la beauté	22. —
21. Parfum exotique	22. —	23. —
	23. La Chevelure	24. —
22. *Je t'adore à l'égal de la voûte nocturne...*	24. —	25. —

1857	1861	1868
23. *Tu mettrais l'univers entier dans ta ruelle...*	25. —	26. —
24. Sed non satiata	26. —	27. —
25. *Avec ses vêtements ondoyants et nacrés...*	27. —	28. —
26. Le Serpent qui danse	28. —	29. —
27. Une charogne	29. —	30. —
28. De profundis clamavi	30. —	31. —
29. Le Vampire	31. —	32. —
30. Le Léthé	*(supprimé)*	
31. *Une nuit que j'étais près d'une affreuse Juive...*	32. —	33. —
32. Remords posthume	33. —	34. —
33. Le Chat	34. —	35. —
	35. Duellum	36. —
34. Le Balcon	36. —	37. —
	37. Le Possédé	38. —
	38. Un fantôme	39. —
35. *Je te donne ces vers afin que si mon nom...*	39. —	40. —
	40. Semper eadem	41. —
36. Tout entière	41. —	42. —
37. *Que diras-tu ce soir, pauvre âme solitaire...*	42. —	43. —
38. Le Flambeau vivant	43. —	44. —
39. A celle qui est trop gaie	*(supprimé)*	
40. Réversibilité	44. —	45. —
41. Confession	45. —	46. —
42. L'Aube spirituelle	46. —	47. —
43. Harmonie du soir	47. —	48. —
44. Le Flacon	48. —	49. —
45. Le Poison	49. —	50. —
46. Ciel brouillé	50. —	51. —
47. Le Chat	51. —	52. —
48. Le Beau Navire	52. —	53. —
49. L'Invitation au Voyage	53. —	54. —
50. L'Irréparable	54. —	55. —
51. Causerie	55. —	56. —
	56. Chant d'automne	57. —
	57. À une madone	58. —
	58. Chanson d'après-midi	59. —
	59. Sisina	60. —
		61. Vers pour le portrait de M. Honoré Daumier
52. L'Héautontimorouménos (2e éd. : 83)		
53. Franciscæ meæ laudes	60. —	62. —
54. À une dame créole	61. —	63. —
55. Mœsta et errabunda	62. —	64. —
	63. Le Revenant (1re éd. : 72)	65. —
	64. Sonnet d'automne	66. —
	65. Tristesses de la lune (1re éd. : 75)	67. —
56. Les Chats	66. —	68. —
57. Les Hiboux	67. —	69. —

1857	1861	1868
	68. La Pipe (1re éd. : 77)	70. —
	69. La Musique (1re éd. : 76)	71. —
	70. Sépulture (1re éd. : 74)	72. Sépulture d'un poète maudit
	71. Une gravure fantastique	73. —
	72. Le Mort Joyeux (1re éd. : 73)	74. —
	73. Le Tonneau de la haine (1re éd. : 71)	75. —
58. La Cloche fêlée	74. —	76. —
59. Spleen	75. —	77. —
60. Spleen	76. —	78. —
61. Spleen	77. —	79. —
62. Spleen	78. —	80. —
	79. Obsession	81. —
	80. Le Goût du néant	82. —
63. Brumes et pluies (2e éd. : 101)		
	81. Alchimie de la douleur	83. —
	82. Horreur sympathique	84. —
		85. Le Calumet de paix, imité de Longfellow
		86. La Prière d'un Païen
		87. Le Couvercle
		88. L'Imprévu
		89. L'Examen de minuit
		90. Madrigal triste
		91. L'Avertisseur
		92. À une Malabaraise
		93. La Voix
		94. Hymne
		95. Le Rebelle
		96. Les Yeux de Berthe
		97. Le Jet d'eau
		98. La Rançon
		99. Bien loin d'ici
		100. Le Coucher du soleil romantique
		101. Sur *Le Tasse en prison* d'Eugène Delacroix
		102. Le Gouffre
		103. Les Plaintes d'un Icare
		104. Recueillement
	83. L'Héautontimorouménos (1re éd. : 52)	105. —
64. L'Irrémédiable	84. —	106. —
	85. L'Horloge	107. —
	TABLEAUX PARISIENS	TABLEAUX PARISIENS
	86. Paysage	108. —
	87. Le Soleil (1re éd. : 2)	109. —
		110. Lola de Valence

1857	1861	1868
		111. La Lune offensée
65. A une mendiante rousse	88. —	112. —
	89. Le Cygne	113. —
	90. Les Sept Vieillards	114. —
	91. Les Petites Vieilles	115. —
	92. Les Aveugles	116. —
	93. À une passante	117. —
	94. Le Squelette laboureur	118. —
66. Le Jeu (2e éd. : 96)		
67. Le Crépuscule du soir	95. —	119. —
	96. Le Jeu (1re éd. : 66)	120. —
	97. Danse macabre	121. —
	98. L'Amour du mensonge	122. —
	99. *Je n'ai pas oublié, voisine de la ville…* (1re éd. : 70)	123. —
	100. *La servante au grand cœur dont vous étiez jalouse…* (1re éd. : 69)	124. —
	101. Brumes et pluies (1re éd. : 63)	125. —
	102. Rêve parisien	126. —
68. Le Crépuscule du matin	103. —	127. —
69. *La servante au grand cœur dont vous étiez jalouse…* (2e éd. : 100)		
70. *Je n'ai pas oublié, voisine de la ville…* (2e éd. : 99)		
71. Le Tonneau de la haine (2e éd. : 73)		
72. Le Revenant (2e éd. : 63)		
73. Le Mort joyeux (2e éd. : 72)		
74. Sépulture (2e éd. : 70)		
75. Tristesses de la lune (2e éd. : 65)		
76. La Musique (2e éd. : 69)		
77. La Pipe (2e éd. : 68)		
	LE VIN (pièces 104-108 *infra*)	LE VIN (pièces 128-132 *infra*)
FLEURS DU MAL	FLEURS DU MAL	FLEURS DU MAL
		133. Épigraphe pour un livre condamné
78. La Destruction	109. —	134. —
79. Une Martyre	110. —	135. —
80. Lesbos	(*supprimé*)	
81. Femmes damnées	(*supprimé*)	

1857	1861		1868	
82. Femmes damnées	111.	—	136.	—
83. Les Deux Bonnes Sœurs	112.	—	137.	—
84. La Fontaine de sang	113.	—	138.	—
85. Allégorie	114.	—	139.	—
86. La Béatrice	115.	—	140.	—
87. Les Métamorphoses du vampire	*(supprimé)*			
88. Un Voyage à Cythère	116.	—	141.	—
89. L'Amour et le Crâne	117.	—	142.	—
RÉVOLTE	RÉVOLTE		RÉVOLTE	
90. Le Reniement de saint Pierre	118.	—	143.	—
91. Abel et Caïn	119.	—	144.	—
92. Les Litanies de Satan	120.	—	145.	—
LE VIN	*(Série transposée)*			
93. L'Âme du vin	104.	—	128.	—
94. Le Vin des chiffonniers	105.	—	129.	—
95. Le Vin de l'assassin	106.	—	130.	—
96. Le Vin du solitaire	107.	—	131.	—
97. Le Vin des amants	108.	—	132.	—
LA MORT	LA MORT		LA MORT	
98. La Mort des amants	121.	—	146.	—
99. La Mort des pauvres	122.	—	147.	—
100. La Mort des artistes	123.	—	148.	—
	124.	La Fin de la journée	149.	—
	125.	Le Rêve d'un curieux	150.	—
	126.	Le Voyage	151.	—

CHRONOLOGIE

1711 : Naissance de Claude Baudelaire, grand-père du poète, à La Neuville-au-Pont (près de Sainte-Menehould).

1759 : Naissance de Joseph-François Baudelaire, père du poète, au même village. Études ecclésiastiques jusqu'à la prêtrise comprise. Répétiteur à Sainte-Barbe de 1783 à 1785, puis précepteur chez les Choiseul-Praslin. Par attachement à cette famille il refuse la cure de Dommartin-sous-Hans, canton de La Neuville-au-Pont, à laquelle il était élu le 9 mai 1791. De 1800 à 1814 il sert dans l'administration du Sénat où il devient en 1804 chef des bureaux de la préture. Le 7 mai 1797 il avait épousé Jeanne-Justine-Rosalie Janin qui lui donne un fils, Claude-Alphonse, le 18 janvier 1805.

1793 (27 sept.) : Naissance de Caroline Archenbaut Defayis, mère du poète, à Londres. Devenue complètement orpheline à la mort de sa mère, le 23 novembre 1800, elle est recueillie par Pierre Pérignon, vieil ami de Joseph-François Baudelaire.

1819 (9 sept.) : J.-Fr. Baudelaire, devenu veuf en 1814, épouse Caroline Defayis.

1821 (9 avril) : Naissance de Charles-Pierre Baudelaire, 13, rue Hautefeuille.

1827 (10 févr.) : Mort de J.-Fr. Baudelaire. Au cours des mois suivants, séjours de Charles avec sa mère à Neuilly, dans la « blanche maison, petite, mais tranquille ».

1828 (8 nov.) : Second mariage de Caroline avec le chef de bataillon Jacques Aupick, né en 1789, blessé à Fleurus le 16 juin 1815 après avoir fait campagne depuis 1808, officier de la Légion d'honneur et, depuis une semaine, chevalier de Saint-Louis.

1830 (nov.) : Lieutenant-colonel depuis le 2 octobre, Aupick rejoint Lyon pour la répression des troubles, sous les ordres du maréchal

Soult. Nommé le 7 déc. 1831 chef d'état-major de la 7e division, il fait venir à Lyon sa femme et son beau-fils.

1831 : Charles suit les cours du Collège royal de Lyon comme interne à la pension Delorme, puis au Collège même.

1836 (9 janv.) : Aupick, colonel depuis 1834 et commandeur de la Légion d'honneur, est nommé chef d'état-major de la 1re division militaire à Paris.
(1er mars) : Charles entre comme interne à Louis-le-Grand.

1838 : Pendant l'été, Baudelaire fait avec son beau-père un voyage dans les Pyrénées qui lui inspire le poème *Incompatibilité*.

1839 (12 août) : Renvoyé du lycée en avril pour avoir refusé de dénoncer un camarade, Baudelaire est reçu au baccalauréat, après avoir obtenu les années précédentes plusieurs distinctions au Concours général, dont le 2e prix de vers latins en 1837.

1839-1841 : Baudelaire prend quelques inscriptions à la Faculté de droit et se lie à la pension Bailly avec Prarond, Le Vavasseur, Chennevières et rencontre peut-être Balzac, Gérard de Nerval, Latouche.

1840 : *Le Centaure*, poème en prose de Maurice de Guérin (1810-1839), publié dans la *Revue des Deux Mondes*.

1841 (9 juin) : Départ sur le *Paquebot-des-Mers-du-Sud* à destination de Calcutta, décidé par le ménage Aupick afin de protéger Baudelaire contre « la perte des rues de Paris » et « pour rompre quelques relations mauvaises ».
(4 nov.) : Après un séjour à l'île de France (île Maurice), Baudelaire refusant d'aller plus loin se rembarque à l'île Bourbon (La Réunion) à destination de Bordeaux.

1842 : Baudelaire, de retour en février, entre en possession de l'héritage paternel à sa majorité et s'installe en juin dans l'île Saint-Louis. « Secondes liaisons littéraires : Sainte-Beuve, Hugo, Gautier, Esquiros ».
(Printemps) : Baudelaire fait la connaissance de Jeanne Duval, actrice en 1838-39 au théâtre de la Porte Saint-Antoine. Amitié avec le peintre Émile Deroy.
(11 nov.) : Aupick, général depuis 1839, est nommé commandant du département de la Seine et de la Place de Paris ; il est logé à l'hôtel de la Place, place Vendôme.
Publication posthume de *Gaspard de la Nuit*, par Aloysius Bertrand.
Publication de plusieurs poèmes en prose dans *Œuvres d'un désœuvré — Les Vespres de l'abbaye du val*, par Jules Lefèvre.

1843 : Le recueil collectif *Vers*, auquel Baudelaire devait collaborer avec Prarond, Le Vavasseur et Dozon, paraît sans ses poèmes.
(Mai) : Baudelaire s'installe dans un petit appartement sous les combles de l'hôtel Pimodan (hôtel de Lauzun).

1843-1844 : Collaboration anonyme au *Tintamarre* et aux *Mystères*

galans des théâtres de Paris. Plusieurs textes refusés par divers périodiques.
Portrait de Baudelaire par Deroy.

1844 (21 sept.) : Baudelaire, qui a dépensé en deux ans la moitié de son patrimoine, est pourvu d'un conseil judiciaire, Me Ancelle, notaire de la famille, de qui il recevra désormais une mensualité de 150 à 200 francs.

1845 : Le peintre et musicien Fernand Boissard de Boisdenier vient occuper le premier étage de l'hôtel Pimodan et y donne des soirées où on s'initie parfois au haschisch (« club des haschischins »).
(Mai) : Publication du *Salon de 1845*.
(25 mai) : *A une dame créole*, sonnet écrit à l'île Bourbon en 1841, paraît dans *L'Artiste* (c'est le premier poème de Baudelaire qui ait été imprimé).
(30 juin) : Ayant tout légué à Jeanne Duval, tentative de suicide, suivie d'un séjour de plusieurs mois chez ses parents, place Vendôme. Vers la fin de l'année, rupture définitive avec le général Aupick.
Regain d'activité littéraire de la part de Baudelaire dont les articles, essais et poèmes vont se succéder dans les périodiques jusqu'en 1848.
(Automne) : Marie Daubrun est actrice au théâtre de Montmartre (maintenant théâtre de l'Atelier).
(Octobre) : Première annonce de la publication prochaine des *Lesbiennes*, par « Baudelaire-Dufays ». Nouvelle édition augmentée des *Œuvres d'un désœuvré* par Jules Lefèvre-Deumier.

1846 (21 janv.) : *Le Musée classique du Bazar Bonne-Nouvelle*, dans *Le Corsaire-Satan*.
(20-22 févr.) : *L'Esprit public* fait paraître comme une œuvre originale *Le Jeune Enchanteur*, nouvelle traduite de l'anglais par Baudelaire.
(Mai) : *Le Salon de 1846*.

1847 (janvier) : *La Fanfarlo* paraît dans le *Bulletin de la Société des gens de lettres*.
(28 nov.) : Le général Aupick est nommé commandant de l'École polytechnique. Début (supposé) des relations avec l'actrice Marie Daubrun.

1848 (févr.) : Baudelaire combat aux côtés des révolutionnaires.
(Févr.-mars) : Baudelaire fonde et rédige avec Champfleury et Toubin *Le Salut public* (2 numéros).
(10 avril-6 mai) : Baudelaire secrétaire de la rédaction de *La Tribune nationale*.
(13 avril) : Le général Aupick nommé ministre plénipotentiaire de la République à Constantinople.
(Juin) : Baudelaire prend part aux combats des journées de juin.
(15 juillet) : Dans *La Liberté de penser*, publication de la première traduction d'Edgar Poe par Baudelaire : *Révélation magnétique*.

(Octobre) : Baudelaire rédacteur en chef éphémère du *Représentant de l'Indre* à Châteauroux.
(8 déc.) : Baudelaire écrit à sa mère qu'il n'aime Jeanne Duval « *depuis longtemps que par devoir*, voilà tout ».

1849 (13 juil.) : Première mention de Wagner « que l'avenir consacrera le plus illustre parmi les maîtres ».
Déc.-janv. 1850 : Bref séjour à Dijon.

1851 (7, 8, 11, 12 mars) : *Du vin et du hachish* dans *Le Messager de l'Assemblée*.
(18 juin) : Le général Aupick nommé ambassadeur à Madrid.
(Fin août) : Notice sur *Pierre Dupont*.
(27 nov.) : *Les Drames et les romans honnêtes* dans *La Semaine théâtrale*.
(2 déc.) : Coup d'État. Participation de Baudelaire aux combats de rue : « Ma fureur au coup d'État. Combien j'ai essuyé de coups de fusil. »

1852 (22 janv.) : *L'École païenne* dans *La Semaine théâtrale*.
(Mars et avril) : *Edgar Allan Poe, sa vie et ses ouvrages* dans *La Revue de Paris*.
(9 déc.) : Première lettre à Mme Sabatier, accompagnant le poème *À celle qui est trop gaie*. Comme les suivantes cette lettre n'est pas signée : « Les sentiments profonds ont une pudeur qui ne veut pas être violée. »

1853 (1er mars) : Traduction du *Corbeau* dans *L'Artiste*.
(8 mars) : Le général Aupick, nommé sénateur, rentre en France et partage son temps entre Paris et Honfleur où il a acheté la « Maison-joujou ».
(17 avril) : Publication de *Morale du joujou* dans *Le Monde littéraire* (reproduit dans *Le Portefeuille* du 19 août 1855, puis dans *Le Rabelais* du 13 juin 1857).

1854 : Jules Lefèvre-Deumier publie *Le Livre du promeneur, ou les Mois et les jours*, qui contient de nombreux poèmes en prose.

1855 (5 avril) : Baudelaire écrit à sa mère qu'il a été contraint de déménager six fois en un mois.
(7 avril) : Le titre des *Fleurs du Mal* apparaît pour la première fois dans une lettre à Victor de Mars, secrétaire de la *Revue des Deux Mondes*.
(Mai) : Dans *Fontainebleau — Hommage à C.-F. Denecourt*, recueil collectif, les deux premiers poèmes en prose de Baudelaire, *Le Crépuscule du soir* et *La Solitude*, paraissent avec les deux *Crépuscules*, en vers (déjà publiés en 1852), le tout précédé d'une lettre à Fernand Desnoyers contre le culte de la nature.
(1er juin) : Publication de dix-huit poèmes, sous le titre *Les Fleurs du Mal*, dans la *Revue des Deux Mondes*.
(8 juil.) : *De l'essence du rire et généralement du comique dans les arts plastiques*, dans *Le Portefeuille*.
(12 août) : *L'Exposition universelle de 1855*, II, dans *Le Porte-*

feuille, la première et la troisième partie ayant paru dans *Le Pays* le 26 mai et le 3 juin. En 1855, Baudelaire commence probablement à prendre des notes en vue d'un livre qui ne sera jamais écrit, notes dont la publication posthume a été faite en deux séries : *Fusées* et *Mon cœur mis à nu*, sous le titre global de *Journaux intimes*.

1856 (12 mars) : Mise en vente des *Histoires extraordinaires* (chez l'éditeur Michel Lévy), les contes ayant tous paru antérieurement sauf *Le Scarabée d'or*.

(11 sept.) : Baudelaire annonce à sa mère que Jeanne Duval a décidé, malgré sa résistance, de rompre leur liaison : « Je suis resté pendant dix jours sans sommeil, toujours avec des vomissements, et obligé de me cacher, parce que je pleurais toujours. » Il continuera à s'occuper d'elle jusqu'à sa mort, s'installera même momentanément avec elle, devenue infirme, en 1860, mais son rôle ne sera plus que celui « de papa et de tuteur » ou de « sœur de charité » (1859).

(30 déc.) : Traité avec Poulet-Malassis à qui Baudelaire vend *Les Fleurs du Mal* et *Bric-à-brac esthétique* (la matière des futures *Curiosités esthétiques*).

1857 (8 mars) : Mise en vente des *Nouvelles Histoires extraordinaires* (Michel Lévy) avec, en préface inédite, les *Notes nouvelles sur Edgar Poe*.

(25 avril) : Première mention de *Poèmes nocturnes* dans une lettre à Poulet-Malassis.

(27 avril) : Mort du général Aupick. Sa veuve va se retirer à Honfleur.

(25 juin) : Mise en vente des *Fleurs du Mal*.

(20 août) : Pour délit d'outrages à la morale publique, Baudelaire est condamné à 300 francs d'amende. Le tribunal ordonne la suppression de six poèmes.

(24 août) : Publication de six poèmes en prose, dans *Le Présent*, sous le titre collectif de *Poèmes nocturnes*.

(30 août) : Mme Sabatier, à qui Baudelaire venait de dévoiler son anonymat, se donne à lui et reçoit le lendemain une lettre qui met fin à leur liaison (« il y a quelques jours, tu étais une divinité, ce qui est si commode, ce qui est si beau, si inviolable. Te voilà femme maintenant »), mais non à leurs relations amicales.

1858 (13 mai) : Mise en vente des *Aventures d'Arthur Gordon Pym*.

(30 sept.) : *De l'idéal artificiel — Le Haschisch*, dans la *Revue contemporaine*.

(Octobre) : Bref séjour de Baudelaire à Honfleur.

1859 (janv.-févr., puis avril-juin et déc.) : Séjours fructueux à Honfleur.

(10 et 20 juin, 1er et 20 juillet) : *Salon de 1859* dans *La Revue française*.

(Novembre) : Plaquette sur *Théophile Gautier* (texte paru le 13 mars dans *L'Artiste*).

1860 (13 janv.) : Première crise cérébrale, très brève.
(15 et 31 janv.) : *Enchantements et tortures d'un mangeur d'opium* dans la *Revue contemporaine*.
(17 févr.) : Longue lettre à Wagner après audition de fragments du *Vaisseau fantôme*, de *Tannhäuser* et de *Lohengrin*.
(Fin mai) : Mise en vente des *Paradis artificiels*.
(Octobre) : Court séjour à Honfleur.
(15 nov.) : Baudelaire reçoit du ministre de l'Instruction publique une « indemnité littéraire » de 200 francs pour *Les Fleurs du Mal*.

1861 (début de févr.) : Mise en vente de la seconde édition des *Fleurs du Mal*.
(1er avril) : Article sur *Richard Wagner* dans *La Revue européenne*.
(4 mai) : *Richard Wagner et Tannhäuser à Paris*, plaquette publiée chez Dentu.
(1er nov.) : Neuf *Poèmes en prose* dans *La Revue fantaisiste*.
(11 déc.) : Baudelaire pose sa candidature à l'Académie française.

1862 (23 janv.) : Alerte grave de Baudelaire qui a senti passer sur lui « le vent de l'aile de l'imbécillité ».
(10 févr.) : Baudelaire se désiste de sa candidature à l'Académie.
(14 avril) : Mort de Claude-Alphonse Baudelaire (hémorragie cérébrale avec hémiplégie).
(2 août) : Publication du tome IV des *Poëtes français*, anthologie dirigée par Eugène Crépet, qui contient sept poèmes de Baudelaire, précédés d'une notice par Th. Gautier, ainsi que sept notices par Baudelaire sur quelques-uns des poètes les plus importants de l'époque, Victor Hugo, Th. Gautier, Th. de Banville, M. Desbordes-Valmore.
(26 et 27 août) : Quatorze *Petits Poèmes en prose*, précédés de la *Dédicace* à Arsène Houssaye, dans *La Presse*. Les six suivants paraissent dans *La Presse* du 24 septembre.
(12 nov.) : Poulet-Malassis est arrêté sur la plainte d'un de ses créanciers et incarcéré.

1863 (du 10 juin au 10 décembre) : Publication de neuf *Petits Poèmes en prose* (ou *Poèmes en prose*) dans la *Revue nationale et étrangère* du 10 juin, *Le Boulevard* du 14 juin, la *Revue nationale et étrangère* des 10 octobre et 10 décembre.
(7 juil.) : Baudelaire exprime pour la première fois son désir de quitter la France : « Je suis très las de la France et je désire l'oublier pendant quelque temps. »
(Sept.) : Poulet-Malassis, condamné à un mois de prison le 22 avril, gagne la Belgique pour y vivre de publications plus ou moins clandestines.
(1er nov.) : Baudelaire cède à Michel Lévy, pour 2 000 francs, la propriété de cinq volumes de traductions de Poe (dont deux sont encore à paraître).
(Fin nov.) : Mise en vente d'*Eureka* (précédé d'un extrait de la notice de Griswold).

(26 et 28 nov., 3 déc.) : *Le Peintre de la vie moderne,* essai de Baudelaire sur Constantin Guys, paraît dans *Le Figaro.*

1864 (7 et 14 févr.) : Six petits poèmes en prose dans *Le Figaro,* sous le titre : *Le Spleen de Paris,* première utilisation de ce titre qui sera repris dans la *Revue de Paris* du 25 décembre où en paraissent encore six. Entre-temps, *La Vie parisienne* en publie deux (2 juillet et 13 août) et *L'Artiste* trois (1er nov.).
(24 avril) : Baudelaire arrive à Bruxelles, où, après avoir formé divers projets, il s'est finalement engagé à faire une série de conférences. Il s'installe à l'hôtel du Grand Miroir.
(Mai-juin) : Cinq « lectures » de Baudelaire, dont trois sur les excitants (*Paradis artificiels*). Échec dans l'ensemble, ainsi que pour la vente de ses œuvres littéraires, pour lesquelles il n'a pas d'éditeur.
Baudelaire, aigri et malade, commence à prendre des notes en vue d'un ouvrage satirique sur, ou plutôt *contre,* la Belgique.

1865 (16 mars) : Mise en vente des *Histoires grotesques et sérieuses.*
(21 juin) : *L'Indépendance belge* publie un poème en prose, *Les Bons Chiens.*
(Juillet) : Graves difficultés financières de Baudelaire, débiteur de Poulet-Malassis, et qui, de plus, a vendu à Hetzel des œuvres déjà cédées à Poulet-Malassis. Celui-ci est désintéressé par les soins d'Ancelle. Hetzel ne récupérera une partie de la somme versée qu'après la mort de Baudelaire.
(16 et 30 nov., 23 déc.) : Trois articles très élogieux sur Baudelaire, dans *L'Art,* par le jeune Verlaine (21 ans).

1866 : Publication des *Épaves* (vingt-trois poèmes), par Poulet-Malassis, à « Amsterdam », en fait à Bruxelles.
(Vers le 15 mars) : Baudelaire, frappé d'une attaque, fait une chute dans l'église Saint-Loup de Namur, qu'il visite avec Félicien Rops.
(30 mars) : Baudelaire, qui a été ramené à Bruxelles, est atteint d'hémiplégie, avec aphasie et ramollissement cérébral.
(31 mars) : Publication dans *Le Parnasse contemporain* des *Nouvelles Fleurs du Mal,* dont Baudelaire avait encore corrigé plusieurs erreurs typographiques la veille même de l'accident.
(1er juin) : *La Revue du XIXe siècle* publie deux poèmes en prose sous le titre : *Petits Poèmes lycanthropes.*
(2 juil.) : Après avoir été soigné à son hôtel et à l'institut Saint-Jean et Sainte-Élisabeth, Baudelaire, auprès de qui sa mère était venue s'installer, est ramené à Paris et entre le 4 à la maison de santé du docteur Duval, près de l'Étoile.

1867 (31 août) : Mort de Baudelaire, enseveli le 2 septembre au cimetière du Montparnasse.
(Septembre) : La *Revue nationale et étrangère* publie quatre poèmes en prose, suivis le 12 octobre d'un autre, *Le Tir et le cimetière.*
(4 déc.) : Vente aux enchères de la propriété littéraire des œuvres

de Baudelaire. Sur mise à prix de 1 000 francs, elle est adjugée pour 1 750 francs à Michel Lévy, seul enchérisseur. La publication en sept volumes commence à la fin de 1868 et se termine en mai 1870.

1868 : Publication de la troisième édition des *Fleurs du Mal* dans le tome I des *Œuvres complètes*.

1869 : Dans le tome IV des *Œuvres complètes* : *Petits Poëmes en prose*. *Les Paradis artificiels*. Le volume ne contient que cinq poèmes inédits. Tout le reste avait déjà paru dans des revues.

1871 (16 août) : Mort de Mme Aupick à Honfleur.

TABLE ALPHABÉTIQUE

Abel et Caïn 172
A celle qui est trop gaie 196
Albatros (L') 61
Alchimie de la douleur 119
Allégorie 163
Ame du vin (L') 151
A M. Eugène Fromentin à propos d'un importun ... 226
Amour du mensonge (L') 142
Amour et le Crâne (L') 167
Aube spirituelle (L') 93
Au Lecteur 55
A une dame créole 108
A une madone 103
A une Malabaraise 220
A une mendiante rousse 128
A une passante 137
Avec ses vêtements ondoyants et nacrés 78
Avertisseur (L') 234
Aveugles (Les) 136

Balcon (Le) 85
Béatrice (La) 164
Beau Navire (Le) 98
Beauté (La) 71
Bénédiction 59
Bien loin d'ici 238
Bijoux (Les) 197
Bohémiens en voyage 69

Bribes 241
Brumes et Pluies 144

Cabaret folâtre (Un) 227
Cadre (Le). — *Voir* Fantôme (Un) 87
Causerie 102
Chanson d'après-midi 105
Chant d'automne 102
Charogne (Une) 80
Chat (Le) : *Dans ma cervelle se promène,* 97
Chat (Le) : *Viens, mon beau chat, sur mon cœur amoureux ;* 84
Châtiment de l'orgueil 70
Chats (Les) 111
Chevelure (La) 75
Ciel brouillé 96
Cloche fêlée (La) 115
Confession 92
Correspondances 62
Coucher du soleil romantique (Le) 189
Couvercle (Le) 235
Crépuscule du matin (Le) 147
Crépuscule du soir (Le) 138
Cygne (Le) 130

Danse macabre 140
De profundis clamavi 81
Destruction (La) 159
Deux Bonnes Sœurs (Les) 162
Don Juan aux Enfers 70
Duellum 84

Elévation 62
Ennemi (L') 67
Epigraphe pour un livre condamné 231
Examen de minuit (L') 237

Fantôme (Un) : I Les Ténèbres 86
II Le Parfum 87
III Le Cadre 87
IV Le Portrait 88
Femmes damnées : *A la pâle clarté des lampes languissantes,* 192
Femmes damnées : *Comme un bétail pensif sur le sable couchées,* 161

Fin de la journée (La) 180
Flacon (Le) 94
Flambeau vivant (Le) 91
Fontaine de sang (La) 163
Franciscæ meæ laudes 106

Géante (La) 72
Gouffre (Le) 236
Goût du néant (Le) 118
Gravure fantastique (Une) 113
Guignon (Le) 68

Harmonie du soir 94
Héautontimorouménos (L') 120
Hiboux (Les) 111
Homme et la Mer (L') 69
Horloge (L') 122
Horreur sympathique 119
Hymne 205
Hymne à la beauté 74

Idéal (L') 72
Imprévu (L') 218
Invitation au voyage (L') 99
Irrémédiable (L') 121
Irréparable (L') 100

J'aime le souvenir de ces époques nues, ... 63
Je n'ai pas oublié, voisine de la ville, ... 143
Je t'adore à l'égal de la voûte nocturne, ... 77
Je te donne ces vers afin que si mon nom 88
Jet d'eau (Le) 203
Jeu (Le) 139

La servante au grand cœur dont vous étiez jalouse, ... 143
Lesbos 190
Léthé (Le) 195
Litanies de Satan (Les) 173
Lola de Valence 212
Lune offensée (La) 236

Madrigal triste 231
Martyre (Une) 159
Masque (Le) 73

Mauvais Moine (Le) 66
Métamorphoses du vampire (Les) 198
Mœsta et Errabunda 108
Monstre ou le Paranymphe d'une nymphe macabre (Le) 206
Mort des amants (La) 179
Mort des artistes (La) 180
Mort des pauvres (La) 179
Mort joyeux (Le) 114
Muse malade (La) 65
Muse vénale (La) 66
Musique (La) 112

Obsession 118

Parfum (Le). — *Voir* Fantôme (Un) 87
Parfum exotique 75
Paysage 127
Petites Vieilles (Les) 133
Phares (Les) 64
Pipe (La) 112
Plaintes d'un Icare (Les) 237
Poison (Le) 95
Portrait (Le). — *Voir* Fantôme (Un)
Possédé (Le) 86
Prière d'un païen (La) 233
[Projets d'un épilogue pour l'édition de 1861] 247
[Projets de préfaces] 251
Promesses d'un visage (Les) 205

Que diras-tu ce soir, pauvre âme solitaire, ... 90

Rançon (La) 219
Rebelle (Le) 233
Recueillement 235
Remords posthume 83
Reniement de saint Pierre (Le) 171
Rêve d'un curieux (Le) 181
Rêve parisien 145
Revenant (Le) 109
Réversibilité 91

Sed non satiata 78
Semper eadem 89

Sept Vieillards (Les) 132
Sépulture 113
Serpent qui danse (Le) 79
Sisina 106
Soleil (Le) 128
Sonnet d'automne 110
Spleen : *J'ai plus de souvenirs que si j'avais mille ans* . . 116
Spleen : *Je suis comme le roi d'un pays pluvieux,* 116
Spleen : *Pluviôse, irrité contre la ville entière,* 115
Spleen : *Quand le ciel bas et lourd pèse comme un couvercle* 117
Squelette laboureur (Le) 137
Sur *Le Tasse en prison* d'Eugène Delacroix 212
Sur les débuts d'Amina Boschetti 225

Ténèbres (Les). — *Voir* Fantôme (Un) 86
Tonneau de la Haine (Le) 114
Tout entière 89
Tristesses de la lune 110
Tu mettrais l'univers entier dans ta ruelle, ... 77

Une nuit que j'étais près d'une affreuse Juive, ... 83

Vampire (Le) 82
Vers pour le portrait de M. Honoré Daumier 211
Vie antérieure (La) 68
Vin de l'assassin (Le) 153
Vin des amants (Le) 155
Vin des chiffonniers (Le) 152
Vin du solitaire (Le) 154
Voix (La) 217
Voyage (Le) 182
Voyage à Cythère (Un) 165

Yeux de Berthe (Les) 204

TABLE

Interview : « Jean-Michel Maulpoix, pourquoi aimez-vous Les Fleurs du Mal *? »* I
Introduction 7

Les Fleurs du Mal 51
Dédicace 53
Au lecteur 55
Spleen et Idéal 57
Tableaux parisiens 125
Le Vin 149
Fleurs du Mal 157
Révolte 169
La Mort 177
Les Épaves 187
Galanteries 201
Épigraphes 209
Pièces diverses 215
Bouffonneries 223
Poèmes apportés par l'édition de 1868 229
Bribes 241
Projets d'un épilogue pour l'édition de 1861 247
Projets de préfaces 251

Notes et variantes 259
Indications bibliographiques 335
Bibliographie chronologique des Fleurs du Mal 341
Tableau de concordance 351
Chronologie 357
Table alphabétique 367

GF Flammarion

13/04/181385-IV-2013 – Impr. MAURY Imprimeur, 45330 Malesherbes.
N° d'édition L.01EHPN000527.C002. – Mars 1991 – Printed in France.